한국 근대 이솝우화 연구

东华理工大学博士科研启动基金(人文社科类)项目资助(项目编号：DHBW2019329)

한국 근대 이솝우화 연구

최 나 崔娜

역락

머리말

세계 고전인 이솝우화는 오랫동안 동서양의 요소를 아우르면서 전해져 내려온, 인류 공동체의 대표적인 지혜가 담긴 집단 창작물입니다. 기원전 6세기경의 그리스 노예인 이솝의 이름으로 귀결되는 우화에는 인간의 가장 기본적인 선을 강조한 것 외에도 이분법적 사고와 흑백논리, 힘의 논리, 편견의 역전, 가치와 지혜의 중요성이 주축을 이룹니다.

서양의 대표적인 가치관을 담은 이솝우화는 근대에 이르러 본격적인 서세동점의 확장과 더불어 동아시아에 전해졌습니다. 그리고 오늘날에도 전래동화나 창작동화와 함께 교육이나 출판의 영역에서 흔히 접할 수 있는 문학 작품 혹은 콘텐츠로 활용되고 있습니다. 이솝우화의 다양한 주제와 간결한 내용 때문에 그 범위는 무한정 확대될 수 있습니다. 그리하여 선별 기준을 정하여 이솝우화를 정리하였습니다.

한국 근대 이솝우화의 수용은 크게 두 단계로 나뉩니다. 첫 번째는 17세기 초의 서학 저서를 통해서이고, 두 번째는 19세기 말 개항 이후의 교육과 출판의 영역을 통해서입니다. 이솝우화의 수용은 서양의 영향력과 긴밀하게 연관되어 있지만 그 생명력은 서사의 변용 및 현지화에 있습니다. 특히 우화로서의 구전적인 특성에 주목할 필요가 있습니다.

우선 이 책에서는 이솝우화가 서학으로 수용되는 과정을 고찰하였습니다. 그리고 근대 매체에 수록된 이솝우화의 현지화 양상을 검토하였습니다. 이를 토대로 근대 매체에 가장 많이 수록된 이솝우화를 선별하여 한국구비문학대계에서 대응하는 이야기를 찾아 그 변용 양상을 비교 분석하였습니다.

이솝우화 연구로 박사 학위를 받고 어느덧 3년 남짓한 시간이 흘렀습니다. 취직만 하면 여유가 생겨 부족했던 부분을 다듬을 수 있겠다고 생각했으나, 그건 제 오산에 불과했습니다. 취직, 결혼, 출산과 육아에 허드렛일까지 겹치다 보니 이제야 겨우 처음부터 끝까지 읽어보았습니다. 보완은 더욱 어려울 것 같아 일단 매듭을 짓고자 책으로 냅니다.

이 책은 기존 연구의 한계를 극복했다기보다는 기존 연구에 기대어 정리된 부분이 많습니다. 그리고 지도교수님이신 김병선 교수님의 가르침을 많이 받았습니다. 이솝우화 선별 과정부터 연구 대상 선정 및 구체적인 텍스트 분석까지 교수님의 지도를 꼼꼼히 받은 부분이 적지 않습니다. 교수님과의 대화는 늘 제게 놀라움과 많은 숙제를 남겨주곤 했습니다. 더욱 성장해가는 모습으로 교수님의 은혜에 보답하겠습니다.

한국에서는 늘 좋은 분들이 가까이에 계셔서 유학 생활 내내 든든했습니다. 아낌없는 배려와 고견을 주셨던 강돈구 선생님, 윤용복 선생님, 이광호 선생님, 조현범 선생님, 장노현 선생님께 감사합니다. 그리고 생활비 걱정 없이 학업에 전념할 수 있도록 챙겨주셨던 삼원절연 박종락 대표님과 가족분들께 감사합니다.

코로나로 인해 언제 다시 아무 거리낌 없이 한국에 계시는 고마운 분들을 찾아뵐 수 있을지 모르겠습니다. 부디 건강하고 평안하시기를 기원합니다.

2021년 9월
중국 난창에서

차 례

● 표 차례

● 그림 차례

제1장
서세동점의 시작과 이솝우화

서세동점의
시작과 이솝우화

1. 인류 공동체 지혜로서의 이솝우화

이솝우화는 세계 고전문학이다. 최남선(崔南善, 1890~1957)은 이솝우화의 독자가 성서에 버금간다고 하였다.[1] 이솝우화는 그리스의 노예인 이솝이 창작한 것으로 전해지고 있지만, 전파되는 과정에서 다양하게 첨삭 및 개작되었으며 동양의 요소도 포함하고 있다.[2] 때문에 일반적으로

---

1) 최남선, 「이솝의 이약(第一次)」, 『少年』, 1908.11.01.
   "世界上에 이와 갓히 愛讀者를 만히 가딘 冊은 聖書밧게는 또 없다 …(중략)… 世界 各國 小學 教育書에 此書의 惠澤을 입디 아니한 者ㅣ 업난 바ㅣ라."
2) 장지연은 서구의 우화가 한 문화에만 국한되어 직선적으로 발생, 발전 및 계승된 것이 아니라 시대에 따라 혹은 다른 문화와의 접촉에 의하여 변형되고 발전된 다층적인 이야기 장르임을 밝혔다. 그러면서 이솝을 비롯한 그리스의 우화 전통은 여러 사람을 거쳐 우화집으로 만들어지다가, 13세기 중반에 인도의 번역본들이 유입되면서 동양적 요소가 가미되었다고 하였다. 이로 인하여 중세 유럽의 우화 전통을 동양과 서양의 문화가 만나는 한 접점으로 보았다. 금영진은 나카츠카사 데츠로오(中務哲郎, 『イソップ寓話の世界』(筑摩新書 063), 筑摩書房, 1996, 133면)의 반론 즉 대부분의 연구가 이솝우화의 발상지를 그리스로 보는 것과는 달리 기원전 4세기 말경 최초의 이솝우화집이 성립되었으며 이라크 중북부의 바빌론이나 수메르가 그 기원이라는 주장을 지

이솝의 개인 창작으로만 보지 않는다.[3] 다시 말하면 이솝우화는 서양에만 기원을 둔 개인 창작물이 아니다. 오랫동안 동서양의 요소를 모두 아우르면서 전해져 내려온 인류 공동체의 대표적인 지혜가 담겨있는 집단 창작물이다.

이 책의 목적은 문서 자료를 통하여 한국에 이솝우화가 수용되는 과정을 실증적으로 고찰하고, 근대 이솝우화 텍스트를 분석하여 그 역할과 의의를 도출하려는 데 있다. 이솝우화의 수용은 근대 동서양의 본격적인 교류와 더불어 진행되었는 바, 이에 서학에 수록된 이솝우화를 검토하였다. 그리고 근대 한국 매체와 구비문학대계에 수록된 이솝우화의 현지화 양상을 중심으로 편저자와 구연자의 다양한 수용 및 변용 양상을 분석하였다.

지하였다. 그리고 이솝풍 이야기 「젖 짜는 처녀와 우유 항아리」, 「욕심 많은 개」 2편의 전파와 변용 양상을 예로 들어 17세기 이후 서양 선교사들에 의하여 동아시아에 유입되기 전에 이미 인도에서 중국을 거쳐 조선과 일본에 전파될 수 있는 가능성을 제기하였다.
장지연, 「동서 문화 교류의 한 접점으로서의 우화 연구-중세 유럽 라틴어 우화 전통을 중심으로」, 『지중해지역연구』 10권 2호, 부산외국어대학교 지중해연구소, 2008, 133~153면, 138~150면 참조; 금영진, 「동아시아에서의 이솝풍 이야기의 전파와 변용」, 『일본학연구』 37집, 단국대학교 일본연구소, 2012, 353~372면, 370면 참조

3) Robert Temple, "Introduction", Olivia Temple · Robert Temple ed., *The Complete Fables AESOP*, Penguin Classics, 1998, p.x.

"Aesop seems to have been a slave as a result of captivity. In Greek there were two different words for slaves, denoting whether a person had been born a slave(doulos) or had been captured in war and sold into slavery(andrapodon). Aesop was apparently in the latter category. But, despite this status, which rendered him liable to sale and deprived of all rights, Aesop appears to have lived the life largely of a personal clerk/secretary and even what we could call a confidential agent for his owners. He seems to have been a great wit, whose reputation for telling little animal tales in discussion and negotiation and scoring devastatingly clever points with them astonished and impressed his contemporaries. He thus became a legendary name around which all such witty animal tales clustered in later centuries, most of the surviving ones probably not actually written by him."

인류 공동체 내부의 지식 편차는 물론 서로 다른 문화적 관습에서 비롯된 차이점을 최소화시킨다는 점에서 우화는 독자들의 수용 정도가 가장 광범위하면서도 균질적인 텍스트로 볼 수 있다. 우화(寓話, fable)[4]는 "도덕적 명제나 인간행동의 원리를 예증하는 짧은 이야기로서, 대부분 그 결론 부분에서 화자나 작중인물 중의 하나가 경구(警句, Epigram)의 형식으로 도덕적 교훈을 진술한다."[5] 또한 "인간의 정황을 인간 이외의 동물, 신, 또는 사물들 사이에 생기는 일로 꾸며서 말하는 짧은 이야기로서 비교적 쉽게 파악되는 도덕적 교훈이 담겨 있다."[6] 요컨대 우화는 하나 이상의 구조를 필요조건으로 하면서 인간 이외의 것에 인격을 부여시켜 삶에 필요한 도덕적인 교훈을 직접적 혹은 간접적으로 전달하는 분량이 짧은 이야기이다.

우화는 의인화 수법과 우의적 수법을 주요특징으로 하는데, 이러한 표현 수법은 다양한 서사에 통용될 수 있다. 다시 말하면 표면에 드러

---

4) 한자문화권에서 우의(寓意)적인 수법을 애용한 대표적인 인물로 장자(莊子)가 있다. 그는 자신의 글에서 열에 아홉이 우언(寓言)인데 밖의 사물을 인용하여 도를 논하는 것[寓言十九, 藉外論之]이라고 하였다. 한국 학계에서도 우언이라는 용어가 사용되고 있기는 하지만 아직까지는 우화가 보다 널리 쓰이며 설화의 하위범주로 취급되는 것이 일반적이다. 첸푸칭(陳蒲淸)에 따르면 이야기성(故事性)과 기탁성(寄託性)을 필수적인 요소로 하는 우언이라는 용어는 보다 포괄적인 의미를 가지는데 영어의 Fable, Parable, Allegory 이 세 가지를 모두 포함시킨다. parable의 특징은 우의가 종교성을 가지는 것이고 fable의 특징은 이야기 줄거리가 비현실적인 것이며 둘은 모두 비교적 짧은데 비하여 allegory는 현실에서 발생할 수 있는 일을 제재(題材)로 삼아 별도의 상황과 도리를 암시하고, 길이가 매우 길 수 있다. parable과 allegory는 '비유(譬喩)'로 번역할 수 있지만 이는 주로 인물 이야기를 제재로 삼는 우언을 가리킨다. 또 fable은 신화, 동화, 전설 등으로 번역할 수 있지만, 이는 주로 동물 이야기 등 비현실적 줄거리를 제재로 삼는 우언을 말한다.
  첸푸칭 지음·윤주필 옮김, 『세계의 우언과 알레고리』, 지식산업사, 2010, 32~44면 참조.
5) M.H. Abrams 著·崔翔圭 譯, 『文學用語事典』, 大邦出版社, 1985, 8면.
6) 李商燮, 『文學批評用語事典』, 民音社, 1976, 210면.

난 의미 외에 또 다른 뜻을 내포하는 우화의 본질적 특성상 다양한 서사의 장르적 제한을 넘나들 수 있다. 즉 우화는 우화 자체로 설화에 포섭되기도 하지만 그 우의적 수법으로 인하여 다른 서사와 능동적으로 결합할 수 있다. 우의적 수법은 또한 표현하고자 하는 바를 다른 사물에 빗대거나, 이를 에둘러 표현함으로써 풍자와 비판의 효과를 극대화시키는데 이 역시 전형적인 문학적 표현 수법이다.

간결한 스토리와 이를 통한 교육적 효과, 그리고 독자들의 상상력을 발휘시킬 수 있는 오락성을 지닌 우화는 다른 장르와의 결합도 쉬워 오랫동안 대중적인 서사로 자리매김할 수 있었다. 친근한 소재와 간결한 스토리로 인한 구전 가능성은 우화의 생명력을 보장해주는 특성이기도 하다. 어떠한 문명권이든지를 막론하고 문자로 기록된 문학이 있기 이전부터 구전되어 온 구비문학이 있다. 구비문학은 개인이라는 창작 범위를 벗어나 역사적인 시간과 지역적인 공간의 경계를 넘나들 수 있다는 점에서 역동성을 지닌다. 뿐만 아니라 문자로 기록되는 문학에 비하여 남녀노소와 신분고하에 따른 제한을 덜 받는다.

근대는 중세체제의 붕괴, 서양 문명의 대대적인 유입 및 이와 함께 동반된 전통과의 대립·변용과 융합으로 특징지을 수 있다. 이 시기에는 기존의 사회 체제가 급변하면서 서양 문물이 근대화라는 타이틀을 걸고 직접적인 루트 혹은 중국·일본이라는 매개체를 통하여 당시 조선에 유입되었다. 군사력과 항해력을 포함하여 막강한 과학기술과 생산력을 갖춘 서양의 강대국들에 의하여 일본은 신속하게 군국주의로 탈바꿈하였고 중국은 굴욕적인 조약을 체결하면서 점차 반식민지로 전락되었다. 약육강식과 적자생존의 법칙이 국제적 환경을 지배하고 있었으며 지배 계층의 세력 분열이 가속화되면서 대량의 피지배 계층의 각성이 이루어졌다.

중세체제 하에서 피지배 계층에 속했던 대량의 민중은 국민으로 '승격'됨과 동시에 단기속성의 근대식 교육을 받았음에도 불구하고 제국주의의 부당함을 인식하고 주체성을 지키기 위하여 다양한 노력을 하였다. 중세 신분질서의 균열은 그 누구든지 출신여하를 불문하고 지식과 교육에 대한 균등한 기회가 주어졌음을 의미하였기 때문이다.

이솝우화는 '이솝'이라는 타이틀이 붙여진 채 오랫동안 세계적으로 유통되어 왔으며 여전히 아동의 수신서 역할을 하고 있다는 점에서 그 가치를 획득한다. 구전 가능한 특징 외에도 근대 한글의 대중적인 보급과 매체의 발달 및 이에 따른 지식 향유 계층의 확대는 이솝우화의 대중성을 확장시켰다. 고유한 주체성이 전례 없이 강조되고 이에 못지않게 외래문화에 대한 수용이 이루어졌던 시공간을 거치면서도 이솝우화는 꾸준히 아동 교육용 텍스트로 활용되고 있다.

그러나 이러한 영향력에 상응하는 연구와 점검은 충분히 진행되지 않고 있다. 학문의 세분화로 인하여 이솝우화는 시·소설·희곡과 수필로 대분되는 문학 연구 영역으로부터 소외되기 쉽다. 서양의 지식 체계에 의하여 분류된 문학이라는 영역은 문자로 표현된 정서적 발로에 치중하면서 사설·논설 등 영역과는 거리가 있는 전문적인 개인 창작을 중요시하고 있다. 그리고 자국의 전통성과 민족의 주체성을 강조하는 설화로 취급되기에는 이솝우화의 외래적 요소가 강하다는 통념 때문에 제대로 된 각광을 받지도 못하고 있다. 특히 번역된 텍스트를 연구 대상으로 삼아야 하고 다양하게 산재된 주제를 통합·분류 및 분석하는 과정에는 어려움이 적지 않다.

인류 공동체의 가장 보편적이고도 대표적인 지혜를 담은 외래 우화가 어떻게 한국에 수용되었으며 그 구체적인 전래 및 변용 양상은 어떠하였는가에 대한 질문이 이 책의 출발점이다. 이솝우화는 문화적 관습혹은 약호(略號)들을 이해하는데 필요한 기본적인 사회지식이 없이도 상상력을 동원하여 충분히 도덕적인 교훈을 전달할 수 있다는 장점이 있다. 근대 청소년을 위한 교과서 외에도 이솝우화는 신문과 잡지 및 선각자들의 단행본에 다양하게 수록되었다. 다시 말하면 근대 한국의 인쇄 매체에 수록된 이솝우화에는 당시 지식인들의 참여가 있었으며 이들의 의도에 따라 현지화가 이루어졌다.

따라서 이 책은 서세동점의 시대적 상황과 동아시아 사회 변동을 바탕으로 이솝우화의 수용을 고찰하였으며, 개항과 식민지로의 전락 및저항 과정에서 다양하게 변용된 이솝우화 텍스트 및 관련 구전 자료의문학사적 의의를 분석하였다.

2. 이솝우화 관련 선행 연구

근대 우화라는 연구 테마는 그동안 특별히 각광을 받지는 못하였다. 조동일은 이 시기에 동물우화가 시사적인 문제를 토론체 양식으로 흥미롭게 다루기는 하였지만 문학의 한 갈래로서 자리 잡지는 못하였다고 하였다.[7] 함돈균은 우화 형식의 단형 서사가 근대적 세계관을 담을 수 없는 미적 형식이었으며, 『금수회의록(禽獸會議錄)』(1908)을 마지막으로한국문학사에서 우화 서사가 자취를 감춘다고 보았다.[8] 권영민은 풍자

---

7) 조동일, 『한국문학통사 4』 제4판, 지식산업사, 2005, 333~335면 참조.
8) 함돈균, 「근대계몽기 우화 형식 단형서사 연구-미학적 한계와 양식 소멸의 문학사적 의미에 대하여」, 『국제어문』 34집, 국제어문학회, 2005, 121~147면, 122면 참조.

와 우화의 사회적이고도 공격적인 본질적 특성에 주목하면서 말하기 방식을 활용한 계몽 담론으로서의 정치비판적인 성격을 규명하였지만 1910년 일제 식민지 지배 이후부터는 서사 영역에서 그 담론 공간을 유지하지 못했다고 하였다.[9]

위의 연구들은 우화 양식의 시대적 의의를 밝혔지만 근대 우화 양식의 서사 범주를 그 시기에 창작 서사로만 제한시킨 감이 없지 않다. 지적재산권에 대한 주목이 덜하였을 뿐만 아니라 작품 번역과 번안 활동이 활발하게 이루어졌던 근대에는 이중적 구조의 우화 역시 생명력이 강했다. 특히 당시 한국·중국·일본 3국의 초등학교 교과서에 이솝우화가 수록되었다는 것이 이를 입증하는 일례가 된다. 뿐만 아니라 우화라는 장르는 어느 문명권이든지를 막론하고 전통적으로 존재해 왔으며 현재까지도 양심이나 가치관의 형태로 잠재되어 있음은 부정할 수 없다.

이솝우화와 관련해서는 수용 시점과 문학적 교육 영역에 대한 연구가 꾸준히 진행되고 있다. 이와 동시에 근대 이솝우화 자료의 수집과 정리, 이솝우화 단행본 『우순소리』에 대한 서지학적 연구 및 비교문학적 연구가 이루어지고 있다. 문학적 교육 영역에 대해서는 주로 교과서에 수록된 이솝우화 양상에 대한 연구가 진행되고 있으며, 이 부분에 대해서는 '제4장 제1절 신식 교육 텍스트로서의 가치관 함양' 부분에서 상세하게 다루었다.

우선 이솝우화의 수용 시점에 대한 연구는 아직도 일본의 교과서를 중역하는 방식으로 교과서에서부터 수용되었다는 설이 지배적이며,[10]

---

9) 권영민, 『풍자 우화 그리고 계몽담론』, 서울대학교출판부, 2008, 73~75면 참조.
10) 金秉喆, 『韓國近代飜譯文學史硏究』, 乙酉文化社, 1975; 김태준, 「이솝우화의 수용과 개화기 교과서」, 『韓國學報』 7집, 일지사, 1981, 107~135면; 남미영, 「한국 문학에 끼친 이솝우화의 영향 연구(Ⅰ)」, 『새국어교육』 45권 1호, 한국국어교육학회, 1989, 228~251면; 정혜원, 「근대 초기 이솝우화가 갖는 의의」, 『한국아동문학연구』 21집, 한

1896년에 간행된 교과서『신정심상소학(新訂尋常小學)』을 그 시초로 보고 있다. 이와 다른 견해로 박수미는 이솝우화가 단행본의 형식으로 직접 맨 처음 전해진 시기를 미국 출신 북장로회 선교사 언더우드(Horace Grant Underwood, 1859~1916)와 역시 미국 출신인 북감리회 선교사 아펜젤러(Henry Gerhard Appenzeller, 1858~1902)가 제물포를 통하여 입국한 1885년쯤으로 추측하였으며[11] 서경임[12]・최선아[13]도 이와 같은 견해를 피력하였다. 이에 신상필은 이솝우화의 수용을『신정심상소학』보다 15년 이른 시기인 1881년이라고 주장하였는데 그 근거는 프랑스 출신 파리외방전교회 선교사 리델(Felix Clair Ridel, 李福明, 1830~1884)이 1881년 일본 요코하마(橫濱)에서 출간한『Grammaire Coréenne(韓語文典)』에 이솝 우화 1편 즉「까마귀와 여우」가 최초로 한국어로 번역되었기 때문이다.[14]

요컨대 한국에서의 이솝우화 수용은 일본 학제의 도입으로부터 시작된 것으로 보다가, 근래 연구에 와서 미국・프랑스 선교사들의 도래와 연결시키고 있다. 사실 중국으로부터 받은 영향, 즉 명・청 시대 서양 선교사들의 문서 번역과 전파 양상을 염두에 둘 필요가 있다. 그리고 한국 기독교[15] 역사의 특성상 선교사들이 한반도에 도착하기 전에 이

국아동문학학회, 2011, 205~233면; 박옥수,「이솝 우화의 번역에서 문체의 번역 방식과 대상 독자와의 관련성」,『동아인문학』 35집, 동아인문학회, 2016, 291~318면.

11) 朴秀美,「開化期 新聞小說 硏究」, 성균관대학교 대학원 박사학위논문, 2005, 208면.

12) 서경임,「국어과 교과서의 이솝우화 수용양상-개화기부터 4차 교육과정까지」, 성신여자대학교 교육대학원 석사학위논문, 2013, 22면.

13) 최선아,「尹致昊의『우순소리』저본 연구」, 영남대학교 대학원 석사학위논문, 2017, 2면.

14) 신상필,「파리외방전교회가 남긴 동서양 문명교류의 흔적 Grammaire Coréenne(1881) 소재 단형고전서사의 존재양상과 그 의미」,『고소설연구』 37권, 한국고소설학회, 2014, 349~380면, 371면 참조.

15) 기독교(Christianity)는 이슬람교, 불교와 함께 세계 3대 종교 중 하나이며 크리스트교, 그리스도교, 예수교로도 불린다. 한국에서는 흔히 개신교 즉 프로테스탄트(Protestant)만을 지칭하는 용어로 오용(誤用)된다. 사실 기독교라는 용어는 많은 종파의 통칭이

미 서학(西學)으로 기독교에 대한 자발적인 수용이 이루어졌다는 점도 간과할 수 없다. 따라서 이솝우화의 수용 시기와 경로 및 그 역할과 의의에 대한 구체적인 논의가 필요한 실정이다.

근대 이솝우화 텍스트에 대한 정리와 연구는 꾸준히 진행되어 왔다. 유춘동은 근대 계몽기 이솝우화의 중요성을 강조하면서 1900년대부터 1920년대까지 이솝우화를 수록한 자료를 정리하였다. 뿐만 아니라 이솝우화의 한국에로의 유입과 번역 및 수용 양상, 단행본으로 간행된 이솝우화의 의미, 1920~40년대 각종 매체에 실렸던 이솝우화, 한·중·일 삼국의 이솝우화의 수용과 번영 양상에 대한 후속 연구의 가능성을 제기하였다.[16] 그리고 허경진·표언복·유춘동은 개화기의 교과서와 신문·잡지에 게재된 이솝우화를 정리하여 단행본 형태로 묶어서 출판하였다.[17] 정혜원은 한국아동문학사에서 근대 초기 이솝우화가 가지는 의의로 동화를 대신하여 즐거움과 신선함을 가져다 준 것, 도덕 교과서의 역할을 한 것, 문학교육을 담당한 것 등으로 들었다.[18] 이 연구들은 근대 이솝우화 자료를 수집하고 그 중요성을 부각시켰다는 점에서 의의가 있다.

며 크게 로마가톨릭교회(천주교/天主敎), 동방정교회(그리스 정교/正敎), 프로테스탄트 교회(개신교/改新敎) 등 교파로 나뉜다. 교리는 교파마다 차이가 다양하지만 기독교의 공통된 가장 큰 특징으로 천지만물의 창조자인 하느님(개신교에서는 통상적으로 '하나님'이라고 하지만 가톨릭과 그리스 정교 및 개신교 일부 분파에서는 '하느님'이라고 하며 양자는 어원과 의미도 같은 바 이 책에서는 상황에 따라 병용함)의 아들 예수 그리스도를 인간의 유일한 구원자로 믿으며 죽음 이후의 심판을 통한 부활 및 영원한 삶을 믿는다. 조선 후기인 18세기 말에 가톨릭은 서학으로 양반 계층을 중심으로 수용되었고, 개신교는 19세기 말에 이르러 의료와 교육 등 선교 활동을 통하여 평민 계층을 중심으로 수용되기 시작하였다.

16) 유춘동, 「근대계몽기 조선의 『이솝우화』」, 『淵民學志』 13집, 연민학회, 2010, 211~232면.

17) 허경진·표언복·유춘동, 『근대계몽기 조선의 이솝우화』, 보고사, 2009.

18) 정혜원, 앞의 논문.

　근대 한국의 우화집 연구는 주로『우순소리』에 대한 연구가 집중적으로 진행되어 왔다. 허경진·임미정은 윤치호(尹致昊, 1865~1945)의『우순소리(笑話)』(1908)가 이솝우화를 저본으로 '재창작(Rewriting)'되었다고 주장하면서, 이 책이 간행될 무렵 중국과 일본에서 활발하게 간행·유통된 이솝우화도 고찰하였다. 그리고 중국에서 간행된 번역본의 성격과 실린 이야기 편수, 사회에 미친 파장과 금서 조치를 받은 점 등 유사점에 의하여 일본보다는 중국에서 유통되었던 이솝우화를 참고했을 가능성이 더 클 것임을 제기하였다.[19] 이효정은 일본 토야마(富山)대학에 소장되어 있는 대한서림본『우순소리』원본을 발견하고 나서, 일본과 중국에서 유통되던 이솝우화집 중『우순소리』와 완전히 들어맞는 저본을 찾을 수 없다고 하였다. 이와 동시에『우순소리』를 이솝우화 위주로 차역된 '우화집'으로 보면서, 우화는 윤치호가 선택한 강력한 정치적 저항 도구라고 하였다.[20] 상술한 연구들은 서지학적 연구와 비교문학적 연구를 통하여 근대 우화집과 이솝우화의 관련성을 밝혀내고 그 의의를 확인하였다는 점에서 의미가 크다.

　중국과 일본에서의 이솝우화 수용 양상을 제2장에서도 따로 언급하겠지만 이 영역에 관한 연구가 비교적 활발하게 진행되고 있음에도 불구하고 나라별로 국한된 연구가 대부분이다. 오순방·고비는 19세기 이솝우화 중역본(中譯本)들에 대한 소개와 더불어 그 번역 의도를 통시적으로 고찰하였는데 중역본들에서도 이솝우화 본연의 사회적·정치적 낙인은 여전했으며 이솝우화는 서양의 가치관과 사상관(思想觀)을 도입하

---

19) 허경진·임미정,「윤치호『우순소리(笑話)』의 성격과 의의」,『語文學』105집, 한국어문학회, 2009, 79~109면.

20) 이효정,「윤치호의『우순소리』소개」,『국어국문학』153호, 국어국문학회, 2009, 163~198면.

기 위한 발판이라고 하였다.[21] 그리고 19세기 중국 신문과 잡지에 실린 중역(中譯) 이솝우화의 전파 양상 및 저본 텍스트를 밝히면서 간행물의 영향력 확대와 더불어 후에 지식인들에 의한 이솝우화 단행본 출판이 가능해졌음을 제시하였다.[22] 고비는 1888년 이전 중국에서 출판된 한역(漢譯) 이솝우화의 저술배경과 특징 및 현지화 발전 과정에 대하여 심층적으로 연구하였다.[23] 김소정은 문화학적 분석 방법에 의하여 문화가 번역에 끼친 영향과 제약을 이솝우화의 중문 버전을 통하여 고찰하였다. 이 연구에서는 17세기 초 중국에서 간행된 선교사들의 서적에 수록된 이솝우화는 천주교 포교 확장을 위한 수사적 전략의 일환이었으며 의식의 개조와 계몽의 목적이 후대 이솝우화의 중문 버전에서도 지속적으로 부각되었다고 하였다.[24]

미노와 요시쓰구(箕輪吉次)는 이솝우화를 중심으로 서구 문학이 일본 문학에 끼친 영향을 고찰하였다. 이 연구에서는 이솝우화가 일본어로 번역된 최초의 책이며 일본인에게 깊은 영향을 미친 서구 문학이라고 하였다.[25] 우치다 케이치(內田慶市)는 이솝우화의 중국어 번역사를 통시적으로 고찰하면서 영인본을 집대성하였다. 그의 연구에서는 16세기 후반 유럽 선교사들이 중국에 기독교와 유럽 근대 문명을 가져오면서 서적으로는 성서와 이솝우화를 들고 왔는데 이는 19세기 이후 개신교 선

---

21) 吳淳邦・高飛, 「19世紀 Aesop's Fables 中譯本的譯介與傳播硏究-≪伊索寓言≫ 羅伯聃 中譯本在東亞的傳播」, 『中國語文論譯叢刊』 30집, 중국어문논역학회, 2012, 185~211면.

22) 高飛・吳淳邦, 「19世紀傳敎士報刊刊載中譯伊索寓言的流傳與影響」, 『中國小說論叢』 41집, 한국중국소설학회, 2013, 151~178면.

23) 高飛, 「1888年前伊索寓言漢譯硏究 -以≪況義≫、≪物感≫、≪意拾喩言≫、≪海國妙喩≫ 爲主」, 숭실대학교 대학원 박사학위논문, 2017.

24) 김소정, 「번역문학과 문화변용-이솝우화(Aesop's Fables)의 중문(中文) 버전에 대한 통시적 고찰」, 『中國語文學』 56집, 영남중국어문학회, 2010, 463~486면, 467면 참조.

25) 箕輪吉次, 「서구 문학이 일본 문학에 미친 영향 -이솝 우화를 중심으로」, 『비교문학연구』 1집, 경희대학교 부설 비교문화연구소, 1994, 29~48면.

교사들도 마찬가지였다고 하면서, 당시 이솝우화가 광범위하게 유전되었던 원인은 무엇보다도 지극히 겸허한 태도로 상대방의 문화를 인식 및 인정하면서 접촉하였기 때문이라고 하였다.[26]

상술한 연구들은 이솝우화가 중국과 일본에서 수용되고 번역된 양상 및 그 역할을 구체적으로 다루고 있다는 점에서 중요한 의의를 가진다. 그러나 이를 한국의 상황과 긴밀하게 연결시킨 비교 연구는 미흡하다고 해도 과언이 아니다.

이솝우화 관련 선행 연구들을 점검해 보건대, 나라별 이솝우화 양상 정리는 꾸준히 진행되고 있지만 이솝우화가 동아시아에서 본격적으로 전래·확산되던 시기의 상황을 거시적인 시각에서 진행한 연구는 미진해 보인다. 기존의 연구사 검토 작업은 다음과 같이 정리할 수 있다.

① 근대 이솝우화의 중요성이 대두되고 있지만, 한국에서는 19세기 후반(1896년 교과서의 수록과 1881·1885년 선교사의 도래)을 기점으로 삼고 있는 것이 일반적이며 중국, 일본과의 평행 연구 및 그 수용 과정에 대한 통시적인 연구는 본격적으로 진행되지 않았다.

② 근대 한국, 중국과 일본에서의 이솝우화 수용 연구에서는 공동으로 기독교 및 서양 선교사들이 언급되는데 그 구체적인 이유 즉 동서양 접촉 과정에서 이들과 이솝우화 사이의 연관성에 대한 연구가 미흡하다.

③ 이솝우화 텍스트에 대한 연구는 윤치호의 『우순소리』에 집중되어 있고 자료 정리와 서지학적 연구가 위주인 바, 근대 이솝우화 텍스트와 구전 자료에 대한 분석과 현지화 양상 및 그 문학사적 의의에 대한 심층적인 연구가 필요하다.

---

26) 内田慶市,「イソップ東漸 -中國語イソップ翻譯史」,『漢譯イソップ集』, 遊文舍, 2014, pp.3~44.

3. 이솝우화의 선별 기준

이솝우화는 텍스트가 짧고 분량이 산일되어 있으며, 스토리 내용의 특성상 고유명사를 제외하고는 문화적 이질감이 상대적으로 적다. 그리고 심오하거나 복잡한 스토리가 아니라서 구두로 전승되기도 쉽다. 뿐만 아니라 간단명료한 주제를 추적하다 보면 여러 문명권으로부터 비롯된 비슷한 유형의 신화와 전설과도 겹칠 수 있다. 따라서 이솝우화를 한정지어 연구 대상으로 삼기에는 불안정적인 요소가 적지 않다.

그럼에도 불구하고 이솝우화가 동서양의 본격적인 교류 과정에서 전파되었다고 하였을 때 그 의의는 자못 중요하다. 이솝우화의 수용은 근대화 진척 과정에서 문학의 생명력과 보편성을 인지시키도록 하기 때문이다. 뿐만 아니라 서로 다른 문화와 시공간을 극복하는 인간의 가장 보편적인 정서 교류에서 우화의 필요성을 각인시킬 수 있기 때문이다.

그러나 이솝우화가 외래 작품이고 구조가 간결하며 문화적 배경이 초래하는 이질감이 적다는 점에서 이입(移入) 과정으로 보아야 하지 않는가 하는 의문이 대두될 수 있다. 그리고 작품의 영향과 원천을 규명하는 연구 과정에서 외래 문학의 이입 과정은 의도적으로 기피되기 쉽다. 문학 작품 고유의 심미적 가치와 이에 상응하는 연구 가치가 떨어진다고 간주되기 때문이다.

하지만 상이한 문화적 환경과 특수한 시대적 상황에도 불구하고 외래 문학 텍스트가 현지에 적응하여 오랫동안 그 명맥을 유지해 왔다는 면에서 충분히 연구 가치를 획득한다. 특히 이솝우화는 부분 수록이 선택 가능하며 편찬자 혹은 전신자(轉信者)의 의도, 매체의 특성 및 사회·정치·문화적 환경에 따라 텍스트의 수용 상황이 천차만별할 수 있다는 면에서 연구의 가능성을 열어주고 있다. 따라서 이 책에서는 이솝우화가 근대라는 초유의 복합적인 시공간에서 다양한 프리즘을 통하여 어떻게 대중 독자들에게 전달되었는지를 검토하였다.

이 책은 서학에 수록된 이솝우화와 한국 근대 매체에 수록된 이솝우화 및 한국구비문학대계[27])에 수록된 이솝우화를 주요 연구대상으로 삼았다. 한국의 근대 매체에 수록된 이솝우화 텍스트는 허경진·표언복·유춘동에 의하여 총 366편이 정리되었다.[28]) 매체 종류는 교과서, 저널, 단행본으로 나뉘며 총 10개 매체에 수록된 이솝우화가 정리되었다. 추가로 김영민·구장률·이유미에 의하여 정리된 1897년부터 1910년까지 10종 신문의 총 292편의 단형 서사문학[29])에서 이솝우화를 선별하여 연구대상으로 삼았다. 그리고 이에 민간에서 발행된 교과서 『초등소학(初等小學)』에 수록된 이솝우화를 보태었다. 이를 표로 정리하면 다음과 같다.

〈표 1〉 근대 매체에 수록된 이솝우화(1896~1921)

번호	수록 지면	수록 편수	매체	출판 년도	편저자	출판사	비고
1	新訂尋常小學	9	교과서	1896	學部編輯局	–	8편 확정
2	죠선크리스 도인회보대 한크리스도 인회보	20	신문	1896 ~ 1899	아펜젤러	三文出版社	1편 확정

---

27) 한국 구비문학과의 구체적인 매칭 과정은 우선 한국구비문학대계의 본문에서 어휘 혹은 화소를 검색하여 대응하는 이솝우화를 추출하였다. 그리고 『한국구비문학대계』의 별책부록에 수록된 「한국설화유형 명칭 색인」에서 대응하는 이야기를 찾아 보완하였다.
한국구비문학대계 gubi.aks.ac.kr.
趙東一·姜秦玉·李福揆·金大坅·朴舜任 分類, 『韓國口碑文學大系 別冊附錄(Ⅰ) <韓國說話類型分類集>』, 韓國精神文化研究院, 1989.
28) 허경진·표언복·유춘동, 앞의 책.
29) 김영민·구장률·이유미, 『근대계몽기 단형 서사문학 자료전집 上·下』, 소명출판, 2003.

3	그리스도 신문	15	신문	1897 ~ 1902	언더우드	三文出版社	-
4	독립신문	30	신문	1898 ~ 1899	徐載弼	三文出版社	3편 확정
5	협성회회보	4	신문	1898	배재학당 협성회	三文出版社	1편 확정
6	매일신문	32	신문	1898 ~ 1899	李承晩 柳永錫 梁弘默	-	-
7	뎨국신문	92	신문	1898 ~ 1906	李鍾一 李承晩 鄭雲復	-	5편 확정
8	대한매일 신보	38	신문	1905 ~ 1910	배설(Bethell) 梁起鐸 朴殷植 申采浩 張道斌	-	-
9	萬歲報	2	신문	1906 ~ 1907	申光熙 李人稙	-	-
10	京鄕新聞	50	신문	1906 ~ 1910	안세화 (Florian Demange)	-	4편 확정
11	初等小學	-	교과서	1906	大韓國民教育會	-	16편 확정
12	大韓留學生會學報	6	잡지	1907	大韓留學生會	明文舍 (東京)	6편 확정
13	우순소리	71	단행본	1908	尹致昊	大韓書林	61편 확정
14	少年	7	잡지	1908	崔南善	新文館	7편 확정
15	大韓民報	3	신문	1909 ~ 1910	大韓協會	同文館	-
16	伊蘇普의 空前格言	67	단행본	1911	宋憲奭	普及書館	61편 확정

17	붉은져고리	18	신문	1913	崔南善	新文館	14편 확정
18	新文界	21	잡지	1913	다케우치 로쿠노스케 (竹內錄之助)	新文社	20편 확정
19	아이들보이	3	잡지	1914	崔南善	新文館	2편 확정
20	京鄕雜誌 우슴거리	12	잡지	1916	朝鮮天主教會	-	11편 확정
	京鄕雜誌 비유쇼셜	3	잡지	1917	朝鮮天主教會	-	2편 확정
21	이솝우언	149	단행본	1921	裵緯良	朝鮮耶蘇教書會	123편 확정

(주:『근대계몽기 조선의 이솝우화』와『근대계몽기 단형 서사문학 자료전집』을 토대로 작성함)

<표 1>은『근대계몽기 조선의 이솝우화』와『근대계몽기 단형 서사문학 자료전집』에 수록된 652편의 자료에『초등소학』을 보태어 연구대상으로 삼은 후 총 345편의 이솝우화를 확정하였다. 근대 매체에 수록된 이솝우화는 중복되는 내용이 있으므로 선별 기준에 따라 이솝우화의 종류를 정리하였다. 총 345편으로 확정된 이솝우화는 모두 175종으로 나뉜다. 이에 서학에 수록된 이솝우화 총 14편과 2종을 더하면 이 책에서 확정한 이솝우화는 총 359편 177종이다. 이솝우화 선별 과정은 페리 인덱스(Perry Index)[30]를 기준으로 활용하되 이솝우화 컬렉션 사이

---

30) 페리 인덱스는 Ben Edwin Perry(1892~1968)가 1952년에 출판한『Aesopica』에 그리스어와 라틴어로 된 이솝우화를 정리한 색인이며 학술적 용도로 유용하게 사용되고 있다. 총 725편의 이솝우화가 목록으로 작성되어 있으며 이솝우화 컬렉션 사이트에는 매 우화마다 여러 판본에 수록된 텍스트를 동시에 볼 수 있는 링크가 연결되고 있다. Tom Simondi는 페리가 번역한 *Babrius and Phaedrus*의 영어판 인덱스를 인용하였다. 이 책의 선별 과정에서는 검색의 편리를 위하여 웹사이트를 우선으로 활용하되 필요할 경우 지면 형태의 페리 인덱스를 참조하였다.
페리 인덱스 http://fablesofaesop.com/perry-index.
Ben Edwin Perry, *Babrius and Phaedrus*, Harvard University Press, 1965, pp.419~610.

트[31]와 기존 연구 성과를 참조하였다. 그리고 와타나베 온(渡部溫, 1837~1898)이 번안하고 편무진이 편역한 『통속 이솝우화』[32]와 현재 시중에 유통되고 있는 판본 중에 가장 전문성이 돋보이는 판본인 천병희가 옮긴 『이솝우화』[33]를 참조하면서 분석에 활용하였다. 선별 과정을 도식화하면 [그림 1]과 같다.

---

31) Tom Simondi가 2014년 초부터 개설하였는데 공유 영역 자원(public domain sources)에서 찾은 이솝우화집을 모아 검색 기능을 활용할 수 있게 만들었다. 사이트에는 이솝우화의 13개 판본 즉 Townsand Version, L'Estrange version, Eliot/Jacobs version, Jones version, Crane Poetry Visual version, JBR Collection, Aesop for Children, One Hundred Fables by J. Northcote, Some of Aesop's Fables by A. & R. Caldecott, Mille Febulae et Una: 1001 Aesop's Fables in Latin, Fables de La Fontaine, Aesop in Rhyme by Jefferys Taylor, Fables of Aesop and Others by Samuel Croxall이 활용되었다.
이솝우화 컬렉션 사이트 https://fablesofaesop.com.

32) 와타나베 온은 토머스 제임스(Thomas James, 1809~1863)의 英譯 이솝우화를 번각한 『영문이소보물어(英文伊蘇普物語)』(1872)를 저본으로 하되 조지 파일러 타운센드(George Fyler Townsend, 1814~1900)의 영어판 이솝우화(1867)와 『國字本伊曾保物語』의 우화도 부분 추가하여 1873년에 총 6권으로 된 일본어판 이솝우화를 간행하였다. 모두 237편의 우화가 수록되었다. 이하 편의상 와타나베 온 판본으로 약칭하였다. 비교 분석하는 과정에서 인용할 경우 책 제목만 밝히고 본문 내 각주로 처리하였다.
이솝 원저·와타나베 온 번안·편무진 편역, 『통속 이솝우화』, 박이정, 2008.

33) 천병희가 옮긴 이솝우화는 Ésope Fables, Texte Établi et Traduit par Émile Chambry, Collection des Universités de France, Paris 1996의 그리스어 텍스트를 바탕으로 번역하였으며 현대어 번역으로 Temple 부부(Penguin Classics 1998)와 L. Gibbs(Oxford World's Classics 2002)의 영어 번역, H. C. Schnur의 독일어 번역, 위 Chambry의 프랑스어 번역을 참고하였다. 모두 358편의 우화가 수록되었다. 이하 편의상 천병희 번역본으로 약칭하였다. 비교 분석하는 과정에서 인용할 경우 책 제목만 밝히고 본문 내 각주로 처리하였다.
이솝 지음·천병희 옮김, 『이솝우화』, 숲, 2013.

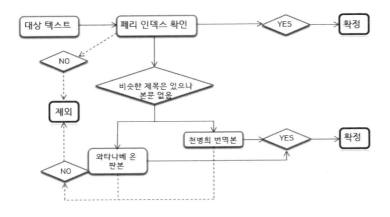

[그림 1] 이솝우화 선별 작업 과정

이솝우화를 선별하는 과정에서는 등장인물 혹은 동물, 모티브와의 유사성을 우선시하였다. 구체적인 선별 작업은 다음과 같은 몇 가지 경우로 나누어 정리할 수 있다.

첫째, 페리 인덱스에 포함된 경우이다. 예를 들면 『신정심상소학』의 「고깃덩이를 물고 가는 개」의 경우 페리 인덱스 사이트에서 'dog(개)'를 검색하였다. 검색 결과는 105개가 표기되었으며, 이를 하나하나 확인하여 해당 우화를 찾았다. 그리고 페리 인덱스 번호를 표기하였다. 「고깃덩이를 물고 가는 개」는 페리 인덱스 133번 「The Dog with the Meat and his Shadow」에 해당하므로 이솝우화로 선별하였다.

둘째, 페리 인덱스에 포함되었지만 웹사이트에 구체적인 내용이 명시되지 않았거나 본문이 링크되지 않은 경우이다. 이럴 경우에는 지면 형태의 페리 인덱스를 확인하여 본문을 확정하였다. 예를 들면 「노인과 아들과 당나귀 이야기」는 우선 페리 인덱스 사이트에서 'Donkey(당나귀)'

를 검색하였다. 검색 결과는 8개가 표기되었으며, 이를 하나하나 확인
하여 해당 우화를 찾았다. 이 우화의 모티브는 페리 인덱스 721번 「Father,
Son, and Donkey」 제목에 해당하지만 제목만 있을 뿐 간단한 줄거리가
명시되지 않고 본문도 링크가 되어있지 않았다. 그리하여 지면 형태의
줄거리를 확인하고 와타나베 온 판본을 참고하였다. 이 우화는 와타나
베 온 판본에도 수록되어 이솝우화로 선별하였다. 와타나베 온 판본에
서는 책 뒤에 부록으로 실린 색인에서 '당나귀'가 포함된 우화를 찾아
확인하였다. 즉 본문이 명확하지 않은 우화는 지면으로 된 페리 인덱스
를 확인하였으며 필요에 따라 와타나베 온 판본과 천병희 번역본을 참
조하였다.

　그리고 페리 인덱스에 포함되기는 하지만 우화의 모티브가 완전하게
같지 않은 경우가 있었다. 이러한 경우에는 등장 동물 혹은 인물, 모티
브가 비슷하면 기존 연구를 토대로 이솝우화로 선별하였다. 『천주실의』
와 『기인십편』에 똑같이 수록된 「개 두 마리」 우화를 페리 인덱스의 우
화와 비교하면 주요 등장 동물은 같으나 모티브가 좀 다르다. 페리 인
덱스에는 집을 지키는 개와 사냥을 하는 개로 되어있지만, 『천주실의』
와 『기인십편』에는 도성의 세력 있는 신하의 집에서 키우는 개와 도성
밖의 농가에서 키우는 개로 되어있다. 그럼에도 불구하고 이솝우화로
선별한 이유는 등장 동물이 같은 것 외에도 서로 달리 키워졌다는 에피
소 드가 비슷하기 때문이다. 뿐만 아니라 기존 연구[34]에서도 「개 두 마
리」 우화를 이솝우화로 보았기 때문이다.

　이와 비슷한 경우로 『신정심상소학』과 『초등소학』의 「파리와 나방」

---

34) 戈宝權, 「談利瑪竇著作中翻譯介紹的伊索寓言」, 『中國比較文學』 第1期, 上海外國語大學
　　中國比較文學學會, 1984, pp.222~235, p.234; 常森, 「中國寓言研究反思及傳統寓言視野」,
　　『文學遺産』 第1期, 中國社會科學院文學研究所, 2011, pp.141~151, p.145.

의 이솝우화가 있다. 파리가 꿀을 탐닉하다가 몸이 붙어버려 꼼짝하지 못하는 모티브는 페리 인덱스 80번 「The Flies in the Honey」에 대응하지만, 나방이 불에 날아드는 모티브는 당나라 시대의 비유이다. 그러나 파리 부분은 등장 동물과 모티브가 비슷하고 기존 연구35)에서도 언급하였기 때문에 이솝우화로 선별하였다.

셋째, 페리 인덱스에 포함되지 않은 경우이다. 페리 인덱스의 번호를 매길 수 없는 우화는 빈도수가 많아도 이솝우화로 선별하지 않았다. 예를 들면 『신정심상소학』과 『초등소학』에 모두 수록된 「두 마리 양」은 배위량의 『이솝우언』에도 수록되었으나 페리 인덱스에 포함되지 않았다. 그리고 와타나베 온 판본과 천병희 판본에도 수록되지 않았다. 이솝우화 컬렉션 사이트에서 검색한 결과 Aesop For Children(1919) 판본에 실렸으며 기존 연구36)에서도 이솝우화로 선별되었다. 그러나 페리 인덱스 번호를 매길 수 없어서 이솝우화로 선별하지 않았다.

이 외에 필요에 따라 페리 인덱스에 포함되지 않았거나 상세한 본문이 게재되지 않은 우화에 대해서는, 컬렉션 사이트의 검색 기능을 이용하여 영어로 된 우화집에는 수록되었지만 페리 인덱스에는 포함되지 않은 이솝우화를 검색하였다. 인물 혹은 동물, 물건, 화소 등을 검색하여 대응하는 이솝우화가 검색되면 상황에 따라 분석에 활용하였다. 그리고 제목이 명시되지 않은 채 수록된 이솝우화는 원칙적으로 페리 인덱스의 제목을 따랐다. 뿐만 아니라 천병희 번역본과 와타나베 온 판본의 경우 대상 텍스트와의 비교 과정에서 우화 본문 텍스트 비교를 위주로 하였다. 왜냐하면 마지막에 한 구절로 제시되는 교훈 부분이 우화 본문 텍스트와 거리가 있기 때문이다.

---

35) 金秉喆, 앞의 책; 정혜원, 앞의 논문.
36) 金秉喆, 앞의 책; 남미영, 앞의 논문.

이 책은 중국과 일본의 연구 성과를 아우르면서 한국에서의 이솝우화의 수용 시점과 구체적인 수록 양상을 추적하는 동시에 텍스트를 분석하고 그 시대적 의의를 규명하고자 하였다. 따라서 사실관계를 바탕으로 하는 자료 중심의 서지학적 연구를 토대로 영향관계에 대한 비교 분석 방법을 기본적인 연구 방법으로 삼았다. 물론 실제 텍스트 분석 과정에서는 동일 소재 우화를 번역·번안한 자와 독자, 사회 역사적 배경, 매체 특성에 따른 공시적 변화에 주목하였다. 이와 더불어 텍스트의 등장인물 혹은 동물, 배경, 서사 기본 구조 등에 대한 통시적인 변화에도 주목하였다. 그리고 동물을 인격화시켜 주인공으로 삼은 서사인 만큼 필요에 따라 원형적 심상을 비롯한 신화 비평 방법도 사용하였다.

이 책의 대체적인 목차 배열과 논의 전개는 다음과 같이 구성되었다.

제2장에서는 이솝과 이솝우화를 간략하게 소개하였다. 그리고 비판적 교훈으로서의 이솝우화가 교육과 시장의 수요에 따라 판본이 변화되는 양상을 정리하였다. 이를 토대로 이솝우화가 인문주의 사고방식과 결합되면서 동아시아로 전래되는 배경과 적응하게 되는 과정을 실증적으로 고찰하였다.

제3장에서는 서학 저서의 유입과 더불어 이에 수록된 이솝우화 양상을 고찰하였다. 서양 선교사들이 저술한 저서에는 중국 문인 계층과의 적극적인 대화가 이루어졌으며 이 과정에서 이솝우화가 인용되었다. 조선 문인들은 한문에 능숙하였으며 우의적인 수법 역시 친근하였기 때문에 내용 이해에는 문제가 없었으나, 이솝우화를 서양 문학으로 특별히 주목한 기록은 찾지 못하였다.

제4장에서는 근대 한국 매체에 수록된 이솝우화 양상을 고찰하였다. 즉 근대 한국의 교과서, 신문과 잡지, 단행본에 실린 이솝우화를 종합적

으로 분석하고 그 문학사적 의의를 서술하였다. 크게 출판과 교육의 장을 중심으로 일제강점기 전과 후로 나누어 고찰하였다.

근대 신식 교육 텍스트로서의 이솝우화는 아동을 대상으로 한『신정심상소학』과『초등소학』을 비교하면서 분석하였다. 일제강점기 전의 이솝우화는 최남선의 청소년 교육과 대중 계몽 선도, 윤치호의 대내외 시국에 대한 비판과 저항 의식, 그리고 단형 서사문학으로서의 시대적 책임 형상화로 나누어 고찰하였다. 일제강점기 후의 이솝우화는 청년에 대한 권유 및 체제 순응 유도와 선전, 그리고 표면화된 교리에 내재된 비판 의식으로 나누어 분석하였다.

제5장에서는 이솝우화의 구전적인 특성에 주목하여 한국 구비문학으로 전승된 양상을 고찰하였다. 근대 매체에 수록된 이솝우화 중 제일 많이 수록된 8편에 외래적 요소가 강하여 대표적이라고 판단한 1편을 추가하여, 한국구비문학대계 사이트에서 해당 자료를 찾아 그 전승과 변모 양상을 고찰하였다.

제6장에서는 위의 논의를 전체적인 틀에서 다시 한 번 종합하여 논술하였다. 즉 근대 한국 이솝우화의 시기별, 매체별, 독자별 문학사적 가치와 더불어 동아시아 문화 교류 과정에서의 역할을 종합적으로 평가하였다.

제2장

이솝우화의 기능과 세계화

이솝우화의
기능과 세계화

—

일본과 중국의 이솝우화 수용 시점의 근거가 되는 자료들에는 모두 그 당시 신생 수도회라고 할 수 있는 예수회(The Society of Jesus/Jesuit)[1] 서양 선교사들의 참여가 거론되었다. 왜 하필 이들이 일본과 중국으로 가서 힘들게 현지어를 배우고 낯선 문화를 익히면서 현지어로 된 문서를 작성하였으며, 이 과정에서 이솝우화가 어떻게 동아시아에서 전해졌을까 하는 질문이 본 장의 출발점이다.

---

[1] 예수회는 1540년 9월 27일에 교황 바오로 3세(Paul Ⅲ)의 비준을 받아 정식으로 설립 되었다. 스페인 출신 이냐시오(Ignatius de Loyola, 1491~1556)에 의하여 창설된 예수 회는 오늘날에도 활발하게 활동하고 있는 남성 수도회이다. 영신수련(Spiritual Exercises) 즉 인간의 영적인 체험과 발달로 모든 것 안에서 하느님을 발견(Finding God in All Things)하고 경외하며 나아가 투신하는 것을 불가결 요소로 중요시한다. 이 과정에서 학문과 교육을 특히 중시하며 이는 엄밀한 논리와 비판적인 사고를 바탕으로 습득된 지식이 신앙을 옹호하고 인간을 완전하게 성장시키는 동시에 타인을 위한 역사적 인 물인 예수 그리스도의 행동에로 이끌 수 있어 보다 효과적인 투신을 할 수 있게 한다 는 데서 기인된다.
예수회 교육사도직 국제위원회 지음·박 홍 옮김, 『예수회 교육의 특성과 이냐시오 교육학의 실천 방안』, 서강대학교 출판부, 1991, 21~74면 참조.

서양 선교사들의 동아시아 도래는 중국의 당·원 시대 때에도 있었지만 이 시기의 예수회만큼 큰 영향력을 행사했던 적은 없었다. 물론 이는 종교개혁으로 파생된 다른 분파들을 의식한 가톨릭 내부의 쇄신과 개혁, 신항로 개척과 더불어 서구 열강들의 팽창된 식민지 욕구와 밀접한 연관이 있었다. 이에 예수회가 취했던 선교 전략에는 강압적이고도 획일적인 유럽 우월주의 선교 방식과는 다른 인간 중심적 방식을 고안했던 노력이 엿보인다. 문서로 남긴 대량의 현지어 자료들이 이를 반증한다.

예수회는 인문주의를 근본정신으로 하던 르네상스 시대인 16세기에 창설되었다. 14~16세기에 이탈리아를 중심으로 진행되었던 르네상스는 근대 유럽 문명의 출발점이기도 하였다. 유럽의 중세를 지배했던 절대적인 권위 즉 신 중심의 사상과 봉건 제도에 대한 도전으로서의 인문주의는 고대 그리스와 로마의 문화를 부흥시킴으로서 인간의 가치와 창조성을 존중하는 인간 중심의 사상을 지향하였다.

15세기 구텐베르크(Johannes Gutenberg, 1397~1468)에 의하여 발명된 근대 활판인쇄술은 지식 정보의 보급과 확산을 가속화시켰다. 따라서 교회에 의하여 독점되었던 라틴어 지식들이 일반인들에게도 보급될 수 있었고, 맹목적인 신앙 추구보다는 인간의 가치를 강조하는 이성에 의한 믿음이 강조되었다. 그리고 종교개혁의 일환으로 16세기 중반에는 가톨릭의 부패와 타락에 대응한 신교 즉 프로테스탄티즘이 출범하였다. 기존의 가톨릭을 지켜내고 확장하는 과정에서 예수회는 과감한 혁신을 감행하였으며, 겉으로 보이는 형식이나 절차 외에도 인문주의를 바탕으로 하는 인간 내면 제고에 중시를 돌렸다.

이 시기 유럽의 지배자들은 신항로의 개척과 더불어 세계적인 범위에서 식민지 확장을 추진하였으며 사상과 정신면에서는 복음의 전파를 필요로 하였다. 동아시아 역시 사상이나 체제 면에서 급격한 변동을 겪고 있었다. 틀에 박힌 기성 체제는 지배 세력을 수호하는 도구로 충당되었으며 보다 다양한 사상이나 변혁에 대한 내부적인 수요를 충족시킬 수 없었다. 따라서 이미 실질적인 학문을 모색하는 움직임이 태동하고 있었다.

동아시아에서 예수회 서양 선교사들이 저술한 문헌을 통하여 최초로 전래된 이솝우화는 일본에서는 현지어 학습용 텍스트, 중국에서는 상위 계층을 대상으로 한 교리 설명 및 설득용 서사로 활용되었다. 이 장에서는 우선 이솝과 이솝우화에 대한 소개와 그 의의를 간략하게 고찰하였다. 그리고 이를 바탕으로 일본과 중국에서 이솝우화가 수용 및 적응되는 양상을 예수회의 선교 전략과 결부하여 검토하였다.

1. 교훈과 쾌락의 문학으로서의 이솝우화

이솝이 직접 지은 것으로 확인되는 일차자료는 아직까지 찾아볼 수 없다. 그러나 고대 학자들에 의하여 그의 이름과 작품이 기록되었으며 이는 오늘날까지 전해지고 있다. 뿐만 아니라 아직도 아동 인성 교육에 널리 활용되고 있다. 아동에게 읽혀질 수 있는 이유는 이솝우화가 무엇보다도 문학으로서의 교훈과 쾌락적 기능을 실현해왔기 때문이다.

에브람즈의 효용론[2]에 따르면 문학은 교훈적 기능과 쾌락적 기능으

---

2) 에브람즈는 문학을 보는 관점을 모방론(mimetic theories), 효용론(Pragmatic Theories), 표현론(Expressive theories), 객관적 존재론(Objective theories)으로 귀납하였다.
M. H. Abrams, *The Mirror and the Lamp*, Oxford University Press, 1953, pp.8~29 참조.

로 가치를 실현한다. 문학을 통한 교화는 동서고금을 막론하고 진행되어 왔다. 기원전 5세기부터 아테네 학교에서는 우화가 보급되었으며 저급 학년 학생들의 지혜를 키우면서 이치를 깨우치고, 고급 학년 학생들의 수사를 훈련시키는데 사용되었다.[3] 우화를 이용한 교훈적 기능은 한자문화권에서도 오랜 전통을 가지고 있는 친숙한 수법이다.

교훈과 쾌락이라는 문학의 본질적 기능을 구비한 이솝우화는 무엇보다도 비판적인 성격을 특징으로 한다. 따라서 끊임없이 상층 권력을 빗대어 우회적으로 풍자할 수 있었다. 뿐만 아니라 성인이 아닌 하층 노예의 지혜라는 점에서 이솝우화는 대중을 상대로 한 설득력을 획득할수 있었다.

1.1 비판적 교훈으로서의 이솝우화

이솝(Aesop)은 기원전 6세기경의 사람으로 추정되는데 그리스어 이름은 아이소포스(Aisopos)이다. 이솝이 직접 저술한 일차적인 문서가 없음에도 불구하고 이솝은 고대 역사가, 철학가나 정치가에 의하여 자주 언급되었다. 이는 이솝이 실존 인물이었을 가능성에 무게를 실어주고 있다.

이솝은 역사의 아버지로 일컬어지는 그리스 역사가 헤로도토스 (Herodotos, 기원전 484~425년)에 의하여 언급되었다.[4] 기원전 424년에 간행

---

3) 陳蒲淸, 『世界寓言通論』, 湖南敎育出版社, 1990, p.204.
4) 헤로도토스 지음·천병희 옮김, 『역사』, 숲, 2002, 241~242면.
　　"그녀는 트라케 출신으로, 사모스 사람인, 헤파이스토폴리스의 아들 이아드몬의 노예였으며, 우화작가 아이소포스의 동료 노예였다. 아이소포스도 이아드몬의 노예였음은 무엇보다도 다음과 같은 사실에 의해 입증된다. 델포이인들이 신탁에 따라, 누구든지 아이소포스의 사망 보상금을 수령하기를 원하는 자는 출두하라고 여러 차례 전령을 시켜 고지했을 때, 이아드몬과 이름이 같은 이아드몬의 손자 외에는 아무도 출두하지 않았다. 그래서 아이소포스가 이아드몬의 노예였음이 입증되었던 것이다."

되었던 헤로도토스의 저작 『역사』는 아직까지 가장 이르면서도 권위적
인 이솝 관련 문헌이다.

그리고 고대 그리스의 희극 작가 아리스토파네스(Aristophanes, 기원전
446~385년)의 작품에는 이솝과 그의 우화가 언급되었으며 고대 그리스의
철학자 플라톤(Platon, 기원전 427~347년)의 『파이돈(Phaedon)』에는 스승인 소
크라테스(Socrates, 기원전 470년 경~399년)가 감옥에서 이솝우화를 운문으로
지으면서 처형을 기다렸다는 등 기록이 있어 이솝우화가 오래 전부터
책의 형식으로 전해졌을 뿐만 아니라 고대 그리스 철학자들 사이에서
도 널리 알려졌음을 알 수 있다.[5]

이솝이 직접 등장하는 이솝우화도 있으며 이는 페리 인덱스를 통하
여 확인된다. 이솝의 일대기는 1세기에 구성된 것으로 추정되는 그리스
의 오래된 소설 『이솝의 삶(Life of Aesop)』에서 다루어졌다. 소설로 구성된
이솝의 전기적 사항은 정교하고도 아주 유머러스한 이솝의 모험담, 그
리고 노예 신분이었다가 자유민이 된 것과 함께 이솝이 극복해야 했던
여러 단점들을 언급하였다.

> 우리의 위대한 은인이자 이야기꾼인 이솝은 공교롭게도 노예였으며
> 프리지아 태생이었다. 그는 아주 못 생기고 더럽고 뚱뚱한 배와 큰 머
> 리, 들창코에다 흉하고 피부가 까무잡잡하고 난쟁이였으며 평발에 밭
> 장다리, 팔은 짧고 사팔뜨기에 두꺼운 입술을 갖고 있어 요컨대 기형이
> 었다. 게다가 신체적인 장애보다 더 심한 것은 이솝이 벙어리에다 말도
> 못 하였다.[6]

프리지아는 현재 터키에 해당하는 소아시아 중서부에 걸쳐있던 지역

---

5) Robert Temple, 앞의 책, p. xi 참조.
6) Laura Gibbs, "INTRODUCTION", *Aesop's Fables*, Oxford University Press, 2008, p. ix.

이다. 뿐만 아니라 피부도 까무잡잡하였다. 따라서 이솝이 그리스인이 아니라 아시아인 혹은 아프리카인이라는 견해는 늘 존재한다. 이솝은 외모가 추하고 우스꽝스러웠을 뿐만 아니라 신분이 비천하고 말도 못하였다. 이솝의 말재주는 태생적인 것이 아니라 이시스 여신에게서 선물 받은 것이다.

벙어리였던 이솝은 이시스(Isis) 여신에게 정성을 다한 보상으로 연설 능력을 선물 받는데, 말을 할 수 있게 되자마자 노예 감독관의 지나친 잔혹함을 비난하기 시작하였다. 결국 이솝은 경매에 붙여졌고 사모스 섬의 크산투스(Xanthus)라는 철학자에게 팔려갔다. 『이솝의 삶』의 대부분은 이솝이 주인의 허점을 찌르거나 주인의 아내에게 굴욕을 주는 경우를 많이 다루었다. 마침내 이솝은 자유를 얻어 바빌론 왕의 고문이 되었으며 그를 도와 이집트 왕과의 두뇌 싸움에서 이겨 후한 보상을 받았다. 그 시점까지 이솝은 전 세계적으로 유명하였지만 그리스의 델포이에 갔을 때 그 곳 시민들을 모욕하고 소란을 불러일으켜 그들은 이솝을 죽이기로 결심하였다. 이솝이 모르는 사이에 델포이 사람들은 아폴로 신전의 금으로 된 잔을 이솝의 행낭에 넣어 이솝을 절도 혐의로 체포하였다. 이솝이 자신의 생명을 위해 일련의 이야기로 탄원하였음에도 불구하고 델포이 사람들은 기어이 이솝을 절벽에서 밀어내어 처형하였다. 이솝의 불행한 운명은 우화가 설득력 있는 연설에 효과적인 장르가 아니라고 생각할 수 있지만 우화의 역사 자체는 이와 다르게 증명된다. 『이솝의 삶』에서는 이솝이 비록 델포이 사람들로부터 구조되지 못하였지만, '이솝의 우화'는 가장 오래되고 가장 널리 파급된 고대 그리스와 로마 문화 장르 중 하나가 되었다. 이 전통은 그리스와 로마에서 천년이 넘게 성행하였으며 중세 시대 후기에 와서 다시 생기를 회복하여 10세기부터 오늘날까지 지속되어 왔는 바 또 한 번 천년의 인기를 누리고 있다.[7]

---

7) Laura Gibbs, 앞의 책, pp.ix~x.

뛰어난 연설 능력을 마음껏 발휘할 수 있었던 이유는 이솝의 비천한 신분과 추한 외모 때문이기도 하다. 잃을 것 없는 이솝은 노예 신분임에도 상급자를 비난하고 주인의 허점을 찔렀으며 사람들에게 모욕감을 주기도 하였다. 그는 자유를 얻어 왕의 고문까지 되어 후한 보상을 누리고 명성을 떨쳤음에도 불구하고 사람들로부터 미움을 받아 도적으로 몰리다가 결국 벼랑 끝에 내쳐지는 처지가 되었다. 이솝의 연설 능력은 그로 하여금 자유를 얻고 후한 보상과 명성을 누리게 한 반면, 모욕을 주고 소란을 일으킨다는 죄명으로 사람들로부터 처형을 당하도록 하였다. 이솝우화 역시 이솝의 일생과 마찬가지로 널리 읽히기도 하다가 그 공격성으로 인하여 배척을 받았다. 이솝의 일대기에는 전설적인 요소가 가미되었지만 그의 이름으로 전해진 우화는 오랜 기간을 두고 전해졌으며 여러 고대 철학자들에 의하여 회자되었다.

그 이유는 이솝우화가 아래 역할들을 완벽하게까지는 아니더라도 가장 잘 수행하고 있기 때문이다.

1. 문학은 가장 기본적인 형식으로 항상 불공평한 권력 관계와 대화를 유지해왔다.
2. 권력을 쥐고 있지 않는 사람들이 논평을 하려면 반드시 그들의 논평을 인코딩해야 한다.
3. 글은 저자로부터 권한을 부여받으며 텍스트가 문화적인 공명을 획득하기 위해서는 하나의 이름을 고수할 것을 필요로 한다.
4. 위트(문학적 독창성)가 자유로워진다.
5. 기본적인 문제는 기본적인 은유를 필요로 한다. 우화에서처럼 은유의 역할은 인간의 의식과 생존 사이를 중재하며, 인체 기관을 포함한 동물과의 재결합을 통하여 최소한의 재료로 최악의 상황을 인지하도록 한다.[8]

---

8) Annabel Patterson, *Fables of Power: Aesopian Writing and Political History*, Duke University

이솝우화는 권력이 없는 자들에 의하여 인코딩된 재치 있는 논평이며 불공평한 권력 관계와 위트 있는 대화를 유지하기 위한 수단이었다. 그리고 은유를 내포하되 문화적인 공명을 얻기 위하여 이솝이라는 한 노예의 이름하에 귀결되었다. 뿐만 아니라 이솝우화는 인간의 의식, 생활 방식과 긴밀하게 연결되어 있다.

이상의 논의를 종합하면 이솝은 고관대작이거나 학식이 풍부한 지체 높은 지식인은 아니었다. 오히려 신분, 외모와 지식에 관한 콤플렉스를 오직 위트 있는 지혜로만 이겨낸 전형적인 인물이었다. 따라서 대중적인 공감을 불러일으킬 수 있어 고대 철학가나 사상가들에 의하여 이들의 논지를 전개하는데 활용되었다. 지혜가 결코 신분, 외모나 지식에 비례하지 않는다는 이솝의 일대기 자체는 사회적 위계질서를 겨냥하는 비판적인 성격을 지녔다.

1.2 교육과 시장 수요에 따른 판본 변화

이솝우화는 이솝에 의한 창작으로 알려지지만 구전되는 과정에서 여러 사람들에 의하여 첨삭되었다.[9] 그리고 오랫동안 여러 가지 언어로 운문 혹은 산문 형태로 구두로 전승되거나 문서로 전해졌다. 이해하기 쉬운 이솝우화는 수사적 표현으로서의 예증으로 연설가들의 연설이나 선교사들의 포교에 활용되었다. 뿐만 아니라 비판적 성격으로 인하여 조치되기도 하였으며 다양한 언어를 익히기 위한 문법 교육 텍스트로

Press, 1991, pp.15~16.

9) 이솝우화 판본 관련 사항은 Laura Gibbs, 王煥生, 何新의 연구를 참조하였다. Laura Gibbs, 앞의 책, pp.xx~xxxi; 王煥生, 「前言」, 伊索 著·王煥生 譯, 『伊索寓言』, 人民文學出版社, 2015, pp.1~8; 何新, 「伊索幷非希腊人 : 關于伊索寓言文本眞相的考証」, 『希腊僞史續考』, 中國言實出版社, 2015, pp.41~45.

도 사용되었다. 그리고 18세기부터는 교훈과 오락을 겸비한 특성으로 말미암아 어린이 교육용 텍스트로 널리 읽혀졌다.

기원전 4~3세기에 이솝우화는 당시 아테네의 통치자, 철학가, 문학 애호가였던 데메트리오스(Demetrius, 기원전 345~283년)에 의하여 연설가들의 참고 용도로 정리되었다. 원문은 대략 200편에 달하지만 유실되었으며 이는 반복적으로 전사(轉寫)되다가 후에 정리된 1~2세기 필사본들의 초석이 되었다.

1세기 초에 파이드로스(Phaedrus)가 라틴어 운문으로 정리하였으며 2세기에 바브리오스(Babrius)는 그리스어 운문 형식으로 정리하였다. 파이드로스와 바브리오스의 작업에는 이솝우화 수집 외에도 개인별 재창작 요소가 가미되었다. 4세기에 아프토니오스(Aphthonius)는 간략한 산문 형식으로 정리하였으며 이솝을 가장 뛰어난 우화 작가로 평가하였다. 5세기 초에 바브리오스를 본보기로 한 아비에누스(Avianus)가 라틴어 운문으로 정리하였는데 이 우화집은 중세 시대에 인기가 많았다. 11세기 그리스 학자 신티퍼스(Syntipas)의 우화는 시리아 이야기로부터 그리스어로 번역한 것인데 이는 사실 고대 혹은 중세 시대에 그리스어에서 시리아어로 번역되었던 것이다. 그가 정리한 우화에는 교훈을 담고 있었다.

설교의 형식으로도 이솝우화가 활용되었는데 11세기 프랑스 수도사이자 학자인 아드마르(Admar)는 포교, 예배 작품 및 기독교 시의 작가이기도 하며 6, 7권에 달하는 이솝우화를 창작하였다. 13세기 학자이자 목사인 오도(Odo)는 기독교를 배경으로 한 우화로 선교하였는데 설교 내용이 이야기보다 긴 작품도 간혹 있었다. 그러다 14세기에 와서 비잔티움 시기 이스탄불의 정교 선교사 막시무스 플라누데스(Maximus Planudes, 1260~1330)에 의하여 약 150편에 달하는 이솝우화가 정리되었다. 그는 우화집의 저자가 이솝이 확실하지도 않은 채 가톨릭 선교사들을 풍자하였다는 이유로 이단으로 고발되었다. 그의 우화집은 1475~1480년 사이에 보노스 아쿠르시오스(Bonus Accursius)에 의하여 출판되었다. 1480년에는 독일인 스타인회벨(Heinrich Steinhöwel, 1412~1478)이 라틴어와 독일어로 된 이솝우화집을 펴냈다. 이 판본은 루터(Martin Luther, 1483~1546)가 접하게 되며 따라서 종교개혁 시기의 설교에도 활용되었다.[10]

이솝우화는 1484년 윌리엄 캑스턴(William Caxton, 1422~1491)에 의하여 영어 활자로 인쇄되어 널리 알려졌으나 이는 결코 어린이를 위한 번역은 아니었다. 1546년에는 프랑스 선교사 로버트 스티븐(Robert Steven)에 의하여 이솝우화는 재편집되어 출판되었는데 이 판본에는 파리왕실도서관에 소장되어 있던 무명의 우화 필사본의 내용이 추가되었다. 1610년 스위스 학자 이삭(Isaac Nicholas Nevelet)은 이 판본을 개편하여 『Mythologia Aesopica』라는 책명으로 출판하였는데 그중 136편은 바티칸도서관 소장 미출판 우화를 추가한 것이었다. 이 책이 출판된 이후, 성서를 제외하고는 이솝우화만큼 널리 발행된 책이 없었다.[11]

17세기에 이르러 라퐁텐(Jean de La Fontaine, 1621~1695)은 1668년부터 1694년까지 12권에 달하는 프랑스어 운문 우화집을 펴냈으며 루이 14세의 손자에게도 『우화 선집(Fables Choisies)』을 헌정하였다. 그는 우화로 인간

---

10) 이지성은 루터는 설교와 편지, 주석, 논문 탐상담화 등에서 우화를 자주 사용하였으며 이솝우화를 성서 다음으로 중요한 책이라고 하였다. 그리고 루터는 이솝우화를 통하여 복음에 다가가기 위한 율법의 기능을 보여주었다고 하였다.
이지성, 「루터의 저작에 나타난 이솝우화 연구」, 『기독교사회윤리』 36집, 한국기독교사회윤리학회, 2016, 179~212면, 181~201면 참조.

11) George Fyler Townsend, *Three Hundred Aesop's Fables*, London George Routledge and Sons, 1867, p.xvi.
"During the interval of three centuries which has elapsed since the publication of this volume of Nevelet's no book, with the exception of the Holy Scriptures, has had a wider circulation than Aesop's Fables."

세태를 풍자하여 이름을 떨쳤으며 이솝우화로부터 소재를 취하기도 하였다. 이와 비슷한 시기인 1692년에는 레스트랭지(Roger L'Estrange, 1616~1704)가 어린이들로 하여금 그들의 책임에 대한 인식을 키워주기 위하여 영어로 번역된 이솝우화를 출판하였다. 1722년에는 사뮤엘 크록살(Samuel Croxall, 1690~1752)에 의하여 정리되었다. 18세기에 이르러서 이솝우화는 어린이들을 위한 책으로 널리 유통되었다. 19세기에는 토머스 제임스(Thomas James, 1809~1863)와 조지 파일러 타운센드(George Fyler Townsend, 1814~1900)의 영어로 된 번역판이 널리 전해졌다. 1927년에는 프랑스의 에밀 샹브리(Émile Chambry, 1864~1938)에 의하여 정리된 358편의 우화가 출간되었다. 이는 이솝우화 완성판으로 불리는 1998년 미국의 로버트 템플(Robert Temple)·올리비아 템플(Olivia Temple) 부부 판본[12])의 토대가 되었다. 1952년에 페리(Ben Perry)는 유일하게 그리스어와 라틴어 전통을 동시에 아우르는 현대 판본 『Aesopica』를 출판하였다.

요컨대 이솝우화는 서양 철학과 윤리 사상의 흐름에 밀착하여 유연하게 변모되어왔다. 이솝우화에 대한 정리와 그 중요성을 부각시키는 작업은 인간 중심의 사고방식을 핵심으로 하였던 14~16세기의 르네상스 인문주의의 영향을 받았다. 고대 로마와 그리스의 고전으로부터 인간의 창조성과 가치관 및 심미성을 찾아내는 과정에서 이솝우화는 현인들에 의하여 언급되었을 뿐만 아니라 이들의 논거 설파용 텍스트로 폭넓게 활용되었다. 그러다 17~18세기에는 이성 중심을 핵심으로 삼은 계몽주의가 인간의 지식과 힘으로 상황을 개선할 수 있다고 주장하면서, 권위적인 사회조직 형태인 절대 왕정을 비판하고 나아가 사회계약

---

12) 템플 부부의 이솝우화는 신현철·최인자에 의하여 번역되었다.
　　이솝 지음, 로버트 템플·올리비아 템플 편집, 신현철·최인자 옮김, 『이솝 우화 전집-원제: *AESOP -The Complete Fables*』, 문학세계사, 2009.

에 의하여 소유와 자유 및 권리가 보호받는 분권형태의 국가를 위한 개혁과 혁명이 일어났다. 다시 말하면 이성과 지식을 신봉하던 시대에 와서 이솝우화는 본격적으로 아동 교육을 위한 텍스트로 활용되기 시작하였다.

이솝우화의 교육용 텍스트로서의 활용은 출판업과 시장의 활성화라는 이유 외에도 경험주의 철학자로서 자유주의를 정초하고 미국혁명과 미국헌법에 큰 영향을 준 존 로크(John Locke, 1632~1704)의 교육 이념과 갈라놓을 수 없다. 로크는 인간의 정신이 백지 상태로 태어나 경험을 통하여 지식을 익히는데 선함과 악함을 결정하는 과정에서 부모와 교사의 역할을 강조하였다. 그는 젊은 독자들에게 이솝우화를 추천하였는데 그 이유는 이솝우화가 어린이들에게 즐거움과 오락을, 젊은이들에게는 유익한 심사숙고를 가져다주기 때문이라고 하였다. 뿐만 아니라 그림이 첨부된 이솝우화를 제안하였는데 이는 어린이들을 즐겁게 할 뿐만 아니라 지식의 증가와 더불어 독서를 격려할 수 있다고 하였다.[13]

이와 반대로 근대 아동의 발견에 큰 공헌을 한 루소(Jean-Jacques Rousseau, 1712~1778)는 인간의 본성이 선함을 주장하면서 어린이를 자주적인 존재로 취급하였으며 이들로 하여금 어린이만의 고유의 본성을 지키면서 자유롭게 스스로 배우도록 주장하였다. 그는 라퐁텐이 화려한 운문으로 번안한 이솝우화 「까마귀와 여우」를 예로 들면서 여우의 감언이설에 넘어가 물고 있던 치즈를 놓쳐버리는 까마귀를 통하여 어린이들이 얻게 되는 교육적 효과는 눈앞의 이익을 위하여 아첨과 거짓말을 하고 선한 자보다는 교활한 자를 따라 배우도록 유도하기 때문에 독서는 유년 시대의 재앙이라고 주장하였다.[14]

---

13) Sam Pickering, "Introduction", Jack Zopes ed., *Aesop's Fables*, Penguin Group, 2004, pp.4~6 참조.

그럼에도 불구하고 이솝우화는 활발하게 출판되었으며 오늘날에는 전 세계 어린이를 주요 독자로 하는 교육용 텍스트로 위상을 굳히고 있다. 그 이유는 비판의 예봉이 상황에 따라 해석이 판이함에도 불구하고 간결한 스토리와 상상력을 통한 익살스러운 장면에서 비롯되는 오락성에서 기인한다.

이솝우화는 오랜 기간 동안 여러 가지 언어로 된 운문과 산문 형식으로 반복적인 번역과 편집 과정을 거쳤다. 뿐만 아니라 연설, 교훈, 설교에 사용되었는가 하면 양날의 검처럼 그 예리한 공격성 때문에 처벌을 받기도 하였다. 이솝우화는 구전으로 전승되다가 1세기에 와서야 라틴어 운문으로 작품이 정리되었는데 이는 작품과 작가에 불확실성을 더해준다. 다시 말하면 이솝을 일반적으로 그리스인이라고 함에도 불구하고 이솝우화의 그리스어 판본이 결코 원본이라 볼 수 없으며 그리스어를 토대로 한 번역 역시 일차 번역이라고 볼 수 없다. 즉 이솝우화는 그리스라는 지역적 공간은 물론 이솝의 생애라는 시간도 넘나드는 공동 창작으로 보아야 비교적 온당하다.

이솝우화가 결코 처음부터 줄곧 오늘날처럼 아동을 주요독자로 한 텍스트가 아니었다는 점은 주목할 필요가 있다. 기원전 4~3세기에 데메트리오스에 의하여 처음으로 정리된 이솝우화 모음집의 용도는 연설가들의 참고용이었다. 이솝우화는 연설가는 물론 역사학자, 철학가나 사상가들에 의해서도 언급되면서 실증적인 문서 자료로 남겨졌다. 다시 말하면 유럽인인지, 아프리카인인지, 아시아인인지도 확정할 수 없는 사회 최하층 노예의 이름을 건 우화가 아테네 귀족 성인 남자들로만 구성되었던 시민이라는 권력층에 의하여 문서 혹은 구두로 사상이나 의

---

14) 장 자크 루소 著, 吳澄子 譯, 『에밀 (上)』, 博英社, 1976, 186~197면 참조.

식 형태를 설명하고 주장하는 논거로 사용되었던 것이다.

1.3 인문주의의 발흥과 이솝우화

이솝우화를 활용한 설득과 예증은 자연스러우면서도 전문적인 웅변
술이자 수사적 표현이었다. 예수회 선교사들은 동아시아에로 파견되기
전에 이미 예수회 소속 교육기관에서 전문적인 훈련을 거쳤는 바 신학
과 함께 화술과 논쟁 등을 체계적으로 익혔다. 이는 르네상스 인문주의
와 갈라놓을 수 없는데 "수사학은 인문주의 운동이 배양한 주요 학문이
었고 그것의 원형은 웅변술"[15]이었기 때문이다. 이성적 사유에 기반을
둔 아리스토텔레스의 사상과 르네상스 인문주의의 영향을 크게 받은
예수회의 교육 과정은 전혀 다른 문화에 대해서도 포용적인 자세를 취
할 수 있도록 하였다.[16] 예수회는 토마스 아퀴나스(Thomas Aquinas, 1224/
1225~1274)의 『신학대전(Summa Theologiae)』을 토대로 한 중세 스콜라 학파
의 영향을 받았다. 이교도라서 교회로부터 적대시되었던 아리스토텔레
스는 아퀴나스에 의하여 기독교와 신학적으로 결합되었다.[17]

아리스토텔레스의 수사학[18]에는 토론적 담론, 사법적 담론, 제시적

---

15) 존 오말리 지음·윤성희 번역, 『초창기 예수회원들』, 이냐시오영성연구소, 2014, 433면.
16) 김혜경, 『예수회의 적응주의 선교 -역사와 의미』, 서강대학교 출판부, 2012, 109면
참조.
17) 아퀴나스는 신앙과 이성의 합일 및 조화를 강조하였는데 이는 이성으로 신을 증명할
수 있다는 관점에서 비롯되었다. 아퀴나스는 아리스토텔레스처럼 인간을 이성적인
능력을 갖춘 사회적인 존재로 보았다. 아퀴나스에 따르면 신의 피조물인 인간은 세
속적인 지식으로도 선을 구별할 줄 알며 도덕적 원칙과 법규에 따라 사회적이고도
도덕적인 삶을 영위할 수 있다. 그러나 인간의 최고 목표인 영원한 구원을 실현하기
위해서는 계시와 신앙이 요구된다.
군나르 시르베크·닐스 길리에 지음, 윤형식 옮김, 『서양철학사 1』, 이학사, 2016,
266~323면 참조.

담론 세 종류의 담론이 있는데 이 담론들의 공통 증거 중 하나가 예증이다. 예증에는 앞서 일어난 사실들을 인용하는 역사적 예증과, 예증 자체를 만들어내는 우의나 우화가 있다. 현실에서 아주 유사한 상황을 찾기가 어려울 경우 우화를 상상해 보는 일이 더욱 쉬울 수 있다. 우화를 통한 논증은 훨씬 손에 넣기 쉬운 특징을 가지고 있으며, 역사적 사실을 통한 논증은 신중한 토의에서 더욱 유용하다. 따라서 연설가들은 자신들의 주장에 설득력을 실을 수 있고 대중들에게 효과적으로 전달하기 위하여 우화를 이용하였다. 우화를 통한 논지 전개나 교리 천명은 선교사들이 받은 교육 체계에서 자연스럽게 익히게 된 논리와 수사의 결정체였다.

인문주의 사고방식은 교육에도 적용되었다. 예수회는 최초로 정규 교육을 주요 사업으로 삼은 수도회였을 뿐만 아니라 "청소년과 문맹자들"[19]에게도 가르침을 주려고 하였기 때문에 '교육 수도회' 혹은 '교수 수도회'로 불렸다. 대중을 향한 교육의 근본 목적은 결국 선교에 있었으나 예수회의 교육 체계는 서양은 물론 세계적인 범위에서 교육사에 큰 영향을 주었다. 체계적인 교육을 중시했던 이유는 무엇보다도 예수회를 이끌어갈 회원들의 교육과 양성에 필요하였기 때문이다.

학교는 성당과는 다르게 좀 더 공공적이고 세속적인 장소이며 종교

18) 아리스토텔레스 지음 · 이종오 옮김, 『아리스토텔레스의 수사학』, 한국외국어대학교 출판부, 2015, 207~210면 참조.
19) 예수회 교육사도직 국제위원회 지음 · 박 홍 옮김, 앞의 책, 83면.
"바오로 3세의 인가를 받기 위하여 제출한 '예수회 기본법(Formula)'에 의하면, 예수회의 설립 목적은 '신앙을 수호하고 전파하며, 그리스도 교인의 생활이나 교의의 성장을 위해 공공의 설교와 강의, 하느님 말씀의 봉사, 나아가서는 영신 수련을 수단으로 하고 청소년과 문맹자들에게 그리스도 교리를 가리치고, 신자들의 고백성사를 듣고 다른 성사들을 베풂으로써 영신적 위안을 베풀어 그리스도교 생활과 가르침에 있어서 영혼들의 진보를 도모하는 일이다.'"

적 색채가 덜하고 상대적으로 문화에 치우친 교육이 실시되었다. 다시 말하면 형이상학적인 철학이나 신학을 배우기 위한 사전 교육으로 이성을 토대로 한 인문학에 대한 교육을 중시하였다. 인문학 교육은 교과 과정이 되는 동시에 기타 특징에도 밀접한 영향을 주는 관건적 요소이다. 예수회 선교사들은 물론 유럽의 지식인들도 본격적으로 철학이나 신학을 익히기 전에 인간에 대한 연구, 즉 그리스와 로마 고전을 통한 이성적인 사고를 익혀야 하였다.

> 이냐시오 자신도 포함하여 예수회에 입회한 지 얼마 되지 않는 회원들은 그리스어와 라틴어 웅변가들의 글과 수사학 고전들을 공부해야 했다. 예수회원들이 이러한 작품들을 알아야 하는 데에는 여러 가지 이유가 있었지만 가장 중요한 것은 그것들이 설교가를 훈련시키는 데 유용했기 때문이다. 좀 더 구체적으로 말하자면, 초창기 예수회원들은 고전 수사학 전통이 감정을 건드리고 또 감정을 일으킬 수 있는 법을 설교가들에게 가르치는 데에 매우 강력한 도구가 된다는 것을 알았기에 그것에 매달렸다.[20]

예수회 회원 양성에 있어서 설교는 지식을 능동적으로 활용하는 방법이면서도 선교사로서의 자질을 검증받을 수 있는 기회였다. 실제 설교를 훈련시키는 과정에서는 인문학적 수양을 토대로 한 웅변술을 필요로 하였다. 그 이유는 딱딱한 교리를 읊기보다 고전 수사학적 전통을 활용하는 것이 인간의 감정에 더욱 효과적으로 작용할 수 있었기 때문이다.

『면학규정(Ratio Studiorum)』(1599)에 따르면 예수회 학교의 하급 과정에서는 초급·중급·고급 문법, 인문학, 수사학을 가르쳤고 고급 과정에서

---

20) 존 오말리 지음·윤성희 번역, 앞의 책, 174면.

는 수학(지리학과 천문학), 윤리학, 철학, 양심의 사례, 스콜라 신학, 히브리어, 종교 경전을 가르쳤다. 그 중 고급 문법 교사를 위한 규칙 제1항에 이솝이 언급되는데 그 내용은 다음과 같다.

> 이 수업의 목적은 완전하고도 완벽한 문법 지식을 습득하려는 데에 있다. 그러므로 교사는 처음부터 통사론을 복습하면서 모든 예외 사항을 포함시켜야 한다. 그러고 나서 수사적 표현과 운율의 규칙을 해석하여야 한다. 그리스어에서는 품사론을 포함하거나 또는 기본지식을 채택하되 방언과 특이한 변형은 제외한다. 1학기의 산문 읽기 자료로는 키케로(Cicero)의 편지 「친구에게(Ad Familiares)」, 「아티쿠스에게(Ad Atticum)」, 「형제에게(Ad Quintum Fratrem)」에서 취하는 것이 더욱 중요하다. 2학기에는 그의 「우정에 관하여(De Amicitia)」, 「노년에 관하여(De Senectute)」, 「궤변(Paradoxa)」 등에서 취해야 한다. 시 작품 중에서 1학기에는 선택 및 수정된 오비디우스(Ovid)의 애가와 서한에서 취해야 하고 2학기에는 카툴루스(Catullus), 티불루스(Tibullus), 프로페르티우스(Propertius), 베르길리우스(Vergil)의 목가시나 그의 좀 쉬운 책들 예를 들면 농경가(Georgics) 제4권, 아에네이드(Aeneid) 제5권과 제7권에서 취한다. 그리스어에서는 성 요한 크리소스톰(St. John Chrysostom), 이솝(Aesop), 아가페투스(Agapetus)와 이러한 저자들에게서 취한다.[21]

예수회의 교육에서는 라틴어와 그리스어에 대한 체계적인 문법 교육을 하급 과정에 배치하여 반드시 들어야 하는 수업으로 배정하였다. 문법을 배우기 위하여 시와 산문 자료로 구체적인 작품을 들었는데 그 중 이솝우화가 포함되었다. 따라서 예수회 회원은 물론 예수회 학교에서 교육을 받은 사람들은 운문으로 된 이솝우화를 통하여 고급 문법 교육을 받았을 것임을 알 수 있다.

---

21) Allan P. Farrell, S.J., Introduction, *The Jesuit Ratio Studiorum of 1599*, Conference of Major Superiors of Jesuits, 1970, p.84.

예수회 회원들은 인문주의의 발흥과 더불어 학교라는 장소에서 보다 다양한 신분의 사람들과 어울리면서 문법 기초와 인문학적 소양을 쌓은 토대 위에 본격적으로 철학이나 신학 교육을 받았다. 특히 쓰기, 외우기, 복습, 연설, 시험, 토론, 경합, 연극 등 다양한 방식을 통하여 단계별로 배운 지식을 최종 목적에 맞게 기억하고 활용하는 것을 중시하였다. 엄격하고 체계적이면서도 경쟁심을 자극하여 우수한 자들이 선별되는 교육은 폐단이 있었음에도 불구하고 교육받을 권리의 보편화를 촉진하였고 예수회 회원들의 전체적인 자질을 높였다. 뿐만 아니라 근대 유럽은 물론 동아시아를 비롯한 세계 역사에 영향을 준 엘리트들을 배출하였으며 중국과의 심층적인 문화 교류를 진행할 수 있는 토대를 쌓았다.

2. 동아시아 선교 문서로서의 이솝우화

르네상스 시대의 유럽에서는 인쇄술의 발전과 더불어 지식의 확산이 가속화되었다. 그리고 종교개혁으로 인하여 분리된 프로테스탄트 세력이 급속하게 성장하였다. 이와 동시에 근대의 초기 국가 형태인 절대왕정이 성립되었으며 신항로 개척과 함께 세계적인 식민지 확장이 진행되었다. 이는 가톨릭 내부의 쇄신과 개혁 외에도 외부적으로는 새로운 영역으로의 확장을 촉진하였다. 신생 교파를 탄압하여 개종시키기보다는 복음이 미치지 못한 지역에 대한 선교가 더 효과적이었기 때문이다.

한자문화권에서는 문자와 서적이 권위적인 역할을 하였으며, 중국 내부에서도 방언이 다양한 연고로 구두 선교보다는 문서 선교가 효과적이었다. 이에 대응하여 예수회 선교사들은 현지어로 된 문서를 작성하여 선교를 하였다. 뿐만 아니라 중국과 일본의 가부장적 사회 질서에 대응하는 방법을 모색하였다. 그리하여 학문을 중시하는 지배 세력을 주요 대상으로 논리적인 설득을 강조하였다. 선교 과정에서는 맹목적으로 신도(信徒) 규모를 확장하고 형식적으로 계시 관련 교리를 선포하기 보다는, 이성이나 경험 위주의 자연 신학 부분을 강조하였다. 따라서 중국의 문인 관료들과 심층적인 정신문화 교류를 진행할 수 있었다.

동아시아 한자문화권 내에서 활동했던 예수회 선교사들의 선교 방법은 적응주의 선교였다. 인문학 중에서도 문학에 속하는 이솝우화는 예수회의 동아시아 적응주의 전략과 더불어 본격적으로 수용되었다. 다시 말하면 서양과 한자문화권 사이의 심층적인 문화 교류가 예수회의 적응주의 전략에 의하여 현지어로 추진되었는데, 이 과정에서 이솝우화가 문서 형태로 수록되었다.

2.1 예수회의 적응주의와 이솝우화

이솝우화는 유럽에서도 오랫동안 구전이나 필사 형태의 여러 가지 언어로 전해졌다. 따라서 이러한 구전 가능성을 염두에 두었을 때, 서양 선교사들의 동아시아 도래와 더불어 낯선 언어 환경에서도 얼마든지 이솝우화의 전래가 가능하였을 것임을 유추해볼 수 있다. 그리하여 이솝우화가 전개되는 배경으로서의 예수회 선교 전략의 맥락을 간략하게 짚어보았다.

가장 먼저 아시아에 도착한 예수회 선교사로는 수도회 창립 멤버 중의 일원인 스페인 출신 프란시스코 사비에르(方濟各/沙勿略, Francisco Xavier,

1506~1552)였다. 사비에르는 말라카22)에서 일본인 야지로(安次郎)를 만나 1549년에 일본의 규슈(九州) 가고시마(鹿兒島)를 방문하였다. 2년 남짓한 일본에서의 선교 체험을 통하여 그는 가부장적인 사회 구조를 직접 체험하면서 최하층의 사람들에게 하나하나 다가가는 것보다는 사회적 지위가 높은 지배 계층과 직접 교류해야 효과적임을 인식하였다. 그러기 위해서는 언어의 장벽을 극복하여 이들과 철학적이고도 학술적인 견해를 나눌 수 있어야 하며, 허름한 복장 대신 격을 갖춘 옷으로 바꿔야 함을 깨달았다. 뿐만 아니라 중국 문화의 영향력23)을 절실하게 느꼈으며, 일본보다는 중국 선교가 선행되어야 한다고 판단하였다.24) 당시 명나라는 쇄국정책을 실시하고 있었고 결국 사비에르는 중국 대륙에는 가보지 못하고 1552년 바다 건너로 광동(廣東)이 바라보이는 상천도(上川島)에서 생을 마감하였다.

사비에르의 적응주의 노선은 이탈리아 출신 알레산드로 발리냐노(范禮安, Alessandro Valignano, 1539~1606)에 의하여 실행되었다. 그는 1579년에 일본에 처음 도착하였는데, 그 전까지 일본에서는 포르투갈 군인 출신 예

---

22) 말라카는 말레이 반도 서남부에 위치해 있으며 14세기 말에 이슬람 왕국이 세워졌고 유럽과 아시아를 잇는 해상 실크로드의 요충지가 되었다. 1511년 포르투갈의 식민지가 되었으며 1641년 이후에는 네덜란드, 그러다 1795년부터 영국, 1818년에 다시 네덜란드, 1824년부터 또 다시 영국에 넘겨졌다. 1941년부터 3년 남짓한 기간 일본에 의해 통치당하기도 하였다. 1957년 영국으로부터 독립하여 말레이시아 연방에 소속되었다.

23) "제가 일본에서 목격한 바에 의하면 중국인은 아주 지혜롭고 일본인보다 훨씬 뛰어납니다.. 사고에 능할 뿐만 아니라 학술도 중시합니다.[就我在日本所目覩，中國人智慧極高，遠勝日本人.. 且擅於思考，重視學術。]"
    方豪，『中國天主教史人物傳 上』，中華書局，1988, p.60.

24) "일본에서 현재 행해지고 있는 교파는 중국에서 오지 않은 것이 없습니다; 중국이 일단 참된 도리를 받아들인다면 일본은 반드시 이를 따를 것이며 기존의 여러 종교도 버릴 것입니다.[日本現行教派，無一不來自中國 ; 中國一旦接受眞道，日本必起而追隨，放棄現有各教。]"
    方豪，위의 책, p.61.

수회 선교사 프란시스코 카브랄(Francisco Cabral, 1529~1609)에 의하여 엄격하면서도 권위적인 선교 정책이 실시되고 있었다.25) 이에 발리냐노는 선교사들이 일본인과 갈등을 조장할 것이 아니라 그들을 온화하게 대하면서 존중해야 한다고 주장하였다.

발리냐노는 교육과 학술을 통하여 기독교 교리를 생활 곳곳에 침투시키려 하였다. 위계질서가 잡혀있는 일본의 사회구조상 영주나 가장이 믿으면 아랫사람들이 따랐다. 때문에 권력층을 설득하기 위해서는 심도 있는 논쟁이 필요하였다. 그러나 당시 일본의 봉건적 영주들에게 필요했던 것은 무엇보다도 일본 내에서의 무력 확장과 통일에 필요한 무기였다. 기독교를 기반으로 한 유럽 열강들의 통치 체제 특히 식민지 확장과 군사력의 발전은 영주들의 호기심을 불러일으켜 긴밀한 관계를 유지하였다.

당시 일본은 굳이 개종하지 않아도 가부장적인 위계적 질서가 잡혀 있었으며 오히려 기독교는 영주들에 대한 부하들의 충성심을 저해하는 요소로 작용되어 견제받기도 하였다. 그리고 선교사들의 세속적인 신분, 즉 포르투갈의 외교와 무역에 몸담고 있었기 때문에 이들이 일본도 식민지로 만들어버릴 것이라는 불안감을 조성하기도 하였다. 조선과 명나라 침략을 획책하였던 도요토미 히데요시(豊臣秀吉, 1536~1598)는 예수회

---

25) 카브랄은 일본인에 대해서 부정적인 시각을 가지고 있었는데 권력자들은 종교보다는 포르투갈 무력을 이용하기 위한 목적성이 강하였으며, 위계적인 신분 구조에 따른 개종 즉 권력자의 명령으로 개종당한 사람들은 명예욕을 떨쳐낼 수 없으며 이들의 속마음은 그 사회 체제에 적응하기 위해 교묘하게 감추어짐을 간파하였다. 발리냐노 보다는 카브랄의 엄격한 선교 정책이 신도들의 내면적이고도 견실한 신앙에 유리하였다. 발리냐노의 선교에 대해서는 김상근의 연구를 참조하였다.
김상근, 「예수회의 초기 일본 선교정책 비교-프란씨스꼬 데 까브랄과 알레산드로 발리냐뇨를 중심으로」, 『한국기독교와 역사』 25집, 한국기독교역사연구소, 2006, 123~159면.

선교사들에게 요청했던 무력 지원이 실현되자 오히려 이들에 대한 경각심을 높였다.[26]

그리고 임진왜란(壬辰倭亂, 1592~1598)에 참여했던 기독교 신자이자 일본 다이묘인 고니시 유키나가(小西行長, ?~1600)의 병력 중에는 조선인도 있었다. 군종 신부들이 이들과 함께 조선에 들어왔으며 그레고리오 데 세스페데스(Gregorio de Cespes, 1551~1611)는 남해 연안에서 약 1년간 체류하였다. 예수회 선교사들이 일본 병사들을 위한 군종 신부로 있으면서 조선인 포로들을 대상으로 교리서도 만들고 이들을 위한 신학교를 세웠다는 내용이 이 시기 선교사들의 편지에서 언급되기는 하지만 이를 입증할 만한 자료는 아직까지 발견되지 않았다.[27] 도요토미 히데요시가 죽은 후 권력을 잡은 도쿠가와 이에야스(德川家康, 1542~1616)는 1614년에 전국적으로 금교령을 내리고 불교로 개종하도록 하였다. 1639년에는 쇄국정책이 실시되었으며 이는 1873년까지 지속되었다.

발리냐노의 적응주의 전략은 결국 일본이 아닌 중국에서 전개되었다. 발리냐노의 부름을 받고 이탈리아 출신 미켈레 루지에리(羅明堅, Michele Pompilio Ruggieri, 1543~1607)[28]와 역시 이탈리아 출신인 마테오 리치(利馬竇,

---

26) 도요토미 히데요시는 초기에 기독교와 예수회 선교사들에게 우호적인 태도를 보였지만 점차 예수회의 저의를 의심하였으며, 1591년부터는 스페인 프란체스코회를 이용하여 포르투갈 예수회를 견제하였다. 그러다 1596년 산 펠리페 사건(San Felipe Incident)이 터지자 스페인 프란체스코 수도회 소속 선교사들을 체포하고 1597년에는 나가사키에서 신자들을 처형하였으며 곧이어 네델란드와의 무역 거래에 필요한 2~3명의 예수회 선교사만 남기고 모든 선교사들을 추방하였다.
김상근, 앞의 논문, 142~147면 참조.
27) 김혜경, 「왜란 시기 예수회 선교사들의 일본과 조선 인식」, 『教會史研究』 49집, 한국교회사연구소, 2016, 7~53면, 42~43면 참조.
28) 루지에리는 법학자 출신으로 중국에서의 합법적 거주를 위한 행정적 규제를 대비하여 철저히 준비하였으며 1583년 광동 조경(肇慶)에 예수회의 첫 근거지를 마련하였다. 루지에리는 1588년 중국을 떠나 유럽으로 돌아갔으며 이후 중국 선교의 책임은 리치에게로 돌아갔다. 그 원인은 스페인 정부가 루지에리를 통하여 중국 선교에 개

Matteo Ricci, 1552~1610)는 마카오[29]에 도착하여 중국어를 익혔으며 중국을 중심에 둔 지도를 작성하고 사전과 교리서를 편찬하였다.

리치는 1582년 머카오에 도착하였으며, 1583년에 루지에리와 함께 조경(肇慶)에 도착하였다. 1601년 유럽의 대사 자격으로 북경(北京)에 도착하기 전까지 거의 18년간 중국 대륙에서 전전하였다. 이 과정에서 그는 예수회 회원들로 하여금 일본에서처럼 승려가 아닌 문인으로서의 생활양식으로 변경하였다. 특히 유교 경전을 놀라운 기억력으로 익혀 문인 계층의 경각심을 낮추고 호기심과 존경심을 자아냈으며 나아가 보다 심층적인 정신적 교류를 진행할 수 있었다. 뿐만 아니라 이성적인 사유를 기반으로 한 자연계의 원리나 법칙을 체계적으로 보여주는 서양의 기하학, 지리학, 천문학 등 과학지식을 가르쳐주었다. 이는 예수회의 교육 방침대로 신의 존재를 이해하고 체험하도록 하려는 데 목적을 두고 있었다.[30] 기독교 교리에 대해서도 리치는 자신이 가르치는 교리가 모든 신앙의 신비를 담고 있지 못함을 강조하면서 중국의 고전과 연결시켜 개념어를 대응시키면서 이질감을 최소화시켰다. 이를 위하여 출판된 그의 저서들은 중국 문인들에게 널리 읽혀 존경을 받았으며 국경을 불문하고 한자문화권 내에서 급속하게 전해졌다.

한자문화권 내에서는 여전히 중국 문화의 영향력이 막강하였으며,

입할 것을 염두에 둔 발리냐노의 견제 때문이기도 하였다.
김혜경, 앞의 책, 183~187면 참조.

29) 마카오는 1553년부터 포르투갈이 실질적으로 관할하였으며 중국과 서양의 연결 지점이 되었다. 예수회는 1571년부터 학교를 세웠고 1594년부터는 성바오로대학(St. Paul's College)으로 승격하였다. 이곳에서 중국과 일본으로 파견될 선교사들 외에 중국인과 일본인도 교육을 받았다. 마카오는 1887년에 정식으로 포르투갈 식민지가 되었으며 1999년에 중국에 반환되었다.

30) 조현범, 「조선 후기 유학자들의 서학 인식: 종교/과학 구분론에 대한 재검토」, 『한국사상사학』 50권, 한국사상사학회, 2015, 96~144면, 110면 참조.

예수회 선교사들은 엘리트 집단과의 논쟁과 설득을 위하여 현지어를 포함한 유학 기반의 사회 정치 제반 체제를 익혀야 하였다. 요컨대 예수회가 동아시아에서 취한 적응주의 선교전략에는 현지어 문서로 된 주동적인 대화와 설득이 있었으며 이 과정에서 이솝우화가 활용되었다.

2.2 일본에서의 번역과 확산

이솝우화는 일본어로 번역된 최초의 서구 문학이다.[31] 1593년에 라틴어로 간행된 이솝우화집 『Esopo no Fabvlas』에는 이솝의 전기와 함께 70편의 우화가 수록되었으며 『아마쿠사본 이소호모노가타리(天草版伊曾保物語)』로 불린다. 예수회에 의하여 간행되었으며 표지에는 'Latinuo vaxite Nippon no cuchito nasu mono nari'(라틴어를 일본어로 번역하며 일본어의 구어(口語)로 옮기는 것이다)라고 되어 있다. 이 책은 선교사의 일본어 학습을 위해 사용된 것이지 일반인을 대상으로 만들어진 것은 아니었다.[32]

예수회 선교사들은 16세기 말에 일본에 도착하여 이솝우화 텍스트를 라틴어로 표기하면서 현지 일본어를 배우기 시작하였다. 언어 연구 자료로도 중요한 가치를 지닌 『아마쿠사본 이소호모노가타리』는 일본어 구어체로 서술되었으며 라틴어로 표기되었다. 서문이나 발문은 없지만 앞부분에 「책을 읽는 이에게 쓰다(讀誦の人へ對して書す)」라는 제목으로 된 짧은 문단이 있다. 이를 일본어로 번역한 문장은 다음과 같은 내

---

31) Gen'ichi Hiragi, 「INTRODUCTION」, 京都大學 國語學國文學硏究室 編, 『文祿二年耶蘇會板 伊曾保物語』, 京都大學國文學會, 1963, pp.3~5, p.3.
"*Esopono Fbulas* is one of the Japanese publications issued by the early Jesuit Mission, ···It belongs to the early publications of the Jesuit Mission and is well known as the first translation of the Western classics into Japanese."
32) 箕輪吉次, 앞의 논문, 35면.

용으로 되어있다.

　　일반적으로 인간은 알맹이도 없는 농담에는 귀를 기울이나, 진실로
된 교화를 들을진대 따분해하기 때문에, 귀 기울일 수 있는 것을 모아
이 이야기를 판에 새기는 것이다. 이를테면 나무를 사랑하는 것과 다르
지 않다. 그 이유는 나무에는 소용없는 가지와 잎이 많다 할지라도, 그
중에 좋은 열매가 있는 것이므로, 가지와 잎을 무용하다고 생각하지 않
음과 같다. 이에 장로들(Superiores)의 말씀으로 이 이야기를 라틴어로
된 일본말로 알기 쉽게 하여, 여러 가지 천착 뒤에 판에 새길 수 있었
다. 이로써 진정한 일본말을 익히기 위한 도움이 될 수 있을 뿐만 아니
라 좋은 길을 가르쳐주는 길잡이도 될 것이다.[33]

　선교사들은 현지인들을 교화시키는 과정에서 독자 혹은 청자의 지루
함을 염두에 두고 청중들로 하여금 귀 기울일 수 있는 이야기 즉 알아
듣기 쉽고 흥미로운 이야기를 모아서 출간하였음을 밝히고 있다. 뿐만
아니라 가지와 잎이 소용없을지언정 좋은 열매를 맺을 수 있다는 생각
으로 나무를 사랑하는 태도는 예수회의 토착문화에 대한 태도를 우의
적으로 반영하고 있다. 라틴어로 된 이솝우화 단행본을 간행하게 된 목
적은 선교사들로 하여금 일본어를 배우게 하는 동시에 현지인들을 보
다 효과적으로 교화시키기 위한 데 있었다.

　16세기 말~17세기 초부터 일본에서는 기독교가 전국적인 범위에서
금지되었으며 선교사들은 추방되었다. 따라서 기독교 서적은 공공연한
출판과 유통이 금지되었다. 1630년에는 32종 천주교 교리 관련 서적들
이 모두 금서로 취급되었는데, 그 중에 중국에서 출판되었던 『기인십편
(畸人十篇)』과 『칠극(七克)』이 포함되어 있었다. 뿐만 아니라 중국에서 출판

---

33) 京都大學 國語學國文學硏究室 編, 『文祿二年耶蘇會板 伊曾保物語』, 京都大學國文學會,
　　1963.

된 이솝우화 선집 『황의(況義)』도 포함되어 있었다.

그런데 16세기 말~17세기 초 에도(江戶) 시대에 일반인을 대상으로 한 히라가나(平假名)와 한자 혼합표기(漢子混合表記)의 고활자본(古活字本) 이 솝우화 단행본이 간행되었으며, 이본이 많은 것을 보아 그 당시 상당히 널리 읽혔음을 알 수 있다. 이 책은 『고쿠지본 이소호모노가타리(國字本 伊曾保物語)』로 불린다. 이솝 전기 외에 64편의 우화를 수록하였으나 로마 자 책과 공통된 이야기는 25편에 지나지 않고 전기 부분도 차이가 있기 때문에 로마자책과 상관없이 성립되었다는 설이 일반적이다.[34] 『고쿠 지본 이소호모노가타리』는 이후 일본 전역에서 널리 읽혔으며 게이쵸 간에이(慶長寬永) 연간(1596~1644)에는 고활자판(古活字版) 9종, 만지(万治) 2년 (1659)에는 그림이 삽입된 정판(整版) 2종이 간행되기에 이르렀다.[35] 필사 본으로 되어있으며 삽화는 동물이 아니라 일본의 전통 복식을 한 인물 위주로 되어있다.

『고쿠지본 이소호모노가타리』는 위화감 없이 일본에서 받아들여졌 다. 그 이유는 우화의 교훈이 일본적인 성격과 유사했기 때문이다. 특히 이솝의 일대기가 무장들을 섬기던 재치 있는 사람들과 비슷하였다. 표 현 방식 면에서는 수청을 들던 이들의 입장을 대변하는 이야기 방식을 취하였고 불교 어휘를 많이 사용하였다. 이외에 쇄국 상황에서 다른 나 라에 대한 동경을 만족하기 위한 수요에 의해서이기도 하였다.[36]

다시 말하면 이솝우화는 외래 선교사들에 의하여 출판되었기 때문에 지배 계층의 금교(禁敎) 정책과 더불어 금서로 지정되고 유통이 금지되

---

34) 箕輪吉次, 앞의 논문, 35면.
35) 편무진, 「해제」, 이솝 원저·와타나베 온 번안·편무진 편역, 『통속 이솝우화』, 박이 정, 2008, 15~35면, 16면.
36) 箕輪吉次, 위의 논문, 45~46면 참조.

었다. 그러나 서사 자체가 교훈과 재미가 있어 일반인을 대상으로 유통될 수 있었다. 뿐만 아니라 이솝우화 자체의 풍자적 효과는 지배 세력에 대한 불만을 우회적으로 표출할 수 있어 대중적인 공감을 자아낼 수 있었다. 특히 일본어로 번역되는 과정에서 표현 양식 면에서도 현지화가 이루어져 이질감을 줄일 수 있어 유통될 수 있었다.

일본에서는 쇄국정책이 200여 년간 지속되었으며, 1854년에 미국과의 불평등 조약을 맺으면서 문호가 개방되었다. 외국 세력에 반대한 하급 무사들을 중심으로 메이지유신(1868)이 일어났으며 왕정이 복고되고 과감한 개혁이 실행되었다. 입헌제의 근대적 통일국가를 형성한 일본은 유럽과 미국 근대 국가를 모델로 삼았다. 여러 면에서 근대화가 급속하게 추진되었으며 특히 부국강병과 군사력이 강화되었다. 이와 동시에 의무 교육이 실시되었으며 신식교육으로 서양식 교육이 받아들여졌다.

이 시기에는 영어로부터 번역된 이솝우화가 활발하게 간행되었다. 당시 누마즈병학교(沼津兵學校)의 영어 교수였던 와타나베 온(渡部溫, 1837~1898)은 일본어로 된 『通俗伊蘇普物語』(1873)를 출간하였다. 이 이솝우화 단행본은 영국인 토머스 제임스(Thomas James, 1809~1863)의 영역(英譯) 이솝우화(ASOP'S FABLES)를 번각(飜刻)한 『英文伊蘇普物語』(1872)를 저본으로 하였다. 그리고 조지 파일러 타운센드(George Fyler Townsend, 1814~1900)의 『Three Hundred Asop's Fables』(1867, 런던)에서 일부 번역한 것과 당시의 『고쿠지본 이소호모노가타리(國字本伊曾保物語)』에서 가져온 이야기를 섞어 놓았다.[37] 와타나베 온의 『通俗伊蘇普物語』는 메이지 시대 문학서의 본격적인 번역으로는 최초의 책이었으며 결코 어린이로만 독자를 한정시킨 것이 아니라 청년 이상의 어른을 독자로 삼았다.[38]

---

37) 편무진, 「해제」, 이솝 원저·와타나베 온 번안·편무진 편역, 앞의 책, 15~17면 참조.
38) 箕輪吉次, 앞의 논문, 33면 참조.

19세기 말부터 이솝우화는 많은 사람들에 의하여 번역되고 간행되었으며 일본의 초등학교 교과서와 수신서들에도 이솝우화가 수록되기 시작하였다.[39] 이솝우화는 1916년 쿠스야마 마사오(楠山正雄, 1884~1950)가 편집에 참여한 후산보(富山房) 발행 『模範家庭文庫』(全24冊)에 수록되면서부터 어린이를 대상으로 한 우화로 취급되기 시작하였다.[40]

요컨대 이솝우화는 일본어로 번역된 최초의 서양 문학 작품이다. 그리고 일본에서의 이솝우화 수용은 16세기 말에 일본어 구어체로 된 로마자 단행본을 시점으로 삼고 있다. 이 단행본이 출판될 수 있었던 이유는 예수회 선교사들이 현지 언어를 배우기 위해서였다. 다시 말하면 초기에는 선교사들의 언어 학습용과 현지인 교화를 목적으로 출판되었다. 쇄국정책과 더불어 기독교 서적은 금서로 지정되었지만, 이솝우화는 위화감 없이 독자들 사이에서 일본어로 널리 읽혀졌다. 현지화가 이루어진 이솝우화는 무엇보다도 상층 권위를 풍자할 수 있어 대중적인 공감을 자아낼 수 있었다. 그리고 개항과 더불어 19세기 말~20세기 초에는 신식 의무교육이 실시되었다. 이때부터 아동을 대상으로 하는 초등교육 교과서와 수신서에 이솝우화가 수록되면서 점차 확산되었다.

2.3 중국에서의 번역과 보급

중국에 이솝우화를 처음 소개한 사람은 이탈리아 출신의 예수회 선교사 마테오 리치와 스페인 출신의 예수회 선교사 디에고 데 판토하(龐迪我, Diego de Pantoja, 1571~1618)로 보는 것이 일반적이다. 리치의 『기인십

---

39) 소학교 교과서와 수신서에 수록된 이솝우화는 편무진의 「해제」에 정리되어 있다.
   편무진, 「해제」, 위의 논문, 18~27면 참조.
40) 箕輪吉次, 위의 논문, 33면 참조.

편(畸人十篇)』(1608)과 판토하의『칠극(七克)』(1614)에 이솝우화가 번역 및 소개되었기 때문이다.[41] 이들은 논지를 전개하는 과정에서 이솝우화를 이용하여 자신들의 논점을 설명하였다.[42] 중국에서의 이솝우화 수용 시점은 대체적으로『기인십편』과『칠극』으로 보고 있으나 좀 더 이른 시기인 16세기 말에 간행된 리치의『천주실의(天主實義)』에 대한 언급은 많지 않다.『기인십편』에 인용된 '개 두 마리'는 텍스트 그대로『천주실의』에 실렸다. 그러나 이 우화는『천주실의』의 저본인『천주성교실록(天主聖教實錄)』에는 실리지 않았다.[43]

루지에리는 리치보다 먼저 중국어를 습득하였다.『천주실의』가 출판되기 전인 1584년에 루지에리는 광동(廣東) 조경(肇慶)에서 소책자로 된 교리 문답서인『천주성교실록』을 펴냈다. 이 책은 불교 어휘가 사용되었는데 이는 중국에서도 일본과 마찬가지로 승려들이 대접받는 줄 알았던 원인이 크다. 1583년 예수회 선교사들이 처음 중국에 왔을 때는 불교를 중국 종교로 중시하면서 승려의 옷인 승복(僧服)을 입었다.

루지에리가 이탈리아로 돌아가고 나서, 마테오 리치는 1594년부터 유교와 타협하고 불교를 배척하는 것이 선교에 유리하다는 판단을 하고 수염과 머리를 기르고 선비의 옷인 유복(儒服)으로 갈아입기 시작하였다.[44]『천주성교실록』이 불교의 새로운 종파로 오인될 수 있어서, 리치는 예수회 선교사들로 하여금 이 책을 이용하지 못하도록 하였으며 문답 형식을 빌어서『천주실의』를 써냈다.[45]『천주성교실록』과『천주

---

41) 戈宝權, 「談利瑪竇著作中翻譯介紹的伊索寓言」, 『中國比較文學』 第1期, 上海外國語大學 中國比較文學學會, 1984, pp.222~235.

42) 郭延礼, 『中國近代翻譯文學槪論』, 湖北教育出版社, 1997, p.199.

43) 鄭錦怀, 「利瑪竇与≪伊索寓言≫中譯: 史實考辨与文本分析」, 『國際漢學』 第3期, 北京外 國語大學, 2015, pp.67~76, p.70.

44) 마테오 리치 지음, 신진호·전미경 옮김, 『마테오 리치의 중국견문록』, 도서출판 문 사철, 2011, 343면.

실의』는 사실 유사한 부분이 많다.[46] 마테오 리치가 기억에 의존하여 이솝 관련 이야기를 『천주실의』에 직역하여 수록했을지라도,[47] 리치 이전에 동아시아에 도착한 선교사들이 충분히 이솝우화를 구두 혹은 문서로 인용하였을 수 있다.

이솝우화가 처음으로 중국에 수용된 시점을 『기인십편』이 출판된 1608년에서 12년 거슬러 올라간 1596년으로 보는 연구도 있다. 이 연구는 『기인십편』에서 리치가 당시 명나라 지식인들과 나누었던 대담을 기록하였다는 점에 주목하였다. 그리고 마테오 리치의 단행본이 출간하기 이전부터 이솝우화가 구두로 전파되었을 개연성을 제시하였다. 특히 하남성 제원현 왕옥산 양대궁 옥황각(河南省濟源縣王屋山陽臺宮玉皇閣) 뒤쪽 명나라 시기 돌기둥(石柱)에 새겨진 그림[48]의 제작된 연대가 명나라 만력(萬曆) 24년, 즉 1596년임을 실증적인 근거로 이솝우화의 수용 시기를 앞당겨야 한다고 주장하였다.[49] 이 연구는 무엇보다도 이솝우화의 구

---

45) 히라카와 스케히로(平川祐弘) 지음, 노영희 옮김, 『마테오 리치 -동서문명교류의 인문학 서사시』, 도서출판 동아시아, 2002, 359~360면.

46) 『천주실록』의 앞 4장은 모두 천주 관련 내용인데 『천주실의』의 첫 편에 해당하며 『천주실록』의 제6장은 『천주실의』의 제3편과 제목까지 똑같으며, 이로부터 『천주실의』의 저술은 『천주실록』을 토대로 지속된 것이라고 볼 수 있다. 『천주실의』는 『천주실록』의 계시 신학 관련 내용을 삭제하였으며 예수 그리스도의 사망과 부활 등 성경의 구절을 인용하지 않았다.
包麗麗, 「"似非而是"還是"似是而非" -《天主實義》与《畸人十篇》的一个比較」, 『甘肅社會科學』 第6期, 甘肅省社會科學院, 2006, pp.93~95, p.93.

47) 플라누데스의 『그리스 선집』 개정판에 수록되어있는 이솝에 관한 이야기를 마테오 리치가 순전히 기억에 의존하여 직역해서 실었다고 한다.
조너선 D. 스펜스 지음, 주원준 옮김, 『마테오 리치, 기억의 궁전』, 이산, 1999, 189면.(김소정, 앞의 논문, 468면 재인용.)

48) 돌기둥에 새겨진 그림은 새와 동물이 위주이고 그 주위에 돌산, 식물 등이 있다. 큰 새는 아래를 내려다보고 있으며, 놀란 듯이 발을 들고 있으며 눈도 놀란 듯이 크게 뜨고 있다. 아래에 있는 동물은 위를 쳐다보고 있는데, 입을 벌리고 날카로운 이빨을 드러내면서 무엇을 받으려는 듯이 서있다. 그림의 제목을 명시하지 않았지만 '까마귀와 여우'라는 이솝우화를 우의적으로 표현하였다고 한다.

전 특성을 염두에 두었다는 점에서 중요하다.

중국의 첫 이솝우화집을 학계에서는 일반적으로 1625년 서안(西安)에서 출판된 프랑스 출신 예수회 선교사 니콜라스 트리고(金尼閣, Nicolas Trigault, 1577~1628)가 구술하고, 중국 천주교 신도 장갱(張賡)이 기록한 번역본 『況義(Hoang-i)』로 보고 있다. 수록된 우언은 총 38개이며, 그 중 이솝우화는 22개이다. 이솝우화가 전체 작품에서 차지하는 비중은 57.9%이며, 따라서 『황의』는 이솝우화 단행본으로 보기보다는 선집에 가깝다고 할 수 있다.

간행된 원본은 현재 전해지지는 않으나 프랑스 파리국가도서관에 2종의 필사본, 옥스퍼드대학교에 필사본 한 권이 소장되어 있다. 『황의』가 일본에서 기독교 금지령에 의하여 금서로 조치되었음은 앞에서 서술한 바 있다. 우치다 케이치(內田慶市)는 판토하의 『칠극』과 『황의』의 유사성을 상세하게 분석하지는 않았으나, 부분 대조를 통한 유사성으로 보았을 때 『황의』의 창작에는 한 사람이 아닌 선교사들의 공동 번역 가능성이 높음을 제기하였다.[50]

'황의'라고 함은 비유를 뜻하며[51] 이 책을 펴낸 목적은 독자들로 하여금 자신도 모르게 선을 따르고 죄를 멀리 하게 하려는 데 있었다.[52] 『황의』의 역할은 선교사 증도(證道)에 쓰이는 "범례(範例)수첩"에 가깝다.[53] 이솝우화에서 주로 사용되는 우의적인 수법이 우회적인 선교 방

---

49) 余迎, 「伊索寓言傳入中國的時間應提前」, 『史學月刊』 第10期, 河南大學・河南省歷史學會, 2008, p.130~132.
50) 內田慶市, 앞의 논문, pp.10~12 참조.
51) 謝懋明, 「跋況義後」, 金尼閣口授・張賡筆傳, 『況義』, 1625.
　　"問先生曰:'況之爲況. 何取?'先生曰:'盖言比也.'"
52) 謝懋明, 「跋況義後」, 위의 책.
　　"能使讀之者遷善遠罪, 而不自知."
53) 李奭學, 『得意忘言 : 翻譯、文學与文化評論』, 生活・讀書・新知三聯書店, 2007, p.135.

법에도 유용하였기 때문이다.[54] 이 책은 리치가 작고한 지 10년이 넘는 시점, 즉 리치의 뒤를 이은 이탈리아 출신 예수회 선교사 롱고바르디(龍華民, Niccolo Longobardi, 1559~1654)가 강경한 선교 노선을 주장하던 시기에 간행되었다. 이 시기에는 다른 수도회 선교사들도 중국에 입국하여 황실과 관료계층의 허락 없이 민간에서 공개적으로 선교하는 바람에, 문인들을 포함한 관료층이 기존의 선교사들에 대한 우호적인 태도가 변해가고 있었다. 유학적 전통과 풍습에 포용적이었던 리치의 선교 방식은 기독교의 유일신 신앙과 논란을 빚어오다가 결국 1773년에는 교황청으로부터 예수회 해산 명령을 받기에 이른다. 『황의』는 이러한 상황에서 리치의 적응주의 선교 전략에 동조했던 니콜라스 트리고가 중국 신도와 협업하여 번역 및 판각된 것이다.

　『황의』에 수록된 이솝우화 말미에는 모두 짧은 평이 달려있다. 이러한 짧은 평들을 전체적으로 보아야 할 필요도 있겠지만 지면 한계로 인하여 그 중 하나만 다루기로 한다. 나귀가 소금을 지고 강을 건너다가 넘어져 보니 가벼워지자 이와 같은 행동을 반복하는 서사(Perry Index 180. The Ass with a Burden of Salt)가 있다. 결국 눈치를 챈 주인은 물에 담그면 무거워지는 솜을 지워 나귀를 혼낸다. 서사 자체는 인과응보라는 전통적인 교훈을 담고 있다. 우화 마지막 평에는 "주인의 명을 편안하게 받들어야 하며, 기만하여 벗어나려고 하면 주인은 도리어 똑같은 방법으로 제재를 할 것이다"[55]로 되어있다. 여기서 사용된 주인을 가리키는 '主'는 당시 리치가 사용하였던 우주만물의 창조자인 '천주(天主)'를 상기시

---

54) 김병선, 「세상을 읽기 위해 문학작품을 읽으라」, 『목회와 신학』, 통권 317호, 두란노, 2015, 94~95면.
55) 金尼閣口授·張賡筆傳, 앞의 책.
　　"義曰: 主命所加於爾, 爾安承之. 爾必以詐脫, 主還將爾詐繩爾."

킬 수 있다. 즉 나귀가 속임수를 써서 주인의 명을 어기는 이야기를 빌어 하느님의 명을 따를 것을 우회적으로 표현하고 있는 것이다. 이와 동시에 이 평어가 전달하고 있는 상명하복의 상하복종 관계는 당시의 봉건 체제 하에서 지배 계층에게도 충분히 받아들여질 수 있었다. 기득권 계층 역시 이러한 복종관계를 원했기 때문이다.

2세기가 남짓한 시간이 흘러서야 이솝우화는 다시 중국에서 활발하게 출판되었다.56) 19세기에 런던선교회(London Missionary Society, 1795년에 설립된 초교파적 해외선교단체)를 중심으로 중국에 들어온 개신교 선교사들은 성경의 번역을 중시하였으며 신문과 잡지의 발행, 출판과 교육 사업을 중심으로 선교하였다.57)

　　이들이 발행한 초기 중국어 신문으로는 『찰세속매월통기전(察世俗每月統記傳)』(1815-1821), 『특선촬요매월기전(特選撮要每月紀傳)』(1823-1826), 『천하신문(天下新聞)』(1823-1829), 『동서양고매월통기(東西洋考每月統紀)』(1833-1835, 1837-1838), 『하이관진(遐邇貫珍)』(1853-1856), 『육합총담(六合叢談)』(1857-1858) 등이 있지만, 이 중 중국어로 된 최초의 근대 신문이라 할 수 있는 『察世俗每月統記傳』에 약간의 이솝우화가 실렸다.58)

최초의 중국어 근대 신문에도 이솝우화가 실렸다. 윌리엄 밀네(Wiliam

---

56) 제국주의 세력의 확장은 교황의 권한을 축소시켰으며 교황에게만 복종했던 예수회는 궁지에 몰리게 된다. 이 과정에는 예수회 선교전략에 반기를 든 타수도회 선교사들 외에 예수회 내부 선교사들도 있었다. 마테오 리치 다음으로 예수회 중국 선교회 회장을 맡은 롱고바르디 역시 리치의 방침을 반대하였다. 공자를 존숭하고 조상의 제사를 지내는 것을 국가적 차원의 문화행위로 볼 것인가 아니면 종교적인 미신적 행위로 볼 것인가에 대한 전례논쟁은 100년(1634~1742) 남짓이 지속되었다. 유럽 우월주의의 선교사들을 추방시키면서도 리치의 방침은 허락하였던 강희 황제는 의례를 금하는 교황청의 강경한 입장에 대노하여 1717년 기독교 금지령을 내린다. 김혜경, 위의 책, 277~308면 참조.

57) 內田慶市, 앞의 논문, pp.12~13.

58) 內田慶市, 위의 논문, p.13.

Milne, 1785~1822)는 1819년에 『찰세속매월통기전』에 이솝우화 다섯 편을 게재하였는데 개신교 선교사 중 처음으로 이솝우화를 중국에 번역 소개하였다.[59]

19세기에 들어 가장 활발하게 유통된 이솝우화 단행본은 『의습유언(意拾喩言)』('의습'은 광동어 음역어임)이다. 82편의 이솝우화를 수록한 영국인 로버트 톰(羅伯聃, Robert Thom, 1807~1846)과 중국인 몽매선생(MUN MOOY SEEN-SHANG/蒙昧先生)의 『의습유언』은 1840년에 출간되었다.[60] 본문은 매 페이지마다 세 개 부분으로 나뉘는데 중간 부분은 중국어 번역문이고, 왼쪽은 영어이며, 오른 쪽은 중국어와 광동어의 병음이다. 이 책을 간행한 목적은 영국인들로 하여금 중국어를 배우게 하는 동시에 광동어도 함께 배우도록 하기 위한 것이었다.[61]

　　이 로버트 톰의 『의습유언』이 저본으로 삼은 것은 그 서문과 『中國叢報(Chinese Repository)』(Vol.VII, Oct.1838) 등의 기록으로부터 레스트랭지(L'Estrange (1616-1704))의 *Fables of Aesop and Other Eminent Mythologists; with Morals and Reflections* (London, 1692)임을 알 수 있지만, 『의습유언』의 제일 큰 특징은 원 이야기에 얽매이지 않고 과감하게 '중국화'를 시도하였다는 점이다. 요컨대 시간과 장소의 설정, 교훈을 '지극히 중국적인 것'으로 바꾼 것이다.[62]

---

59) 오순방, 『19세기 동아시아의 번역과 기독교 문서선교 –서양 개신교선교사의 번역활동과 中文基督教小說의 창작과 번역을 중심으로』, 숭실대학교 출판국, 2015, 108면.

60) 표지에는 "ESOP'S FABLES WRITTEN IN CHINESE BY THE LEARNED MUN MOOY SEEN-SHANG AND COMPILED IN THEIR PRESENT FORM (With a free and a literal translation) BY HIS PUPIL SLOTH." 라고 표기되어 있다. SLOTH(懶惰生)에 의하여 현재의 격식으로 의역 및 직역되었다고 밝히고 있는데, 戈宝權에 따르면 나타생(懶惰生)은 로버트 톰을 가리킨다.
Robert Thom · MUN MOOY SEEN-SHANG/蒙昧先生, 『意拾喩言(ESOP'S FABLES)』, CANTON PRESS OFFICE, 1840; 戈宝權, 『中外文學因緣－－戈宝權比較文學論文集』, 華東師范大學出版社, 2013, p.374.

61) 戈宝權, 위의 책, p.374.

『의습유언』의 인기가 절정에 달했던 이유는 무엇보다도 이솝우화 텍스트의 현지화에 있었다. 『의습유언』의 전신(前身)은 총 77편의 우화를 중국어로만 수록한 1838~39년[63]의 『의습비전(意拾秘傳)』이다.[64] 『의습비전』은 중국인들에게 인기가 많았음에도 불구하고 1839년에 광동 당국에 의하여 금서로 지정되었다.[65] 그 이유는 몇 편의 이야기가 당시 중국인들의 폐습을 풍자한 것, 당시 외국인들에 대한 중국 정부의 감시가 엄하여 중국인들의 외국인들과의 교류를 법으로 제한한 것, 뿐만 아니라 중국과 영국의 담판 번역가이자 아편상의 직원이기도 한 로버트 톰에 대한 제재 등으로 볼 수 있다.[66] 따라서 함께 협업하였던 몽매선생에 대한 실명이 아직 확인이 되지 않고 있다.

『의습유언』에 수록된 우화는 중국의 19세기 말~20세기 초의 여러 신문과 잡지 지면에 반복적으로 수록되었다. 그리고 일본에서 번각되기도 하였다.[67] 현재 영국, 일본, 홍콩, 상해에 각각 한 권씩 모두 4권 있

---

62) 內田慶市, 앞의 논문, p.19.

63) 로버트 톰은 『의습비전』을 1837~38년에 출판되었다고 『의습유언』의 영문 서문에 밝혔지만, 趙利峰이 당시 『廣州週報』를 확인한 바에 따르면 첫 3권은 1838년, 제4권은 1839년에 출판되었다.
趙利峰, 「1840年澳門版≪意拾喩言≫成書與出版問題叢考」, 『澳門理工學報 人文社會科學版』 第4期, 2013.

64) 일본의 內田慶市가 영국박물관 소장본의 서지사항에 대하여 소개하였다.
內田慶市, 「談<遐邇貫珍>中的伊索寓言」, 宋浦章・內田慶市・沈國威 編著, 『遐邇貫珍』, 上海辭書出版社, 2005, p.74.(趙利峰, 위의 논문, 재인용.)

65) "PERFACE", Robert Thom・MUN MOOY SEEN-SHANG/蒙昧先生, 앞의 책.
"When first published in Canton 1837~38 their reception by the Chinese was extremely flattering. They had their run of the Public Courts and Offices—until the Mandarins—taking offence at seeing some of their evil customs so freely canvassed—ordered the work to be suppressed."

66) 趙利峰, 위의 논문.

67) 로버트 톰의 『의습유언』은 여러 차례 개제되어 단행본 형태로 출판되었으며, 일본에서 번각된 단행본으로는 『漢驛伊蘇普譚』(1876)과 『漢譯批評伊蘇普物語』(1898)가 있다.
吳淳邦・高飛, 앞의 논문, 201~203면 참조.

는데 그 중 한 권이 상해도서관에 보존되어있다.[68] 『의습유언』의 출판을 기점으로 중국어로 된 이솝우화가 자주 근대 매체에 실렸으며 단행본으로 출판되기도 하였다.

미국 출신 감리교 선교사 영 앨렌(林樂知, Young John Allen, 1836~1907)이 편집장을 맡았던 『만국공보(萬國公報)』에는 『의습유언』에 수록된 이솝우화가 1877년부터 1888년까지 연재되었다. 이 외에도 1885년을 전후하여 런던선교회의 영국 출신 제임스 레그(理雅各, James Legge, 1815~1897)에 의하여 간행된 『이사보유언(伊娑菩喩言)』, 1888년 장적산(張赤山)이 묶은 『해국묘유(海國妙喩)』, 1898년 구육방(裘毓芳)의 백화본(白話本) 『해국묘유』, 1902년 황해지(黃海之)가 편집한 『태서우언(泰西寓言)』 등이 있다.

1903년에 엄복(嚴復, 1854~1927)의 두 아들 엄배남(嚴培南)과 엄거(嚴璩)가 통역하고, 임서(林紓, 1852~1924)가 번역한 『이색우언』은 총 298편의 이솝우화를 수록하였으며 상무인서관(商務印書館)에서 출판되었다. 임서의 번역문은 비록 문언문이어서 대중적인 파급력을 놓고 볼 때 일정한 제한이 있었지만, 그의 번역이라는 점에서 노신(魯迅)·곽말약(郭沫若) 등 당대 지식인사들 사이에서 각광을 받기에 충분하였다.[69] 1904년에는 장유교(蔣維喬), 장유(庄兪) 등이 편찬한 교과서 『최신국문교과서(最新國文敎科書)』 역시 상무인서관(商務印書館)에서 출판되었는데 모두 18편의 이솝우화가 수록되었다.[70]

요컨대 중국에서의 이솝우화 수용은 17세기 초에 출간된 예수회 선교사들의 저서를 시점으로 한다. 예수회 선교사들은 중국 문인들을 포

68) 鮑延毅, 「≪意拾喩言≫二題」, 『棗庄師專學報』 第3期, 1995, pp.63~64, p.63.
69) 王立明, 「≪伊索寓言≫在中國的傳播途徑与方式」, 『沈陽師范大學學報(社會科學版)』 第6期, 2003, pp.49~51.
70) 中國百年敎科書整理与硏究課題組 潘姝, 「敎科書中最早的伊索動物語言」, 『出版人』 第4期, 2014, pp.62~65.

함한 관료 계층을 대상으로 선교를 하는 과정에서 구두나 문서 형식으로 이솝우화를 인용하였다. 그리고 리치의 적응주의 방침이 제대로 실행되지 못하였을 때에도 이솝우화는 단행본 형태로 유통되었다. 현지화를 거친 이솝우화는 우회적인 선교를 목적으로 간행되었지만 인간으로서의 기본적인 선을 주장하고, 봉건 지배 체제에도 허용이 되는 내용이었기 때문에 유통될 수 있었다. 중국에서 이솝우화 단행본은 19세기에 이르러서야 본격적으로 출판되는데 이는 주로 중국어를 배우기 위한 서양인들의 필요에 의해서였다. 19세기 말~20세기 초에는 일본과 마찬가지로 근대 매체에 반복적으로 실렸으며 아동을 대상으로 한 교과서에 수록되면서 널리 확산되었다.

제3장
이솝우화의 전래와 내재화

이솝우화의
전래와 내재화

동아시아에서의 이솝우화 수용은 예수회 선교사들의 한자문화권 내에서의 선교 과정에서 본격적으로 시작되었다. 그 배후에는 현지어를 익혀 논리적으로 설득하여 천주교 교리를 전하려는 적응주의 선교전략이 있었다. 다시 말하면 이솝우화는 당시에 결코 아동을 주요 대상으로 하는 수신 텍스트로 수용된 것은 아니었다. 일본에서는 일본어 학습용으로 수용되었고 중국에서는 문인들과의 대화로 수용되었다. 중국에서 발행된 이들의 저서는 한국에 서학으로 수용되었다. 천주교 포교를 근본 목적으로 삼았던 서학 저서들에는 이솝우화가 인용되었으며, 따라서 한국에서의 이솝우화 수용은 서학의 수용과 동궤를 형성한다.

한문으로 된 서양 저서와 과학기술 문물은 서양의 학문으로 취급되었으며 '서학'이라는 용어로 지칭되었다. 방 티젬(Van Tieghem)은 흔히 그럴듯한 중개자(intermédiaire)가 수신국에도 속하지 않고 발신국에도 속하지 않은 채 제3국에서 그 스스로가 '전달자'(transmetteur)의 역할을 하는 경우가 있다고 하면서, 특히 중간국이나 두 개의 국어를 사용하는 나라

나 지식의 영역이 그리 광범위하지 않은 나라에서 나타난다고 하였다.[1]
서학 저서는 비록 중국의 지배층을 수신자로 설정하였지만, 한문에 능
숙했던 조선 문인들은 자발적인 전달자가 되어 자주적으로 수용하였다.

   17세기 초부터 한국에서의 서학 저서는 번역이 필요 없이 직접 수용
되기 시작하였다. 이러한 수용은 간헐적인 것이 아니라 지속적으로 이
어졌으며 개인적인 경로 외에 조정의 차원에서도 진행되었다. 서학에
대한 자발적인 수용이 신앙으로 고착되는 과정에서 이솝우화가 구전되
거나 혹은 한글 필사본으로 유통될 수도 있었을 것임을 유추해볼 수 있
다. 따라서 이솝우화의 유입 과정을 이해하기 위하여 서학 저서의 유통
및 이에 대한 당시 조선 문인들의 반응을 정리하였다. 그리고 이를 토
대로 서학에 수록된 이솝우화 텍스트를 고찰하였다.

1. 이솝우화가 인용된 서학 저서의 유입

   이솝우화는 성경의 비유, 성인들의 전기적 이야기, 철학자들의 격언
과 함께 서학 저서에 수록되었다. 성경, 성인, 철학자 관련 인용문은 권
위를 가지기는 하지만 낯선 문화에서 비롯되는 이질적인 차이를 간과
할 수 없다. 그러나 이솝우화는 문학으로서의 교훈적 기능과 쾌락적 기
능을 가지고 있어 대중성을 확보할 수 있다. 다시 말하면 친숙한 동물
혹은 식물은 인격화를 통하여 형상화가 이루어지며 간략한 서사 경개
에 내포된 교훈적 의미는 논리적인 전개를 뒷받침한다. 리치의 『천주실
의』와 『기인십편』, 판토하의 『칠극』에 인용된 이솝우화를 표로 정리하

---

1) 방 티껨 지음, 김종원 옮김, 『비교문학』, 예림기획, 1999, 156면.

면 다음과 같다.

〈표 2〉 서학으로 수용된 이솝우화

번호	페리 인덱스	이솝우화	천주실의 (16세기 말)	기인십편 (1608)	칠극 (1614)
1	092	The Two Dogs (두 마리 개)	○	○	-
2	024	The Fox with the Swollen Belly (배가 부어오른 여우)	-	○	-
3	294	The Crane and the Peacock (학과 공작)	-	○	○
4	142	The Aged Lion and the Fox (늙은 사자와 여우)	-	○	-
5	225	The Miser (수전노)	-	○	-
6	269	The Wild Boar, the Horse, and the Hunter (멧돼지, 말과 사냥꾼)	-	○	-
7	580	The Covetous Man and the Envious Man (탐욕스러운 자와 시샘이 많은 자)	-	-	○
8	130	The Stomach and the Feet (위와 발)	-	-	○
9	124	Fox and Crow (여우와 까마귀)	-	-	○
10	262	The Trees and the Olive (나무들과 올리브나무)	-	-	○
11	258	The Sick Lion, the Wolf, and Fox (병든 사자, 늑대와 여우)	-	-	○
12	138	The Hares and the Frogs (토끼들과 개구리들)	-	-	○
합계	-	-	1	6	7

『천주실의』의 초판은 1595년쯤에 간행되었으나 이에 대해서는 논의가 많으며 본격적인 출판은 북경에서 간행된 1603년으로 보는 것이 일반적이다. "천주실의"는 '하느님에 대한 참된 토론'이라는 뜻이며 상·하 2권으로 구성되었다. 중국 선비와 서양 선비의 문답 형식으로 대화체로 논의를 전개하였다.

『천주실의』가 기독교에 대한 소개와 더불어 불교, 도교와의 차이점을 각인시켰다면, 『기인십편』은 중국의 유명한 사대부들과의 심도 있는 대화를 통하여 사후의 심판을 대비하는 기독교적 신앙과 윤리관까지 확장시켰다. 영향력 있는 중국 사대부들의 실명 언급은 『기인십편』의 권위를 높여주었으며 문인들 사이에서 신속하게 전파되도록 일조하였다. 『기인십편』에서의 '기인'은 '별난 사람'을 가리키는데 이는 장자(莊子)로부터 비롯되었다. 장자는 「대종사(大宗師)」 편에서 "기인이란 일반인들과는 뜻이 통하지 않으나 하늘을 따르는 사람이다(畸人者, 畸於人而侔於天)"고 하였다. 여기서의 '기인'은 리치를 가리킨다. 하늘을 따르는 유별난 사람이라는 리치에 대한 소개는 장자의 말을 끌어와 문화적인 이질감을 최소화하였다. 1608년에 상·하 2권 1책으로 북경에서 간행되었다. 『기인십편』에는 이솝에 대한 간략한 소개와 더불어 전기적 일화[2]가 수록되었다. 전쟁 포로로 팔려간 종임에도 불구하고 리치는 그를 이름난 선비라고 소개하였으며 주인을 비롯한 사람들로부터 존경을 받는

---

2) 마테오 리치 저·송영배 역,『교우론(交友論), 스물다섯 마디 잠언(二十五言), 기인십편(畸人十篇) -연구와 번역』, 서울대학교출판부, 2000, 202~209면.
  "이솝은 옛날의 이름난 선비였는데, 불행히 본국이 정벌당해 자신은 포로가 되어 쌴토스에게 팔려 갔습니다. … (중략) … 손님들이 거듭 두 가지 이론을 듣고는, 이야기한 것이 바르고, 말소리가 우아하여 모두 자리를 뜨면서 가르침에 공손히 감사드렸습니다. 이후로 주인은 그를 학사 선생으로 여겼습니다.(阿瑣伯氏上古明士, 不幸本國被伐, 身爲俘虜, 鬻于藏德氏. … (중략) … 客累聞二義, 陳說旣正, 音吐雅, 俱離席, 敬謝敎. 是後主視之如學士先生也.)"

일화를 다루었다.

『칠극』은 1614년 북경에서 간행된 판토하의 저서이다. 마테오 리치가 중국의 유명한 문인 관료와 유학자들과 교류하면서 함께 저서를 펴낼 때, 판토하는 지식층을 포함한 평민들을 대상으로 포교 활동을 하였다.[3) 따라서 『칠극』의 이솝우화는 의인화 수법이 돋보이며 이는 리치의 객관적 서술 위주의 이솝우화와 다른 부분이다. 『칠극』은 칠죄종(七罪宗) 즉 다른 죄와 악습을 일으키는 일곱 가지 근원인 교만, 질투, 인색, 분노, 탐욕, 음란, 나태를 극복하여 극기(克己)를 완성해야 된다는 것을 주요내용으로 담고 있다. 그리고 칠죄종을 극복하기 위해서는 반드시 천주교를 신봉하여야 한다고 주장하였다. 극기는 공자의 『논어』「안연(顔淵)」편에 "극기복례위인(克己復禮爲仁)"에서 비롯된 것이며 이는 사람의 감정이나 욕구, 충동을 이성적 의지로 극복하는 것을 말한다. 칠죄종을 자신의 의지력으로 다스릴 데 대한 윤리 도덕적인 수신지침은 예의에 그르치지 않으면서 유학의 핵심인 인(仁)을 실행하는 것과 연결되었다.

『칠극』에는 "우언(寓言)"이라는 어휘가 4번 출현하였으며 모두 우화가 시작되는 부분에서 언급되었다. 이 4편의 우화는 페리 인덱스에서 찾아볼 수 있었다. 이외의 3편은 페리 인덱스에서 찾을 수는 있지만 '우언'이라는 수식어가 없으며 다른 비유처럼 인용되었다.

요컨대 리치와 판토하는 중국 문인들과의 대담 과정에서 이솝우화를 인용하였다. 유학 중심의 사회 질서와는 다른 세계관을 설명하는 과정에서 이솝우화가 예증으로 활용되었던 것이다. 리치는 이솝을 직접 언급하였으며 그의 간략한 일대기와 더불어 일화를 예로 들었다. 그리고 판토하는 우화라는 장르를 구분 지었으며 일반적인 비유와 다르게 인

---

3) 叶農·羅詩雅, 「与巨人同行者 —西班牙籍耶穌會士龐迪我及其中文著作」, 『世界宗教研究』第6期, 暨南大學中國文化史籍研究所, 2015, pp.131~142, p.133.

식하였다. 하지만 판토하의 다른 비유들에서도 이솝우화의 흔적을 찾아
볼 수 있었다. 이는 이솝우화의 주제가 워낙 다양하여 이솝우화와 중첩
되기 쉽기 때문이기도 하다.

1.1 개인과 조정 차원에서의 유통

천주교 문헌을 정리한 하종희의 「한국의 천주교 古文獻(1610-1909) 目錄」[4]
에 따르면 리치의 『기인십편』은 총 2권 2책이며 홍콩 나자렛인쇄소에
서 1608년에 활자로 간행되었다. 그리고 1757년 안정복(安鼎福, 1721~1791)
에 의하여 소개되었다. 판토하의 『칠극』은 총 1책이며 간행된 곳과 간
행처가 미상인데 필사본으로 출간되었다. 그리고 1777년 이벽(李檗, 1754
~1785)에 의하여 소개되었다. 따라서 천주교 고문헌 목록에 의하면 『기인
십편』과 『칠극』이 18세기 중후반에 이미 한국에 유입되어 문인들에 의
하여 소개되었음을 알 수 있다.

연행록 자료를 보면 조선에서 파견된 연행 사신들은 이보다도 더 이
른 시기에 리치의 저서를 직접 접하였음을 알 수 있다. 이기지(李器之,
1690~1722)의 『일암연기(一庵燕記)』(1720.07.27.~1721.01.07.) 1720년 10월 24일
자 기사에는 다음과 같은 문장이 있다.

> …(중략) 『칠극(七克)』 3권과 <곤여도(坤輿圖)> 2권, 『천주실의(天主實
> 義)』 2권, 여송과(呂宋果) 3개를 나에게 주었다.[5]

연행 과정에서 연행사신들은 판토하의 『칠극』과 리치의 『천주실의』

---

4) 하종희, 「한국 천주교 관련 고문헌의 출간 및 출판문화사적 연구」, 숙명여자대학교 교
   육대학원 석사학위논문, 1997, 부록.
5) 신익철 편저, 『연행사와 북경 천주당』, 도서출판 보고사, 2013, 74~75면.

등 서학 저서를 직접 접하였다. 즉 18세기 초반부터 중국을 다녀간 문인들은 리치와 판토하의 저서를 직접 한국에 가져오기 시작했던 것이다.

서학의 직접적 수용은 개별적 문인에만 국한되지 않았다. 조정의 차원에서도 중국의 서학 저서를 포함한 서적들을 적극적으로 수입하였다.

> 예를 들어 숙종 46년(1720)에 부경사를 통해 52종 1,400여 권의 한역 서학서가 수입된 것이나 영조 8년(1732)에 19종 400여 권이 수입된 것, 그리고 정조가 서호수(徐浩修)에게 명하여 1만 권 5,200책의 『흠정고금 도서집성(欽定古今圖書集成)』을 사들인 것이 그러한 경우들이다. 심지어 인조 14년(1636)에 병자호란의 결과로 중국의 심양에 인질로 끌려간 소현세자(昭顯世子)도 8년 만에 귀국하면서 다수의 천문, 산학(算學), 그리고 서교와 관련된 서적과 천구의 등을 들여올 정도로 서양 문물의 수용에 적극적이었다.[6]

요컨대 18세기 초부터 진행된 한국에서의 서학 저서 유통은 번역이 필요 없이 직접 수용되기 시작하였다. 또한 이러한 수용은 개인과 조정의 차원에서 지속적으로 이어져왔다.

1.2 조선 문인들의 단편적인 소개

17세기 초부터 조선의 문인 계층은 이미 예수회 선교사들의 저서를 접하였다. 뿐만 아니라 이에 대한 전체적인 평도 하였다. 1603년 말에 간행된 마테오 리치의 『천주실의』는 곧 이수광(李睟光, 1563~1628)의 『지봉유설(芝峯類說)』(1614)에 소개되었다.

---

6) 이광래, 『한국의 서양 사상 수용사』, 열린책들, 2003, 22면.

구라파국(歐羅巴國)을 대서국(大西國)이라고 이름하기도 한다. 이마두(利瑪竇)라는 자가 있어서, 8년 동안이나 바다에 떠서 8만 리의 풍랑(風浪)을 넘어 동월(東粵)에 와서 십여 년이나 살았다. 그가 저술한 『천주실의(天主實義)』 두 권이 있다. 첫머리에 천주(天主)가 처음으로 천지를 창조하고 편안히 기르는 도(道)를 주재(主宰)한다는 것을 논하고, 다음으로 사람의 영혼은 불멸(不滅)의 것으로 금수(禽獸)와는 크게 다르다는 것을 논하였으며, 다음에는 육도윤회설(六道輪回說)(선악(善惡)의 응보(應報)에 의하여 육도(六道)를 유전(流轉)한다는 불설(佛說))의 잘못과 천당·지옥·선악의 응보(應報)를 변론하고, 끝으로 인성(人性)은 본래 선(善)하다는 것과, 천주(天主)를 존경해 받드는 뜻을 논하고 있다. 그 풍속에는 임금을 교화황(敎化皇)이라고 일컬으며, 혼인하는 일이 없기 때문에 교황의 지위를 승습(承襲)하는 아들은 없고, 어진 이를 선택하여 세운다. 또 그 풍속은 우의(友誼)를 소중히 여기며 사사로운 저축을 하지 않는다. 그는 『중우론(重友論)』을 저술하였다. 초횡(焦竑)이 말하기를, "서역(西域) 사람인 이마두 군이, '벗은 제이(第二)의 나'라고 하였는데, 이 말은 매우 기묘하다"고 하였다. 이 일은 『속이담(續耳譚)』에 자세히 나온다.[7]

인용문을 통하여 예수회 선교사들의 서적이 중국에서 발행된 지 10년도 되지 않은 사이에 벌써 조선 지식인들에게 읽혔음을 알 수 있다. 그리고 『천주실의』의 주요 내용은 곧바로 백과사전 형태로 전해졌다. 인용문에서 평을 단 초횡은 양명학 좌파인 태주학파에 속하는 인물인 이탁오(卓吾 李贄, 1527~1602)의 사상을 폭 넓게 수용하였다. 뿐만 아니라 초횡은 리치와 함께 저서를 출간한 서광계(徐光啓, 1562~1633)의 스승이기

---

7) 李睟光 著·南晩星 譯, 『芝峯類說(上)』, 乙酉文化社, 1994, 90면.
  "歐羅巴國. 亦名大西國. 有利瑪竇者. 泛海八年. 越八萬里風濤. 居東粵十餘年. 所著天主實義二卷. 首論天主始制天地. 主宰安養之道. 次論人魂不滅. 大異禽獸. 次辨輪廻六道之謬. 天堂地獄善惡之報. 末論人性本善而敬奉天主之意. 其俗謂君曰敎化皇. 不婚娶故無襲嗣. 擇賢而立之. 又其俗重友誼. 不爲私蓄. 著重友論. 焦竑曰. 西域利君以爲友者第二我. 此言奇甚云. 事詳見續耳譚."(515면)

도 하다.

유몽인(柳夢寅, 1559~1623)은 『어우야담(於于野譚)』(1621)에 『천주실의』의 편목을 실었다. 작품 말미의 평을 보면 다음과 같다.

　　대개 이마두는 이인이다. 천하를 두루 보고서 이에 「천하여지도」를 그리고, 각기 그 지역의 말로써 여러 나라에 이름을 붙였다. 중국은 천하의 중심에 있고, 구라파는 중국의 4분의 1보다 크며, 그 남쪽 지방은 매우 더운데 유독 그곳만 가보지 못했다. 그러나 그 종교는 이미 행해져서 동남의 여러 오랑캐가 자못 존중하고 믿는다. 일본은 예로부터 석가를 숭배하고 섬겼는데, 기리단의 교리가 일본에 들어오자 석가를 배척하고 요망한 것으로 여겼다. 불도(佛徒)가 된 자를 용납하지 않고 침을 뱉어 마치 진흙이나 찌꺼기처럼 여겼다. 전에 평행장(平行長)이 이 도(道)를 존숭했다고 하는데, 유독 우리나라에는 알려지지 않았다. 허균이 중국에 이르러 그 지도와 게(偈) 12장을 얻어왔다. 그 말이 매우 이치가 있으나 천당과 지옥이 있다고 하며, 혼인하지 않는 것을 옳다고 여기니 어찌 그릇된 도(道)를 끼고 세상을 미혹되게 하는 죄를 면할 수 있으리오?8)

인용문에서는 일본에서 행해진 선교사들의 강압적인 조치가 언급되었으며 이들에 대한 부정적인 시선을 강조하였다. 뿐만 아니라 천주교 교리에 대해서는 이치가 있으나 천당과 지옥설을 주장하고 혼인이라는 윤리적 관계를 거부한다는 면에서 유학적인 윤리 기반을 거스르는 것이어서 세상을 미혹시킨다고 비판하였다.

8) 유몽인 지음, 신익철·이형대·조융희·노영미 옮김, 『어우야담』, 돌베개, 2006, 216면. "盖利瑪竇者異人也, 偏觀天下, 仍圖天下輿地, 各以方言各諸國, 中國居天下之中, 而歐羅巴大於中國四之一. 其南方極熱, 獨不能窮, 而其教已行, 東南諸夷頗有尊信之. 日本自古崇事釋氏, 至伎禮怛之教入日本, 擯釋氏以爲妖, 使爲釋者不得容, 唾之如泥滓. 向者, 平行長尊此道云. 獨我國未及知, 許筠到中國, 得其地圖及偈十二章而來. 語多有理, 而以天堂地獄謂有, 以不事婚娶爲是, 烏得免挾左道惑世之罪也哉!"(108면)

리치는 폭넓은 교우관계를 바탕으로 중국 문인들과 심층적인 대화를 하면서 서학 저서를 저술하였다. 따라서 서학은 불교와 구별되는 학문적인 영역으로 간주되어 문인들에 의하여 언급 및 소개될 수 있었다. 리치의 저술은 정통적인 유학을 개혁하려는 움직임과 더불어 당시 조선에 수용되었다.

아쉽게도 이솝우화 관련 평가는 찾아보지 못하였다. 당시의 조선 문인들은 서학의 기본 내용을 중시하였을 뿐이지 구체적인 진술 방법이나 수사학적 기법에 대해서는 주목하지 않았다. 특히 서양 문학으로서의 이솝우화는 특별한 조명을 받지는 못하였다.

1.3 서학에 대한 자발적인 수용

이 시기 주자학을 토대로 형성된 사회체제는 권력층의 정치 기반을 안정시키기 위한 권위적인 형식으로 변모되어 있었다. 이는 당시 한국의 사회 발전에 따른 내적 요구 즉 사회 기강의 확립, 학문의 서민적인 경향과 자유로운 발전을 만족시킬 수 없었다. 특히 임진왜란은 조선의 일부 문인들로 하여금 보다 나은 사회 지배 체제를 탐색하도록 촉진시키는 계기가 되도록 하였다. 유학의 개혁을 주장하는 양명학과 함께 서학이 조선의 문인들에 의하여 수용되었음에도 불구하고 이는 주류 세력이 아니었으며, 따라서 이에 대한 찬반의견도 극명하게 엇갈렸다.

서학으로 수용된 천주교는 신분 질서를 위협하고 유학적 윤리를 거스르면서 혹세무민하는 것으로 여겨져 비판을 받기도 하였으나, 서학을 통하여 자발적으로 천주교 신앙에 도달한 문인들도 있었다.[9] 뿐만 아니

---

9) 금장태·강돈구, 「기독교의 전래와 서양철학의 수용」, 『철학사상』 4권, 서울대학교 철학사상연구소, 1994, 197~239면, 199~203면 참조.

라 한글로 번역된 필사본으로 유통되었으며10) 이로써 계층을 넘나드는 대중적인 파급력을 가졌을 것임을 유추해볼 수 있다. 서학은 정계로부터 유리된 남인(南人) 학자들 위주로 수용되었으며, 실용적인 면을 강조한 실학(實學)의 창출에도 큰 영향을 주었다. 18세기 후반 한국에서는 천주교 공동체 조직이 자체적으로 형성되었지만 얼마 지나지 않아 왕권에 도전하는 사교(邪敎)로 규정되었으며 금교령과 서적 소각령이 내려졌다.

1차 아편전쟁(1840)의 패배, 불평등한 난징조약(1842)의 체결 등 중국의 반식민지로의 전락은 조선으로 하여금 천주교와 서양에 대한 경계심을 더욱 고조시켰다. 그러다 19세기 말 서양 열강들과의 불평등한 조약을 통하여 비로소 외래 종교의 자유가 보장되기 시작하였다. 이 시기부터 기독교의 의료와 교육, 언론 등으로 구체화되는 선교 활동이 전개되었다. 이와 더불어 이솝우화는 19세기 말 20세기 초부터 한국의 초등교육 교과서, 저널과 잡지 및 단행본 등 다양한 매체에 수록되기 시작하였다.

중국에서의 이솝우화 수용 시점과 결부하였을 때, 한국에서의 이솝우화 수용은 중국과 거의 동궤를 형성한다. 17세기 초부터 중국에서 발행된 기독교 관련 저서는 중국인 문인 관료 계층을 주요 독자로 설정하였지만, 한문에 능숙했던 조선 문인 계층 역시 읽고 이해하는데 전혀 문제가 없었다. 뿐만 아니라 중국에서의 사상 변화는 당시 조선에 신속하게 유입되었으며 이에 대한 문인들의 반응도 기록되었다. 그러나 서학 저서를 접하였던 조선 문인들은『천주실의』,『기인십편』,『칠극』의 주요 내용에 중시를 돌렸을 뿐, 산발적으로 인용된 이솝우화에 각별한 주의를 둔 것은 아니었다. 그 이유는 이솝우화의 우의적인 수법이 한자 문화권 내에서도 아주 친숙했기 때문이다.

---

10) 조광,「조선후기 서학서(西學書)의 수용과 보급」,『민족문화연구』44권, 고려대학교 민족문화연구원, 2006, 199~235면, 204~206면 참조.

2. 개인 수양과 사회 윤리에 대한 권유

서학 저서에서 예증으로 활용된 이솝우화는 개인의 수신적인 면에서
쾌락만 추구할 것이 아니라 청빈의 삶을 살 것을 강조하였다. 그리고
현재 겪고 있는 역경과 고난에 대한 방안으로서 인내를 제시하였다.

타인과의 관계 및 사회 윤리 면에서는 탐욕을 절제하면서 타인과의
조화로운 관계를 강조함과 동시에 아량을 베풀 것을 권유하였다. 뿐만
아니라 가식적인 아첨을 경계하고 타인에 대한 비방을 자제할 것을 피
력하였다.

2.1 청빈과 절제의 삶에 대한 추구

『천주실의』제5편에서는 서양 선비가 불교의 재계(齋戒)와 소식(素食)을
반대하면서 진정한 재계는 요컨대 사욕(私慾)을 막는 데 있다고 하는 내
용을 다루었다. 사욕의 충족 즉 육체적 쾌락의 침투는 동물과 같아짐을
설명하는 대목에서 아래의 우화를 인용하였다.

> 옛날 어떤 이가 우리 서방의 나라에 사냥개 두 마리를 조공하였습니
> 다. 모두 좋은 종자였습니다. 임금은 한 마리는 도성 안의 세력 있는 신
> 하의 집에 기탁하였고 그 다른 하나는 성 밖의 농가에 기탁하여, 동시
> 에 사육을 시켰습니다. (이 개들이) 다 성장하니 왕은 사냥을 나가서 시
> 험을 해 보기 위해, 이 두 마리 개를 사냥터에 풀어 놓았습니다.
> 농가에서 사육된 개는 몸이 마르고 체중이 가벼웠습니다. (그 개는)
> 달려 나가 날짐승의 흔적을 냄새 맡고 재빠르게 쫓아가니 새들을 잡은
> 것이 다 셀 수 없었습니다. 대가(大家)에서 양육된 개는 비록 깨끗하고
> 포동포동하니 생김새의 아름다움은 볼 만하였으나, 고기를 먹어 배 채
> 우는 데 익숙하여서 사지가 느른하여 빨리 뛸 수가 없었습니다.

(이 개는) 날짐승을 보고서도 거들떠보지도 않더니 우연히 길가에서 썩은 뼈다귀를 만나서는 곧 달려가 그것을 물어뜯었습니다. 물어뜯기를 끝내고는 움직이지 않았습니다. 사냥 나간 사람들은 이 개들이 원래는 같은 어미에서 나왔으나 달라졌다는 것을 알았습니다.

왕이 말했습니다. "이것을 이상해 할 것 없노라. 어찌 오직 짐승들만 이러겠느냐? 사람들 또한 이와 같지 않은 이가 없도다. 모두 양육에 달려 있을 뿐이로다. (사람을) 편안하게 즐기게 하고 실컷 배불리 먹이면서 양육하면 그는 반드시 좋은 데로 나아가지 않는다. 잡다한 일로 수고롭게 하고 근검절약해 가며 키우면 반드시 그네들의 기대를 그르치지 않을 것이로다!"[11]

위의 우화는 거의 원문 그대로 『기인십편』의 제6편 "재계하고 소식하는 바른 뜻은 살생의 계율 때문이 아니다[齋素正旨, 非由戒殺]"에 수록되었다. 비록 '우리 서방의 나라[我西國]'를 배경으로 하지만 임금이 있고 조공을 받으며 도성 안에는 세력 있는 신하가 있고 성 밖에 농가가 있어 서사 전개 배경이 낯설지가 않다. 우화를 통하여 강조하려는 내용은 임금의 말로 인용되어 권위 있게 전달되고 있다.

도성 안의 세력 있는 대가(大家)에서 사육된 개는 깨끗하고 아름답지만 사냥은 커녕 뛰지도 못하고, 썩은 뼈다귀만 물어뜯는다. 대신 도성 밖의 농가에서 사육된 개는 마르고 가볍지만 민첩하게 날짐승들을 사냥하며 그 수도 많다. 마지막 임금의 말은 이야기의 핵심이자 우화가

11) 마테오 리치 저·송영배·임금자·장정란·정인재·조 광·최소자 역, 『천주실의(天主實義) -연구와 번역』, 서울대학교출판부, 1999, 268~269면.
"古昔有貢我西國二獵犬者. 皆良種也. 王以一寄國中顯臣家, 以其一寄郊外農舍, 並使畜之. 已壯而王出田獵試焉, 二犬齊縱入圍. 農舍之所畜犬, 身臞體輕. 走躡禽跡疾趨, 獲禽無算. 顯家所養犬, 雖潔肥容美足觀也, 然但習肉食充腸, 安佚四肢, 不能馳驟. 則見禽不顧, 而忽遇路傍腐骨, 卽就而囓之. 囓畢不動矣. 從獵者知其原同一母, 而出則異之. 王曰: "此不足怪. 豈惟獸哉? 人亦莫不如是也. 皆係於養耳矣. 養之以佚豫飫飽, 必無所進于善也. 養之以煩勞儉約, 必不悟君所望矣!"

전하고자 하는 교훈이다. 임금은 사람도 마찬가지라고 하면서 편안하고 배부르면 좋은 데로 나아가지 않지만, 잡다하고 수고롭게 근검절약하면 기대를 그르치지 않는다고 부언한다. 즉 쾌락이 충족되면 이에 빠지므로 이를 경계할 것에 대한 교훈을 설파하였다. 이 우화를 통하여 리치는 육체적 쾌락이 충족될수록 동물과 다를 바 없으며, 쾌락을 금할수록 동물과는 점점 멀어진다고 설명하면서 사사로운 욕심을 버릴 것을 주장하였다.

이 우화와 꼭 들어맞는 이솝우화는 찾을 수 없었지만 이와 유사한 이야기는 찾을 수 있었다.

> 어떤 사람이 개 두 마리를 기르고 있었다. 한 마리에게는 사냥을 가르쳤고, 다른 한 마리는 집을 지키게 했다. 사냥개가 사냥하러 나갔다가 사냥감을 잡아오면 주인은 그중 일부를 집개에게도 던져주었다. 사냥개가 이를 못마땅하게 여기고 매번 밖에 나가 고생하는 것은 자기인데 집개는 아무 일도 하지 않고 남의 노력의 결실을 얻어먹는다고 나무랐다. 집개가 말했다. "나를 나무라지 말고 주인님을 나무라게. 스스로 노력하지 않고 남의 노력으로 살아가도록 가르친 것은 주인님이니까 말일세."(『이솝우화』, 197면)

인용문에서는 고도로 생략된 경개와 의인화 수법이 돋보인다. 사냥개의 못마땅한 심리와 집개의 대화 부분은 서사에 생동감과 재미를 주고 있다. 이를 『천주실의』의 「두 마리 개」 서사와 비교하면 다음과 같다.

〈표 3〉『천주실의』「두 마리 개」의 원형 비교

번호	이솝우화	천주실의
1	어떤 사람이 개 두 마리를 기름	어떤 이가 서방의 나라 임금에게 사냥개 두 마리를 조공함

2	한 마리에게는 사냥을 가르치고, 다른 한 마리에게는 문지기를 가르침	임금은 한 마리는 성 밖의 농가에서 기르고, 다른 한 마리는 도성 안 세력 있는 신하의 집에서 기름
3	주인은 사냥개와 함께 잡은 사냥감을 집개에게도 나눠줌	농가에서 사육된 개는 날렵하고 사냥도 잘 하지만, 대가에서 사육된 개는 굼뜨고 썩은 뼈다귀를 물어뜯음
4	사냥개는 불공평해하지만, 집개는 주인의 가르침 때문이라고 핑계를 댐	임금은 쾌락만 추구하게 할 것이 아니라 수고롭고 근검절약하도록 키울 것을 권함

<표 3>의 1에서 '어떤 사람'은 '서방의 나라 임금'으로 대체되었으며 『천주실의』의 개 두 마리는 좋은 종자로 조공을 받은 것으로 되었다. 즉 모호한 주인이라는 신분에서 임금이라는 중세 시대의 최고 신분으로 상승되었으며 이에 우화는 단순한 개 두 마리 서사가 아니라 권위와 연관된 텍스트로 확장되었다. 2에서 '사냥개'는 '성 밖의 농가에서 기른 개'로, '집개'는 '세력 있는 신하의 집에서 기른 개'로 대체되었다. 『천주실의』에서 임금은 개 두 마리의 성장 환경을 달리 하였다. 농가의 개는 상대적으로 가난하지만 도성 밖이라는 비교적 자유로운 공간에서 길러졌다. 반면 대가의 개는 부유하기는 하나 제한된 활동 공간에서 길러졌다.

3에서 주인은 사냥개와 함께 잡은 사냥감을 집개에게도 나누어준다. 즉 사냥개가 주인에게 불만을 품을 수 있는 원인이 제공되었다. 『천주실의』의 임금은 사냥터에 나가 개 두 마리를 풀어놓고 시험한다. 농가에서 기른 개는 사냥을 잘 하지만 대가에서 기른 개는 굼뜨고 썩은 뼈다귀를 물어뜯다 만다. 임금의 명령대로 각기 다른 환경에서 길러진 두 개는 비록 같은 어미를 두었음에도 불구하고 전혀 다른 성향을 보인 것이다. 결국 사냥을 잘 하는 개는 부유한 환경에서 자란 개가 아니라 성

밖의 농가에서 기른 개였다. 4에서 사냥개는 주인이 집개에게도 사냥감
을 나눠주는 것을 불공평해한다. 이에 집개는 주인의 가르침 때문이라
고 핑계를 댄다. 『천주실의』에서는 임금이 논평을 하는데 사람은 쾌락
만 좇게 할 것이 아니라 수고롭고 근검절약하도록 키울 것을 권한다.

　사실 이 우화는 위계질서와 신분 차이에 대한 비판적 의미도 내포하
고 있다. 세력 있는 신하의 집에서 길러진 개가 쾌락에 빠진 나머지 굼
뜨고 썩은 뼈다귀만 물어뜯는다는 비유는 인격체를 연상시킨다. 중국에
는 "개를 때리더라도 주인을 봐야 한다[打狗看主]"라는 관용어가 있으며
이는 명대 소설 『금병매사화(金甁梅詞話)』에서도 언급된다. 주로 벌을 내
리거나 복수를 할 때 함부로 움직일 것이 아니라 잘못을 범한 자의 상
급자를 고려하여 불리한 후과를 초래하지 말아야 한다는 뜻으로 사용
된다.

　"중국 지식인 사회에서 마테오 리치는 '이단'과 '유학의 보완자'라는
양면을 가진 이중적 존재였다."[12] '이단'은 정통이나 기존 권위에 반항
하는 이론이나 행동을 가리키는데 이는 리치가 주자학과는 다른 주장
을 하였기 때문이다. '유학의 보완자'라고 함은 리치가 중국 고전에 대
한 연구를 토대로 전통적인 유학으로 기독교에 대한 이해를 추구하였
기 때문이다. 정통과 권위를 상징하는 "도성 안의 세력 있는 신하의 집"
과 권위로부터 소외된 "성 밖의 농가"는 선명하게 대조된다. "성 밖의
농가"는 '이단'이자 '유학의 보완자'였던 리치 외에 당시 주류 학문에
회의를 품고 개혁을 주장한 지식인들도 연상시킨다.

　『천주실의』에서는 「두 마리 개」 우화를 인용하면서 사람을 절제시키
며 양육하여야 하는 중요성을 강조하였다. 뿐만 아니라 쾌락이나 욕구

---

12) 김선희, 『마테오 리치와 주희, 그리고 정약용 -『천주실의』와 동아시아 유학의 지평』,
　　심산출판사, 2012, 79면.

에 대한 충족을 경계하도록 주장하였다. 단순한 우화에는 위계적인 신분 차이가 대조되었으며 이에 정통적인 권위만 우수할 것이라는 정념에 대한 부인을 각인시켰다.

『기인십편』의 제10편 "부유하나 탐욕스럽고 인색하면 가난한 것보다 고통스럽다[富而貪吝, 苦于貧屢]"에는 아래의 「수전노」가 예증으로 활용되었다.

> 전해 오는 기록에 의하면 옛날에 한 부호가 있었는데 매우 인색하였다고 합니다. 후에 그는 자기의 재산이 감소될까 두려워 자기 재산을 모두 팔아 수만금을 얻었습니다. (그것으로) 큰 금덩이 한 개를 만들어 땅 속에 묻고 자신은 숲 속에서 쓴 잎을 주워서 그것을 먹었습니다. 얼마 후에 도둑이 이를 파 도망가자 그는 (금을) 간직했던 곳에서 통곡하며 울음을 그치지 않았습니다.
>
> 같은 마을 사람이 그를 위로하고자 이렇게 말했습니다.
>
> "당신은 금을 가지고 있었는데도 전혀 쓰지 않았습니다. 그러니 이제 (예전의) 금덩이와 크기가 비슷한 큰 돌을 찾아서, 그것을 당신의 금덩이 대신 땅에 묻어 두면 마찬가지일 텐데 어째서 이렇게 통곡을 하고 있습니까?"
>
> 당신이 지금 이미 수만금을 얻어 백 겹으로 견고한 방비를 하고 그것을 상자 속에 간수하여 밀폐시키고 사용하지 않는다면, 돌이 들어 있든 금이 들어 있든 상자 속에서 무엇이 달라지겠습니까?[13]

『기인십편』에서 리치는 "얻는 것을 좋아하면서 향유하지 않는다면 평생 걱정 속에서 살면서 헤어 나오지 못할 것"[14]이라고 하면서 위의

---

13) 마테오 리치 저·송영배 역, 앞의 책, 375~376면.
　　"誌傳囊一富家甚吝. 後懼減其財, 則擧其資産盡鬻之, 得數萬金. 成一巨鋌, 埋土中, 自拾林下苦葉, 食之. 旣而, 盜担以去, 痛哭於藏所不已. 有鄕人慰之, 曰: '汝有金, 旣悉不用. 今覓一巨石大小與金等, 代汝金埋之土中, 則同矣, 奚而痛哭如此?' 汝今已得若干萬金, 以百重所固, 收之筒篋中. 閉而不用, 則或石或金, 在筒篋中, 何異乎?"

우화를 서술하였다. 부호는 재산을 금으로 바꿔 땅 속에 파묻고 자신은 쓴 잎을 주워 먹는다. 금을 도둑 맞히고 통곡하는 부호에게 같은 마을 사람은 금덩이와 비슷한 크기의 돌을 찾아 원래 자리에 묻어두라고 하면서 위로한다. 부호가 어차피 금을 가지고 있어도 쓰지 않았기 때문이다. 금은 비록 부호의 전 재산과 맞바꾼 것이지만 쓰지 않았기에 그 가치는 돌과 같아졌다.

「수전노」의 원형 텍스트는 다음과 같다.

> 어떤 구두쇠가 자신의 전 재산을 돈으로 바꾼 다음 금괴를 만들었다. 구두쇠는 그것을 비밀 장소에 묻고는 그곳에 자신의 영혼과 마음도 함께 묻었다. 그러고는 날마다 그것을 보러 갔다. 한 일꾼이 그를 지켜보다가 어찌 된 일인지 알아차리고 금괴를 파내어 가져가버렸다. 그 뒤 구두쇠는 그 장소에 갔다가 금괴 묻은 자리가 비어 있는 것을 보고 탄식하며 머리를 쥐어뜯기 시작했다. 구두쇠가 그토록 비통해하는 모습을 보고 누가 그 이유를 묻더니 이렇게 말했다. "이보시오, 이렇게 낙담할 일이 아니오 당신은 금을 갖고 있어도 갖고 있는 것이 아니었소 금 대신 돌을 그곳에 갖다놓고 그것을 금이라 생각하시오. 그것은 당신을 위해 금과 똑같은 구실을 하게 될 거요. 금을 가졌을 때조차 당신은 재산을 쓰지 않았으니 말이오."(『이솝우화』, 370면)

재물은 구두쇠의 영혼과 마음을 좌우지한다. 일꾼에게 금괴를 도적 맞히자 구두쇠는 비통해한다. 이에 누군가는 돌을 갖다놓고 금이라고 생각하라고 한다. 금으로서의 가치를 실현하지 못 하였기에 돌과 다름 없기 때문이다.

『기인십편』의 「수전노」는 원형 텍스트와 비슷하게 전개되었다.

---

14) 마테오 리치 저・송영배 역, 위의 책, 374면
  "嘗有喜得, 而弗享其所已得. 生平居患, 而不得脫也."

〈표 4〉『기인십편』「수전노」의 원형 비교

번호	이솝우화	기인십편
1	구두쇠가 전 재산을 금괴로 바꿈	인색한 부호가 재산을 모두 팔아 금덩이로 바꿈
2	금괴에 영혼과 마음도 함께 비밀 장소에 묻고 날마다 보러 감	금덩이를 땅 속에 묻고 자신은 숲 속에서 쓴 잎을 주워 먹음
3	한 일꾼이 금괴를 파가자 구두쇠는 비통해 함	도둑이 금덩이를 파가자 부호는 통곡을 함
4	비통해하는 이유를 안 누군가는 금 대신 돌을 갖다 두라고 함	같은 마을 사람은 비슷한 크기의 돌을 찾아서 묻어두라고 함

표 4의 1에서 구두쇠가 전 재산을 금괴로 바꾸는 과정은 간략하게 서술되었다. 『기인십편』에서 부호는 자신의 재산이 감소될까봐 두려워 재산을 모두 팔아 금덩이로 바꾼다. 2에서 구두쇠는 금괴를 비밀장소에 묻을 때 영혼과 마음도 함께 묻었다고 하면서 금괴에 의하여 조종당함을 우의적으로 표현하였다. 『기인십편』에는 부호에 대한 부가적인 설명이 추가되었는데 부호는 재산이 감소될까봐 전전긍긍해하면서 금덩이를 땅 속에 묻고 자신은 숲 속에서 쓴 잎을 주워 먹는다. 다시 말하면 재물에 대한 탐욕은 생존 욕구마저 무의미하게 만들었다. 3에서 구두쇠는 금괴를 도둑 맞히고 비통해한다. 『기인십편』에서의 부호도 통곡을 한다. 이는 만반의 준비를 하더라도 한 순간에 사라질 수 있다는 재물의 허망함을 보여주고 있다. 4에서 비통해하는 이유를 안 누군가가 돌을 갖다 두라고 하며, 『기인십편』에서는 같은 마을 사람이 비슷한 크기의 돌을 찾아서 묻어 두라고 한다. 재물은 적당한 쓰임이 이루어지지 않았기에 돌과 같은 가치로 전락되었다. 『기인십편』에서는 이 우화를 통하여 재물을 사용하지 않는다면 돌과 다름없다고 하면서 재물과 탐욕에 조종당하지 말 것을 강조하였다.

아래 우화도 『기인십편』의 제10편에서 인용되었는데, 리치는 "소유하고 있는 재물을 쓰지 않고 쌓아둘 때 오히려 재물에 잡힌 바가 되며 결국 재물의 종이 된다"[15]고 하면서 이 우화를 예로 들었다.

> 상고 시대에 말과 사슴이 함께 들판에 살면서 풀과 물을 다투던 때가 있었습니다. 그러다가 말이 장차 자신의 영역을 잃어버리게 되었고, 그러자 말은 사람에게 복종하여 인력의 도움을 빌어 사슴을 정벌했습니다.
> 말이 비록 사슴을 이기긴 했으나 이미 사람에게 굴복한 것입니다. 등에는 안장이 떠나지 않았고 입은 재갈에서 벗어나지 못했습니다. 후회해도 이미 늦은 일이었습니다.
> 당신도 처음엔 잘 모르고 가난을 미워하다가 재물의 힘을 빌어 이를 이긴 것입니다. 가난이 이미 제거되기에 이르니, 마음은 재물에 얽매이고, 재물을 사모하다가 병을 얻었으며, 또한 재물에 의해 부림을 받고 있습니다.
> 이 어찌 말의 후회와 같은 경우가 아니겠습니까?[16]

말은 사슴을 자신의 영역으로부터 몰아내지만 결국 이를 도와준 사람으로부터 지배를 받는다. 말의 등에는 안장이 떠나지 않았고 입에는 재갈이 물려졌으며 후회해도 이미 늦어버렸다. 이 우화를 통하여 리치는 사람들이 비록 가난을 몰아내기 위하여 재물의 도움을 받지만 결국 재물에 의하여 지배당할 것임을 경고하고 있다. 그리고 재물 때문에 병이 생기고 부림을 받아 말처럼 후회할 것이라는 논지를 전개하였다.

---

15) 마테오 리치 저·송영배 역, 앞의 책, 380면.
   "汝何不明哉? 財之美在乎用耳. 豈宜比之如古器物, 徒以爲觀, 如神像以參謁而已哉? 此非汝獲物, 物反獲汝也. 財主使財, 財僕事."
16) 마테오 리치 저·송영배 역, 앞의 책, 380~381면.
   "上古之時, 馬與鹿共居于野, 而爭水草也. 馬將失地, 因服于人, 借人力助之, 因以伐鹿. 馬雖勝鹿, 已服于人. 脊不離鞍, 口不脫銜也. 悔晩矣. 爾初亦不知, 而惡貧, 且借財力以克之. 追貧已去, 心累於財. 戀財爲病, 且爲財役矣. 曷不如馬悔乎?"

이 우화는 천병희가 옮긴 『이솝우화』에는 수록되지 않았지만 와타나베 온에 의하여 「말과 사슴 이야기」로 수록되었다.

> 어느 야생말이 자기 혼자서 한 울타리 안의 목장을 독차지하고 있었다. 그런데 밖에서 한 마리의 사슴이 와서 난폭하게 풀을 파헤치고 있었다. 그래서 말이 복수를 해야겠다고 생각하고 어느 사람에게 사슴을 벌해 달라고 부탁하였다. 그러자 그 사람이 "그렇다면 나에게 너의 입에 재갈을 물리어 등 위에 탈 수 있도록 해 다오. 그것이 바로 적을 몰아내는 방법이다."라고 말했다. 말은 즉시 승낙하고 그 사람을 태웠는데, 그 후로는 자기 몸을 자유롭게 할 수가 없었다. 그 말은 바라던 복수는 이루지 못하고 영원히 승마가 되어 끌려 다니게 되었다고 한다.(『통속 이솝우화』, 261면)

이 우화에서 말은 인격화가 이루어졌으며 사람과 타협한다. 말은 목장을 독차지하려고 사람에게 사슴을 쫓아내달라고 부탁한다. 이에 사람은 사슴을 쫓아내는 대신 말의 입에 재갈을 물리고 그 등 위에 탈 수 있는 조건을 내건다. 그러자 말은 즉시 승낙하고 사람을 태우는데 이로부터 복수는커녕 영원히 사람의 지배를 받는 처지가 된다.

두 텍스트의 주요 경개를 비교하면 다음과 같다.

〈표 5〉『기인십편』「말과 사슴」의 원형 비교

번호	이솝우화	기인십편
1	야생말이 혼자서 목장을 독차지하다가 사슴이 와서 풀을 파헤침	말과 사슴이 들판에서 풀과 물을 다투던 때가 있었음
2	말은 복수하려고 사람에게 사슴을 벌해달라고 부탁함	자신의 영역을 잃은 말은 사람의 도움으로 사슴을 정벌함
3	사람은 사슴을 몰아내주는 대가로 말의 입에 재갈을 물리고 등 위에 탈 수 있는 조건을 검	사슴을 이기긴 했으나 사람에게 굴복됨

4	말은 승낙하고 사람을 태우지만 복수 도 하지 못 하고 자유도 잃음	등에는 안장이 떠나지 않고 입은 재갈 에서 벗어나지 못 함

<표 5>의 1에서 목장을 독차지하던 야생말은 사슴이 와서 풀을 파헤치니 복수를 하려고 한다. 『기인십편』에는 상고 시대에 말과 사슴이 풀과 물을 다투던 때가 있었다고 하면서 텍스트에 역사성을 부여한다. 2에서 말은 사람에게 사슴을 벌해달라고 부탁한다. 『기인십편』에서 말은 자신의 영역을 잃자 사람의 도움으로 사슴을 정벌한다. 3에서 사람은 사슴을 몰아주는 대가로 말의 입에 재갈을 물리고 등 위에 탈 수 있게 해라는 조건을 내건다. 『기인십편』에서 말은 사슴을 이기기지만 사람에게 굴복을 당한다. 4에서 말은 조건을 승낙하고 사람의 부림을 받지만 결국 복수도 못 하고 자유도 잃는다. 『기인십편』에서는 비록 사슴을 몰아내지만 안장과 재갈에서 벗어나지 못 한다. 『기인십편』에서는 이 우화를 통하여 처음에 잘 모르고 가난을 미워하다가 재물을 빌어 이겨내지만 결국 재물로부터 조종당함을 강조하였다.

리치는 『기인십편』에서 재물은 평생 걱정에 시달리게 하기 때문에 덕과 공존할 수 없다고 주장하면서 진정한 군자는 가난해도 지조를 굽히지 않고 부유해도 현혹되지 않는다고 한다.[17] 따라서 재물의 종이 되어 섬길 것이 아니라 재물을 유용하게 씀으로써 주인이 되어야 한다고 하면서 위의 우화를 서술하였다.

---

17) 마테오 리치 저·송영배 역, 앞의 책, 374면.
"夫財與德, 不共存之物也. 慕財之事, 乃世俗之大害也. 君子倘不以得順其所欲, 卽以欲順其所得. 不屈于貧, 不惑于富. 玆所以爲君子歟! 嘗有喜得, 而弗享其所已得, 生平居患, 而弗得脫也."

2.2 역경과 고난에 대한 인내 제시

『칠극』 제4편 "분노를 없애다[熄忿]"의 "참음으로써 어려움에 맞서다 [以忍德敵難]"에는 「토끼들과 개구리들」이 인용되었다.

너희는 어려운 일을 만나면, 오직 너희보다 즐거운 이가 있다는 것만을 보려고 한다. 그래서 참기가 어렵다. 그런데 만약 너희보다 괴로운 이가 있음을 본다면 참기가 쉬울 것이다. 옛날 어떤 현인의 우화에 다음과 같은 것이 있다.

토끼는 짐승 가운데 가장 담이 작은 짐승이다. 그런데 어느 날 여러 토끼들이 의논을 하여 "우리는 짐승 가운데 가장 괴로운 짐승입니다. 사람들은 우리를 잡으려 하고, 큰 이리는 우리를 물려고 하고, 매와 수리도 우리를 손에 넣으려고 합니다. 그래서 편안할 때가 없습니다. 그러니 살아서 두려운 일을 많이 가지기보다는 차라리 죽는 것이 나을 것입니다. 그리고 아마 죽고 나면 두려운 일도 없어질 것입니다"라고 하였다.

이때 그들의 앞에는 호수가 있었다. 그래서 그들은 모두 그곳에 가서 스스로 물에 빠져 죽자고 약속하고 호수로 나아갔다.

물가에는 개구리들이 있었는데, 토끼들을 보고는 놀라 어지러이 물속으로 뛰어 들어 갔다. 앞에 가던 토끼가 그것을 보고는 여러 토끼들을 멈추게 하고서 "잠시 멈추십시오. 죽어서는 안되겠습니다. 두려움이 우리보다 심한 것도 있습니다"라고 하였다.[18]

짐승 가운데 가장 담이 작은 토끼는 사람, 큰 이리, 매와 수리 때문에 편안하지 못 하고 늘 괴로우니 모두 물에 빠져 죽자고 약속한다. 호수

---

18) 판 토하 지음 · 박유리 옮김, 『칠극』, 일조각, 1998, 241~242면.
　　"爾遇難時, 惟視有樂勝爾者, 故難忍. 若視有苦勝爾者, 易忍矣. 昔有賢人, 寓言曰: 獸中兎膽最小, 一日, 衆兎議曰: 我等作獸特苦, 人搏我, 大狼噬我, 即鷹鷲亦得攫我, 無時可安. 與其生而多懼, 不如死, 死而懼止矣. 向前有湖, 因相約往自溺水. 水旁有蛙, 見兎驚, 亂入水. 前兎見之, 止衆兎, 曰: '且勿死, 尙有怖過我者.'"

로 향하는 토끼들 때문에 개구리들이 놀라 물속으로 뛰어들자 토끼들은 죽어서는 안 되겠다고 한다. 자신들보다 더 심한 두려움을 안고 사는 개구리도 있기 때문이다.

「토끼들과 개구리들」의 원형 텍스트는 다음과 같다.

> 하루는 토끼들이 모여서 자신들의 삶은 불안정하고 두려움으로 가득 차 있다고 서로 슬퍼하고 있었다. 자기들은 결국 사람과 개와 독수리를 비롯한 많은 동물의 먹이가 된다는 것이었다. 토끼들은 평생을 두려움에 떠느니 차라리 단번에 죽는 편이 낫겠다고 생각했다. 이렇게 의견이 모아지자 토끼들은 한꺼번에 연못을 향해 돌진했다. 그곳에 빠져 죽기 위해서였다. 그런데 연못가에 둘러앉은 개구리들이 토끼들이 요란하게 달려오는 소리를 듣자 연못 속으로 황급히 뛰어들었다. 그러자 다른 토끼보다 제가 더 현명하다고 믿던 토끼가 말했다. "멈추시오, 전우들이여! 여러분은 자해하지 마시오. 여러분도 보시다시피, 우리보다 더 겁 많은 동물도 있소."(『이솝우화』, 213면)

토끼들은 평생을 두려움에 떨 바에는 차라리 죽음을 선택하는 편이 낫겠다고 연못을 향해 돌진한다. 이에 놀란 개구리들이 황급히 연못에 뛰어들자 다른 이들보다 현명하다고 자부하는 토끼가 자신들보다 겁이 많은 동물들이 있기에 자해하지 말라고 하면서 자신의 무리를 저지한다.

텍스트 경개를 비교하면 다음과 같다.

〈표 6〉『칠극』「토끼들과 개구리들」의 원형 비교

번호	이솝우화	칠극
1	토끼들이 모여서 자신들은 사람과 동물의 먹이가 될 것이라는 두려움을 평생 가지고 있다고 슬퍼함	가장 담이 작은 짐승인 토끼들이 사람과 동물들로부터 공격을 당하니 편안할 때가 없다고 함
2	이럴 바에는 단번에 죽는 것이 나으니 토끼은 연못을 향해 돌진함	두려운 일을 가득 안고 살기보다는 차라리 죽는 것이 낫겠다고 하고 호수를 향해 나아감

| 3 | 이때 연못가의 개구리들이 황급히 물속으로 뛰어 들어감 | 이때 물가의 개구리들이 놀라서 어지러이 물속으로 뛰어 들어감 |
| 4 | 다른 토끼보다 더 현명하다고 자부하던 토끼는 더 겁 많은 동물도 있으니 자해하지 말자고 제지함 | 앞에 가던 토끼가 두려움이 자신들보다도 심한 동물이 있으니 죽지 말자고 제지함 |

　<표 6>의 1에서 토끼들은 평생 두려움을 안고 살아야 하므로 슬퍼한다. 『칠극』에서는 토끼가 가장 담이 작은 짐승이라고 서술한다. 토끼들은 살아서 두려운 일이 많으니 죽으면 두려운 일도 없어질 것이라고 한다. 2에서 토끼들은 이렇게 살 바에는 단번에 죽을 것을 결정하고 연못을 향해 돌진한다. 『칠극』에서는 마침 앞에 호수가 있어 토끼들 모두 스스로 물에 빠져죽자고 약속하고 호수로 나아간다. 3에서 개구리들은 황급히 놀라 물속으로 뛰어든다. 『칠극』에서도 마찬가지이다.

　4에서 현명함을 자부하던 토끼가 겁 많은 동물도 있으니 자해하지 말자고 제지한다. 『칠극』에서는 앞에 가던 토끼가 자신들보다도 더 심한 두려움을 안고 사는 동물이 있으니 죽지 말자고 제지한다. 『칠극』에서는 이 우화를 통하여 어려움에 처하였을 때 자신보다 안락한 자를 참기는 힘들지만, 자신보다 어려운 형편에 처한 자는 쉽게 참는다고 우화의 시작 부분에서 강조하였다.

　판토하는 참음에 대하여 "침착한 마음으로 해를 받아들이고, 나에게 해를 준 이를 미워하지 않는 것"[19]이라고 하였다. 따라서 "재앙이 찾아와도 지나치게 근심하고 싶지 않다면, 재앙이 아직까지 찾아오지 않았을 때, 그것이 장차 온다면 참음을 갖추어서 그것에 맞서야 하겠다고 생각하는 것보다 나은 방법이 없다"[20]고 주장하였다. 이에 안락한 자보

---

19) 판 토하 지음·박유리 옮김, 앞의 책, 223면.
　　"忍者何? 以平心受害, 不忌授我害者, 是也."
20) 판 토하 지음·박유리 옮김, 위의 책, 241면.

다는 어려운 형편에 처한 자를 보면 어려움을 참기가 훨씬 쉽다는 논지를 펴기 위하여 위의 우화를 인용하였다.

2.3 타인에 대한 관용과 진솔함 강조

『칠극』 제2편 "질투를 가라앉히다[平妬]"에서는 「탐욕스러운 자와 시샘이 많은 자(The Covetous Man and the Envious Man)」가 인용되었다. 페리 인덱스에 포함되어 연구대상으로 삼았지만 천병희 번역본과 와타나베 온 판본에 모두 수록되지 않았다. 그리하여 이솝우화 컬렉션 사이트의 검색 기능을 이용한 결과 J. B. R. Collection21)에는 수록되어 있었다.

　　서양 어느 나라에 두 사람이 있었는데, 한 사람은 질투가 심한 것으로 그리고 나머지 한 사람은 매우 인색한 것으로 온 나라에 널리 알려져 있었다. 이 나라의 임금은 현명한 분이었는데, 그는 꾀를 내어서 그들의 마음을 알아보려고 하였다.

　　그래서 그들을 불러 "나는 너희들이 바라는 것을 너희들에게 책임지고 모두 들어주겠다. 그런데 먼저 부탁하는 이에게는 하나를 주고, 뒤에 부탁하는 이에게는 배로 주겠다"고 하였다.

　　두 사람은 그것을 배로 하고 싶었기 때문에, 각자 사양을 하며 뒤에 부탁하겠다고 하였다. 이에 임금이 질투가 심한 사람에게 먼저 부탁하

"爾欲患時, 不濫於憂, 莫若於患未至時, 思其將來備忍, 以當之."

21) https://fablesofaesop.com/greed-jealousy.html 2017년 10월 10일 검색.
"Two Men, one a Covetous fellow, and the other thoroughly possessed by the passion of envy, came together to proffer their petitions to Jupiter. The god sent Apollo to deal with their requests. Apollo told them that whatsoever should be granted to the first who asked, the other should receive double. The Covetous Man forbore to speak, waiting in order that he might receive twice as much as his companion. The Envious Man, in the spitefulness of his heart, thereupon prayed that one of his own eyes might be put out, knowing that the other would have to lose both of his."

게 하였더니, 이 질투가 심한 사람은 곰곰이 생각을 해보고서는 "임금님께서는 저의 눈 하나를 파내어 주십시오"라고 하였다.

　이 말은 과연 어떤 뜻에서 나온 것일까? 그것은 임금이 뒤에 부탁하면 배로 주겠다고 했으니, 뒤에 부탁하면 반드시 배로 줄 것이다. 그런데 임금이 나에게 먼저 부탁하게 했으니, 감히 먼저 부탁하지 않을 수 없다. 그렇다면 복은 이미 배로 할 수 없게 되었으니, 차라리 남에게 재앙을 배로 가지게 하는 것이 좋을 것이다. 곧 나의 눈 하나를 파내어 남의 눈 두 개와 바꾸어야겠다고 생각했기 때문일 것이다. 심하도다. 질투하는 마음이여.[22]

　원형에서 탐욕스러운 자와 시샘이 많은 자는 주피터(Jupiter)에게 그들의 청원을 들어달라고 요청하며 이에 신은 아폴로(Apollo)를 파견하여 이들의 요청을 해결하도록 한다. 로마 신화에서 최고의 신인 주피터의 원래 발음은 유피테르이다. 유피테르는 하늘, 낮의 빛, 날씨, 천둥과 벼락의 신으로 등장하는데 도시 국가의 정치적 체제가 발전됨에 따라 유피테르는 신들의 회의를 주재하는 온전한 권위를 지닌 최고권의 소유자로 등장하며, 제국의 도래와 함께 황제들은 자신을 유피테르의 보호 아래 두었으며 심지어 유피테르의 화신을 자처하기도 하였다.[23] 아폴로는 그리스 신화에서 아폴론(Apollon)으로 불리며 예언과 음악, 시, 전원의 신으로 그의 누이와 함께 로마인들과 유피테르를 매개하는 천상의 축복을 전하고 널리 알리는 신으로도 묘사된다.[24]

---

22) 판 토하 지음·박유리 옮김, 앞의 책, 102면.
　"西土有兩人, 一甚妬, 一甚慳, 俱聞於國. 國王賢者, 設計以探其情. 召謂之曰: '任爾所求, 我皆聽, 爾先請者予一, 後請則倍.' 兩人各遜居後, 欲倍之也. 王命妬者先, 妬者諦思, 曰: '願王鑿我一目.' 此何意? 王言倍, 必倍. 王命先, 不敢不先. 已不得倍福, 寧令人得倍禍. 鑿己一目, 易人兩目. 深于妬矣哉."
23) 피에르 그리말 지음, 최애리 책임 번역, 『그리스 로마 신화 사전』, 열린책들, 2004, 398~399면.
24) 피에르 그리말 지음, 최애리 책임 번역, 위의 책, 308~313면.

　신들의 이름은 『칠극』에서 생략되었으며 현명한 임금으로 대체되었
다. 다시 말하면 문화 환경에 알맞게 신과 사람의 이야기는 사람과 사
람이라는 현실적인 이야기로 변용되었다. 장황하고도 낯선 문화적 배경
은 생략되었으며 대신 사실성과 설득력이 강조되었다. 그리고 눈 하나
를 파내달라는 시샘 많은 자의 심리도 논리적으로 보충되었다.

　『칠극』제3편 "탐욕을 풀다[解貪]"의 "베풂의 덕을 논함[論施舍德]"에
는 아래의 「위와 발」이 인용되었다.

　　부유함과 가난함의 관계는 위장과 우리 몸의 모든 기관과의 관계와
　같다.
　　위장은 음식물을 소화시킨다. 그런데 위장은 자신에게는 그가 필요
　로 하는 것만을 남기고, 그 나머지는 다른 모든 기관에게 나누어준다.
　그래서 위장은 힘이 강하여 모든 기관의 임금이 된다.
　　그런데 만약 위장이 그것이 받아들인 음식물을 전부 자신에게 붙들
　어 두고서 그것을 나누어주지 않는다면, 위장에는 지나치게 가진 근심
　이 생기고, 다른 기관들에는 부족한 근심이 생길 것이니, 둘 다 병을 앓
　게 될 것이다.
　　그런데 충분하지 못한 병은 온몸에 흩어져 있고, 지나치게 가진 병은
　몸의 중심부에 있다면, 그 가운데 어느 병이 더 심하겠는가?[25]

　위의 우화는 위장을 부유함에 비유하고 다른 장기들은 가난함에 비
유하였다. 그 이유는 위장이 음식을 소화시키기 때문이다. 위장이 음식
물을 다른 장기에 베풀지 않을 경우에는 병이 발생하므로 덕을 베풀 것
을 강조하였다.

---

25) 판 토하 지음·박유리 옮김, 앞의 책, 198면.
　　"富之於貧, 如胃於諸體也. 胃消化, 食飮自取所須, 分其餘於百體. 故胃强而百體王. 若盡留
　　而不散, 胃有有餘之患, 體有不足之患, 兩受病矣. 不足之病, 病在百體, 有餘之病, 病在中
　　氣, 孰大哉?"

「위와 발」의 원형 텍스트는 다음과 같다.

> 배[腹]와 발[足]이 서로 제가 더 힘이 세다고 다투었다. 발은 매번 제
> 가 배를 나르는 만큼 제가 월등히 힘이 세다고 했다. 배가 말했다. "이
> 봐, 내가 영양분을 대주지 않으면 너는 나를 나르지 못하잖아."(『이솝우
> 화』, 181면)

배와 발은 서로 힘이 세다고 다투는데 발은 배를 나르므로 힘이 세다
고 한다. 이에 배는 영양분을 대주기에 결국 배의 승리로 확인된다.

두 텍스트의 주요 경개를 비교하면 다음과 같다.

〈표 7〉 『칠극』 「배와 발」의 원형 비교

번호	이솝우화	칠극
1	배와 발이 서로 힘이 세다고 다툼	위장은 음식물을 소화시키며 필요한 것만 남기고 나머지는 다른 기관에 나누어 주므로 위장은 힘이 강하여 모든 기관의 임금임
2	발은 배를 나르기에 제가 월등히 힘이 세다고 함	만약 위장이 나누어주지 않는다면 위장은 지나치게 가져서, 다른 기관들은 부족하여 병을 앓음
3	배는 영양분을 대주지 않으면 나르지 못하지 않느냐고 반문함	충분하지 못 한 병이 온 몸에, 지나치게 가진 병이 몸의 중심에 있다면 어느 것이 더 심하겠느냐고 반문함

〈표 7〉의 1에서 배와 발은 서로 힘이 세다고 다툰다. 『칠극』에서는
위장과 몸의 다른 기관에 대하여 설명을 한다. 위장이 소화를 시키며
필요한 영양분만 남기고 나머지는 다른 기관에 나누어주므로 위장이
힘이 세며 이에 기관의 임금이라고 한다. 2에서 발은 배를 자신이 나르

기 때문에 월등히 힘이 세다고 한다.『칠극』에서는 위장이 영양분을 나누어주지 않는다면 위장은 지나치게 남아 근심이고, 다른 기관은 부족하여 모두 병을 앓는다고 한다. 3에서 배의 중요성이 언급되는데 자신이 영양분을 대주지 않으면 발은 나르지 못하느냐고 반문한다.『칠극』에서는 온 몸에는 충분하지 못 한 병이, 몸의 중심에는 지나치게 많은 병이 생기면 어느 것이 더 심하겠느냐고 반문한다.『칠극』에서는 이 우화를 통하여 부유함과 가난함의 관계를 위장과 모든 기관과의 관계에 비유하면서 덕을 베풀 것을 강조하였다.

『칠극』의「배와 발」은 원형 텍스트처럼 충분히 의인화시킬 수 있는 상황에서 중립적인 설명조로 서술되었다. 원관념인 부유함과 가난함의 관계를 비유하기 위하여 보조관념인 인체 기관을 들었으나 이를 생물학적인 설명으로 논리적으로 전개하였다. 뿐만 아니라『칠극』은 인체 기관에 힘의 논리를 부여하였다. 위장이 음식을 소화시켜 영양분을 배분하므로 힘이 강하며 이에 위장은 임금이라는 것이다. 다시 말하면 여기서의 임금은 힘으로 제압한 막강한 권력이다. 중심 권력층의 부유함이 넘쳐나면 후환이 생기고, 약한 자들은 모자람으로 후환이 생기니 부유함을 덜어내어 덕을 베푸는 것을 권장하는 의미로도 해석된다.

『칠극』제1편 "교만을 누르다[伏傲]"의 "예찬을 듣는 것을 경계함[戒聽譽]"에는 유명한「여우와 까마귀」가 수록되었다.

> 우화에는 다음과 같은 이야기가 있다.
> 까마귀가 나무 위의 둥지에서 고기를 쪼아 먹고 있었다. 여우는 매우 약은 짐승인데, 나무 밑으로 지나가다가 이를 보았다. 그는 그 고기를 손에 넣고 싶었다. 그래서 그는 까마귀에게 사리에 맞지도 않는 말로 아첨하여 "사람들은 '검기가 까마귀와 같다'고들 합니다. 그러나 제가 보기에 당신은 깨끗하기가 눈과 같습니다. 그러니 아마 모든 새들의 임

금이 되실 수 있을 것입니다. 그런데 다만 아직까지 당신의 부드러운 노래 소리는 들어보지 못 하였습니다"라고 하였다.

이에 까마귀가 매우 기뻐하면서 까악까악 하고 노래를 불렀더니, 고기는 곧 땅으로 떨어져버렸다. 여우는 고기를 물고서 까마귀를 보며 그를 비웃었는데, 이는 그의 외모가 검다는 것과 그가 어리석다는 것을 함께 비웃은 것이다.

너희의 면전에서 너희를 예찬하는 이들이 만약 너희를 지혜롭다고 생각했다면, 너희가 예찬을 좋아하지 않는다는 것을 반드시 알 것이다. 그러면 감히 예찬을 하지 않을 것이다.

오직 너희에게 얻고 싶은 것이 있는데도 얻지 못한 사람이나, 아니면 너희를 속일 수 있는 바보라고 생각한 사람들만은 너희의 면전에서 아첨하여, 너희의 어리석음을 늘리고, 또 얻고 싶었던 것을 얻으려고 할 것이다.[26]

이 우화를 통하여 판토하는 면전에서의 예찬을 경계할 것을 당부하였다. 그러면서 듣는 사람으로부터 얻고 싶은 것이 있거나 혹은 듣는 사람이 어리석다고 생각하기에 면전에서 아첨하는 것이므로 이를 조심할 것을 경고하였다.

「여우와 까마귀」의 원형 텍스트는 다음과 같다.

고깃점을 훔친 까마귀가 나뭇가지에 앉았다. 까마귀를 본 여우는 자기가 그 고깃점을 차지하고 싶었다. 그래서 여우는 멈춰 서서 몸매가 균형 잡히고 아름답다고 까마귀를 추어올리며, 까마귀야말로 누구보다도 새들의 왕이 될 만하고 또 목소리만 가지고 있다면 틀림없이 그렇

---

26) 판 토하 지음·박유리 옮김, 앞의 책, 58면.
"寓言曰: 烏栖樹啄肉, 狐巧獸也, 欲得其肉, 詭諛曰: '人言黑如烏, 乃濯濯如雪, 殆可爲百鳥王乎, 特未聞和鳴聲耳.' 烏大喜, 啞然而鳴, 肉則墜矣. 狐得肉, 視烏而笑, 笑其黑, 且笑其愚也. 彼面譽爾者, 若以爾爲智, 必知爾不喜譽, 而弗敢畏. 譽惟有求於爾不得, 且意爾爲愚可欺, 乃面譽以增爾愚, 而得所欲得焉. 一已得, 且譏爾傲, 笑爾愚也. 爾奈何傾耳以聽虛譽, 而取笑譏乎."

게 될 것이라고 했다. 까마귀는 제가 목소리도 가지고 있다는 것을 여우에게 보여주고 싶어서 고깃점을 놓아버리고 큰 소리로 울었다. 여우가 달려가 고깃점을 낚아채며 말했다. "까마귀야, 네가 판단력까지 갖추었다면 새들의 왕이 되기에 손색이 없었을 텐데!"(『이솝우화』, 187면)

까마귀가 물고 있는 고깃점이 욕심난 여우는 까마귀가 아름답다고 하면서 목소리만 갖고 있다면 틀림없이 새들의 왕이 될 수 있다고 아첨한다. 이에 까마귀는 목소리를 들려주려고 입을 벌리다가 고깃점을 놓아버린다. 여우는 고깃점을 낚아채면서 까마귀의 판단력을 비웃는다. 원형 텍스트와 비교하면 다음과 같다.

〈표 8〉『칠극』「까마귀와 여우」의 원형 비교

번호	이솝우화	칠극
1	까마귀의 고깃점을 차지하고 싶어서 여우는 까마귀를 추어올림	까마귀가 나무 위에서 고기를 쪼아 먹고 있자 여우는 고기를 손에 넣고 싶어 사리에 맞지 않는 말로 아첨함
2	까마귀가 새들의 왕이 될 만하고 또 목소리만 가지고 있다면 틀림없이 그렇게 될 것이라고 함	까마귀가 눈처럼 깨끗하고 새들의 임금이 될 수 있지만 아직까지 부드러운 노래 소리를 들어보지 못하였다고 함
3	까마귀는 목소리도 가지고 있다는 것을 보여주려고 고깃점을 놓아버리고 큰 소리로 움	까마귀는 매우 기뻐하면서 노래를 부르다가 고기를 땅에 떨어뜨림
4	여우는 고깃점을 낚아채면서 까마귀의 판단력을 비웃음	여우는 고기를 물고 까마귀의 검은 외모와 어리석음을 비웃음

<표 8>의 1에서 여우는 나무 위에서 훔쳐 온 고깃점을 물고 있는 까마귀를 보고 그 고깃점을 차지하고 싶어 아첨한다. 『칠극』에서도 여우는 까마귀가 물고 있는 고기를 손에 넣고 싶어 사리에 맞지 않는 말로 아첨한다. 여우는 생체적인 특성 때문에 까마귀처럼 날아서 나무 가지

위에 앉을 수가 없다. 나무 위의 까마귀와 땅 위의 여우는 높고 낮은 공
간적인 위계(位階)를 형성한다. 여우가 고깃점을 손에 넣기 위해서는 이
거리를 간과할 수 없으므로 대응책으로 까마귀에게 아첨한다. 2에서 여
우는 까마귀가 새들의 왕이 될 만하고 또 목소리만 가지고 있다면 틀림
없이 그렇게 될 것이라고 한다. 『칠극』에서 까마귀는 눈처럼 깨끗하며
새들의 임금이 될 수 있지만 아직까지 부드러운 노래 소리를 들어보지
못하였다고 한다. 여우는 까마귀가 지체 높은 왕이 될 수 있다고 아첨
하면서 까마귀로 하여금 입을 벌리도록 유도한다.

3에서 까마귀는 목소리도 가지고 있다는 것을 보여주려고 고깃점을
놓아버리고 큰 소리로 운다. 『칠극』에서 까마귀는 매우 기뻐하면서 노
래를 부르다가 고기를 땅에 떨어뜨린다. 까마귀는 새들의 왕으로서의
자질을 인정받기에 급급하여 고기를 잃을 것이라는 가능성을 망각한
채 목소리를 낸다. 4에서 여우는 고깃점을 낚아채면서 까마귀의 판단력
을 비웃는다. 『칠극』에서 여우는 고기를 물고 까마귀의 검은 외모와 어
리석음을 비웃는다. 까마귀와 여우의 위계는 고기의 추락과 함께 사라
진다. 고기를 소유한 여우는 더 이상 까마귀의 비위를 맞추지 않고 오
히려 비웃는다. 『칠극』에서는 이 우화를 통하여 면전에서의 아첨을 경
계할 것을 강조하였다. 그리고 면전에서의 아첨은 아첨하는 자가 상대
방으로부터 얻으려고 하는 것이 있거나 상대방을 어리석다고 생각하였
기 때문이라는 논지를 전개하였다.

『칠극』 제2편 "질투를 가라앉히대[平妒]"의 "남을 헐뜯는 말을 하는
것을 경계함[戒讒言]"에서는 「병든 사자, 늑대와 여우」가 인용되었다.

어떤 현인의 우화에는 다음과 같은 이야기가 있다.
어느 날 모든 짐승들의 임금인 사자가 병이 들었다. 그래서 모든 짐

승들이 찾아와서 안부를 물었는데, 오직 여우만은 아직까지 찾아오지
아니 하였다. 이에 이리는 드디어 헐뜯는 말을 올려 "대왕께서 병이 들
자, 우리들은 모두 찾아왔습니다. 그런데 여우만은 그렇게 하지 않으니,
참으로 유감스러운 일입니다"라고 하였다.

　여우가 때마침 이곳에 왔다가 뒷말을 들었다. 그래서 그는 곧 사자
곁으로 다가가서 병세를 물어보았다. 그런데 사자는 그에게 크게 성을
내면서 늦게 온 까닭을 물어 보았다. 이에 여우는 "대왕께서 병이 들었
지만, 모든 짐승들은 맨손으로 찾아와서 오직 안부만 물어보았습니다.
그런데 대왕의 병세에 혹시 차도가 있었습니까? 저는 두루 돌아다니면
서 좋은 처방을 찾아보았습니다. 그러다가 이제 막 그것을 손에 넣어,
곧 찾아왔습니다. 어찌 감히 늦게 오려고 하였겠습니까?"라고 하였다.
사자는 크게 기뻐하면서 무슨 약을 써야 되는가를 물어보았더니, 여우
는 "살아 있는 이리의 껍질을 벗긴 뒤에, 그것을 뜨겁게 달구어서 대왕
의 몸에 덮으시면 병은 곧 나으실 것입니다"라고 하였다. 이에 사자는
곧 이리를 잡아서 그 처방대로 하였다.

　시경(詩經)에도 "어찌 너를 받아들이지 않겠는가? 그러나 이미 너에
게로 옮겨갔으리라"는 구절이 있다.[27]

　짐승들의 임금인 사자가 병이 들자 모든 짐승들이 문안을 온다. 여우
만 오지 않자 이리는 여우를 헐뜯는다. 이리는 사자 앞에서 여우를 헐
뜯었지만 결국 이를 알아챈 여우가 더욱 심한 앙갚음을 한다.

　「병든 사자, 늑대와 여우」의 원형 텍스트는 다음과 같다.

　늙은 사자가 병들어 굴 안에 누워 있었다. 다른 동물은 찾아와 그들

---

27) 판 토하 지음 · 박유리 옮김, 앞의 책, 118~120면.
　"一賢寓言曰: 師子爲百獸王, 一日病. 百獸來問安, 獨狐未至. 狼遂獻讒, 曰: '大王病, 我輩
　皆至, 狐獨否, 誠可恨.' 狐狸適至, 聞後言, 便進問疾. 師子大怒, 問後至者何. 狐狸曰: '大
　王疾, 百獸徒來一問安, 於大王疾曷瘳. 小狐則偏走求良方. 頃得之卽來, 何敢後?' 師子大
　喜, 問用何藥. 曰: '當用生剝狼皮, 乘熱蓋大王體, 立愈耳.' 師子便搏狼, 如法用之. 詩曰:
　'豈不爾受, 旣其女遷.'"

의 왕에게 문안드렸으나 여우는 찾아오지 않았다. 늑대가 기회를 엿보다가 사자 앞에서 여우를 비난하면서, 여우는 그들 모두의 통치자인 사자를 조금도 존경하지 않으며 그렇기 때문에 찾아와 문안드리지 않은 것이라고 했다. 그사이 도착한 여우가 늑대의 마지막 말을 들었다. 사자가 여우를 향해 으르렁거렸다. 그러자 여우가 변명할 기회를 달라고 하더니 말했다. "여기에 모인 이들 중 누가 나만큼 나리께 도움을 드렸습니까? 나는 백방으로 돌아다니며 나리를 위해 의사들에게서 약을 구한 끝에 약을 찾아냈으니 말입니다." 그 약이 어떤 것인지 당장 말하라고 사자가 명령하자 여우가 말했다. "그것은 늑대를 산 채로 껍질을 벗겨 아직 따뜻할 때 그 껍질을 몸에 두르는 것이옵니다." 늑대가 당장 주검이 되어 쓰러지자 여우가 이렇게 말했다. "주인을 자극하려면 악의가 아니라 선의를 품도록 자극해야지!"(『이솝우화』, 229면)

원형에서도 늑대는 사자 앞에서 여우를 비난한다. 이에 여우는 병을 고치기 위한 처방이라고 하면서 사자를 이용하여 이리를 죽인다. 그러면서 여우는 주인을 자극할 바에는 선의를 품어야 한다고 말한다.

두 텍스트의 경개를 비교하면 다음과 같다.

〈표 9〉『칠극』「병든 사자, 늑대와 여우」의 원형 비교

번호	이솝우화	칠극
1	늙은 사자가 병들자 동물들이 찾아와 문안함	사자가 병이 들자 모든 짐승들이 찾아옴
2	여우가 오지 않자 늑대는 여우가 사자를 존경하지 않기 때문에 문안드리지 않는 것이라고 비난함	이리는 여우만 오지 않았다고 비난함
3	그사이 도착한 여우는 늑대의 마지막 말을 듣고 사자에게 약을 구하려다 늦었다고 변명함	마침 도착한 여우는 뒷말을 듣고 사자의 병세를 묻고 처방을 찾으려다 늦었다고 변명함
4	약으로는 늑대를 산 채로 껍질을 벗겨 몸에 두르는 것이라고 하자 늑대가 주검이 됨	처방으로는 살아있는 이리의 껍질을 벗겨 몸에 덮는 것이라고 하자 사자는 곧 이리를 잡음

<표 9>의 서사 전개는 비슷하게 전개되었다. 원형에서는 다른 이를 해치려 하다가 오히려 해를 입는 내용을 강조하였다. 『칠극』에서는 교훈으로 시경의 시구를 인용하여 남을 헐뜯는 말이 결국 자신에게로 옮겨감을 강조하였다.

3. 종교적 내세관의 투영과 설득

서학의 내용은 저촉된 범위가 넓었다. 이러한 영역의 지식은 결국 종교로 귀결시킬 수 있는데, 그 이유는 문화 전달의 주체였던 예수회 선교사들이 최종적으로 도달하고자 하였던 근본 목적이었기 때문이다. 따라서 죽음 이후의 내세관을 설파하는데 이솝우화가 인용되었다.

서학 저서에 수록된 이솝우화는 인간 사후의 심판을 대비하기 위하여 욕구를 억제할 것을 주장하는 논리를 안받침하는 용도로 인용되었다. 그리고 겪어보지 못한 죽음에 대한 두려움을 이솝우화를 들어 설명하였다. 뿐만 아니라 종교적 비유와 중첩되는 이솝우화도 예증으로 활용하였다.

3.1 사후 대비를 위한 욕구 억제의 실현

『기인십편』의 제4편 "항상 죽을 때를 생각하면서 사후의 심판에 대비하라"에서 리치는 서광계와 함께 대담을 나누었다. 그러면서 리치는 죽음을 늘 염두에 두어야 할 것과 현재의 삶은 임시일 뿐이며 죽음 후의 심판에 대비하여 절제하면서 덕을 쌓을 것을 주장하였다.

그리고 현세의 재물은 잠시 동안의 거짓된 즐거움임을 설명하기 위하여 「배가 부어오른 여우」를 예로 들었으며, 항상 죽음을 염두에 두고 오만함을 극복하라고 설명하기 위하여 「학과 공작」을 예로 들었다.

우선 「배가 부어오른 여우」를 보면 다음과 같다.

> 들여우가 여러 날 동안 굶주려 몸이 파리하게 여위었습니다. (이 여우는) 닭장으로 가서 몰래 (닭을) 잡아먹으려 했지만 문이 잠겨 있어 들어갈 수가 없었습니다. 잠시 머뭇거리는 사이에 문득 자기 몸이 겨우 들어가는 틈 하나를 발견하고는 재빨리 (닭장 안으로) 기어들어 갔습니다.
>
> 며칠 동안 포식을 하고 (닭장을) 빠져 나오려고 했으나 몸이 이미 불어 있었습니다. 몸통이 매우 불어나서, 틈으로 (몸이) 들어갈 수 없었습니다. (이 여우는) 주인이 자신을 발견할까 두려웠습니다. 할 수 없이 다시 며칠을 굶자, 몸이 처음에 들어올 때만큼 야위었을 때 비로소 빠져 나올 수 있었습니다.
>
> 지혜롭습니다, 이 여우야말로! 우리 인간들도 이런 것을 배워서 자신을 맑게 해야만 또한 옳지 않겠습니까?
>
> 대개 사람의 자식이 (처음) 삶의 틈으로 들어올 때는 전혀 아무 것도 가진 바가 없다가, 점점 자라면서 재화를 모아 부유하고 넉넉해집니다. 그러나 장차 죽을 때가 되면 모아 놓은 재화는 나와 함께 나갈 수가 없습니다.
>
> 어찌 저 여우의 꾀를 배워 스스로 재화를 줄여서 쉽게 나가지 않습니까?[28]

굶주린 여우는 틈을 비집고 닭장 안으로 들어가 며칠 동안 포식을 하지만 몸이 불어나 나올 수도 없고 주인에게 발각될 것이라는 공포에 시

---

28) 마테오 리치 저·송영배 역, 앞의 책, 158~160면.
  "野狐曠日饑餓, 身瘦臞. 就雞棲竊食, 門閉無由入. 逡巡間, 忽睹一隙, 僅容其身, 儳亞則伏而入. 數日飽飫, 欲歸而身已肥. 腹幹張甚, 隙不足容. 恐主人見之也. 不得已又數日不食, 則身瘦臞如初入時, 方出矣. 智哉, 此狐! 吾人習以自淑, 不亦可乎? 夫人子生之隙, 空空無所有也. 進則取財貨富厚矣. 及至將死, 所取財貨不得與我偕出也. 何不習彼狐之智計, 自折閱財貨, 乃易出乎哉?"

달린다. 다시 며칠을 굶어서 처음처럼 야위어져서야 비로소 닭장을 탈출하게 된다. 이에 여우의 지혜로움을 칭찬하면서 재물에 대한 욕구를 멀리할 것에 대한 논지를 전개하였다.

여우의 포식은 재물의 충족으로 비유되었다. 재물이 충족함에도 불구하고 갇혀있을 수밖에 없었다. 그러나 몸을 야위게 함으로써 지혜롭게 빠져나올 수 있었다. 따라서 리치는 '참된 부[眞富]'를 '널리 중요한 물건들이 많으나, 언제나 보존할 수 있으면서 부서지지 않는 것[廣有重物, 能恒存不受壞者]'이라고 하였다. 즉 재물은 허무하므로 영적인 것을 다듬는 것이 인간의 가장 근본이라고 주장하였다.

「배가 부어오른 여우」의 원형 텍스트는 다음과 같다.

> 굶주린 여우가 속이 빈 참나무 속에 목자들이 감추어둔 빵과 고기를 발견하고는 들어가 먹어치웠다. 여우는 배가 부어올라 밖으로 나올 수 없게 되자 신음하며 울기 시작했다. 다른 여우가 그 옆을 지나가다 신음 소리를 듣고는 가까이 다가가 그 까닭을 물었다. 어찌 된 일인지 알고는 다른 여우가 그에게 말했다. "그곳에 머물러 있게나. 자네가 그 안으로 들어갈 때의 모습으로 돌아올 때까지. 그러면 쉽게 나올 수 있을 걸세."(『이솝우화』, 51면)

여기서의 여우는 배가 부어올라 나오지 못하자 신음하면서 우는데 이는 텍스트에 생동감을 주고 있다. 다른 여우의 충고 역시 의인화 수법으로 형상적으로 다루어졌다. 이에 비하여 『기인십편』에서는 장면 묘사가 위주이며 동물을 의인화한 대화체는 사용하지 않았다.

두 텍스트의 주요 경개를 비교하면 다음과 같다.

〈표 10〉『기인십편』「배가 부어오른 여우」의 원형 비교

번호	이솝우화	기인십편
1	굶주린 여우가 속이 빈 참나무 속에 들어감	굶주린 여우가 닭장 틈으로 들어감
2	목자들이 감추어둔 빵과 고기를 먹음	며칠 동안 포식을 함
3	배가 부어올라 나오지 못하자 신음하며 울음	몸이 불어나서 나오지 못하자 주인에게 발각될까봐 두려워함
4	다른 여우가 원래 모습으로 돌아올 때까지 기다리라고 함	다시 며칠을 굶어 원래대로 야위어져서야 빠져나옴

<표 10>의 1에서 굶주린 여우는 속이 빈 참나무 속에 들어간다. 『기인십편』에서는 굶주린 여우가 닭장으로 들어간다. 2에서 연우는 속이 빈 참나무 속에 들어가 목자들이 숨겨놓은 빵과 고기를 먹는다. 『기인십편』에서 여우는 닭으로 며칠 동안 포식한다. 목자는 목축업을 하는 사람을 가리키기도 하지만 주로 양을 치는 사람을 말하며 기독교에서는 신자를 양으로 비유하기에 성직자를 의미하기도 한다. 닭장은 참나무나 빵과 비교하였을 때 우화의 전개 배경에 대한 이해의 난이도가 훨씬 쉽다. 이 부분은 마테오 리치가 굳이 문화적 환경에 알맞게 개작을 하였다고 보기 어렵다. 왜냐하면 17세기 말의 레스트랭지(Roger L'Estrange) 판본에도 닭장으로 되어있으며 정신이나 행동 면에서의 절제를 강조하였다. 그러나 19세기의 타운센드(George Fyler Townsend) 판본에는 참나무 속의 빵과 고기로 되어있다.

3에서 여우는 배가 부어올라 나오지 못하자 신음하며 운다. 『기인십편』에서 여우는 몸이 불어나 빠져 나오지 못하자 주인에게 발각될까봐 두려워한다. 두 텍스트 모두 의인화가 이루어졌으나 『기인십편』에서 여우의 두려워하는 심리가 언급되었다면 원형에서는 의인화로 된 대화체

가 추가되었다. 이는『기인십편』이 비록 알기 쉽게 대화체로 구성되었다고 할지라도 결국은 중국의 문인 관료들을 대상으로 하였으며 논설적인 성격을 지향하였기 때문이다.

4에서 다른 여우가 지나가면서 원래 모습으로 돌아올 때까지 기다리라고 하면서 조롱에 섞인 조언을 한다.『기인십편』에서는 여우 스스로 다시 며칠을 굶어 원래대로 야위어진 다음 빠져나온다. 이에『기인십편』에서는 여우의 지혜로움을 감탄한다. 인간보다 하위에 처해있는 동물에 대한 감탄은 우의적인 수법에 속하며 청자나 독자들로 하여금 이와 비교하도록 함으로써 심사숙고하게 만든다.『기인십편』에서는 이 우화를 통하여 재물은 사람이 죽은 후에 소지할 수 없으므로 여우의 꾀를 빌어 재물을 가벼이 여길 것을 주장한다.

아래의 우화 역시『기인십편』의 제4편 "항상 죽을 때를 생각하면서 사후의 심판에 대비하라"에 수록되었다.

> 공작새는 깃털의 다섯 가지 빛으로 매우 아름답지만, 오직 발만은 밉습니다. 한 번 해를 향해 꼬리를 펼치면, 햇빛이 밝게 비쳐 오색 빛의 바퀴를 이룹니다. 돌아보고 스스로 기뻐하며 끝없이 오만해 합니다. 문득 아래로 자신의 발을 굽어보면 (펼쳐졌던) 꼬리를 접고 풀이 꺾입니다.
> 오만한 자들은 어째서 (이) 새를 본받지 않습니까? 어째서 발과 같은 추한 것을 돌아보지 않습니까?
> 발은 사람의 말단 부분으로 곧 죽을 때에 해당합니다. 죽을 때를 당하면 몸의 아름다움이나 옷의 화려함, 마음의 총명함, 세력의 높음, 부모의 존귀함, 재화의 풍성함, 명예의 높음 등 여러 가지 것들이 모두 어디에 있습니까?[29]

---

29) 마테오 리치 저·송영배 역, 앞의 책, 161~162면.
"孔雀鳥, 其羽五彩至美也, 而惟足醜. 嘗對日張尾, 日光晃耀, 成五彩輪. 顧而自喜, 倨敖不已. 忽俯下視足, 則歙其輪, 而折意退矣. 敖者, 何不效鳥乎? 何不顧若足乎? 足也人之末, 乃死之候矣. 當死時, 身之美貌, 衣之鮮華, 心之聰明, 勢之高峻, 親之尊貴, 財之豊盈, 名之

『기인십편』에서 리치는 공작새의 아름다운 깃털과 추한 발을 극명하게 대조시킴으로써 인간이 비록 화려한 일생을 살더라도 추한 모습이 반드시 있으므로 오만한 마음을 극복할 것을 주장하였다. 뿐만 아니라 공작새의 추한 발을 인생의 마지막과 견주면서 죽음 이후에는 아름다움, 화려함, 총명함, 신분과 세력, 부모의 영향력, 재물, 명예 등이 모두 부질없게 된다고 하였다.

원형에서 공작과 두루미는 서로의 깃털과 날개를 공격한다.

> 공작이 두루미를 비웃으며 그의 색깔을 조롱했다. 공작이 말했다. "나는 황금색과 자줏빛 옷을 입고 있는데, 너는 아름다운 것이라고는 아무것도 없는 날개로 다니는구나." 두루미가 말했다. "나는 별 가까이에서 노래하고 하늘 높이 날지만, 너는 수탉처럼 저 아래에서 암탉들과 노닐지."(『이솝우화』, 359면)

공작은 두루미의 날개 깃털을 비웃지만 두루미는 날지 못하는 공작을 비꼰다. 즉 공작의 화려한 깃털은 부와 재물로 해석되고 날지 못하는 것은 영광 없이 사는 것으로 비유되었다. 두루미의 하얀 색에 검은 점이 박힌 단조로운 깃털은 초라한 것으로 해석되고 하늘 높이 날 수 있는 것은 명성을 얻는 것으로 비유되었다.

두 텍스트의 주요 경개를 비교하면 다음과 같다.

〈표 11〉『기인십편』「학과 공작」의 원형 비교

번호	이솝우화	기인십편
1	공작은 자신의 화려한 깃털을 자랑함	공작새의 깃털은 아름답지만 오직 발만은 미움

盛隆, 種種皆安在乎?"

2	그러면서 두루미의 날개는 아름다운 것이라고는 없다고 조롱함	햇빛 아래에서 화려한 깃털을 자랑함
3	두루미는 자신은 하늘 높이 날 수 있다고 함	스스로 깃털을 돌아보며 오만해 함
4	그러면서 공작은 날지 못하므로 수탉처럼 암탉들과 노닌다고 비웃음	문득 발을 보면 풀이 죽음

<표 11>의 『기인십편』에서 공작은 화려한 깃털로 인하여 한없이 오만해 하다가 자신의 추한 발을 보고 풀이 죽는다. 이를 통하여 인간은 공작을 따라 배워 피할 수 없는 추한 부분 즉 죽음을 대비하면서 오만함을 극복하라는 교훈을 강조하였다. 원형 텍스트에서 공작은 학과 대비된다. 공작의 깃털은 두루미에 비하여 화려하므로 뽐낼 수 있는 근거가 된다. 그러나 날 수 없다는 치명적인 약점은 공작으로 하여금 귀중한 새가 되지 못하고 수탉으로 비하되는 가능성을 제공하였다. 리치는 공작새의 생체 기관에서 제일 끝부분인 발을 인생이라는 시간의 마지막에 비유하였다. 시공간을 넘나드는 비유는 이솝우화를 보다 고차원적인 예증으로 승화시켰다.

판토하의 『칠극』 제1편 "교만을 누르다[伏傲]"의 "자신을 알아 겸손을 지킴[識己保謙]"에도 『기인십편』에 실린 이 「학과 공작」 우화가 인용되었다.

공작은 아름다운 무늬를 가진 새인데, 그 새는 사람들이 자신을 보아주면 그때마다 스스로 기뻐하여 그의 날개 끝을 펼쳐서 사람들에게 보여준다. 그러다가 문득 그의 더러운 발이 그의 눈에 보이면, 부끄러워하면서 스스로 하던 일을 그만둔다. 그리하여 그가 펼쳤던 아름다운 무늬를 거두어 들인다.

금수는 지각이 없다. 그러나 그것들도 오히려 조그마한 나쁜 점이 전체의 아름다움을 없앨 수 있다는 것을 안다. 그런데 하물며 사람이 어찌 조그마한 아름다움으로 전체의 나쁜 점을 덮으려고 할 수 있겠는가?[30]

『칠극』에서는 이 우화를 통하여 스스로 본분을 지키면서 겸손할 것을 강조한다. 뿐만 아니라 금수에 지나지 않는 공작도 작은 나쁜 점이 전체의 아름다움을 없앨 수 있음을 아는데, 하물며 사람이 어찌 작은 아름다움으로 전체의 나쁜 점을 덮으려 하는가하고 반문한다. 자신의 나쁜 점은 사실성을 획득하는 더러운 발에 비유되었다. 대구법의 사용은 문장을 정제하게 만들었으며 반문법의 사용은 설득하려는 화자의 어조를 강조하였다.

리치의 『기인십편』과 판토하의 『칠극』에 수록된 이 우화는 내용만 유사할 뿐이지 서술 방식은 판이하게 다르다. 『칠극』의 "아름다운 무늬"는 『기인십편』에서 "다섯가지 빛으로 매우 아름답다"고 수식되었으며, 『칠극』의 공작이 날개를 펼치는 장면은 『기인십편』에서 "한 번 해를 향해 꼬리를 펼치면, 햇빛이 밝게 비쳐 오색 빛의 바퀴를 이룬다"고 묘사되었다. 리치의 수사적 표현이 좀 더 화려하면서 형상적이라면 판토하의 표현은 간결하면서도 직관적이다.

3.2 죽음을 앞둔 두려움에 대한 극복

『기인십편』의 제8편 "선과 악에 대한 응보는 죽은 다음에 있다"에서 리치는 삶에 연연하고 죽음을 두려워하는 이유를 설명하면서 「늙은 사자와 여우」를 예로 들었다.

---

30) 판 토하 지음·박유리 옮김, 앞의 책, 92면.
　"孔雀文鳥也. 人視之, 輒自喜, 展翅尾示人. 忽見其趾醜, 則厭然自廢斂其采矣. 禽獸無知. 猶知以微惡廢全美. 人欲以微美掩全惡乎?"

아주 지혜로운 여우가 우연히 사자 굴에 들어갔다가 완전히 들어가기 전에 갑자기 놀라서 달아납니다. 그 여우가 굴속에서 온갖 짐승의 흔적이 들어간 것은 있는데 나온 것이 없음을 보았기 때문입니다.

무릇 죽음이란 또한 사람에게 있어서의 사자 굴입니다. 그러므로 그것을 두려워합니다. 죽음을 두려워한다면 살기를 바라는 것이니 이상하게 생각할 것이 있겠습니까?

어진 사람과 군자는 천당이 있다는 것을 믿기에 스스로 죽음을 두려워하고 삶에 연연해하지 않습니다. 악한 사람은 마땅히 지옥에 들어가야 하기에 죽음을 두려워하고 삶에 연연합니다. 이 둘은 저절로 그렇게 갈라지는 것입니다.[31]

여우는 사자 굴에 완전히 들어서기 전에 짐승들의 발자국을 보고 놀라서 달아난다. 온갖 짐승들의 들어간 발자국은 있지만 나온 자취가 없기 때문이다. 이에 리치는 사자 굴을 인간의 죽음에 비유하면서 두려워하는 이유를 설명하였다. 그러면서 인간은 신분고하를 막론하고 삶에서의 덕과 악이 늘 감추어지기 때문에 죽은 후에야 심판을 받으며, 육신의 죽음 이후의 사정을 알지 못 하기에 죽음을 두려워한다는 논리를 전개하였다.

「늙은 사자와 여우」의 원형 텍스트는 다음과 같다.

사자가 늙어서 제 힘으로 먹을거리를 마련할 수 없게 되자 꾀를 써서 먹을 것을 마련해야겠다고 생각했다. 사자는 병이 들었다는 핑계를 대고 굴 안으로 들어가 누웠다. 그러고는 동물들이 문안하러 오는 족족 잡아먹었다. 많은 짐승이 죽자 여우가 사자의 계략을 알아차리고 사자를 찾아갔다. 여우는 굴에서 떨어진 곳에 멈춰 서서 사자에게 건강이

---

31) 마테오 리치 저·송영배 역, 앞의 책, 274면.
"狐最智. 偶入獅子窟, 未至也, 輒驚而走. 彼見: '迒中百獸跡, 有入者無出'者, 故也. 夫死, 亦人之獅子迒矣. 故懼之. 懼死, 則願生, 何疑焉. 仁人君子, 信有天堂, 自不懼死戀生. 惡人, 應入地獄, 則懼死戀生. 自其分矣."

어떠냐고 물었다. "좋지 않아!" 하고 사자가 말했다. 그런데 왜 들어오지 않느냐고 사자가 묻자 여우가 말했다. "들어간 발자국은 많은데 나온 발자국은 하나도 없잖아요. 그렇지 않다면 나도 들어갔겠지요."(『이솝우화』, 218면)

늙은 사자는 병이 들었다는 핑계를 대고 굴 안에서 문안하러 오는 동물들을 잡아먹는다. 이에 여우는 사자의 계략을 알아차리고 사자를 찾아가기는 하지만 굴로부터 떨어진 곳에 멈춰 서서 사자와 대화를 주고받는다. 들어간 발자국은 많았지만 나온 발자국이 하나도 없었기 때문이다.

두 텍스트의 주요 경개를 비교하면 다음과 같다.

〈표 12〉『기인십편』「늙은 사자와 여우」의 원형 비교

번호	이솝우화	기인십편
1	늙은 사자는 병이 들었다는 핑계를 대고 문안하러 오는 동물들을 오는 족족 잡아먹음	지혜로운 여우가 우연히 사자 굴에 들어감
2	계략을 알아차린 여우가 사자 굴에서 떨어진 곳에 멈춰 서서 안부를 물으니 사자는 왜 들어오지 않느냐고 함	완전히 들어가기 전에 여우는 갑자기 달아남
3	여우는 들어간 발자국은 많지만 나온 발자국이 하나도 없기에 들어가지 않는다고 함	여우가 굴속에서 온갖 짐승의 흔적이 들어간 것은 있지만 나온 것이 없음을 보았기 때문임

<표 12>의 1에서 사자는 늙어서 힘에 부쳐 먹잇감을 구하지 못 하자 병이 들었다는 핑계를 대고 문안을 하러 오는 동물들을 잡아먹는다. 『기인십편』에서는 사자의 꾀에 관한 서술이 생략되었다. 2에서 사자의 계략을 알아차린 여우는 사자 굴로부터 떨어진 곳에서 안부를 묻자 사자

는 왜 들어오지 않느냐고 묻는다. 여우와 사자의 대화 역시 『기인십편』에서는 생략되었다. 단지 여우가 사자 굴에 들어가려다가 갑자기 달아난다는 장면묘사만 간략하게 제시되었다.

3에서 여우는 들어간 발자국은 많지만 나온 발자국이 하나도 없기에 들어가지 않는다고 대답한다. 『기인십편』에서는 여우가 사자 굴을 뛰쳐나온 이유를 화자가 직접 언급한다. 그 이유는 원형 텍스트와 마찬가지로 굴속으로 들어간 발자국은 있지만 나온 발자국이 없기 때문이다. 『기인십편』에서는 사자 굴을 인간의 죽음에 비유하였다. 즉 원관념은 '인간의 죽음'이고 이를 표현하기 위하여 끌어들인 보조관념이 '사자 굴'인데, 양자 사이의 비슷한 점은 들어간 흔적만 있고 나온 흔적이 없는 것이다.

『기인십편』에서의 여우는 죽음이 두려워 사자 굴로부터 도망치는데 이는 삶에 대한 본능적인 집착이다. 원형 텍스트에서 여우가 사자 굴에 들어가지 않은 것은 현명하게 위험을 감지한 것으로 되어있다. 리치 역시 여우를 지혜롭다고는 하였으나 사자 굴 앞에서 여우는 도망친다. 즉 지혜로운 자도 죽음 앞에서는 도망친다. 리치는 어진 사람과 군자[仁人君子]는 천당이 있음을 믿기에 죽음을 두려워하거나 삶에 연연해하지 않는다는 논지를 전개하였다.

3.3 종교적 비유로서의 교만에 대한 경계

『칠극』 제1편 "교만을 누르다[伏傲]"의 "귀해지기 좋아하는 것을 경계함[戒好貴]"에는 나무 중의 어른을 뽑는 「나무들과 올리브나무」를 인용하였다.

우화에 다음과 같은 이야기가 있다.

많은 나무들이 함께 의논을 하였는데, 그것은 하나의 나무를 세워 그 것을 어른으로 삼아서 그를 공경하고 높이자는 것이었다.

가장 먼저 추대된 것은 올리브阿理襪였다. 올리브는 맛있는 열매가 열리고, 좋은 기름을 가진 나무였으나, 사양하면서 "나의 기름은 매우 윤택하므로 사람들에게 쓰일 것이다. 그런데 나는 나의 윤택함을 흩어 서, 그것을 너희 많은 나무들의 어른이라는 자리와 바꾸고 싶지 않다" 고 하였다.

다음으로 포도를 추대하였더니 그도 사양하면서 "나의 열매는 매우 달고, 나의 술은 매우 맛있다. 그러니 사람들에게 쓰일 것이다. 그런데 나는 나의 단 열매와 맛있는 술을 흩어서, 그것을 너희 많은 나무들의 어른이라는 자리와 바꾸고 싶지는 않다"고 하였다.

그 뒤 얼마 되지 않아 날말(辣末)에까지 이르렀다. 날말은 가시나무에 속하는 것인데, 꽃도 잎도 열매도 없고, 덤불지어 나며 가시만 많이 있 어 하나도 쓸모가 없고 오직 땔감으로만 쓸 수 있을 뿐이었다.

그러나 그는 마침내 뛰어 일어나면서 "정말로 그러한가? 그렇다면 마땅히 와서 나의 그림자를 따라야 할 것이다. 그리고 오직 내가 할 것 이다. 누가 감히 거스르겠는가? 그런데 만약 거스르는 자가 있다면, 나 는 마땅히 불을 질러서 그를 태워버리겠다"고 하였다.

덕이 있는 이들은 기름이 가득하고, 열매가 풍성하다. 그러나 높은 직책 때문에 그것을 흩어버릴까 걱정하여, 다만 기뻐하지 않을 뿐만 아 니라 두려워하기까지 하고, 다만 바라지 않을 뿐만 아니라 피하기까지 한다.

그런데 어리석은 이와 보잘것없는 이들은 흩어버릴까 걱정할 아름다 운 것도 없는데, 두려워하지도 피하지도 않는다. 그렇다면 이들은 날말 과 같을 뿐이다.[32]

---

32) 판 토하 지음·박유리 옮김, 앞의 책, 70~71면.
  "寓言曰: 衆樹共議, 欲立一樹爲長, 共宗之. 首推阿理襪, 阿理襪美果美膏之樹也. 辭曰: '我膏甚潤, 爲人用. 不願散我潤易爾衆樹長也.' 次推葡萄, 辭曰: '我果甚甘, 我酒甚美, 爲 人用. 不願散我甘美易衆樹長也.' 已及辣末, 辣末者, 棘屬也. 無花葉實, 叢生多刺, 一無可 用, 燎爨而已. 逐躍起曰: '信然耶? 則當來就我影下. 惟我所爲, 誰敢逆者? 逆則, 我辣末當 出火焚之矣.' 夫有德者, 滿于膏, 豐於實, 懼因貴任而散也. 微特不喜且畏之, 微特不求且避"

올리브나무와 포도나무는 나무들의 어른으로 추대 받는 것을 사양한
다. 그 이유는 자신들의 좋은 열매가 흩어지는 것을 염려해서이다. 그러
나 가시나무에 속하는 날말(辣末)은 땔감으로밖에 쓰이지 않지만 자신을
따를 것을 강요하면서 이를 거스를 경우 불을 질러 태워버리겠다고 협
박한다.

「나무들과 올리브나무」의 원형 텍스트는 다음과 같다.

> 하루는 나무들이 자신들의 왕을 거수로 뽑으러 갔다가 올리브나무에
> 게 말했다. "당신이 우리 왕이 되어주시오!" 올리브나무가 그들에게 말
> 했다. "나더러 신과 인간들도 존중하는 내 기름을 포기하고 가서 나무
> 들을 다스리라는 말인가?" 나무들이 무화과나무에게 말했다. "자, 와서
> 당신이 우리 왕이 되어주시오!" 무화과나무가 말했다. "나더러 내 달콤
> 한 맛과 훌륭한 열매를 포기하고 가서 나무들을 다스리라는 말인가?"
> 나무들이 가시덤불에게 말했다. "자, 와서 당신이 우리 왕이 되어주시
> 오!" 가시덤불이 나무들에게 말했다. "너희가 정말로 나에게 기름을 부
> 어 너희의 왕으로 삼겠다면 내 밑에서 보호를 받아야 할 거야. 그러지
> 않으면 내 가시덤불에서 불이 뿜어져 나와 레바논의 삼나무들을 삼켜
> 버릴 테니까."(『이솝우화』, 277면)

이 우화는 『구약』 「사사기」 9장 8절에도 나오며 왕이 되려고 하는 가
시덤불은 불쏘시개로 사용되었으나 레바논의 삼나무는 고대 지중해 세
계에서 최고급 목재에 속한다.[33] 성경에는 요담(Jotham)의 예언으로 이
비유가 언급되었다. 왕이 되어 권력을 쥐려는 자는 하느님의 이름을 빙
자한 본분을 지킬 줄 모르는 가시나무로 비유되었다. 가시나무는 이스
라엘 세겜의 백성들에 의하여 옹립되었지만 오히려 이들에게 해를 입

之. 愚者拙者, 無美可懼散, 不畏不避, 則辣末而已."
33) 이솝 지음·천병희 옮김, 앞의 책, 277면, 68번 각주.

힌 아비멜렉(Abimelech)을 가리킨다. 이솝우화에서 올리브나무와 무화과나
무는 왕이 되기를 거절하는데 이는 자신의 훌륭한 열매를 포기하지 못
해서이다. 그러나 가시덤불은 나무들의 요청에 응하면서 다른 나무들로
하여금 복종할 것을 강요한다. 그러지 않을 경우 최고급의 목재들을 모
두 태워버릴 것이라고 협박한다.

〈표 13〉『칠극』「나무들과 올리브나무」의 원형 비교

번호	이솝우화	칠극
1	나무들이 자신들의 왕을 거수로 뽑으러 감	나무들이 하나의 나무를 어른으로 삼아서 공경하고 높이려고 의논을 함
2	올리브나무에게 왕이 되어달라고 하니, 신과 인간들도 존중하는 기름을 포기하고 나무들을 다스리라는 말인가 하고 반문함	올리브가 추대되었으나 기름의 윤택함이 흩어질 가봐 어른의 자리와 바꾸고 싶지 않다고 함
3	무화과나무에게 왕이 되어달라고 하니, 달콤한 맛과 훌륭한 열매를 포기하고 나무들을 다스리라는 말인가 하고 반문함	포도가 추대되었으나 맛이 흩어질 가봐 어른의 자리와 바꾸고 싶지 않다고 함
4	가시덤불에게 왕이 되어달라고 하니, 자신의 보호를 받아야 하며 그러지 않으면 레바논의 삼나무들을 태워버리겠다고 함	날말은 땔감으로만 쓰임에도 얼른 자신을 따를 것을 명하고 이를 거스른다면 태워버리겠다고 함

<표 13>의 1에서 나무들은 자신들의 왕을 거수로 뽑는다. 『칠극』에
서는 나무들이 하나의 나무를 세워 어른으로 삼아 공경하고 높이려고
의논한다. 세습제가 아닌 선양제로 나무들의 군주가 선출된다. 2에서
올리브나무는 신과 인간들도 존중하는 기름을 포기하고 나무들을 다스
리라는 말인가 하고 반문한다. 『칠극』에서는 올리브가 기름의 윤택함이
흩어질 가봐 어른의 자리와 바꾸고 싶지 않다고 한다. 『칠극』에서는 유

일신을 가리키는 "신"이 생략되었다. 단지 사람들에게 쓰임을 강조하였다. 올리브 나무는 성경에서 성스러운 나무로 간주된다. 『칠극』에서는 언급되지 않았지만 원형 텍스트에서 가시덤불이 "나에게 기름을 부어 너희의 왕으로 삼겠다면"이라고 하는데 이는 대사제와 임금을 성별하는 의식을 가리키며 여기서의 기름은 올리브 기름을 말한다.

3에서 무화과나무는 달콤한 맛과 훌륭한 열매를 포기하고 나무들을 다스리라는 말인가 하고 반문한다. 『칠극』에서 포도는 올리브와 마찬가지로 맛이 흩어질 가봐 어른의 자리와 바꾸고 싶지 않다고 한다. 포도나무와 무화과나무는 올리브와 함께 풍요와 행복을 상징한다. 포도나무의 상징적 의미는 기독교적인 색채가 강한데 "누가복음 20:9~16, 요한복음 15:1~5에 하나님은 '포도원의 주인'이라 하고, 예수님은 '포도원의 참포도나무'"[34]라고 표현된다. 그리고 포도주는 예수 그리스도의 피로 상징된다. 무화과나무는 예수의 저주를 받은 유일한 나무인데 열매가 없이 잎만 무성하여 위선적인 종교인을 대변하기도 한다. 저주와 함께 그 회복도 예언되었던 무화과나무는 예수를 배척하였던 이스라엘을 표상한다. 『칠극』에서는 무화과나무가 언급되지 않고 포도나무만 언급되었다.

4에서 가시덤불에게 왕이 되어달라고 하니 자신의 보호를 받아야 하며 그러지 않으면 좋은 목재를 모두 태워버리겠다고 한다. 『칠극』에서는 가시나무에 속하면서 땔감으로밖에 쓰이지 않는 날말이 얼른 자신을 따를 것을 명하고 이를 거스른다면 태워버리겠다고 한다. 좋은 쓰임이 없는 가시나무는 선뜻 권력을 쥐려고 하며 그의 권력에 복종하지 않는 자들에게는 폭압을 행사할 것이라고 협박한다. 『칠극』에서는 이 우

---

34) 최영전, 『성서의 식물』, 아카데미서적, 1996, 15면.

화를 통하여 덕이 있는 자는 높은 자리를 두려워하고 피하기까지 하지
만 어리석고 보잘 것 없는 자들은 두려워하지도 피하지도 않는다는 논
지를 전개하였다.

제4장
이솝우화의 변용과 현지화

이솝우화의
변용과 현지화

16세기 말~17세기 초부터 이솝우화는 서양 선교사들에 의하여 본격적으로 동아시아에 전래되기 시작하였다. 그러나 동아시아에서 행해진 기독교 금지령, 선교사 추방 및 쇄국정책으로 인하여 기독교 관련 저서의 공공연한 출판이 오랫동안 금지되었으며, 이에 이솝우화도 소강상태에 접어들었다. 그러다 1876년 일본과의 강화도조약을 시작으로 한국의 문호가 개방되었다. 이어 서양 열강들과도 불평등 조약을 맺었으며 통상을 시작하였다. 일본과 서양에 의한 강제 개항과 더불어 근대 한국 이솝우화의 출판도 활성화되기 시작하였다.

이솝우화는 근대 인쇄 출판 및 교육 상황과 밀접한 연관이 있으며 이는 일본과 서양의 영향을 크게 받았다. 일본의 개화 성과를 본받으려는 움직임은 서양 선교사들의 의료·교육·문서 선교와 더불어 추진되었으며 이와 동시에 대중 계몽과 민족의식 고취가 전개되었다.

조선의 학교 제도는 최고 학부로 성균관을 두고 크게 관립과 사립 교육 장소로 나뉘어 있었다. 관립 교육 기관으로 서울에는 중학, 동학, 남학, 서학 등 사부학당이 있었으며 지방에는 향교가 있었는데 모두 중등 교육 기관에 속하였다. 사립 교육 기관으로는 서당과 서원이 있었다. 1894년 갑오개혁에 기초하여 학교제도는 소학교, 중학교, 사범학교, 외국어학교, 성균관, 실업학교로 개편되었다.

갑오개혁의 일환으로 1895년에 「소학교령」이 공포되었으며 교과서가 관(官) 주도로 출판되기 시작하였다. 같은 해 가을과 겨울에는 『국민소학독본』, 『소학독본』이 각각 간행되었으며 그 이듬해 2월에는 『신정심상소학』이 간행되었다. 『신정심상소학』은 1887년 일본에서 간행된 문부성(文部省) 편찬 『심상소학독본(尋常小學讀本)』을 저본으로 편찬되었다. 문장의 난이도가 낮아졌으며 삽화가 추가되는 등 기존과 다른 양상은 추후 교과서 형식에도 영향을 주었다. 1906년에는 최초의 민간 편찬 교과서인 『초등소학』이 간행되었다.

근대식 교육은 사실 이보다 더 일찍이 실시되었다. 1883년에 일본을 의식한 원산 관민이 합심하여 함경남도에 원산학사(元山學舍)를 설립하여 근대 학문을 가르쳤다. 같은 해에 통역관을 양성하는 관립 외국어 교육 기관으로 동문학(同文學)이 설립되었다. 1885년에는 배재학당(培材學堂)이 아펜젤러에 의하여 설립되었다. 이와 비슷한 시기에 언더우드가 설립한 고아원 형식의 학교는 1905년에 경신학당(儆新學堂)으로 개명되었다. 육영공원(育英公院)은 근대 학문을 가르치는 최초의 관립학교로 상류층 자제들을 위하여 1886년에 설립되었다. 1886년 미국 북감리회 메리 스크랜튼(Mary Fletcher Scranton, 1832~1909)에 의하여 이화학당(梨花學堂)이 설립되었으며, 1887년 미국 북장로회 엘러스(Annie J. Ellers, 1860~1938)에 의하여 정동여학당(貞洞女學堂)이 설립되었다. 그리고 지방에서도 기독교계 학교들이 우후죽순으로 설립되었다. 1906년에는 평양에 감리회와 북장로회

연합으로 숭실대학(崇實大學, The Union Christian College)이 설립되었으며 1915
년에는 서울에 북장로회, 캐나다장로회, 북감리회, 남감리회의 연합으
로 연희전문학교(延禧專門學校, The Chosen Christian College)가 설립되었다.

　근대 출판 상황 역시 일본과 서양의 영향을 크게 받았다. 1883년에
인쇄와 출판을 관장하는 박문국(博文局)이 설치되었으며, 일본에서 도입
한 신활자로 한국 최초의 근대 신문인『한성순보(漢城旬報)』가 발행되었
다. 1889년에는 배재학당 안에 한글·중국어·영어로 인쇄할 수 있는
삼문출판사(三文出版社)가 설치되었으며 초교파적으로 운행되었다. 1896
년에 이곳에서『독립신문』이 인쇄되었으며 1897년에는 두 종류의 한글
신문 즉 아펜젤러가 발행한『죠션크리스도인회보(The Christian Advocate)』와
언더우드가 발행한『그리스도신문(The Christian News)』이 인쇄되었다. 간행
취지는 모두 기독교 교리 보급 외에 대중 계몽에도 목적을 두었다.

　천주교 계통의 출판사로 1880년 일본 나가사키에 조선성서출판소(朝
鮮聖書出版所)가 설립되었다. 1888년 프랑스 출신 파리외방전교회의 코스
트(Eugene Jean Coste, 高宜善, 1842~1896)가 인쇄시설을 서울로 들여와 정동(貞
洞)에 출판사를 설립하였다. 이곳에서도 종교 교리 서적 외에 대중을 상
대로 한 출판물이 간행되었다. 한글로 인쇄된 최초의 기독교 문서는 영
국 출신 스코틀랜드 연합장로회 존 로스(John Ross, 1842~1915)의 주도로
1881년 중국 심양(沈陽) 문광서원(文光書院)에서 간행되었는데, 인쇄기는 상
해에서 구입하였으며 한글 연활자는 일본 요코하마에서 주조하여 인쇄
하였다.

　요컨대 한국의 근대 교육과 인쇄 및 출판의 장은 일본과 서양의 영향
을 크게 받았다. 따라서 이솝우화의 구전 가능한 특성상 문서로 전해지
지 않았더라도 이러한 환경에서 충분히 구전될 수 있었을 것임을 추정

할 수 있다.

한국의 근대 교육과 출판 자료를 중심으로 이솝우화의 변용 양상을 고찰하는 것이 이 장의 주요목표이다. 우선 초등학교 교육에 사용된 이 솝우화 연구로 교과서『신정심상소학』과『초등소학』을 비교하였다. 관 주도의 교과서와 민간 교과서라는 점에 차이점을 두고 이솝우화가 수 록된 양상을 분석하였다.

그리고 최남선의 교육구국 선도에 활용된 이솝우화를 고찰하였다. 먼저 일본에서 한국유학생을 대상으로 발행된『대한유학생회학보』에 수록된 이솝우화를 고찰하였다.『대한유학생회학보』의 이솝우화는 최 남선이 직접 저술하지는 않았지만 잡지 편집 작업에 참여하였다. 최남 선이 직접 저술한 이솝우화는 그가 청소년 계몽을 위하여 출판한 간행 물『소년』,『붉은져고리』,『아이들보이』를 통하여 고찰하였다. 그리고 국권 침탈에 맞서 날카로운 비판의식을 담은 윤치호의『우순소리』를 분석하였다. 뿐만 아니라 신문에 수록된 단형 서사문학으로서의 이솝우 화가 대중을 주요 독자로 설정한 논설과 결합하는 양상을 고찰하였다.

일제강점기 후의 이솝우화는 체제 순응을 유도하는 역할도 하였지만 우화 본연의 비판적인 성격으로 인하여 내면화된 비판이 이루어졌다.『이 소보의 공전격언』과『신문계』를 통하여 청년을 대상으로 한 체제 순응 권유 및 일제의 체제 선전에 활용된 이솝우화를 고찰하였다. 내면화된 현실 비판의식은 종교 간행물의 역할을 담당하였던『경향잡지』를 통하 여 확인할 수 있었다. 그리고 일제가 문화정치를 표방하던 3・1 운동 이후에 출판된 배위량의『이솝우언』에도 외세 침략 혹은 강한 자에 대 한 비판 의식을 찾아볼 수 있었다.

1. 신식 교육 텍스트로서의 가치관 함양

야콥슨(Roman Jakobson, 1896~1982)의 의사소통 체계에는 "발신자, 수신자, 그들 사이의 전언(傳言, message), 전언을 이해할 수 있게 하는 공유된 약호, '접촉'(contact) 또는 의사소통의 물리적 매체, 그리고 전언이 관계되어 있는 '전후맥락'(context)"[1]이 포함된다. 상술한 6가지 요소에 근거하여 근대 교과서에 수록된 이솝우화의 양상을 대입해볼 수 있다.

이솝우화의 발신자는 저자인 이솝 외에 많은 사람들의 구전, 첨삭과 번역 등 다양한 루트를 거쳤다. 일단 교과서에 수록되어 지면 형태로 수신자인 아동들에게 전해졌다는 점에서 발신자는 학부(學部)와 국민교육회(國民敎育會)로 볼 수 있다. 그리고 『신정심상소학』과 『초등소학』은 교과서라는 권위가 있는 지식을 전달하는 매체이다. 교과서라는 신식 매체를 통하여 발신자가 수신자에게 전하려고 하는 것은 사적인 것이 아니라 참여세력의 지향이며 공적인 것이다. 근대 국민정신 주조라는 시대적 역할을 부여받은 교과서에서 이솝우화를 통하여 강조하는 것은 교육적 기능이며 일반적으로 간략한 교훈으로 요약될 수 있다. 그리고 우의적인 수법이라는 이중구조에 의하여 이솝우화 텍스트라는 전후맥락을 가진다. 발신자와 수신자 사이에 공유된 약호는 텍스트를 이해하는데 필요한 배경지식 및 교과서에 쓰인 국한문 혼용체 및 문법체계라고 볼 수 있다. 그러나 두 교과서 모두 수신자인 아동이 어려워할 만한 혹은 낯설 법한 약호에 대한 설명을 전혀 언급하지 않았다. 오히려 약호에 대한 부차적인 설명이 없이도 이해될 수 있었고 그 이해 달성을 교육 목표로 삼았다.

---

1) Terry Eagleton 지음, 김명환·정남영·장남수 옮김, 『문학이론입문』, 創作과批評社, 1989, 124면.

이 과정에는 여러 가지 가변적인 요소가 작용한다. 수신자와 발신자의 역할을 겸할 수 있는 교사들도 교과서 편찬자들 못지않은 영향력을 발휘하기 때문이다. 일단 이 책은 학부와 국민교육회가 발신자의 입장에서 전하려는 전언의 차이에 주안점을 두면서 이솝우화를 비교 분석하였다.

갑오개혁 이후부터 편찬된 교과서는 당시 학부라는 기관에 의하여 간행되었다. 그리고 근대식 신식 교육 기관인 학교라는 공공장소에서 사용되었으며 공권력에 의하여 행해진 만큼 절대적인 권위를 가졌다. 그러나 1905년 을사늑약이 체결되면서 한국은 일본에 의하여 외교권이 박탈되었다. 국권의 상실은 공권력에 대한 민중의 신망을 떨어뜨렸으며 이에 민간에서 편찬된 교과서가 활성화되기 시작하였다. 즉 근대 교과서는 10년이라는 길지도 않은 시간 간격을 두고 정부 주도형에서 민간 주도형으로 바뀌는 과정이 있었다. 그리고 얼마 지나지 않아 1910년에 한국은 일본의 식민지로 전락되었으며 일제의 감시와 지배를 받았다. 그럼에도 불구하고 이솝우화는 꾸준하게 수록되었던 것이다.

유학을 토대로 형성되었던 기존의 전통 윤리는 외세 침입에 대항할 수 있는 강력한 정치사회체제를 형성하지 못하였다. 내부적으로는 개혁의 움직임이 일어났고 외부적으로는 서양의 가치관이 근대 문물 및 사회제도와 함께 유입되었다. 충과 효를 근간으로 삼던 삼강오륜의 전통적인 유학적 사회 가치 규범은 도전을 받았으며, 이는 아동의 국민으로서의 기본 수신 교육에 사용된 교과서에서도 나타났다.

『신정심상소학』과 『초등소학』 모두 근대 아동의 계몽 교육에 사용된 교과서인 만큼 한글의 사용과 기본적인 도덕 교육, 신문물의 소개 및 애국 사상 고취를 중요하게 다루었다. 그러나 두 교과서에 개입된 집필

진의 서로 다른 의도를 간과할 수 없는데 이솝우화를 통하여 그 차이점
을 일별해보고자 하는 것이 이 소절의 주요 목적이다.

1.1 근대 교과서의 이솝우화 수록 양상

『신정심상소학』과 『초등소학』의 비교 연구는 엄대용에 의하여 진행
되었다. 그의 연구는 주로 문자 학습, 시가, 우화, 전통과 신문물 소개
등을 중심으로 두 교과서를 비교하였다. 연구에서는 신식 근대 교과서
인 『신정심상소학』에 일제의 개입이 있었으나 고유의 문화전통을 다룬
과목도 포함되었다는 점에서 절대적인 교육침략이 행해진 것은 아니라
고 하였다. 그리고 『초등소학』은 일제의 개입을 완전히 배제하고 민족
주체의식을 진지하게 다룬 면에서 높이 평가된다고 하였다. 뿐만 아니
라 『신정심상소학』은 『초등소학』의 구성에 영향을 주었으며 『초등소학』
은 그 이후 간행된 개화기 교과서는 물론 현행 초등 교과서에도 영향을
주고 있다고 밝혔다. 그의 연구에서는 두 교과서 모두 우화를 많이 취
급한 것이 두드러지는데 이는 도덕적 교훈이 강조된 것이라고 하면서
구체적인 작품을 열거하였다.[2] 아쉽게도 이솝우화에 포커스를 맞춘 연
구는 진행하지 않았다.

최경희는 『신정심상소학』과 『초등소학』에 수록된 동화 작품을 고찰
하였다. 그의 연구에서는 『신정심상소학』이 동화 문학 교육의 시초이며
『초등소학』에는 여러 유형의 동화 즉 전래동화, 창작동화, 번역된 외국
동화가 수록되었는데 두 교과서에 실린 동화 작품의 의의는 그 예술성
보다는 문학 교육적 가치에 있다고 하였다. 특히 『신정심상소학』에는

2) 嚴大鎔, 「新訂尋常小學과 初等小學의 比較硏究」, 인하대학교 교육대학원 석사학위논문,
1981.

18편의 동화 작품 중 9편이 이솝우화이며 차지하는 비중이 비교적 크다고 하였으며, 『초등소학』(2, 5, 6, 7, 8권)에서는 26편의 동화 작품 중 6편의 이솝우화를 예로 들어 설명하였다.[3] 두 교과서에 수록된 이솝우화의 중요성은 충분히 인지되었지만 연구 초점은 동화라는 넓은 범위로 저촉되었다.

두 교과서에 수록된 이솝우화의 구체적인 텍스트 비교 연구는 간간히 진행되어 왔다. 김태준은 『신정심상소학』, 그 저본인 일본 교과서 『심상소학독본』, 『초등소학』에 수록된 '탐심 있는 개'의 텍스트를 비교하였는데, 『신정심상소학』의 번역이 저본에 비하여 퍽이나 소략하며 학부 편찬과 대한국민교육회 편찬의 차이는 주로 한자어의 사용에 있으며 이는 교과 등급으로 인한 것이라고 하였다. 그리고 『신정심상소학』은 담화체로 문장 교재로서의 표현력에까지 미치지 못하였으나 『초등소학』은 설명체로 이야기 말미에 교훈을 덧붙인 것이 다르다고 하였다.[4]

남미영은 1896년 『신정심상소학』에서부터 1986년까지의 교과서에 총 26편의 이솝우화가 74회에 걸쳐 등장하였다고 밝히고 나서 일람표로 만들었으며 '두 마리 염소', '욕심 많은 개', '꾀 많은 당나귀', '까마귀와 여우'를 예로 들어 이솝우화 텍스트의 통시적 변화를 분석하여 한국적 변용을 고찰하였다. 그의 연구에 따르면 『신정심상소학』에서의 이솝우화가 작품으로만 제시되었다면 『초등소학』에 와서는 교훈적이고도 설명적으로 변용되거나 교훈구가 부연되면서 도덕적 교재로의 인식을 분명히 해준다고 하였다. 또한 『신정심상소학』에 실린 8편의 이솝우화의 내용은 과욕 금지, 근면, 겸손의 덕목이며 이는 당시의 교육정책인

---

3) 崔京姬, 「開化期 國語敎科書의 童話敎材 考察」, 『비평문학』 7집, 한국비평문학회, 1993, 316~349면.
4) 김태준, 「이솝우화의 수용과 개화기 교과서」, 『韓國學報』 7집, 일지사, 1981, 107~135면.

'발전을 위한 교육'이라는 목표에 적합한 것이 아니라 일본의 간섭과
정책 개입으로 추측하였다. 그리고 이솝우화가 지향하는 가치관을 양분
적 사고, 결과 중심의 사고, 보복적 사고, 배타적 사고, 속임수의 미화,
절망적인 결말, 인간 멸시의 사고, 운명 의식으로 분류하였다.[5]

서경임은 개화기부터 4차 교육과정까지의 국어과 교과서의 이솝우화
수용 양상을 고찰하였으며 '욕심 많은 개'를 중심 텍스트로 선정하여
각 교과서별 차이점을 통한 구체적 양상의 특징 및 교육적 효과를 연구
하였다. 『신정심상소학』과 『초등소학』에 수록된 '욕심 많은 개'의 차이
점은 주로 한문의 사용과 교훈구를 들었다. 그리고 『초등소학』에 한자
어가 많이 쓰인 이유는 교과 배정 때문이며 교훈구의 첨가는 『신정심상
소학』과 일본의 『심상소학독본』에서의 문학적인 기능의 교과서 제재에
서 도덕적인 제재로의 변화라고 보았다.[6]

요컨대 『신정심상소학』과 『초등소학』의 구체적인 이솝우화 비교 연
구는 주로 한자어의 사용, 교훈구의 첨가 등에 주목하였으며, 이솝우화
가 작품으로만 제시되던 데로부터 도덕 교재 내용으로 변모되었다는
것이 일반적인 견해이다. 다시 말하면 이솝우화의 기능적인 면은 강조
되었으나 주제와 표현 방식에 치중한 비교 분석이 미흡하다. 그리고 무
엇보다도 기존 연구들에서 선별한 이솝우화가 다양하였다. 따라서 이
책은 우선 기존 연구를 토대로 이솝우화 텍스트를 선정하였다.[7]

---

5) 남미영, 앞의 논문.
6) 서경임, 앞의 논문.
7) 이 책에서 분석한 텍스트는 아세아문화사가 발행한 『韓國開化期教科書叢書』에서 인용
   하였으며, 이에 수록되지 않은 『初等小學』 3·4권은 한국국어교육연구원이 발행한 것
   을 인용하였다.
   『新訂尋常小學』, 學部 編纂, 韓國學文獻研究所 編(1977), 『韓國開化期教科書叢書 1』, 亞
   細亞文化社, 1896.
   『初等小學』, 大韓國民教育會 編纂, 韓國學文獻研究所 編(1977), 『韓國開化期教科書叢書

이솝우화로 선별한 우화는 아래 표와 같이 음영으로 표기하였다.

<표 14> 『신정심상소학』에 수록된 이솝우화

번호	권호	제목	8)	9)	10)	11)	12)	13)	14)	15)	16)	17)
1	1권	제15과 부엉이가 비둘기의게 우슴을 보앗더라	○	–	–	–	–	–	○	–	–	–
2		제17과 쥐의 이익기	○	–	–	–	–	–	○	–	○	–
3		제20과 貪心 잇는 개라	○	○	○	○	○	○	○	○	○	○
4		제23과 貪慾은 그 몸을 亡흥이라	○	–	–	–	–	–	○	–	○	–
5		제26과 蠅과 飛蛾의 이익기라	○	–	–	–	–	–	○	–	○	–
6		제27과 조고마흔 羊이라	○	–	○	–	–	○	○	○	○	–
7		제29과 가마귀와 여호의 이익기라	○	○	○	○	–	○	○	○	○	○
8		제30과 葡萄田	–	○	○	–	○	○	○	○	○	○
9		제31과 葡萄田 2		○	○		○	○	○	○	○	○
10	2권	제19과 여호와 괴의 이익기라	○	○	○	○	○	–	○	○	○	○
11		제25과 가마귀가 조개롤 먹는 이익기라	○	○	○	–	–	○	○	○	○	–
12		제31과 사슴이 물을 거울슴음이라	○	○	○	○	○	○	○	○	○	○
13	3권	제6과 虎와 狐의 話라	○	–	–	–	–	○	–	–	–	–
14		제9과 老鼠의 이익기라	○	–	–	–	–	–	–	–	–	–

4』, 亞細亞文化社, 1906.

『初等小學 3·4』, 大韓國民敎育會 編纂, 학예문화사, 2003.

15	제13과 鳥됨을 願ᄒᆞᄂᆞᆫ 問答이라	○	−	−	−	−	−	−	−	−	−	−
16	제17과 雀이 燕의 巢룰 奪한 話라	○	−	−	−	−	−	−	−	−	−	−
17	제23과 狡猾한 馬라	○	○	○	○	○	○	○	○	○	○	○
18	제31과 順明의 鳩라	○	−	−	−	−	−	−	−	−	−	−

〈표 15〉 『초등소학』에 수록된 이솝우화

번호	권호	제목	18)	19)	20)	21)
1		제3 기럭이	−	−	○	−
2		제5 원숭이	−	−	○	−
3	2권	제9 파리와 나부	−	−	○	−
4		제11 토끼와 거북	○	○	○	○
5		제16 그림 이약이 三	−	○	○	○
6		제17 병아리	−	−	○	−
7	3권	제2 교만호 수닭	−	−	−	−
8	4권	제3 거짓말의 해	−	−	−	−
9		제24 나귀와 여호	−	−	−	−

8) 金秉喆, 앞의 책.
9) 김태준, 앞의 논문.
10) 남미영, 앞의 논문.
11) 崔京姬, 앞의 논문.
12) 朴惠淑, 「서양 동화의 流入과 1920년대 한국 동화의 成立」, 『語文研究』 23권 1호, 한국어문교육연구회, 2005, 173~192면.
13) 허경진·표언복·유춘동, 앞의 책.
14) 정혜원, 앞의 논문.
15) 서경임, 앞의 논문.
16) 오현숙, 「아동독자와 아동서사의 형성-『신정심상소학』(1896)을 중심으로」, 『스토리앤이미지텔링』 10집, 건국대학교 스토리앤이미지텔링연구소, 2015, 141~173면.
17) 강진호, 「근대계몽기의 '독본'과 서사 양식 -紀事, 話, 이익기, 이솝우화를 중심으로」, 『동악어문학』 67집, 동악어문학회, 2016, 9~45면.

10	5권	제8 개의 그림자	○	–	○	○
11		제25 蝙蝠	○	–	–	–
12		제27 蟻와 蟋蟀	○	○	○	○
13		제29 어린 羊	○	–	○	○
14	6권	제5 無識혼 蛙	○	–	–	–
15		제11 自己의 흔 事	–	–	–	–
16		제18 蟻와 鳩	○	○	○	○
17		제19 每人을 悅코져 흠	–	○	○	○
18		제28 狡猾혼 驢	○	–	–	–
19	7권	제5 三獸의 話	–	–	–	–
20		제10 狐와 蟹	○	–	–	–
21		제28 斧	–	○	○	○
22	8권	제15 鳥의 智	–	–	○	○

『초등소학』의 구성에 영향을 준『신정심상소학』은 일본의『심상소학
독본(尋常小學讀本)』[22]을 저본으로 삼았다. 즉 두 교과서 모두 일본 교과서
의 영향을 받은 셈이다.『심상소학독본』은 일본 민간에서 널리 활용되
었던 후쿠자와 유키치(福澤諭吉, 1835~1901)[23]의『동몽교초(童蒙教草)』(1872)와

---

18) 남미영, 앞의 논문.
19) 崔京姬, 앞의 논문.
20) 정혜원, 앞의 논문.
21) 서경임, 앞의 논문.
22) 강진호, 「한·일 근대 국어 교과서와 '서사'의 수용—『신정심상소학』(1896)을 중심으
로」,『일본학』39집, 동국대학교 일본학연구소, 2014, 1~38면, 9면.
"조선의『신정심상소학』은 대략 30% 내외의 제재를 이『심상소학독본』에서 수용했
고, 그 중에서도 우화를 적극 수용하였다.『심상소학독본』이 일본에서 최초로 이솝
우화를 수용한 교과서라는 사실을 감안할 때,『신정심상소학』이 그토록 많은 수의
서사를 수용한 원인을 짐작할 수 있는 셈이다."
23) 후쿠자와 유키치는 일본 근대화의 상징적인 인물이다. 그의 문명관과 탈아론(脫亞論)
은 일본을 서구 문명의 우등생으로, 중국과 조선은 서구 문명을 위반한 우매한 국가
로 간주하였다. 그리고 이웃나라에 대한 침략과 정복을 문명 개조라는 정당행위로
보았다. 또한 이는 일본이 마땅히 담당해야 하는 국제적 책임으로 인식하였다. 이에
사회적으로 일본의 국가적 우월감이 조장되었으며 군국주의로 나아가는 사상기초를

와타나베 온(渡邊區)의 『통속이소보물어(通俗伊蘇普物語)』(1875)를 참조하였는데 이 중 『동몽교초』는 영국인 Robert Chambers가 저술한 도덕 교과서 「Moral Class Book」(1856)의 번역본이다.[24] 와타나베 온의 『통속이소보물어』도 영국인 토머스 제임스가 번각한 『영문이소보물어(英文伊蘇普物語)』(1872)를 저본으로 하여 일본어로 번역한 것[25]임은 제2장에서도 언급하였다. 즉 일본에서 발행된 근대식 초등학교 교과서에는 이솝우화가 활용되었으며 이는 우화의 교훈적 성격 외에도 유럽과 미국의 영향을 받았기 때문이다.[26] 다시 말하면 서양의 가치관이 반영된 텍스트들이 일본 교과서에 수용되었고, 이러한 일본 교과서를 모방하면서 개혁하는 과정에 한국 교과서에도 이솝우화가 수용되었던 것이다.

아래 표에 정리된 제목을 보면 이 우화들이 결코 이질적인 문화권에서 비롯된 텍스트라고 판단하기 어렵다. 이솝우화의 제목은 짧고도 이해하기 쉽게 지어졌으며 문장 역시 전체적으로 난해한 부분이 없어 굳이 부차적으로 설명을 보태야 할 문화적 차이도 언급되지 않았다. 교과서에 수록된 이솝우화는 우화의 특성상 텍스트가 짧고 문법도 간결하며 유럽과 미국은 물론 일본의 영향도 잘 드러나지 않는데 오히려 오래전부터 전해져 내려온 설화라고 할 수도 있을 만큼 친숙하다.

선별된 이솝우화는 아래 표와 같이 주제별로 유형화하였다. 우화의

마련하였다. 일본의 근대화 과정에서 정치체제와 외교 등 영역에서는 영국과 미국, 특히 영국으로부터 받은 영향이 가장 컸다. 군사영역에서는 부국강병의 근대 군사체제를 수립하였는데 해군은 영국, 육군은 독일을 본보기로 삼았다.
정의, 「근대 일본의 서구숭배와 국수주의 —메이지(明治)유신부터 청일전쟁까지를 중심으로」, 『일본사상』 27집, 한국일본사상사학회, 2014, 277~301면, 289~290면 참조.
24) 김태준, 앞의 논문, 116면.
25) 편무진, 「해제(解題)」, 이솝 원저·와타나베 온 번안·편무진 편역, 앞의 책, 17면.
26) 편무진, 「해제(解題)」, 이솝 원저·와타나베 온 번안·편무진 편역, 위의 책, 17~25면 참조.

특성상 함축적인 의미는 얼마든지 다양하게 해석될 수 있다. 이에 이솝
우화의 제목과 텍스트의 주요내용 및 마지막 부분에서 강조하는 교훈
을 위주로 주제를 요약하였다. 두 교과서에 모두 수록된 우화는 음영으
로 표기하였다.

〈표 16〉『신정심상소학』과『초등소학』에 수록된 이솝우화 주제 유형별 분류

번호	주제	『新訂尋常小學』	『初等小學』
1	욕심에 대한 경계와 응징	1권 제20과 貪心 잇는 개라 (133 The Dog with the Meat and his Shadow)	2권 제9 파리와 나부 (080 The Flies in the Honey)
		1권 제23과 貪慾은 그 몸을 亡흠이라 (024 The Fox with the Swollen Belly)	2권 제16 그림 이약이 三 (087 The Goose that laid the Golden Eggs)
		1권 제26과 蠅과 飛蛾의 이익기라 (080 The Flies in the Honey)	2권 제8 개의 그림자 (133 The Dog with the Meat and his Shadow)
2	속임수로 인한 잃음과 얻음	1권 제29과 가마귀와 여호의 이익기라 (124 Fox and Crow)	4권 제3 거짓말의 해 (210 The Shepherd who cried "Wolf!")
		1권 제30과 葡萄田 1권 제31과 葡萄田 2 (042 The Farmer's Bequest to his Sons)	4권 제24 나귀와 여호 (188 Ass in Lion's Skin)
			6권 제28 狡猾호 驢 (180 The Ass with a Burden of Salt)
		3권 제23과 狡猾한 馬라 (180 The Ass with a Burden of Salt)	7권 제28 斧 (173 Hermes and the Woodcutter)
3	교만함에 대한 경계와 응징	2권 제19과 여호와 괴의 이익기라 (605 The Fox with Many Tricks and the Cat with only One)	2권 제11 토끼와 거북 (226 The Tortoise and the Hare)
		2권 제31과 사슴이 물을 거울 숨음이라 (074 The Stag at the Fountain)	3권 제2 교만흔 수탉 (281 The Fighting Cocks)

4	부지런함과 게으름에 대한 보응	–	5권 제27 蟻와 蟋蟀 (373 The Cicada and the Ant)
5	은혜를 갚음	–	6권 제18 蟻와 鳩 (235 The Ant and the Dove)
6	화합의 강조	–	7권 제5 三獸의 話 (147 Lion and Bear)
7	자립심의 강조	–	5권 제25 蝙蝠 (566 The Bat)
			6권 제11 自己의 홀 事 (325 The Lark and the Farmer)
			6권 제19 每人을 悅코져 홈 (721 Father, Son, and Donkey)

『신정심상소학』과『초등소학』에 수록된 이솝우화의 주제는 모두 7개로 분류할 수 있다. 두 교과서에서 가장 많이 중복되는 것은 욕심, 속임수, 교만과 연관된 주제이다.『초등소학』에는 더 많은 이솝우화가 수록되었는데 자립, 부지런함, 보은, 화합 관련 주제가 추가되었다. 1번부터 5번까지의 주제가 개인에 머물렀다면 6번과 7번 주제는 개인을 벗어나 시국으로 확장되었다. 다시 말하면『초등소학』에 수록된 이솝우화는 나라의 시국을 의식하였으며 집필진의 우국(憂國)의식이 두드러진다. 우선 같은 내용의 이솝우화가 어떻게『신정심상소학』과『초등소학』에 각각 수록되었는지를 고찰하고 나서『초등소학』에만 게재된 이솝우화를 분석하였다.

1.2 아동을 위한 개인 윤리의 강조

텍스트의 원천을 막론하고 이솝우화가 근대 교과서에 수록될 수 있었던 원인은 일본의 영향도 있었지만 무엇보다도 텍스트 자체의 효용성에 있었다. 우화를 통한 윤리 도덕 교육은 역사, 논설, 설명 방식으로 지면에 표현된 기타 교육 텍스트보다 더욱 효과적으로 아동에게 다가갈 수 있었다. 이는 주로 동물이 등장하는 이솝우화 서사가 아동의 상상력을 발휘시키기에 충분하였기 때문이다. 다시 말하면 시각적 교재가 활성화되지 않은 근대에는 동물 삽화가 오락을 동반한 교육적 효과를 달성할 수 있었다.

교과서는 사회제도에 의하여 통용되는 권위적인 텍스트이며 특정 시대와 사회의 지배적인 가치 지향을 반영한다. 특히 이 시기의 아동 공교육에 사용된 교과서는 사회와 나라의 발전에 부합하는 민중 정신을 주조할 수 있는 중요한 도구였다. 이에 교과서 편찬은 근대 민중으로서의 기본적인 도덕규범과 사회윤리 각인 및 애국심 함양에 목표를 두었다. 그리고 아동을 대상으로 하였기 때문에 문자와 단어, 문장에 대한 교육과 더불어 전체적으로 아동이 이해하기 쉽게 서술되었다. 문학의 효용성은 즐거움과 교훈성으로 구체화되는데 이솝우화는 이러한 장르적 특징 외에도 서사 구조가 간결하여 아동이 이해하는데 적합하였다. 뿐만 아니라 신분 질서에 따른 봉건적인 요소도 덜하여 시대적인 특징도 구비하고 있었다. 근대 개인의 기본적인 자질을 교육하기 위하여 활용된 이솝우화는 기본적으로 선을 지향하였다.

『신정심상소학』과 『초등소학』에 수록된 같은 내용의 이솝우화는 모두 3편이며 각각 「貪心 잇ᄂᆞᆫ 개라」와 「개의 그림자」, 「蠅과 飛蛾의 이이기라」와 「파리와 나부」, 「狡猾한 馬라」와 「狡猾한 驢」이다. 우선 「貪心 잇ᄂᆞᆫ 개라」와 「개의 그림자」 텍스트를 비교하면 다음과 같다.

〈표 17〉『신정심상소학』의 「貪心 잇는 개라」와 『초등소학』의 「개의 그림자」

번호	第二十課 貪心잇는 개라	第八 개의 그림자
1	흔 개가. 고기 흔 덩이롤 물고. 다리롤. 건널 식	一, 犬이, 고기, 한, 덩이롤, 어더 물고, 橋上으로, 徐徐히, 過去ᄒ면셔, 크게, 깃버ᄒ더라.
2	그 다리 아러도. 쏘흔. 져와 ᄀᆞᆺ치 고기 롤. 문. 개가 잇는 것슬 보고	此時에, 犬이, 橋下롤, 언듯, 見ᄒ니, 쏘 흔, 一犬이, 有ᄒ야 彼와, 同行ᄒᄂᆞᆫ지라.
3	-	橋上의, 犬이, 其口에, 문, 고기롤, 奪喜 을, 見喜가, 恐ᄒ야, 橋下의, 犬을, 向ᄒ 야, 立흔디, 橋下의, 犬도, 쏘흔, 口中에, 고기 한 덩이롤, 물고, 橋上의, 犬을, 向 ᄒ야, 立ᄒ얏는지라.
4	貪心이 發ᄒ야. 마저 쎄서 먹고ᄌ ᄒ 야. 다리 아러로 向ᄒ야 지젓소이다.	橋上의, 犬이, 貪心이, 猝然히, 나셔, 橋 下의, 犬이, 문, 고기롤, 奪食코져 ᄒ야, 橋下롤, 向ᄒ야, 한 번, 으르릉거리더 니.
5	그러나. 제 지즐야고 입을 쎌. 물 엇든. 고기가. 忽然 내에 써러져 물 속 으로 드러ᄀᆞᆺ소.	그 口롤, 開喜 時에, 물엇든 고기는, 水 中에, 탐방, 싸지거늘.
6	그 쎄에. 다리 아러 잇는 개의 입에 고 기도 흔 가지 업서 젓소.	橋上의 犬이, 홀 일 업셔, 水中을 仔細 히 보니, 橋下의, 犬도, 물엇든 고기가, 쏘흔, 업셔졋더라.
7	이는. 앗가 實狀 개처럼. 보인 것손. 제 形狀이. 물에 빗최여. 그처럼 된 것시 오이다. 그러므로 이 개는 貪心만 너다가 저 물엇든 고기도 못 먹엇소이다.(卷一, 16~17면)	此는, 橋上의 犬이, 彼롤 因ᄒ야, 水中 의 對處에, 影子가, 빗최인 것을 모르 고, 貪心만, 내다가, 彼의 가진 것씨지, 일흠이러라.(卷五, 9~10면)

　『신정심상소학』의 「貪心 잇는 개라」와 『초등소학』의 「개의 그림자」
를 보면 우선 한자어 사용이 제일 눈에 띈다. 전자가 간략한 구어체 형
식이라면 후자는 한자와 묘사가 보태진 보다 상세한 구어체 형식이다.
이는 김태준[27]과 서경임[28]의 연구대로 교과 등급으로 인한 차이, 즉 학

년이 높아지고 교과 과정이 심화될수록 한자의 사용이 많아지기 때문이다. 『신정심상소학』과 『초등소학』 모두 교과 과정이 단계별로 올라갈수록 한자의 사용이 많아졌다. 두 교과서 모두 교육의 최종 목표에 심화된 한자어 수준을 넣었던 것이다.

「개의 그림자」와 「貪心 잇는 개라」는 모두 개 한 마리가 고기를 물고 다리를 지나다가 물에 비친 자신의 그림자를 보고 그 고기마저 탐하려다가 물고 있던 고기를 물에 빠뜨리는 내용을 다루었다. 「개의 그림자」는 「貪心 잇는 개라」보다 분량이 많은데 주로 세부적인 묘사에서 차이가 난다.

1에서 개가 다리를 건너는 장면묘사는 『신정심상소학』에서 간략하게 서술되었다. 그러나 『초등소학』에서는 부사 "서서히"를 보태어 생동감을 강조하였으며 이에 "크게 기뻐하더라"라는 심리묘사를 추가하였다. 즉 심리묘사와 장면묘사가 추가되어 보다 형상적으로 전개된다. 『초등소학』에 와서 추가된 장면 3은 다리 위의 개가 입에 물고 있는 고기를 빼앗길까봐 두려워 멈춰 서자 이에 다리 아래의 개도 멈춰 서는 부분이다. 역시 심리묘사와 장면묘사가 세밀하게 보충되었다. 이외에도 부사 "졸연히"와 "자세히", 의성어 "으르릉"과 "탐방" 등이 사용되어 텍스트에 생동감과 현장감을 보태었다.

7의 『신정심상소학』에서는 "그러므로 이 개는 貪心만 닉다가 저 물엇든 고기도 못 먹엇소이다"라고 강조하였다. 『초등소학』에서는 "此는, 橋上의 犬이, 彼를 因ᄒ야, 水中의 對處에, 影子가, 빗최인 것을 모르고, 貪心만, 내다가, 彼의 가진 것ᄭᅵ지, 일흠이러라"고 강조하였다. "저 물엇든 고기"와 "彼의 가진 것" 사이에는 차이가 있다. 의존명사 "것"은 여러

---

27) 김태준, 앞의 논문.
28) 서경임, 앞의 논문.

가지 사물, 현상 등을 아우르는 포괄적 의미를 가지며 적어도 '고기'보
다는 큰 의미를 가진다. 주어는 모두 개지만『신정심상소학』에서는 탐
심 때문에 물었던 고기도 못 먹었고,『초등소학』에서는 자신의 그림자
임을 모르고 탐심만 부리다가 자신이 가진 것까지 잃었다. 따라서『초
등소학』의「개의 그림자」가 제시하는 교훈은 개와 고기라는 구체적인
대상에만 머물지 않고 보다 포괄적인 의미를 연상시킨다.

　물론『신정심상소학』에 수록된 이솝우화가 모두 우화 텍스트 본연에
만 머문 것은 아니다. 탐욕에 대한 경계로 아래 우화가 수록되었다.

> 　第二十三課 貪慾은 그 몸을 亡홈이라
> 　흔 農夫가 돗을 나무 우에. 미고. 그 속에. 쌀을 너헛더니. 어느늘 밤
> 에. 흔 잔납이. 그 나무에 올나가. 돗 속에. 인는 쌀을. 다. 먹고. 나오려
> ᄒ다가 몸이 돗헤 끼여. 움직이지 못ᄒᄂ지라.
> 　그 잇튼날 아참에. 農夫ㅣ 와서. 잡아습ᄂ이다. 자. 보시오. 여러분네.
> 이 잔납이는. 貪慾흔 ᄆᆞ음을 참지 못ᄒ야. 드듸여. 그 몸을 亡ᄒ얏스니.
> 춤 知覺업는. 일이오이다.
> 　슬푸다. 世上 사름이. 財物을. 貪ᄒᄂ ᄆᆞ음으로. 그 몸과 그 집을. 亡ᄒ
> ᄂ 者ㅣ 다. 이 잔납이와 갓소이다.(卷一, 18~19면)

'잔납이'는 십이지 중 아홉 번째인 원숭이 해를 뜻하는 신(申)의 한글
풀이 '납'에다 재빠르고 작다는 뜻의 접두사 '잔'과 명사를 만드는 접미
사 '이'를 붙인 원숭이이의 이칭이다.『신정심상소학』의「貪慾은 그 몸
을 亡홈이라」는 원숭이가 탐욕을 주체하지 못하고 나무 위의 쌀을 먹고
나오려다가 몸이 덫에 끼여 농부에게 잡히는 내용이다. 페리 인덱스에
는 원숭이가 아닌 여우가 등장한다. 이 텍스트에는 "자, 보시오. 여러분
네"라는 농부의 대화가 추가되어 현장감을 살리고 있다.

　이 우화는 분량이 짧음에도 불구하고 설화적 성격이 강하지 않다. 다

시 말하면 원숭이가 등장하는 부분은 2행도 되지 않으며, 농부의 대화
와 마지막 화자의 논평이 주요 분량을 차지한다. 농부의 대화가 원숭이
에 머물렀다면 교훈 부분은 사람에게로 확대시켜 재물을 탐하는 마음
이 몸과 집까지 망하게 한다고 경고하고 있다. 설화 형식을 차용하였지
만 텍스트의 주요 목적은 탐심에 대한 경계라는 도덕적 교화에 있다.

　『초등소학』의 「그림 이약이 三」은 제목 그대로 삽화가 추가되어 아
동의 이해와 흥미를 효과적으로 높여주었다. 뿐만 아니라 대화체로 친
근하게 서술되었다.

> 第十六 그림 이약이 三
> 정길의 姑母는, 쏘, 그림 이약이를, ᄒᆞᄂᆞ이다.
> 정길아, 옛적에, 一人이, 오리 한 마리를 기르ᄂᆞ듸.
> 그 사람은, 매우, 욕심이, 만흔 이라.
> 이 오리가, 날마다 金알 한아식 낫커늘.
> 一日은 그 사람이, 생각ᄒᆞ기를, 오리 배속에, 金알이, 만흘 터이니, 한
> 썹에, 다 ᄭᅴ어 내깃다 ᄒᆞ고, 오리 배를 갈넛다.
> 그러나, 오리 배 속에, 金알은, 한아도, 업고, 오리만, 죽엇다.
> 그 사람이 이것을 보고, 그만, 긔가, 막혀, 잡바졋다.
> 정길아, 욕심을, 부리ᄂᆞ 人은 자긔의, 가진 것 까지, 일어바리ᄂᆞ니라.
> (卷二, 22~24면)

　전체 텍스트는 정길의 고모가 정길에게 말해주는 액자구조 형식을
취하였으며 대화체로 서술되었다. 시간의 순서대로 진행되던 우화는 액
자구조에 의하여 시간과 시점에 변화를 주었다. 내부 이야기는 한 사람
이 매일 금알을 낳는 오리를 기르면서 욕심을 부려 한꺼번에 다 꺼내려
고 오리 배를 갈랐다가 오리만 죽는 내용이다. 교훈 부분은 사람에게로
돌렸으며 욕심을 부리는 사람은 자신이 가진 것까지 잃어버린다고 경

고하였다.

『신정심상소학』의 「蠅과 飛蛾의 이익기라」와 『초등소학』의 「파리와 나부」는 한자의 사용이 눈에 띄지 않는데 그 이유는 모두 초급 단계에 수록되었기 때문이다.

〈표 18〉『신정심상소학』의 「蠅과 飛蛾의 이익기라」와 『초등소학』의 「파리와 나부」

번호	第二十六課 蠅과 飛蛾의 이익기라	第九 파리와 나부
1	파리가. 꿀을 담은 그릇가에. 안즈서. 꿀을 먹다가. 꿀이. 다리에 붓터. 끈끈 하야. 떠러지지 아니 하는지라.	파리가, 꿀 그릇가에서, 꿀을, 빨어 먹다가, 그 그릇속에, 싸져셔, 나오지, 못하는지라.
2	飛蛾가. 이거슬 보고. 그 慾心이. 만흠을 우섯더니.	나부가, 이것을 보고, 욕심, 만흠을, 우섯더니.
3	不過 暫時에 飛蛾가 그 것. 등불가으로. 나라단이다가. 뭇춤니. 불길노. 드러가. 크게. 데이거눌.	이째에, 나부가, 그 것혜, 잇는 燈火로, 도라 다니다가, 맛참내, 그 燈 속에, 드러가셔, 데엿는지라.
4	파리. 쏘흐. 그 撲火 하고즈 흠은. 無識 흔 일이라고. 우섯느이다.(卷一, 21~22면)	파리가 이것을, 보고, 쏘흔 그 나부의 미련흠을우셧소
5	-	대져 욕심이 잇거나, 미련하면, 항상, 자긔의 몸을, 망흐는 것이올시다.(卷二, 12~13면)

이 우화는 파리가 꿀을 먹다가 사지가 달라붙거나 그릇에 빠지는 것을 보고 나방이 파리의 욕심 많음을 웃다가 오히려 등불에 데여 파리로부터 웃음을 당하는 내용이다. 페리 인덱스에 나방 부분에 해당하는 우화는 언급되지 않았으며 파리 부분만 언급된다. 나방이 불에 날아든다는 "비아복화(飛蛾扑火)"의 출처는 당나라 초기 역사학자 요사렴(姚思廉, 557~537)의 『양서(梁書)』 「도개전(到漑傳)」이다. 일반적으로 멸망을 자초한

다는 뜻으로 쓰이지만 그 어떠한 두려움이 있을지라도 조금도 주저하
지 않고 나아간다는 의미이기도 하다.

텍스트에 등장하는 주요 대상은 파리와 나방이며 나방은 파리의 욕
심 많음을 비웃고 파리는 나방의 무식함 혹은 미련함을 비웃는다. 『신
정심상소학』의 「蠅과 飛蛾의 이이기라」에서는 "無識훈 일이라고 우섯
느이다"로 서사를 끝맺는다. 『초등소학』의 「파리와 나부」에서는 파리
가 나비의 미련함을 비웃은 뒤 행을 바꾸어 주어를 생략한 채 "대져 욕
심이 잇거나, 미련하면, 항상, 자긔의 몸을, 망ᄒᆞᆫ 것이올시다"라는 교
훈을 덧붙였다. 따라서 교훈은 파리와 나비의 서사에만 머물지 않은 채
사람의 욕심과 미련함에 대한 경계로 주제가 확장되었다.

속임수로 인한 잃고 얻음도 『신정심상소학』과 『초등소학』 두 교과서
에서 공동으로 다루어진 주제이다. 『신정심상소학』의 「狡猾훈 馬라」에
서의 말은 일본의 『심상소학독본』을 따랐으며, 『초등소학』의 「狡猾훈
驢」에 와서 당나귀로 바뀌었다. 페리 인덱스와 천병희 번역본, 와타나
베 온 번안 판본에는 모두 당나귀로 되어있다. 두 텍스트의 경개는 비
슷하며 원문은 다음과 같다.

〈표 19〉 『신정심상소학』의 「狡猾훈 馬라」와 『초등소학』의 「狡猾훈 驢」

번호	第二十三課 狡猾훈 馬라	第二十八 狡猾훈 驢
1	훈 사람이. 場에서. 말게 鹽을 실꼬 還家훌 시 川流롤 건너가가. 말이. 밋그러저. 너머지니. 그 소곰이. 自然 水沈ᄒᆞ야. 푸러젓는지라. 말은. 그 짐이. 업서저. 몸이 가븨여우믈. 歡喜ᄒᆞ야. 도라왓소이다.	一人이, 塩市에셔, 鹽을 買ᄒᆞ야, 驢에 싯고, 家로 還훌식, 川水롤 건너다가, 驢가 蹉跌ᄒᆞ야, 水中에 너머지니, 其 背의, 鹽이 만히 녹은지라, 驢ᄂᆞᆫ, 其 荷物의 輕훔을, 깃버ᄒᆞ야, 도라왓더라.
2	다른 날. 다시. 鹽을 실니고 場에 갓더니 그 말이. 前事롤 想覺ᄒᆞ고 川流롤	他日에, 쏘 鹽을 載ᄒᆞ고, 川水롤 渡ᄒᆞ더니, 其 驢가, 쏘 前日의 事롤 생각ᄒᆞ고,

	當ㅎ야. 부러. 물 속에. 너머저. 또 소곰을. 버렷사오이다.	水中에 臥ㅎ는지라.
3	말의 主人이. 이거슬 보고. 말의 行實을. 懲戒ㅎ고자 ㅎ야. 次日은. 許多혼 草鞋와. 밋. 空石 等을. 만히 실니고 또 場에 갓습ᄂ이다. 말은. 그 料量 업시. 川流를 當ㅎ야. 또. 너머지니.	驢의 主人이, 此를 見ㅎ고, 驢의 行實을 미워셔, 懲戒코자 ㅎ더니, 一日은, 主人이, 其 驢에게, 毛物을 載ㅎ고, 川水를 渡혼 則, 驢는 水中에 又臥ㅎ는지라.
4	馬背의 草鞋와. 空石 等이. 水沈되야. 더욱 무거워. 運動홀 수. 업는지라. 主人이. 더욱. 미워ㅎ야. 鞭策으로 몹시 찌리여. 겨우. 回家ㅎ니. 汗流滿身ㅎ야. 大段히. 苦狀ㅎ얏습ᄂ이다.(卷三, 33~34면)	然ㅎ나, 수에는, 荷物이 輕ㅎ기는 姑舍ㅎ고, 毛가 水에, 져질스록, 其 重이 益甚ㅎ거늘 主人은, 더욱, 鞭으로 打ㅎ야, 겨우, 家로 還ㅎ나, 驢는, 幾死ㅎ얏더라.
5	—	凡人도, 奸計로, 他人을 欺ㅎ는 者는, 一二回는, 得行ㅎ나, 禍를, 終免치 못ㅎ느니라.(卷六, 36면)

표 19의 3에서 주인이 말에게 지운 짐은 짚신과 짚으로 만든 빈 가마니이고, 당나귀에게 지운 짐은 털로 만든 물건이다. 페리 인텍스와 와타나베 온 판본, 천병희 번역본에는 마지막에 주인이 당나귀에게 지운 짐이 스펀지로 되어있다. 스펀지는 오늘날 흔히 사용되는 인조 합성수지가 아니라 해면동물을 가리키는데 수분을 잘 빨아들이기에 고대 로마의 목욕용품으로나 화장지 대용으로 사용되었다. 이 어휘는 배경적 설명이 필요하였으므로 두 교과서에서는 한국의 상황에 알맞게 짚과 털로 만든 물건으로 대체하였다.

4에서 『신정심상소학』의 「狡猾혼 馬라」에서의 말은 겨우 집에 돌아왔으나 땀투성이가 되었으며 대단히 고생하였다고 끝을 맺는다. 이에『초등소학』의 「狡猾혼 驢」에서는 당나귀는 겨우 집에 돌아왔으나 거의 죽게 되었으며 일반 사람도 간사한 꾀로 다른 사람을 기만하는 자는 한

두 번은 통하나 나중에는 화를 면치 못한다는 교훈을 덧붙였다. 다시 말하면 『초등소학』에서는 수신적인 기능이 강조되었다.

속임수를 주제로 한 『신정심상소학』의 다른 이솝우화 두 편은 다음과 같다.

> 第二十九課 가마귀와 여호의 이익기라
>
> 훈 가마귀가. 生鮮 훈 마리를 물고. 나뭇가지에. 안저서 먹으랴 홀 시. 여호가 보고 慾心을 닉여. 그 生鮮을 쎗서. 먹고즈 호야. 急히. 그 나무 아릭에 와서. 가마귀를. 向호야 말호되.
>
> 當身 소릭는. 춤. 아름다온지라. 아무커ㄴ. 훈 번. 소릭를 들닙시스고 호니.
>
> 가마귀가. 여호의 와서. 稱讚호는 말을 듯고 하. 조아호야! 짜악이라고 훈 소릭를 호다가. 곳 그 고기. 쌍에 써러지거늘. 여호 ㅣ. 急히 집어 입에 물고 卽時 수풀노. 다라낫소
>
> 가마귀는 그제야. 비로소 그 속음을 씨다랏쓰나. 엇지 홀 수 업섯ㄴ이다.(卷一, 24~25면)

『신정심상소학』의 「가마귀와 여호의 이익기라」는 여우가 까마귀를 구슬려 입에 물고 있던 생선을 빼앗는 내용이다. 여우의 욕심은 실현되나 까마귀는 속임수에 걸려들어 생선을 잃는다. 까마귀는 생선을 떨어뜨리고 나서야 여우에게 속았음을 깨닫는다. 속임수를 쓰는 방법으로 여우의 욕심은 실현되었으나 까마귀는 칭찬하는 말을 좋아하다가 생선을 잃었다. 이에 대한 화자의 입장은 중립적이며 논평은 생략되었다.

> 第三十課 葡萄田
>
> 훈 스룸이. 쟝춧. 죽을 씨에. 아들 三兄弟를. 불너 일으되. 이 아희들아. 너의게 分財로 줄 物件은. 다만. 이 됴고마흔 집과. 葡萄田 外에는. 아모 것도 업다. 그러나 葡萄田 밋히. 寶貝가. 잇슬 터이니. 너의들은. 갓

치 파서 가지라 ᄒ더라. 삼형졔 그 말슴ᄃᆡ로 아비가 도라가신 後에. 밤
ᄎᆞᆺ 업시. 葡萄田을. 파 보아도. 金銀은 姑捨ᄒ고 銅錢도 업ᄂᆞ이다.

　第三十一課 葡萄田 二

　　三兄弟ᄂᆞᆫ. 이쳐럼. 밤ᄎᆞᆺ 파쓰되. 아모것도 업스니. ᄀᆞᆺ치. 失望ᄒ나. 그
러나. 이 葡萄田은. 前에 업시 깁히. 갈라는 故로. 열ᄆᆡ가 잘 여러. 그 가
을에 거든. 葡萄 갑슨. 춤. 許多ᄒᆞᆫ. 金銀이 되얏더라.

　　三兄弟 이 金銀을 엇고. 비로소 아비 말슴ᄒᆞ신 뜻을. 알아소이다.(卷一,
25~27면)

『신정심상소학』의 「葡萄田」은 한 사람이 죽을 때가 되어 세 아들에게
포도밭 밑에 보배를 숨겨두었으니 함께 파라고 유언을 남긴다. 삼형제
는 아버지의 유언대로 밤낮 밭을 파보았으나 아무것도 없어 실망한다.
그러나 밭을 잘 갈아놓았기 때문에 포도 풍작을 거두어 많은 금은을 얻
을 수 있었다. 그제야 삼형제는 아버지의 유언을 이해했다고 이야기가
마무리된다. 삼형제가 터득한 아버지의 뜻은 역시 생략되었다.

　요컨대 『신정심상소학』의 「가마귀와 여호의 이익기라」와 「葡萄田」은
화자의 논평 즉 한 편의 우화가 강조하려는 초점이 생략되었다. 전자가
속임수로 인한 손실 및 욕심의 실현을 다루었다면 후자는 속임수를 이
용하여 자식을 교화시켰다. 그러나 속임수에 대하여 화자가 제안하는
대응 방법은 제시되지 않았다. 다시 말하면 이 두 편의 우화는 어휘와
문장 연습, 서사 전개 대상과 그 장면으로 인한 오락 위주의 우화로 전
개되었으며 이를 통한 수신적인 성격은 강조되지 않았다.

　속임수를 주제로 한 『초등소학』의 다른 이솝우화 세 편은 다음과 같다.

　第三 거짓말의 해

　　兒孩들아, 汝들은, 항상, 거짓말로, 人을, 속히지, 말라, 然ᄒ면, 汝가,
참말을, ᄒᄂᆞᆫ 時도, 汝를, 밋지, 아니 ᄒᆞᄂᆞ니라.

古時에, 一兒가, 거짓말을, 잘, ᄒ야, 人을, 속히더니, 一日은, 그, 동모
더러, 말ᄒ되.

汝家에, 火가, 生ᄒ얏다, ᄒᄂᆞᆫ, 故로, 그, 동모가, 急히, 가, 보니, 火가,
生치, 아니 ᄒ얏더라.

然ᄒ더니, 又, 一日에, 此兒가, 山에셔, 그, 동모의 家에, 火가, 生홈을,
보고, 그, 동모에게, 急히, 말ᄒ나, 그, 동모ᄂᆞᆫ, 밋지, 아니 ᄒ야, 맛참내,
家를, 다, 태얏다 ᄒ니라.

其後에, 此兒ᄂᆞᆫ, 山에셔, 急히, 쮜여오면셔, 소래 질너, 가로ᄃᆡ, 虎가,
쫏쳐, 온다, ᄒ거늘.

里中人이, 急히, 구원ᄒ랴고, 가니, 虎ᄂᆞᆫ, 업섯더라.

然홈으로, 此兒ᄂᆞᆫ, 其後에, 山에셔, 참, 虎를, 맛나셔, 구원ᄒ라고, 소래
를 지르나, 里中人은, 밋지, 아니 ᄒ야, 맛참내, 虎에게, 물녀가니라.

汝들은, 人을, 거짓말로, 속히지, 말라, 그 해가, 他人에게만 生홀 ᄲᅮᆫ,
아니라, 져도, 면치, 못ᄒᄂᆞ니라.(卷四, 2~4면)

『초등소학』의 「거짓말의 해」는 교훈구가 우화 앞부분과 뒷부분에서
중복적으로 서술되었다. 액자구조를 차용하여 거짓말에 대한 경계를 강
조하고 있으며 시간의 흐름에 변화를 줌으로써 단조로운 서술 형식을
면하였다. 페리 인덱스에서의 늑대는 『초등소학』에 와서 호랑이로 바뀌
었다. 페리 인덱스에는 호랑이가 2번 검색되는데, 두 번 모두 사자 뒤에
괄호로 표기하여 호랑이로도 전개되는 우화가 있음을 밝히고 있다. 다
시 말하면 이솝우화에는 호랑이를 주요 대상으로 전개된 이야기가 흔
하지 않다. 이에 비하면 한국 설화에는 호랑이가 자주 등장한다. 대표적
인 예로 호랑이와 곰이 사람이 되기를 빌다가 곰이 사람이 되는 「단군
신화」가 있다. 즉 이 부분에서는 한국 문화를 반영한 현지화가 이루어
졌다.

옛날 거짓말을 잘 하는 아이가 친구 집에 불이 났다고 친구를 속인

다. 그러자 정말로 불이 났을 때에는 친구가 아이의 말을 믿지 않아 결국 피해를 본다. 그 후 아이는 호랑이가 온다고 소리 지른다. 이에 사람들은 아이를 구하러 가나 호랑이가 없음을 보고 속힌 줄 안다. 결국 진짜 호랑이가 내려왔을 때에는 아이의 구원 요청에도 사람들은 믿지 않아 아이는 호랑이에게 잡혀간다. 교훈으로는 아이들에게 거짓말로 사람을 속이지 말 것, 거짓말을 하면 다른 사람은 물론 자신에게도 피해를 주며 또한 자신이 하는 참말도 믿어주는 사람이 없을 것이라고 직접적으로 제시하였다.

『초등소학』의 「나귀와 여호」 역시 속임수를 주제로 하였다.

> 第二十四 나귀와 여호
> 昔時에, 한, 나귀가, 獅子의, 가죽을, 쓰고, 다른 김생을, 속히더니, 한, 여호를, 보고, 크게, 소래 질너, 꾸짓되.
> 이, 조곰아흔, 놈아, 감히, 我前에, 섯는다, 我를, 見ᄒ라, 我의, 口로, 汝를, 물니라.
> 여호가, 이 말을, 듯고, 우시면서,
> 참, 어리석다, 나귀아, 汝가, 口를, 담으러셔, 소래를, 내지, 아니 ᄒ얏던들, 我가, 무셔워, ᄒ얏지마는, 지금, 汝의, 소래를, 들으니 아모리, 貌樣이, 獅子 갓고, 口가 獅子 갓흐나, 分明흔, 나귀니, 무엇이, 무셔우랴, ᄒ얏소
> 大抵, 실상, 업시, 남을, 속히는 者는, 나종에, 반닷히, 탈로되느니, 이, 나귀와, 무엇이 달을이오(卷四, 30~31면)

사자의 가죽을 쓴 나귀가 다른 짐승을 속이고 여우를 꾸짖고 협박하자 여우는 비록 사자 모양을 했을지라도 나귀임이 분명하다고 하면서 속임수에 넘어가지 않고 오히려 비웃는다. 사자라는 동물의 권위를 쓴 나귀는 여우를 꾸짖지만 이에 여우는 웃으면서 사자 가죽을 쓴 나귀임

을 간파한다. 간파된 권위는 결국 공격성도 위엄도 없는 나귀임에 불과하다.

교훈구로는 다른 사람을 속이는 것은 반드시 탄로가 나게 되므로 나귀와 다를 바가 무엇이냐고 반문하였다. 속임수를 쓰지 말 것을 강조하는 교훈 외에도 이 우화는 이솝우화의 비판적인 성격으로부터 비롯되는 실권 없는 권력에 대한 풍자를 담고 있다.

『초등소학』의 「斧」 역시 정직함을 강조하는 우화이다.

> 古昔에 十二三歲 된 童子가 其 生業을 營爲ᄒᆞᄂᆞᆫ 斧를 失ᄒᆞᆫ 故로 四方으로 차지나 得지 못ᄒᆞᆫ지라 엇지 ᄒᆞᆯ 줄을 知치 못ᄒᆞ고 兩眼에 淚가 雙流ᄒᆞ면셔 松根上에 獨坐ᄒᆞ야 歎息ᄒᆞ야 我의 斧를 何處에 覓ᄒᆞᆯ가 ᄒᆞ더라.
>
> 是時에 一 老人이 杖을 依ᄒᆞ고 此 處를 過ᄒᆞ다가 童子의 形狀을 見ᄒᆞ고 其 故를 聞知ᄒᆞᆫ 後에 慰勞ᄒᆞ야 曰,
>
> 「너무 근심치 말지어다. 我가 或 汝의 斧를 尋ᄒᆞ얏스면 汝가 汝의 斧를 見ᄒᆞ고 能히 知ᄒᆞ깃ᄂᆞ냐. 今朝에 我가 一斧를 得ᄒᆞ얏노라.」
>
> 老翁이 드ᄃᆡ여 黃金으로 斧柯를 作ᄒᆞᆫ 者를 示ᄒᆞ야 曰 此가 汝의 斧인가 ᄒᆞᆫᄃᆡ 童子가 其 金斧를 見ᄒᆞ고 然ᄒᆞ다 對答코져 ᄒᆞ다가 忽然히 學校에서 眞實ᄒᆞᆷ을 行ᄒᆞ라 ᄒᆞᆷ을 싱각ᄒᆞ야 曰 此ᄂᆞᆫ 我의 斧가 아니라 ᄒᆞᆫᄃᆡ.
>
> 老人이 銀柯의 斧를 示ᄒᆞ야 前과 如히 又 問ᄒᆞᆫ 則 童子ᄂᆞᆫ 又 如前히 答ᄒᆞ더니 最終에 一木柯의 斧를 示ᄒᆞ니 此卽 童子의 失ᄒᆞᆫ 者라 童子ᄂᆞᆫ 恭敬히 對答ᄒᆞᄃᆡ 此가 我의 失ᄒᆞᆫ 바니 金銀의 柯보다 더욱 貴重ᄒᆞ오이다 ᄒᆞᄂᆞᆫ지라.
>
> 老翁이 此兒의 正直ᄒᆞᆷ을 見ᄒᆞ고 極히 感嘆ᄒᆞ야 其 三斧를 皆賜ᄒᆞ야 曰 汝ᄂᆞᆫ 正直ᄒᆞᆫ 男子라 眞實ᄒᆞᆷ을 行ᄒᆞᄂᆞᆫ 賞을 與ᄒᆞ다 ᄒᆞ니 此 老翁은 卽 其 國의 王이러라.(卷七, 32～33면)

아이가 생업에 필요한 도끼를 잃고 소나무에 앉아 울며 탄식하자 한 노인이 마침 도끼를 준다. 노인은 아이에게 자신의 도끼를 알아볼만 하냐고 하면서 금도끼를 보여준다. 이에 아이는 학교에서 배운 진실함을 행하라는 교훈을 상기하고 자신의 도끼가 아니라고 실토한다. 노인이 은도끼를 내밀어도 아이는 자신이 잃어버린 도끼가 아니라고 하면서 자신의 도끼는 금과 은으로 된 도끼보다 더욱 귀중하다고 한다. 노인은 아이의 정직함을 보고 금도끼와 은도끼와 함께 아이의 도끼를 하사하는데 노인이 국왕이었다는 것으로 이야기가 마무리된다. 속임수를 쓴 인물은 국왕인데 이로써 아이의 정직함을 시험하였다.

이 우화는 옛이야기라고 밝히고 있음에도 불구하고 과도기적 성격을 보여주고 있는데 봉건적 요소인 국왕이 등장하는 동시에 근대적 학교의 가르침이 언급된다. 뿐만 아니라 설화 형식이 위주이면서도 아이가 슬퍼하는 장면 묘사와 금도끼를 보고 난 아이의 심리 갈등 묘사가 추가된 것 역시 과도기적인 서사의 특성을 보여주고 있다.

교만함에 대한 경계와 응징과 관련된 『신정심상소학』의 이솝우화 두 편은 다음과 같다.

> 第十九課 여호와 괴의 이익기라
> 흔 괴가. 山中에서. 여호를 맛나. 問安흔디.
> 여호는. 答禮도 아니흐고. 다만. 귀를 웃독이. 세우고 쇠리를 흔들며. 괴더러. 무러 曰. 너는. 무슴. 技藝 잇느뇨. 괴. 對答흐야. 갈오디. 나는 아모 技藝도. 몰으옵나이다. 흐니.
> 여호ㅣ. 웃고 갈오디. 어어. 不祥흐다. 技藝 몰으는 놈아. 네. 萬一. 산 냥기가 올진디 엇지 흐랴느뇨. 흐고 辱흐더니. 그째. 못춤. 獵狗가 오는지라. 괴는. 急히 나무 우희. 올느 안젓소나. 여호는. 나무에 올으지 못흐고. 慌忙이. 四面으로 避흐야 다라나다가. 못춤늬. 개의게 줍혓느이다.
> 여러분도. 自己 일만. 힘쓰고. 남을. 웃지 마시오(卷二, 20~21면)

『신정심상소학』의 「여호와 괴의 이익기라」에서 여우는 자신에게 문안을 하는 고양이에게 답례도 하지 않고 무슨 기술이나 재주가 있냐고 묻는다. 고양이가 자신은 아무 재능도 없다고 하자 여우는 기예도 없이 사냥개가 오면 어떻게 하는가고 불쌍하다면서 고양이를 비웃는다. 마침 사냥개가 오자 고양이는 재빠르게 나무에 올라가나 여우는 허둥지둥 달아나다가 붙잡히는 신세가 되고 만다. 교훈으로는 다른 사람을 웃지 말고 자신의 일에만 힘쓸 것을 당부하였다.

전체 우화는 청자를 대상으로 한 구연 방식으로 서술되었다. 특히 교훈구는 대명사 "여러분"을 사용함으로써 청중의 주의력을 환기시켜 현실 생활로 돌아오도록 한다. 비현실적인 요소는 설화적 성격을 강조하였지만 교훈은 현실적인 것으로 마무리된다.

『신정심상소학』의 「사슴이 물을 거울 슴음이라」에서도 교만함을 다루었다.

> 第三十一課 사슴이 물을 거울 슴음이라
> 사슴. 흔 마리가. 물을. 먹으랴 ᄒᆞ야. 시닉에. 닉려왓더니. 偶然히. 제 몸이. 물에. 빗쵠 것슬 보고. 머리붓터. 다리ᄭᆞ지. 熟視ᄒᆞ야. 數分 時間을. 물 속에. 섯다가. 혼즈 말ᄒᆞ되.
> 아아. 닉 쌀은. 어이 이리 됴흔고. 엇지ᄒᆞ야 이런. 큰 쌀이 닉 머리에 낫ᄂᆞ뇨 萬一. 닉 몸의 달은 데도 다. 이 쌀과 ᄀᆞᆺ치. 커쓰면. 眞實노 닉가. 가쟝. 조흔 짐싱이. 될 거시요 그러나. 이 다리가. 이러케. 가는 거슨. 춤. 슬푸고 붓그러온. 일이라. 엇지ᄒᆞ면. 이 다리도. 쌀과 ᄀᆞᆺ치. 크고 아름다올고 ᄒᆞ더니. 그ᄯᅦ. 맛춤. 산양군이. 近處에. 오ᄂᆞ. 소릭 나ᄂᆞ지라. 크귀. 놀나. 다라낫소이다.
> 그러나 사슴이 다리가. 갑뵈야와. 잘 다라나다가. 忽然 그 쌀이. 가시 덤불에. 걸니여. 것구러저. 옴작이지 못ᄒᆞ니. 可憐ᄒᆞ다. 저 사슴이여 이 쌀노. 因緣ᄒᆞ야 못ᄎᆞᆷ닉. 산양군의게 잡힌 빅. 되얏소이다.
> 사슴은. 그제야. 비로소 自矜ᄒᆞ던. 쌀은. 그 몸에. 원슈가 되고 붓그럽다 ᄒᆞ던. 다리ᄂᆞ. 도로혀. 그 몸을. 害치 아니ᄒᆞᄂᆞ. 줄을. 알앗소이다.
> (卷二, 34~36면)

사슴은 물에 비친 자신의 모습을 보고 뿔은 크고 아름답지만 다리가 가늘어 슬프고 부끄럽다고 생각한다. 이때 사냥꾼이 다가오자 사슴은 놀라서 달아나지만 뿔이 가시덤불에 걸리는 바람에 잡힌다. 그제야 사슴은 자신이 자랑스러워하던 뿔 때문에 잡힌 신세가 되고 부끄러워하던 다리는 오히려 몸을 해치지 않았다고 뉘우친다. 텍스트는 사슴의 뉘우침으로 끝맺고 교훈은 생략되었다.

교만함에 대한 경계 및 응징과 관련된 『초등소학』의 이솝우화 두 편은 다음과 같다. 「토끼와 거북」은 유명한 경주 이야기이다.

> 第十一 토끼와 거북
> 옛적에, 토끼와, 거북이, 山에, 먼져, 올나 가기를, 내기 ᄒ얏소.
> 토끼ᄂᆞᆫ, 잘 뛰는 까닭에, 졔가, 이길줄만 알고, 즁간에서, 잠을, 잣ᄂᆞ이다.
> 거북은, 져의 거름이, 둔ᄒᆞᆫ 까닭으로, 쉬지 아니ᄒᆞ고, 긔여가오.
> 토끼가, 자ᄂᆞᆫ 동안에, 거북은, 발셔 山에 올ᄂᆞ갓소.
> 토끼가, 잠이, 쌘 후에, 급히 뛰여 가다가, 거북을, 쳐다보고, 내기 시행으로, 졀을 ᄒ얏소
> 우리가, 재조만 밋고, 공부를, 아니ᄒᆞ면, 둔ᄒᆞᆫ 사람에게, 지ᄂᆞ이다.(卷二, 16~17면)

누가 먼저 산에 올라가나 내기를 한 토끼와 거북은 잘 뛰는 토끼가 무조건 이길 것이라는 예상을 뒤엎고 쉬지 않고 기어간 거북의 승리로 끝난다. 결국 토끼는 내기에서 졌기 때문에 거북에게 절을 해야 했다. 교훈으로는 재주만 믿고 공부를 하지 않으면 둔한 사람에게 진다고 하였다. 토끼와 거북의 달리기라는 척도는 현실 세계로 돌아와 공부에 비유되었다.

『초등소학』의 「교만ᄒᆞᆫ 수닭」은 두 닭이 싸우다가 이긴 자가 수리에

게 잡히는 우화이다.

> 第二 교만흔 수닭
> 一日은, 검은, 수닭과, 누른, 수닭이, 셔로, 싸오다가, 누른, 닭이 젓소.
> 누른, 닭은, 도망흐야, 마당밧, 花草 속에, 숨엇소.
> 검은, 닭은, 지붕 우에, 날어 올너가셔, 날애를, 치고, 목을, 느려, 길
> 게, 우더니.
> 이째에, 맛참, 수리가, 공즁에, 놉히, 써가다가, 닭을, 보고, 곳, 웅켜,
> 갓ᄂ이다.
> 대져, 남을, 익엿다고, 교만흔, 마암이, 잇ᄂ, 人은, 이, 검은, 닭을, 보
> 시오.(卷三, 1~2면)

검은 수닭은 누런 수닭과의 싸움에서 이기자 득의양양해서 지붕 위
에 올라가 나래를 치고 목을 느려 길게 운다. 이때 마침 수리가 공중에
서 날다가 검은 수닭을 잡아간다. 누런 수닭은 비록 검은 수닭과의 싸
움에서 졌지만 화초 속에 숨었으므로 수리로부터 목숨을 건질 수 있었
다. 이에 교훈구로는 남을 이겼다고 교만해 하는 자는 언제든지 위험이
닥칠 수 있음을 경고하였다.

1.3 민간 교과서의 나라 위기의식 고취

『초등소학』은 내용이나 형식 부분에서 『신정심상소학』을 많이 따랐
음에도 불구하고 자주독립 관련 내용이 강조된 교과서이다. 『초등소학』
은 1906년 국민교육회[29]라는 구국단체에 의하여 교육 보급용으로 편찬

---

29) 국민교육회는 1904년 8월 24일 이준(李儁), 이원긍(李源兢), 전덕기(全德基) 등에 의하
여 창립되었다. 국민교육회는 실력 양성을 위한 교육만이 아니라 국권회복에 궁극적
인 목적을 둔 단체이다. 특별회원으로 기독교 계통의 외국인들도 있었다.

되었으며 1909년에는 금서로 조치되었다.

『초등소학』에 대한 본격적인 연구는 강진호에 의하여 진행되었다. 이 연구는 처음으로 전권을 연구 대상으로 삼았으며, 기존의 교과서들과의 비교를 통하여 『초등소학』이 국어 교과서의 위상을 정립하려 했던 민족 저항의 산물이라고 하면서 이를 계기로 민간 교과서의 전성시대가 열렸다고 하였다.[30] 이어 장영미 역시 전권을 대상으로 『초등소학』의 특성과 의미를 밝혔다. 연구에서는 『초등소학』이 사회와 국가가 필요한 인재 양성, 영웅적 인물을 통한 민족 정체성 고취 및 국권회복과 자주독립을 호소한 텍스트라는 점에서 아동 교육을 위한 것보다는 국가 위기 상황에서 독립과 보존을 위한 목적으로 기획되었다고 하였다.[31]

국민교육회는 1904년에 국민교육의 보급을 위하여 설립되었으나 1907년에 해체되었다. 민간에서 편찬한 이 교과서는 나라의 위기에 맞서 일본의 요소를 최소화하였으며 자주의식을 강조하였다. 이 점은 이솝우화를 통하여서도 확인할 수 있다. 『신정심상소학』과 중복되는 이솝우화 주제를 제외하고 『초등소학』에 수록된 이솝우화 중 가장 선명한 주제가 바로 자립심을 강조하는 내용이다.

『초등소학』의 「蝙蝠」에서는 밤에만 활동하는 박쥐의 생물적인 특성과 결부시켜 서사를 전개하였다.

申惠暻, 「大韓帝國期 國民教育會 研究」, 『梨花史學研究』 20·21합집, 梨花女子大學校 史學研究所, 1993, 147~187면, 153~164면 참조.

30) 강진호, 「근대 국어 교과서와 민간 독본의 탄생 -『初等小學』(1906)을 중심으로」, 『현대문학이론연구』 60집, 현대문학이론학회, 2015, 29~58면.

31) 장영미, 「좋은 재목(材木) 만들기와 자주독립 그리고 국권회복 -민간 편찬 『초등소학』(1906)을 중심으로」, 『한국문예비평연구』 50집, 한국현대비평학회, 2016, 279~310면.

第二十五 蝙蝠

蝙蝠은, 晝伏夜出ᄒᄂᆫ데, 貌樣이, 鼠와 如ᄒ며, 又 肉翅가, 有ᄒ야, 能히, 飛ᄒ음은, 鳥와 如ᄒᆫ 故로, 그 飛ᄒ음을, 見ᄒᆫ 則, 鳥인지, 獸인지, 知키 難ᄒ음이라.

古時에, 鳥와 獸의 兩間에, 一大 戰爭이 起ᄒ니, 是時에, 蝙蝠은, 彼가 鳥도 아니오, 獸도 아닌 故로, 何便에, 든지, 셕기지 못ᄒᆯ 줄을 知ᄒ고, 中立ᄒ야, 勝ᄒᄂᆫ 便으로, 가고져 ᄒ더라.

時에, 獸의 便이, 勝ᄒᆯ 듯 ᄒ지라, 蝙蝠이, 獸 에게 往言ᄒ되, 我ᄂᆫ 獸로라, 汝 等이, 어느 鳥가, 我처럼, 齒가, 有ᄒ음을, 見ᄒ얏ᄂᆫ냐, ᄒ더니.

意外에, 一大鷲이, 鳥를 來助ᄒ야, 形勢가, 變ᄒ야, 鳥의 便이, 勝ᄒ게 되ᄂᆫ지라, 蝙蝠은 又 鳥에게 往言ᄒ되, 鳥여, 我의 羽를 見ᄒ라, 我ᄂᆫ, 오작, 鳥이로라, ᄒ더니, 兩間에 勝負ᄂᆫ, 決치 못ᄒ고, 鳥와 獸가, 다, 力이 盡ᄒ야, 平和가, 된 故로, 蝙蝠은, 鳥獸에게, 다, 미음을 밧어서, 晝日에ᄂᆫ, 外에 出치 못ᄒ고, 오작, 夜에만, 出行ᄒ다 ᄒ더라.

此가, 一俚諺이로딕, 人이 萬一, 自立ᄒᄂᆫ 氣가 無ᄒ고, 他人만, 依賴ᄒ면, 其終에ᄂᆫ, 此 蝙蝠의 行爲와 異ᄒ음이, 무엇이리오.(卷五, 31~32면)

조류와 금수가 전쟁을 하니 박쥐는 어느 편에도 섞이지 못 하고 중립을 지키면서 이기는 편으로 가려고 한다. 금수 편이 이기는 듯하자 박쥐는 이빨이 있음을 들어 자신도 금수라고 한다. 뜻밖에 큰 독수리의 투입으로 조류 편이 이기게 되자 박쥐는 다시 자신의 깃털을 보라고 하면서 새들에게 붙으려고 한다. 결국 쌍방이 기진맥진하여 평화롭게 지내자 박쥐는 양면으로부터 미움을 받아 오직 밤에만 다닐 수 있게 된다. 교훈으로는 사람이 자립하지 못하고 다른 사람에게 기대면 나중에는 박쥐와 다를 것이 무엇이겠는가고 반문한다.

우화의 시작 부분에는 박쥐의 생물적인 특성이 언급되었다. 새인지 짐승인지 정체성이 불분명한 박쥐는 전쟁으로부터 거리를 두면서 중립을 지키는데 이기는 편으로 옮겨 다니다가 결국 양쪽으로부터 배제되었다. 와타나베 온의 판본에서는 이 우화를 통하여 "의리도 신의도 없이 마음을 항상 정하지 않고 이쪽저쪽 몸을 의지하는 자는, 결국에는 누구한테나 미움 받아 몸 둘 곳이 없어지게 된다"[32]고 강조하였다. 다시 말하면 이 우화는 박쥐의 생물적 특성을 빌어 함부로 특정 진영으로 기울지 않는 신조를 강조하지만『초등소학』에서는 자립을 강조하였다. 자립이라는 어휘는 남에게 예속되거나 의지하지 않고 스스로 선다는 뜻으로 진영 사이의 입장을 명확히 할 것과는 다른 뜻으로 사용된다. 뿐만 아니라 스스로 선다는 글자 의미 그대로 실력 양성을 가리키는 의미가 강하다.

『초등소학』의「自己의 홀 事」에서도 자아의 힘이 강조된다.

第十一 自己의 홀 事

一雀이, 麥田에, 巢를 作ㅎ야, 其 雛를 養ㅎ더니, 時ᄂᆞᆫ, 初夏가 되야, 麥이, 己黃흔지라, 母雀이, 其 雛가, 能飛ㅎ기 前에, 主人이, 麥을, 제홀가, 憂慮ㅎ더라.

一朝ᄂᆞᆫ, 食物을 求ㅎ러 出去홀 時에, 其 雛다려, 我가 在치 아니흔 間에, 무슨 일이 잇든지, 詳告ㅎ라, 日暮흔 後에, 母雀이, 歸來흔 則, 其 雛가, 云ㅎ되,

今日에, 田主가, 其 隣人에게, 請ㅎ야, 此 麥을, 同제코져 ㅎ더이다.

ㅎ니, 母雀은, 聞ㅎ고, 驚懼ㅎᄂᆞᆫ 氣色이, 少無ㅎ며, 翌日에, ᄯᅩ, 食物을 求ㅎ러 出去ㅎ얏더니, 其 日暮에 其 雛가, 又言ㅎ되,

今日은, 田主가, 又 其 親屬에게, 麥을 同제ㅎ기를, 請ㅎ얏ᄂᆞ이다.

ㅎ고, 甚히, 恐懼ㅎ거늘, 母雀이, 云ㅎ되,

幼子야, 懼치 말라, 비록, 그 懇親흔 人에게, 請求ㅎ나, 應從치 아니홀지니, 汝ᄂᆞᆫ, 心을 安ㅎ라.

ㅎ고, 其 翌朝에, 又 出ㅎ더니, 夕後에, 歸來흠익, 鄒雀이, 又 告ㅎ야 曰,

今日은, 田主와, 其 子가, 此地에, 來ㅎ야, 其親屬의 來치 아니흠을, 見

ᄒᆞ고, 明朝ᄂᆞᆫ 自己의 父子가, 此 麥을, 제ᄒᆞ겠다 ᄒᆞ더이다.
　ᄒᆞ니, 母雀이, 此를, 聞ᄒᆞ고, 비로소 大驚ᄒᆞ야 曰,
　我 等은, 離去홈이, 可ᄒᆞ도다, 隣人과, 親屬을, 依賴홈은, 足히, 懼홀 바
가, 無ᄒᆞ나, 其 自己의 事를, 自己가, ᄒᆞ기로, 決定ᄒᆞᆫ 則, 반닷히, 行ᄒᆞ리라.
　ᄒᆞ고, 即日에, 其 田을, 退去ᄒᆞᆺ다 ᄒᆞ니라.(卷六, 12~14면)

어미 참새는 보리밭에 둥지를 트는데 주인이 보리를 벨까 봐 염려하여 먹이를 찾으러 나갈 때마다 새끼 참새더러 그날 있었던 일을 상세히 말해달라고 한다. 하루는 새끼 참새가 밭주인이 이웃 사람들을 청하여 보리를 베려고 한다는 말을 전하니 어미 참새는 전혀 두려워하지 않는다. 이튿날 주인이 친척들에게 도움을 청하겠다고 해도 어미 참새는 오히려 걱정하지 말라고 새끼 참새를 안심시킨다. 그 다음날 밭주인이 아들과 둘이서 보리를 베겠다고 하자 어미 참새는 그제야 놀라며 둥지를 떠난다. 교훈은 어미 참새의 말로 제시되었는데 이웃이나 친척에게 의뢰하는 것은 무서울 바가 없으나 자신의 일을 자신이 하기로 결정한 경우에는 반드시 행할 것이라고 덧붙였다. 이 우화는 최상의 도움은 결국 자신이 직접 하는 것임을 강조하였다.

『초등소학』의 「每人을 悅코져 홈」은 지면으로 된 페리 인덱스를 확인하였으며 와타나베 온 판본에도 수록되었다.

　第十九 每人을 悅코져 홈
　一老翁이, 其 幼子로, 더브러, 驢 一疋을, 가지고, 市에, 팔너가더니,
　一處에, 이름이, 一人이, 嘲笑ᄒᆞ되, 져 老翁이야, 참, 어리석도다, 步行ᄒᆞ면셔, 아모 짐도, 載치 아니ᄒᆞ얏구나, ᄒᆞᄂᆞᆫ지라.
　老翁이, 此 言을, 듯고, 그, 幼子를, 태우고, 스사로, 그 엽흐로, 步行ᄒᆞᄂᆞᆫ지라.
　一人이 大聲으로, 又言ᄒᆞ되, 幼兒아, 汝의 老父ᄂᆞᆫ, 步行ᄒᆞᄂᆞᆫ데, 汝ᄂᆞᆫ, 驢

룰, 騎ᄒᆞ얏스니, 道理에, 合當ᄒᆞ냐 ᄒᆞ거늘.

老翁은, 又 此룰, 聞ᄒᆞ고, 그 幼子룰, 驢에, 下케 ᄒᆞ고, 自己가, 騎ᄒᆞ얏더니.

又 一人이, 言ᄒᆞ되, 그 幼子ᄂᆞᆫ, 疲困ᄒᆞ야, 能히, 步치 못ᄒᆞᆷ을, 見ᄒᆞ고셔, 安然히, 騎ᄒᆞ얏스니, 無情ᄒᆞ다, 져 老翁이아.

此 老翁은, 此言을 듯고셔, 急히, 그 幼子룰, 自己 압헤, 마자, 올녀 노아, 함긔, 타고 가니.

조곰 가셔, 一人을, 만남이, 問ᄒᆞ되, 此 驢ᄂᆞᆫ, 何人의 物이뇨, ᄒᆞ거늘, 老翁이, 自己의 所有라, 對荅ᄒᆞ니, 其 人이, 笑ᄒᆞ되, 驢에게, 重히, 載ᄒᆞᆷ을, 見ᄒᆞ고, 他人의 物인가, 思ᄒᆞ얏노라, 驢가, 君과, 君의 子룰, 태우고 가ᄂᆞᆫ 것보다, 君과 君의 子가, 驢룰, 메이고, 가ᄂᆞᆫ 것이, 能ᄒᆞ리로다.

於是에, 老翁은, 其 子에게, 言ᄒᆞ되, 我ᄂᆞᆫ, 맛당히, 모든 사람을, 悅케 ᄒᆞ리라, ᄒᆞ고, 其 子와, 함긔, 驢에셔 下ᄒᆞ야, 驢의 四足을, 동이고, 大棒에, 잡어매, 其子로, 더브러, 肩上에, 메고, 市에, 往ᄒᆞᄂᆞᆫ, 橋上으로, 往ᄒᆞ니, 道上의 人들은, 羣立ᄒᆞ야, 此룰, 구경ᄒᆞ더라.

驢ᄂᆞᆫ, 如此히, 行ᄒᆞᆷ을, 好ᄒᆞ지 아니ᄒᆞᄂᆞᆫ 故로, 力을 盡ᄒᆞ야, 그 동인 것을, 絶ᄒᆞᆷ이, 大棒으로 붓허, 水中에, 落下ᄒᆞ얏더라.

可笑ᄒᆞ도다, 此 老翁은, 衆人을, 깃부게 ᄒᆞ고져 ᄒᆞ나, 何人도, 깃부게 ᄒᆞᆷ이, 업고, 오작, 그 驢만, 失ᄒᆞ얏스니, 吾人은, 此룰, 見ᄒᆞ고, 恒常 他人의 言을, 聞홀 時에, 可ᄒᆞ고, 否ᄒᆞᆷ을, 深히 思ᄒᆞ야, 取홀진져.(卷六, 23~25면)

한 노인이 어린 아들을 데리고 나귀 한 필을 팔려고 장으로 가는데 한 사람이 나귀에게 짐을 지우지 않고 걸어간다고 비웃는다. 이 말을 듣고 노인은 어린 아들을 나귀에 태우고 자신이 옆에서 걸어간다. 또 한 사람이 아버지는 걷는데 아이가 앉아가는 것이 도리에 합당하냐고 하자 노인은 아이를 내리우고 자신이 탄다. 그러자 또 한 사람이 노인이 나귀를 타고 어린 아들을 걷게 하는 것이 무정하다고 한다. 이에 노인은 아이를 올려 함께 나귀를 타고 간다. 그러자 이번에는 한 사람이 나귀에게 하도 무거운 짐을 지워서 다른 사람의 것인 줄 알았다고 하면서 차라리 메고 가라고 한다. 이에 노인은 큰 봉에 나귀를 매달아 아들과 함께 어깨에 메고 가니 길 위의 사람들이 모두 구경한다. 그렇게 다리 위에 오르자 버둥거리던 나귀는 물에 떨어진다.

노인은 모든 사람을 만족시키려고 하였지만 결국 어느 누구도 만족시키지 못 하였으며 나귀만 잃었다. 주체성을 강조한 이 우화는 다른 사람의 말을 들을 때 그 가능 여부에 대하여 깊게 생각해야 한다고 제시하였다. 우화의 노인과 어린 아들은 부위자강(父爲子綱)이라는 전통적인 윤리 관계와는 전혀 다르게 그려졌다. 노인의 행위는 풍자적으로 다루어졌으며 가장으로서의 권위가 상실되었는 바 이는 자주적인 의식의 결여 때문이기도 하다.

『초등소학』의 「三獸의 話」는 동물의 싸움을 빌어 화합을 강조하였다.

> 第五 三獸의 話
> 一獅와 一熊이 林間에서 一死鹿을 得ᄒᆞᄆᆡ 兩間에 一大問題가 生ᄒᆞ야 平和의 友誼ᄂᆞᆫ 消滅ᄒᆞ고 勢力의 衝突이 逐起ᄒᆞ더라.
> 一場 戰爭이 長時를 延亘ᄒᆞ야 互相踊躍ᄒᆞ며 吼呼ᄒᆞᄆᆡ 氣血이 疲憊ᄒᆞ야 爭點을 決斷치 못ᄒᆞ고 地上에 退臥ᄒᆞ더니 時에 맛참 一狐가 林中에셔 此狀을 엿보고 突然히 쒸여 나와셔 死鹿을 急히 물고 逃ᄂᆞ하ᄂᆞᆫ지라.
> 此時에 獅와 熊은 氣盡ᄒᆞ야 비록 狐의 互利를 坐取흠을 見ᄒᆞ고 忿怒흠을 견ᄃᆡ지 못ᄒᆞ나 喘息이 오히려 定치 못ᄒᆞ야 動作이 能치 못흠으로 如何치 못ᄒᆞ고 오작 셔로 소리만 질으더라.
> 古語에 云ᄒᆞ되 蚌과 鷸이 셔로 닷토거늘 漁父가 其 利를 坐收혼다 ᄒᆞ니 엇지 此와 異흠이 有ᄒᆞ리오
> 大凡 何人과 何國을 勿論ᄒᆞ고 互相 和合지 못ᄒᆞ야 爭鬪흠을 休치 아니ᄒᆞ면 其 終은 반ᄃᆞ시 他人이던지 他國에 利益을 與ᄒᆞᄂᆞᆫ 바 되ᄂᆞ니라.(卷七, 6면)

사자와 곰은 죽은 사슴을 두고 서로 싸우다가 기진맥진하여 땅에 엎드린다. 이때 마침 여우 한 마리가 숲 속에서 갑자기 뛰쳐나와 죽은 노

루를 물고 도주한다. 사자와 곰은 이를 지켜보면서 분노를 금할 길이 없으나 어쩌지도 못 하고 소리만 지른다.

이 우화에는 『전국책(戰國策)』 「연책(燕策)」에서 비롯된 전고인 어부지리(漁父之利), 방휼지쟁(蚌鷸之爭)이 결합되었다. 조(趙)나라가 연(燕)나라를 치려고 하자 소대(蘇代)라는 세객(說客)이 조나라에 가서 혜문왕(惠文王)을 알현하는데 지나오며 보았던 일을 이야기한다. 강가에서 조개가 입을 벌리고 햇볕을 쬐고 있는데 갑자기 도요새 한 마리가 와서 부리로 조갯살을 무는 바람에 조개도 힘껏 입을 닫아 도요새의 부리를 놓아주지 않았다. 한 치의 양보도 없이 서로 싸우고 있을 때 그 곳을 지나가던 어부가 와서 아주 쉽게 둘을 모두 잡아갔다. 그러면서 소대는 연나라와 조나라가 서로 싸우다가는 쌍방 모두 국력이 쇄진하여 조개와 도요새가 될 것이며 결국 어부지리를 보게 될 것은 강한 진(秦)나라이므로 신중하게 고려하기를 청한다. 결국 혜문왕은 연나라를 공격할 계획을 중단하였다. 우화의 교훈으로는 어떤 사람이나 나라든지를 막론하고 서로 화합하지 못하고 다툼을 멈추지 않으면 나중에는 반드시 다른 사람이나 다른 나라에 이익을 주는 바가 된다고 제시하였다. 단순한 사자와 곰의 이야기는 나라와 전쟁 문제로 확대되었다. 뿐만 아니라 전쟁의 부당함도 더불어 강조하였다.

『초등소학』에는 개인의 덕목을 강조한 이솝우화도 추가되었는데 「蟻와 蟋蟀」은 부지런한 개미와 게으른 귀뚜라미를 다루었다.

第二十七 蟻와 蟋蟀

蟻는, 부지런흔, 버러지라, 夏間에, 力을, 盡ㅎ야, 그, 食物을, 儲蓄ㅎ야, 日氣가, 寒흔, 後에, 此를, 食ㅎ오. 一日은, 蟋蟀이, 蟻에게, 往ㅎ야, 食物을, 조곰, 救助ㅎ라 ㅎ니, 蟻가 對荅ㅎ되,

可憐흔 親舊여, 汝의 주림을, 我가 將次 救助코져 ㅎ나, 汝는, 夏間에,

何事를 ᄒᆞ얏ᄂᆞ뇨, ᄒᆞ니, 蟋蟀이 言ᄒᆞ기를, 我ᄂᆞᆫ 夏間에, 오작, 草中에셔, 歌를 唱ᄒᆞ고, 노랏노라, ᄒᆞ니, 是時에, 蟻가 ᄶᅮ짓되,

然ᄒᆞ면, 汝의 困苦홈이, 맛당ᄒᆞ다, 我ᄂᆞᆫ, 長夏의 盛署에, 부지런히, 일을 ᄒᆞ야, 一年을 支홀 食物을, 豫備ᄒᆞ얏스니, 汝갓치, 게으른 者ᄂᆞᆫ 救助홀 수 업다 ᄒᆞ고, 拒絶ᄒᆞ얏소.

人도, 게으르게, 日을 度ᄒᆞ고, 事를 爲치 아니ᄒᆞ면, 반닷히, 飢寒에 至ᄒᆞ리니, 後日에, 後悔흔들, 무슨 利益이, 잇스리오, 蟋蟀을, 경계홈이, 可홀듯ᄒᆞ오.(卷五, 33~34면)

개미는 여름 동안 애써 먹을 것을 장만하여 날이 추워져도 배를 곯지 않는다. 하루는 귀뚜라미가 개미에게 먹을 것을 조금 달라고 도움을 요청하자 개미는 귀뚜라미가 여름에 노래를 부르고 놀았기 때문에 곤궁한 것은 마땅하므로 게으른 자를 도울 수 없다며 거절한다. 교훈으로는 사람도 게으름으로 시간을 허비하고 일을 하지 않으면 반드시 추위와 굶주림에 시달릴 것이라면서 게으름을 경계할 것을 제시하였다. 뿐만 아니라 허송세월한 귀뚜라미에게는 구원의 손길도 제공되지 않음을 통하여 실력 양성의 필요성을 역설하였다.

『초등소학』의 「蟻와 鳩」는 은혜를 갚는 개미를 다루었다.

第十八 蟻와 鳩

한 개암이가, 川邊에서, 水를 飮ᄒᆞ다가, 偶然히, 水中에, 落흔지라, 岸上에, 到ᄒᆞ려 ᄒᆞ나, 能치 못ᄒᆞ더니.

時에, 맛참 一鳩가, 水邊에, 在ᄒᆞ얏다가, 此를 見ᄒᆞ고, 憐憫히, 녁여, 一枝를, 口로 折ᄒᆞ야, 蟻前에, 投ᄒᆞ니, 蟻가, 此에 付ᄒᆞ야, 水波를, 逐ᄒᆞ야, 無事히, 陸上에, 登ᄒᆞ얏소.

未幾에, 一 獵夫가, 手中에, 銃을, 持ᄒᆞ야, 鳥를, 捕코져 ᄒᆞ다가, 鳩를, 見ᄒᆞ고, 大喜ᄒᆞ야, 銃으로, 鳩를, 射코져 ᄒᆞ니, 是時에, 蟻ᄂᆞᆫ, 此를, 盡見ᄒᆞ얏소.

蟻가, 스사로, 생각ᄒᆞ되, 져 비닭이ᄂᆞᆫ, 나를, 살녓거늘, 내가, 엇지, 비
닭이의 죽ᄂᆞᆫ 것을, 보고, 구원치 아니리오, ᄒᆞ고, 一計를, 생각ᄒᆞ얏ᄂᆞ이다.
　於是에, 蟻가, 獵夫의, 足趾를, 一咬ᄒᆞ니, 獵夫가, 大驚ᄒᆞ야, 足을, 移ᄒᆞᆯ
際에, 鳩도, 亦驚ᄒᆞ야, 드듸여, 飛去ᄒᆞ얏다 ᄒᆞ오.
　此를, 見ᄒᆞ건듸, 微物도, 恩惠를, 報ᄒᆞᄂᆞ니, 人이, 되야, 恩惠를 報치 아
니ᄒᆞ면, 져 蟻만 못ᄒᆞ오(卷六, 22~23면)

　개미가 냇가에서 물을 마시다가 조심하지 않아 그만 물에 빠진다. 비
둘기가 이를 보고 연민을 느껴 잎사귀를 던져 구해준다. 얼마 지나지
않아 사냥꾼이 손에 총을 쥐고 비둘기를 향하여 총을 겨누려고 하자,
개미는 자신을 구해준 비둘기임을 보고 사냥꾼의 발끝을 문다. 이에 놀
란 사냥꾼이 발을 옮기는 바람에 비둘기도 놀라 날아간다. 교훈으로는
미물인 개미도 은혜를 갚을 줄 아는데 사람으로서 은혜를 갚지 않으면
개미보다 못 하다고 제시하였다.

　『신정심상소학』과 『초등소학』에 수록된 이솝우화는 모두 '이솝'이라
는 타이틀을 강조하지 않았다. 이솝에 대한 소개도 없을뿐더러 전통적
인 이야기와의 차이점을 강조하는 문구도 없다. 이솝우화 텍스트 역시
특별한 설명이 부언되지 않은 채로 설명문, 논설, 전기와 함께 교과서에
수록되었다. 따라서 『신정심상소학』과 『초등소학』의 집필진에게는 이
솝우화를 서양의 문학이라는 점에서 의도적으로 소개하려는 의지가 있
었다고 보기는 어렵다.

　이솝우화는 주로 두 교과서의 초급 단계에 배치되었는데, 『신정심상
소학』(총 3권)은 1권 5편, 2권 2편, 3권 1편이 수록되었으며 『초등소학』(총
8권)은 1권이 자모와 단어 학습이라서 제외하고 2권에는 4편, 3권 1편, 4
권 2편, 5권 3편, 6권 3편, 7권 2편, 8권 0편이 수록되었다. 따라서 텍스
트의 한자어 사용 상황으로 두 교과서의 차이를 설명하기는 어렵다. 굳

이 한글의 사용에 대한 상이한 시각을 언급하자면『신정심상소학』이 문명의 진보와 교육을 강조하였다면『초등소학』은 독립자주와 연결시켰다.

주제 면에서『신정심상소학』에 수록된 이솝우화는 개인에 초점을 두고 욕심, 기만, 교만을 경계하였다. 기만은 정당하게 사용되기도 하는데 이는 주로 아버지나 국왕의 가르침 혹은 시험으로 구체화되었다.『초등소학』에 수록된 이솝우화는 개인에 대한 윤리 도덕 외에도 위태로운 시국에 밀착시켰다. 자주적인 의식과 실력 양성을 강조하였을 뿐만 아니라 전쟁의 폐해를 다루었다.

표현 방식 면에서『초등소학』과『신정심상소학』의 구체적인 차이점은 다음과 같다. 첫째, 교훈의 생략 여부이다.『초등소학』의 이솝우화에는 강조하려는 교훈이 대부분 우화 말미에 화자에 의하여 직접 제시되었다.「斧」에서만 화자가 아닌 등장인물의 대화('汝ᄂᆫ 正直ᄒᆞᆫ 男子라 眞實ᄒᆞᆷ을 行ᄒᆞᄂᆫ 賞을 與ᄒᆞᆫ다 ᄒᆞ니 此 老翁은 卽 其國의 王이러라.')로 정직함을 강조하였다. 그러나『신정심상소학』은 마지막 부분의 교훈이 대부분 생략되었다.「貪慾은 그 몸을 ᄂᆞᆷ흠이라」에서만 화자가 논평 형식으로 교훈을 강조하였다('슬푸다. 世上 ᄉᆞ롬이. 財物을. 貪ᄒᆞᄂᆫ ᄆᆞᄋᆞᆷ으로. 그 몸과 그 집을. ᄂᆞᆷ흐ᄂᆞᆫ 者ㅣ 다. 이 잔납이와 갓소이다.').

교훈의 직접적인 제시는 서사를 목표 지향적이도록 한다. 다시 말하면 문학 작품으로서의 여운의 미를 조성하지는 못한다. 그리하여 예술성이 떨어지는 반면에 효용성은 강조된다. 다시 말하면『신정심상소학』의 이솝우화는 설화 자체로서의 성격이 강하지만 교훈은 다각적으로 해석될 수 있다. 이에 비하면『초등소학』의 이솝우화는 특히 교육을 받는 아동을 대상으로 보다 명확하게 교훈을 강조하였다. 즉『초등소학』

의 이솝우화는 효용적 기능을 중시하였다.

둘째, 묘사의 보탬 여부이다. 『초등소학』의 이솝우화에는 부분적으로 장면 묘사, 심리 묘사 등이 세밀하게 서술되었다. 「개의 그림자」에서는 고기를 빼앗길까봐 두려워하는 심리와 거울에 비치는 장면에 대한 묘사가 서술되었다.('橋上의, 犬이, 其口에, 문, 고기를, 奪홈을, 見홀가, 恐ㅎ야, 橋下의, 犬을, 向ㅎ야, 立ㅎ되, 橋下의, 犬도, 또흔, 口中에, 고기 한 덩이를, 물고, 橋上의, 犬을, 向ㅎ야, 立ㅎ얏ᄂ지라.') 「蝙蝠」과 「蟻와 蟋蟀」에서는 본격적인 우화 전개에 앞서 박쥐와 개미의 생물적인 특성에 대한 설명('蝙蝠은, 晝伏夜出ㅎᄂ데, 貌樣이, 鼠와 如ㅎ며, 又 肉翅가, 有ㅎ야, 能히, 飛홈은, 鳥와 如흔 故로, 그 飛홈을, 見흔 則, 鳥인지, 獸인지, 知키 難홈이라.'; '蟻ᄂ, 부지런흔, 버러지라, 夏間에, 力을, 盡ㅎ야, 그, 食物을, 儲蓄ㅎ야, 日氣가, 寒흔, 後에, 此를, 食ㅎ오.')을 언급하였다. 이에 비하면 『신정심상소학』은 줄거리 중심의 이야기를 구어체로 전개하였다.

구어체는 언문일치의 시대적 사조를 반영하였으며 이는 두 교과서 모두에서 나타나는 공통된 특징이다. 사건 중심으로 전개되는 『신정심상소학』에 비하여 『초등소학』의 이솝우화에는 묘사 형식의 서술 양식을 보인다. 묘사는 비현실적인 이솝우화 서사에 현실감을 부여하였다. 뿐만 아니라 묘사에 의하여 비롯된 서술 시간의 완급은 단조로운 신화적 시간에 변화를 주었다.

셋째, 시간 순서의 변화 여부이다. 『초등소학』은 『신정심상소학』보다 서사 전개 면에서 변화를 시도하였다. 「그림 이약이 三」은 그림을 이야기하는 방식을 빌어 이솝우화를 전개하였으며, 「거짓말의 해」에서는 화자가 우화 도입부와 마지막 부분에 모두 직접적으로 개입하였다. 다시 말하면 액자 구조를 활용하여 서술 시간의 흐름에 변화를 주었다.

2. 일제강점기 전의 교육구국과 사회 비판

근대는 인쇄 매체의 발전과 더불어 민중 의식이 급성장한 시기였으며 이에 상식적인 지식 체계도 확장되었다. 인쇄와 출판 사업은 산업으로서의 경제적 가치를 획득하였으며 이는 시장 경제의 활성화와 갈라놓을 수 없다. 그러나 이 시기의 인쇄와 출판 사업은 무엇보다도 대중들에게 지식을 보급하여 애국심을 선양하고 자강을 추진하려는 시대적 책임을 지고 있었다. 많은 선각자들이 이에 참여하였으며 대표적인 인물로는 최남선을 들 수 있다.

그러나 근대 매체의 발전과 더불어 교육을 확대시키고 나아가 자주적으로 근대화를 실현하려는 의지는 일사천리로 실행되지 못하였다. 일제에 의한 점진적인 간섭과 통제는 근대 인쇄 매체의 발전 과정에서도 체현되었기 때문이다. 1904년부터 정부의 거의 모든 요처에 일본인 고문이 파견되어 실권을 장악하는 고문정치(顧問政治)가 시작되었다. 1906년 통감부가 설치되었으며 일제는 이로써 전반 국정에 대한 실권을 장악하였다. 1907년에는 신문지법, 1909년에는 출판법이 공포되어 인쇄물은 사전 검열을 거쳐야 했으며 대량의 교과서도 발매가 금지되었다. 따라서 공공연하게 논의되던 국권회복과 자주독립 관련 담론은 점차 위축되기 시작하였다.

근대 출판물에 수록된 이솝우화는 결코 아동만을 대상으로 하지는 않았다. 이솝우화는 교훈과 쾌락적인 기능 외에 전체 서사가 길지 않아 인쇄용지의 여백을 보탤 수 있는 실리적인 면도 있었다. 무엇보다도 이솝우화는 풍자적 효과를 극대화하는 비판적 기능이 있는데 이는 표면에 드러나지 않은 채 함축적으로 내재되기도 한다. 이러한 이솝우화 특성과 일제강점기 전야라는 시대적 배경에 유의하면서 대중 매체에 선별되어 수록된 이솝우화를 고찰하는 것이 이 소절의 주요목적이다.

2.1 최남선의 청소년 교육 및 대중 계몽 선도

육당 최남선은 중인 출신 집안에서 태어나 어린 시절부터 한문과 한글을 익혔다. 그리고 한문과 한글을 통하여 간접적으로 서양 지식을 접하였다. 1902년에 최남선은 대일본대외교육회(大日本對外教育會)에 의하여 설립된 경성학당(京城學堂)을 3개월 다니면서 신학문을 배웠다. 1904년에는 황실 유학생으로 선발되어 도쿄부립제일중학교(東京府立第一中學校)에 입학하였으나 얼마 지나지 않아 자퇴하고 귀국하였다. 그리고 1906년에는 다시 와세다대학(早稻田大學) 고등사범부 역사지리과에 사비로 입학하였다. 그러나 1907년 정치학과가 주관하는 모의국회에서 조선 국왕이 일본 천황을 알현하는 가상의 상황을 설정하자 이에 반발하여 퇴학을 당하였다.

최남선은 1919년 3·1 운동 때 「독립선언서」를 기초하였다. 이로 인하여 일제에 체포되었으며 2년 남짓하게 복역하였다. 출옥하고 나서 최남선은 한국사 연구에 매진하는 한편 친일로 전향하였다. 1925년부터 조선총독부 소속 조선사편수위원회(朝鮮史編修委員會) 편수위원, 조선총독부 중추원참의(中樞院參議)를 지냈다. 그리고 일본 관동군이 만주국에 세운 건국대학(建國大學)에서 교편을 잡았다. 태평양전쟁이 발발하자 청년들에게 학병으로 지원할 것을 권고하는 강연도 하였다. 친일 행적으로 인하여 최남선은 친일반민족행위자로 규정되고 있다.

일제의 패배를 예상하지 못하는 상황에서 최남선처럼 모순적인 행적

을 보인 선각자들이 적지 않다. 최남선은 근대 매체를 활용하여 청소년
의 계몽 교육 및 애국 의식을 고취시켰으나 청년들로 하여금 일제의 병
사로 충원하여 전장으로 가라고 선전하였다. 그리고 일제 식민지 시대
에 비록 한국사를 연구하였으나 결국 일본의 지배 논리에 타협하였다.

그럼에도 불구하고 애국계몽운동 시기에 근대 출판물을 활용하여 청
소년들의 교육구국 정신을 고취하였던 최남선의 영향력은 독보적이었
다. 출판물의 편집 과정에는 대부분 최남선이 직접 착수하였다. 따라서
최남선이 편집을 맡았거나 주도로 간행하였던『대한유학생회학보』,『소
년』,『붉은 져고리』,『아이들보이』에 수록된 이솝우화를 고찰하였다.
최남선은 나라의 희망인 청소년들이 새로운 지식과 신학문을 적극적으
로 수용할 것을 권장하였다. 일제의 침략과 감시가 점차 가중해짐과 더
불어 교육구국이나 애국심 고취 관련 담론은 점차 내면화되었다. 뿐만
아니라 청소년과 학부형을 주요 독자로 설정하던 데로부터 아예 아동
을 위한 소략한 서사로의 변화도 확인할 수 있었다.

『대한유학생회학보』[33]는 1907년 3월에 창간된 월간지이나 3호를 마
지막으로 종간되었다. 재일본동경대한유학생학회의 기관지이며 편집인
은 최남선, 발행인은 유승흠(柳承欽)이다. 최남선의 『대한유학생회학보』
편집 경력은 추후『소년』을 발간하게 되는 토대가 되었다.[34] 제1호에
실린 「이솝스 우화초역(寓語抄譯)」에는 저자가 창창생(蒼蒼生)으로 되어있
고 제2호에는 이형우(李亨雨)로 되어있다. 두 번으로 나뉘어 실린 이솝우

---

33) 이 책에서 분석한 텍스트는『근대계몽기 조선의 이솝우화』에 수록된 텍스트를 따랐
   으며 필요할 경우 아세아문화사에서 발행한『韓國開化期學術誌』를 참조하였다.
   허경진・표언복・유춘동,『근대계몽기 조선의 이솝우화』, 보고사, 2009.
   『大韓留學生會學報』, 韓國學文獻研究所 編(1978),『韓國開化期學術誌 19』, 亞細亞文化
   社, 1907.
34) 白淳在,「『大韓留學生會學報』解題」,『大韓留學生會學報』, 韓國學文獻研究所 編,『韓國
   開化期學術誌 19』, 亞細亞文化社, 1978, ⅴ~ⅸ면, ⅴ면 참조.

화는 모두 국한문 혼용체이나 백화문에 가까우며 이형우 한 사람에 의하여 수록되었다고 보아도 무방하다.

> 泰西에 孩提를 訓誨ᄒᆞᄂᆞᆫ 書籍이 其規不一ᄒᆞ나, 往々이 寓物의 語를 創作ᄒᆞ야 小學校 敎科書를 供ᄒᆞᄂᆞᆫ 者 多ᄒᆞ니, 大盖 其 簡易ᄒᆞ고 興趣가 有ᄒᆞ야 兒童이 易習而不忘ᄒᆞᆷ을 取ᄒᆞᆷ이라. 「이솝스」 寓語도 其一이 되ᄂᆞ니, 一部百餘題가 木石鳥獸의 話에 不過ᄒᆞᆷ이 頗히 荒誕에 涉ᄒᆞᆫ 隱々히 人情의 脆險과 世道의 岐曲을 道破ᄒᆞᆫ 者니, 此에 鑑ᄒᆞ고 戒ᄒᆞᆯ 者, 孩提에 不止ᄒᆞᆯ지라. 玆에 數節을 抄譯ᄒᆞ야 餘白을 塡ᄒᆞ노라.[35]

제1호에는 우화를 수록하기에 앞서 간단하게 이솝우화를 소개하면서 수록하게 된 동기에 대하여 설명하였다. 위의 소개에 따르면 서양에는 아동을 교육하는 책이 다양하며, 종종 만물에 기탁하는 말을 창작하여 소학교 교재로 사용한다. 이는 대개 서사가 간결하고 재미가 있어 아동이 쉽게 배우고 기억할 수 있기 때문이다. 이솝우화도 이에 해당하는데 한 부에 백여 개의 표제가 있으며 나무, 돌, 새, 짐승의 말에 불과하지만 은은히 인정의 취약함과 위험함, 세상을 다스리는 도리의 굴곡을 설파한다고 언급하였다. 그러면서 이를 거울로 삼아 경계해야 할 사람은 아이에만 그칠 것이 아니라고 하였다. 이에 이솝우화를 부분 발췌하여 초역(抄譯)하였으며 여백을 채운다고 하였다. 이 소개는 이솝우화의 효용적 가치를 중요시하면서 수혜 대상을 어린이 외의 더욱 넓은 범주로 확장시켰다.

인용문은 한자 위주의 국한문 혼용체로 된 소개이지만 술어가 주어 뒤에 온다. 이는 중국어 백화문에 가까운 이솝우화 본문 텍스트와 구별된다. 다시 말하면 이솝우화에 대한 소개는 한국어 문법 구조를 따르고

---

35) 蒼蒼生, 「이솝스 寓語抄譯」, 『대한유학생회학보』 1호, 1907.3.3., 63~64면.

있으며 한국인에 의하여 작성된 것이 여실이 나타난다.

『대한유학생회학보』에 수록된 이솝우화 전문은 백화문 위주로 전개되었으며 어미와 조사만 옛한글로 표기되었다. 제목도 한문 위주로 지어졌다. 『대한유학생회학보』에 수록된 이솝우화는 비판적 성격이 강하다. 중국어 구어체 양상으로 말미암아 중국 문헌으로부터 취한 텍스트일지라도, 을사늑약 이후 한국인 유학생들에 의하여 선택된 우화들이며 따라서 이들의 감정이나 정서 및 의도가 투영되었다. 이들에 의하여 수록된 이솝우화는 개인의 수신적인 차원에 머무른 교훈이나 오락용 서사라고 볼 수 없다. 왜냐하면 나라의 위기 상황을 의식한 비판이 표출되었기 때문이다.

『대한유학생회학보』에 수록된 이솝우화는 다음과 같은 특징을 보인다.

첫째, 서사 구조는 크게 두 부분으로 나뉜다. 첫 부분에서는 우화 서사를 전개하고 마지막 부분에서는 화자가 논평을 함으로써 교훈을 강조하였다. 서사 전개 부분은 분량이 비교적 길며 논평 부분은 이에 비하여 짧다. 무엇보다도 한국의 국권 침탈의 상황을 상징적으로 표상하는 우화들이 수록된 것이 특징적이다.

타인의 목숨과 재산을 빼앗는 자를 말도 안 되는 구실을 대어 어린 양을 잡아먹는 늑대에 비유하였고, 성급하게 일을 도모하려는 자들을 대책 없이 고양이 목에 방울을 달겠다는 쥐들에 비유하였다. 그리고 단점을 직시하지 않는 자들을 단지 실행하지 않았을 뿐이라고 변명하는 능력 없는 여우에 비유하였으며, 타인의 것을 탐내다 자신의 것까지 잃는 자는 욕심 많은 개에 비유하였다. 허송세월만 하고 구걸하는 자들은 개미에게 비웃음 당하는 귀뚜라미에 비유하였으며, 위선자들은 사자의 가죽을 쓴 나귀에 비유하여 비판하였다.

그 중에서도 한편으로 강자의 극악무도함을 비판하면서 다른 한 편으로는 약자의 무기력함에 공분을 표한 「狼과 仔羊」, 상황을 살피지 않고 무모한 시도를 하는 약자들을 비판한 「鼠兒의 會議」는 을사늑약 체결 이후 한국의 상황에 대한 유학생들의 공분을 대변한다고 하여도 무방하다.

아래의 「狼과 仔羊」은 늑대가 새끼 양을 잡아먹는 내용을 다루었다.

> 狼과 仔羊
>
> 一日은 狼과 仔羊이 俱是要飮水的로 向山側澗水上遊了ᄒ니 狼也一見那仔羊에 滿心要吃他下去나 回耐 面々相値에 做不出那話來了라. 那裏尋一個圈套來ᄒ야 軟住他라야 也好行事로다. 如此想一想ᄒ고 便咆哮喝一聲道호ᄃᆡ,
>
> "你郒裏敢上我的澗水來ᄒ야 敢攪濁我的水了ᄒ니 你是甚麼意思오?"
>
> 那羊兒喫了一驚ᄒ야 低聲叫道호ᄃᆡ,
>
> "小的ᄂᆞᆫ 委實不會得郒件是怎着你的로소이다. 某飮的 是下流오 你立的 此上道라. 這水ᄂᆞᆫ 是從你邊流來的아 是從我邊走去的아."
>
> 狼이 語塞ᄒ야 良久에 道호ᄃᆡ,
>
> "旣然如是면 這事ᄂᆞᆫ 由你說去罷어다. 雖然이나 我且問你ᄒ노니 你是個猾賊이로다. 我曾聞你往年에 在我背地裏ᄒ야 常々道我不好라ᄒ니, 你不是猾賊是誰오, 你敢再要辨口躱過麼아?"
>
> 可憐 那仔羊이 不覺戰慄起來ᄒ야 叫聲哎呀ᄒ고 哀々的告道호ᄃᆡ,
>
> "狼先生아, 可憐見ᄒ소서. 往年에 小子在母腹中ᄒ야 未曾生出來的라, 那裏有這等說來오?"
>
> 噫라! 以貪以慾으로 包着全身的狼心이 知道怎樣說去가 終不能服得那羊兒死心塌地ᄒ고 忍不住大吼一聲에 露着齒牙ᄒ야 跑近仔羊身邊來喝道호ᄃᆡ,
>
> "亢郒小蠢奴야, 縱然不是你道我不好라도 明白是你爹說去的니 我不要放爾走了라."
>
> ᄒ고 便霍地攪將來ᄒ야 嚙々啐々的吃下那羊了ᄒ다.
>
> 世之欲做窮凶極惡ᄒ야 奪人財戕人命者도 要設一個口實然後에 行事를 如狼之於仔羊云.(P. I. 155; 제1호, 64~65면)

늑대는 냇가에서 물을 먹다가 어린 양을 잡아먹기 위한 구실로 물을 흐렸다고 시비를 건다. 이에 양은 늑대가 위에 있고 자신이 하류에 있어 물을 흐릴 수 없다고 답변한다. 늑대는 말문이 막히자 이내 양이 예전에 뒤에서 늑대의 나쁜 말을 자주 하였다고 모함한다. 가련한 양은 자신이 그 때 어미의 배 속에서 출생하지도 않았다고 탄식한다. 탐욕에 찬 늑대는 설득을 포기하고 어린 양이 아니더라도 양의 아비가 말한 것이라고 하면서 어린 양을 잡아먹는다. 교훈으로는 극악무도하여 다른 사람의 재산과 목숨을 앗는 자도 늑대가 양에게 한 것처럼 구실을 만든 후에 실행한다고 덧붙였다.

둘째, 화자가 강조하는 교훈 부분은 이솝우화 현대판과 비교해 보면 길다. 교훈은 비교적 상세하게 언급되었으며 중국의 『맹자』(不爲也, 非不能也), 『전국책』(狐假虎威), 『수호전』(黑旋風)에서 비롯된 전고와 관용구가 추가되었다. 다시 말하면 동서양의 요소를 아우르는 양상을 보였다.

아래의 「驢着獅皮」는 사자 가죽을 쓴 당나귀를 다루었다.

驢着獅皮
一日은 有個蠢驢兒思量一條妙計ᄒ니 要瞞着衆小獸ᄒ야 一見了他에 便嚇得屎尿齊流ᄒ고 四散逃竄이라. 只見他提了一副舊破的 獅子皮ᄒ야 披在身上ᄒ니 誰知那張皮不甚適合他的 身軀ᄒ야 少不得掩着頭兒에 露出後半身來了라. 他却意氣揚々的大踏步走向山凹裏去ᄒ야 尋個毛族홀ᄉᆞᆫ 恰與一老狐遇了ᄒ니 那假獅子便大吼一聲ᄒ야 要嚇他一嚇이러니 不想那老狡狐跕住了脚ᄒ고 格々地笑了一聲道호ᄃᆡ,

"我的友야, 你不是驢馬的麼아. 果然是你裝得可怕나 再勿要吼的어다. 我也只見你的兒ᄒ고 不聞你的 聲時에 險些兒喫一驚了러니 聽你叫喊起來에 不堪認做獅子吼로다. 我的友야 再勿要叫的어다."

昔聞狐假虎威러니 今見驢蒙獅皮로다. 沂水嶺上에 假黑旋風이 遇了眞黑旋風ᄒ야 嚇他不過에 自就死了ᄒ니 若使此驢로 不遇狐而遇眞獅런들 其不爲

嚇死乎아? 故로 凡人은 不可以外皃로 論이니 假冒爲善者는 終必露其眞情
也니라.(P. I. 188; 제2호, 79~80면)

당나귀는 여러 작은 짐승들을 놀라게 하기 위하여 낡아빠진 사자 가
죽을 몸에 쓰고 다닌다. 사자 가죽은 몸에 맞지 않아 머리를 감추지 못
하고 몸은 절반이나 가리지 못하였다. 그래도 당나귀는 의기양양하여
큰 걸음으로 산 속으로 걸어가다가 늙은 여우를 놀라게 하려고 하였다.
그러자 여우는 걸음을 멈추고 웃으면서 겉모습만 보고 소리를 듣지 못
하였을 때에는 놀랄 번 하였으나 소리를 듣고 바로 사자가 아님을 알았
다고 한다.

화자는 『전국책(戰國策)』에 나오는 호가호위(狐假虎威)는 전에 들었으나
사자 가죽을 쓴 당나귀는 오늘 보았다고 한다. 기수령(沂水嶺)의 흑선풍
(黑旋風)은 칼 한 자루로 호랑이 네 마리를 죽인 『수호전(水滸傳)』의 이규(李
逵)를 가리킨다. 가짜 흑선풍 노릇을 한 이귀(李鬼)는 결국 자신을 용서해
준 이규를 죽이려던 계획이 탄로 나서 이규로부터 죽음을 당한다. 교훈
으로는 무릇 사람은 외모로 논해서는 안 되며 가식적인 위선자는 반드
시 그 본래 모습이 드러난다고 제시하였다.

셋째, 서사 전개 템포가 느리다. 이는 주로 서사 전개 과정에서 세부
적인 묘사와 장면 묘사가 추가되었기 때문이다. 서사 전개 부분의 분량
이 비교적 길며 따라서 간략한 서사 경개에 자세한 묘사가 덧붙여졌다.

아래의 「貪犬의 影」은 유명한 욕심 많은 개 이야기를 다루었다.

貪犬의 影
一日은 人家飼的老狵이 走出外邊要一要라가 得了好大塊肉片호니, 當做點
心喫了호면 足够一飽라. 有的는 說호되,
"那塊肉은 是他偸取來的라."

ᄒ며 有的ᄂ 說ᄒ되,
"是個庖人與他的라."

ᄒ니, 這話ᄂ 且從第二的어니와 只說郁猺兒ㅣ 得了怎般好東西에 也該千
歡萬喜的 登時喫了로되 原來 狗的性이 有了珍奇物事에 偏是愛向家裏喫的
라. 將那肉片ᄒ야 口裏含了ᄒ고 意氣揚々ᄒ야 似大士一般的跑回家來ᄒᆯ식
路經一條板橋ᄒ니 橋下那水ㅣ 靜蕩々地清澄徹底ᄒ야 照耀如同鏡面이어늘
他便站住了脚ᄒ고 向下窺一窺러니 猛見一隻狗ㅣ 其形兒彷彿自家的가 亦口
裏含了一塊好肉勝似自家含的ᄒ고 目不轉睛히 睽着自家어늘 他便肚裏想道
ᄒ되,

'我要試一試奪取他過來ᄒ리라. 有了此ᄒ고 得了彼ᄒ면 怎生 快樂이리
요'

說時遲郁時快라. 撲地攫將去ᄒ니, 這時節에 不由不張着口叫聲喔이라. 只
見自家口裏的東西가 丟的墜向波心去了ᄒ야 看々沉底了ᄒ고 看他對面那隻
狗時에 亦失了口裏含的라. 再也莫想與他爭奪이요, 只得垂頭曳尾歸來ᄒ야
少不得終日嗟惜에 忍着肚飢라라.

得瀧望蜀타가 連瀧也失之에 悔無及矣라. 凡人之貪取非我之物에 反失自家
所當有之物이 何嘗異此狗之於影이리오.(P. I. 133; 제2호, 77~78면)

하루는 늙은 개가 밖에서 큰 고깃덩어리를 얻어 물고 다니자 도적질
했다느니 요리사가 준 것이라느니 등 말을 듣는다. 개는 좋은 것을 얻
어 기뻐하면서 당장 먹어야 했으나, 개의 습성에 따르면 진기한 것은
집에 가져가 먹어야 하므로 고깃덩어리를 물고 의기양양하여 사대부마
냥 집으로 향한다. 다리를 건너다가 문득 거울 같은 물면을 내려다보니
개 한 마리가 자신의 것보다 더 좋아 보이는 고깃덩어리를 물고 있었
다. 이에 개는 물에 비친 고깃덩어리도 가지려고 뛰어들 준비를 하다
입을 벌리는 바람에 고기를 떨어뜨린다. 그러자 물에 비친 개도 고깃덩
어리를 물고 있지 않아 빼앗을 수도 없게 되었다. 결국 개는 꼬리를 축
늘어뜨린 채 탄식하고 아쉬워하며 배고픔을 참아야 했다.

교훈으로는 룽[隴; 감숙(甘肅)] 지역 동부]을 손에 넣고 촉나라[蜀; 사천 (四川) 중서부]를 욕심내다가 룽마저 잃어버릴 때에는 후회막급이라고 하면서 자신의 것이 아닌 물건을 탐하다가 결국 자신의 것까지 잃을 수 있으며 이는 개의 그림자와 다를 바 무엇인가고 반문하였다. 간략한 줄거리에는 사람들의 대화와 개의 습성 및 심리묘사 등이 추가되었다.

『소년』[36]은 1908년 11월 1일에 창간된 월간지이며 1911년 5월까지 통권 23호를 마지막으로 종간되었다. 그 중 1911년 1월호인 22호는 발매 금지와 압수 및 정간 처분을 받았다. 『소년』의 편집 겸 발행인은 비록 최남선(崔南善)의 형인 최창선(崔昌善)으로 되어 있지만, 실은 당시 만 18세였던 최남선이 단독으로 쓴 글이 압도적으로 많았다.

『소년』의 발행처인 신문관(新文館)은 부친 최헌규(崔獻圭)의 재산으로 설립되었으며 최창선이 전반적인 경영을 분담하고 최남선이 편집을 도맡았다. 최남선은 일본에서 인쇄 설비와 책을 사들이고 기술자를 데려다 신문관을 창립하였으며, 이에 신문관은 "편집, 인쇄, 판매, 유통 업무를 전부 포함한 총발행소"[37]가 되었다. 신문관은 영리를 목적으로 한 민간 출판사였음에도 불구하고 당대 최대 규모의 독립 출판 기구인 동시에 가장 영향력 있는 민영 언론 매체의 발행처였다.[38]

최남선은 『소년』의 발행 취지에 대하여 다음과 같이 말하였다.

「우리 大韓으로 하야곰 少年의 나라로 하라 그리하랴 하면 能히 이 責

---

36) 이 책에서 분석한 텍스트는 『근대계몽기 조선의 이솝우화』에 수록된 텍스트를 따랐으며 필요할 경우 역락에서 출판한 영인본을 참조하였다.
　　허경진·표언복·유춘동, 『근대계몽기 조선의 이솝우화』, 보고사, 2009.
　　崔南善 編, 『少年』, 亦樂, 2001.
37) 박진영, 『책의 탄생과 이야기의 운명』, 소명출판, 2013, 26면.
38) 신문관에 대한 소개와 『소년』의 출간 과정에 대해서는 박진영의 연구를 참조하였다.
　　박진영, 위의 책, 17~67면.

任을 堪當하도록 그를 敎導하여라.」

　이 雜誌가 비록 덕으나 우리 同人은 이 目的을 貫徹하기 爲하야 온갓 方法으로써 힘쓰리라.

　少年으로 하야곰 이를 닑게 하라 아울너 少年을 訓導하난 父兄으로 하여곰도 이를 닑게 하여라.(『少年』, 제1년 제1권, 1908.11.1.)

『소년』의 발간 취지는 소년들이 나라에 대한 책임감을 키우도록 교육하기 위한 데 있었다. 최남선이 염두에 둔 독자층은 소년과 소년을 훈도하는 부형이기도 하였다. 즉『소년』은 소년이라는 연령층을 독자로 설정하였음은 물론 처음부터 어른인 부형들에게까지 독자의 범위를 확대시켰다.

『소년』은 초기에는 개인잡지의 성격이 강하였으나 1909년 9월호부터는 청년학우회[39]의 기관지 역할을 하였다. 1910년 2월부터는 이광수(李光洙)・홍명희(洪命憙) 등이 참여하면서 영향력이 확대되었다. 이외에도 안창호(安昌浩), 신채호(申采浩), 박은식(朴殷植)의 글도 한 번씩 실렸다.[40]

『소년』의 독자는 그리 많지 않았다. 창간호의 독자는 6명, 2호는 14명, 8~9호까지 30명, 1년 동안 200명에 가까웠음[41]에도 불구하고 4년 동안 23호를 발간하였다. 그럼에도 불구하고『소년』은 한국 근대 종합잡지의 효시로 간주되어 왔으며 발행일인 11월 1일은 한국 잡지발행인

---

39) 청년학우회는 1909년 8월 윤치호(尹致昊), 장응진(張膺震), 최남선(崔南善), 최광옥(崔光玉), 박중화(朴重華) 등에 의하여 발의되었다. 표면적으로는 비정치적인 인격 수양 단체임을 내세웠지만 실제로는 항일비밀결사 단체인 신민회의 합법적 외곽 청년단 체로서 훗날 흥사단의 모체가 되었다. 청년학우회는 근대적인 민족국가를 위한 실력 양성과 국민 인식 개선을 급선무로 주장하였다. 중앙의 총회와 지방의 연회로 구성되었으며 강연회・강습회・토론회・순회강연, 기관지 및 서적 발행 등 사업을 추진하였다. 1910년 10월 한일병합을 계기로 불법화되었으며, 같은 해 11월 105인 사건을 계기로 조선총독부에 의하여 강제 해산되었다.

40) 김근수, 『한국잡지사연구』, 한국학연구소, 1999, 36면.

41) 「第壹朞 記念辭」, 『少年』 12호, 1909.11.01., 6면.

협회로부터 '잡지의 날'로 제정되었다.

『소년』의 사회적 위상이 실증적인 독자 수효에 비례하지 않는 이유는 신체시의 문학적 기여, 대중적인 보급 정도, 비교적 긴 발행기간, 서구문화를 포함한 다양한 지식체계의 수록 외에도 대체 불가한 영향력에 있다. 왜냐하면 『소년』의 실질적인 영향력은 "독자와 일대일 관계를 맺는 잡지가 아니라, 출판사 신문관과 신문관의 독자들이, 그리고 다양한 사회문화적 단체들이 교류하는 장의 중심에 있는 하나의 지점"[42]이기 때문이다.

『소년』에는 총 2회에 걸쳐, 이솝우화에 대한 소개와 함께 모두 7편이 수록되었다. 모두 1910년 한일병합 이전에 수록되었다. 먼저 이솝에 대한 소개를 실었는데 전문은 다음과 같다.

> 이 이약은 寓語家로 古今에 그 싹이 없난 이솝의 述한 것이라. 世界上에 이와 갓히 愛讀者를 만히 가딘 冊은 聖書 밧게는 또 업다 하난 바ㅣ니, 乙未年 頃에 우리 學部에서 編行한 「尋常小學」에도 이 글을 引用한 곳이 만커니와, 世界 各國 小學 敎育書에 此書의 惠澤을 입디 아니한 者ㅣ 업난 바ㅣ라.
> 新文館 編輯局에서 其 一部를 飜譯하야 『再男伊工夫冊』中 一卷으로 不遠에 發行도 하거니와, 此에는 每卷 四, 五節式 抄譯하고 끗헤 有名한 內外 敎育家의 解說을 부티노니, 늙난 사람은 그 妙한 構想도 보려니와 神通한 寓意도 玩味하야, 엿고 쉬운 말 가운데 깁고 어려운 理致가 잇슴을 타댜 處身行事에 有助하도록 하기를 바라노라.(제1년 제1권, 24면)

『소년』 발행 초창기에 무기명으로 수록된 이솝우화는 충분히 최남선에 의한 수록과 소개로 볼 수 있다. 인용문에서 최남선은 이솝의 우화

---

42) 박슬기, 「편집자 최남선과 『소년』이라는 매체 −심급」, 『사이(SAI)』 20호, 국제한국문학문화학회, 87~112면, 89면 4번 각주.

작가로서의 위치를 "고금에 그 짝이 없는"이라고 평가하였다. 즉 이솝이 세계적으로도 독보적인 우화작가임을 긍정하였다. 뿐만 아니라 이솝우화의 애독자는 성경에 버금간다고 하면서 그 영향력과 수용 범위를 강조하였다. 이 부분은 타운센드 판본의 소개와도 비슷한데 추후의 저본 연구에 실마리를 제공하고 있다. 그리고 한국에서 편찬된 『신정심상소학』 교과서는 물론 세계 여러 나라 초등학교 교육서도 이솝우화의 혜택을 받고 있다고 하였다.

인용문에서는 『재남이공부책(再男伊工夫冊)』을 출판할 계획을 언급하였지만 아직까지 이 서적과 관련된 자료는 찾아보지 못하였다. 뿐만 아니라 『소년』에 4, 5절씩 초역(抄譯)을 해서 실었다고 하였지만 구체적인 저본을 밝히지 않았다. 우화 말미에는 유명한 국내외 교육가의 해설을 붙여놓아 독자들이 그 구상의 기묘함과 우의적 의미의 신통함을 잘 따져서 음미하라고 하였다. 그러면서 얇고 쉬운 말 속의 깊고도 어려운 이치를 찾아 처신과 일을 행함에 있어서 도움이 되도록 하라고 하였다.

이솝우화는 최남선이 선택하여 수록하였으며 편집 겸 저자라고 보아도 무방하다. 이와 동시에 역자였을 수도 있다. 2회에 걸쳐 수록된 이솝우화는 아라비아 숫자로 번호가 병기되었다.

『소년』에 수록된 이솝우화는 다음과 같은 특징을 보인다.

첫째, 서사 구조는 모두 세 부분으로 나뉜다. 우화 서사 부분에 '배울 일'과 '가르침'이 보충되었다. '배울 일'은 간결하게 한 문단으로 되어 있지만, '가르침'은 부차적인 설명과 함께 우화 본연의 텍스트보다 긴 경우도 있다. 다시 말하면 서술자의 개입이 크며 이러한 교훈 위주의 진술은 독자의 우화 본연에 대한 이해보다 앞서 제시되었다. 화자의 개입은 독자에 대한 교육과 계발을 효과적이고도 명료하게 도와주는 역할을 하였다. 화자가 강조한 교훈 즉 '가르침'에는 동서양의 성인들과 전고가 언급되었는데 이는 이솝우화의 의미를 더욱 풍부하게 만들었다.

아래의 「主人할미와 下人」은 주인할미와 하인의 이야기를 다루었다.

> 2. 主人할미와 下人
> 어늬 할미가 계딥 下人 멧흘 부리더니 下人들이, 每日 아탐에 텃닭이 울면 일히키난 것을 귀터 안케 넉이여 웃더케 하면 아탐 닭을 다리오 하고 숙은숙덕 여러 가디로 공론한 뒤에 아모리 하야도 뎌 닭이 잇기로 하야 일즉언이 일히킴이니, 뎌것만 듁이고 보면 그만이겟디 하고 가만히 닭을 듁여 바렷소.
> 그러나 할미는 쌔를 모르게 됨으로 태 텃닭이 울기도 前부터 성가시럽게 불너 일히킴으로 덤덤 더 하난 수 업시 되엿다오.
> <배홀일>: 너모 쐬를 부리면 덤덤 더 할 수 업시 된다.
> <가르팀>: 生覺 나난대로 하야 그대로 되난 일은 別노 업소. 目前의 苦痛을 견대디 못하고 이리뎌리 쐬를 내이난 中, 더욱 돗티 못한 데로 쌔다난 일이 往往 잇나니 如干 不平이 잇더라도 할 수 잇난 대로 忍耐하난 것이 돗소.
> '디나면 쏘한 밋티디 못함과 갓다'는 세음으로 迫不得已한 境遇 外에는 너모 무삼 일을 곳티디 안난 것이 돗소(P. I. 055; 제1년 제1권, 26~27면)

주인 할머니는 매일 아침 첫 닭이 울면 계집 하인들을 깨운다. 이에 아침잠을 자고 싶은 하인들은 닭을 죽인다. 그러자 할머니는 시간을 몰라 첫 닭이 울기 전부터 하인들을 불러일으킨다. 닭이 없으면 주인 할머니가 시간을 몰라 하인들을 깨우지 않을 것이라는 그들의 예상은 빗나갔다. 오히려 닭이 있을 때보다도 더욱 일찍 일어날 수밖에 없게 되었다.

이 우화는 아침을 알리는 닭을 서사 전개를 위한 보조 수단으로 사용하였을 뿐 인물을 주인공으로 다루고 있다. 하인들이 예측 불가했던 요소는 주인 할머니가 닭이 없어도 일어날 수 있다는 점이다. 그들이 아침 일찍 일어날 수밖에 없었던 이유는 주인 할머니 때문이지 닭의 울음소리가 아니었던 것이다. 계획은 수포로 돌아갔으며 오히려 그 반작용으로 전보다도 더 일찍 일어날 수밖에 없게 되었다.

'배울 일'에서는 꾀를 부릴수록 상황이 더 악화될 수 있음을 경고하고 있다. '가르침'에서도 현재의 고통을 견디지 못하고 꾀를 내는 것은 왕왕 더욱 좋지 못한 결과를 가져올 수 있으니 인내를 강조하고 있다. 부득이한 경우를 제외하고는 무슨 일이든지 고치지 않는 것이 좋다고 하면서 '지나치면 미치지 못함과 같다'는 과유불급의 논리로 요약하고 있다. 이는 『논어(論語)』「선진(先進)」편에서 비롯되었다. 자공(子貢)이 공자에게 자장(子張)과 자하(子夏) 둘 중 어느 쪽이 어진가고 묻자 공자는 자장은 지나치고 자하는 미치지 못한다고 하였다. 이에 자공이 그럼 자장이 나은가 하고 묻자 공자는 지나친 것은 미치지 못한 것과 다를 바가 없다고 대답하였다.[子貢問師與商也孰賢. 子曰, 師也過, 商也不及. 曰, 然則師愈與. 子曰, 過猶不及.] 이솝우화에 동양의 대표적인 성인이 결합되면서 교육적인 의미를 풍부하게 부각시켰다.

둘째, 주제 면에서 개인의 마음과 행실을 닦는 수신적인 면보다는 타인과의 관계에서 주의해야 할 점을 치중하여 강조하였다. 다스림에 있어서 압제보다는 인심을 감화시키는 것이 더 중요함은 당면했던 강압적 시국을 의식한 선택적인 수록으로 보인다. 뿐만 아니라 좋은 방어는 전쟁을 막으며, 남을 해롭게 하는 자는 똑같이 해를 보며, 익숙해지더라도 업신여기지 말라는 내용은 단순한 윤리 도덕 차원을 벗어나 시국과 연결시켰다. 사람을 사귐에 있어서는 인내하되 꾀를 부리지 말 것, 겉모

습만 보지 말 것, 속임수로 얻은 신용은 오래 가지 못할 것이라는 내용
을 강조하였다.

아래의 「바람과 볏」에서 바람과 볕은 행인의 두루마기를 벗기는 것
으로 힘을 겨룬다.

1. 바람과 볏

바람과 볏이 서로 힘씨름을 하난데 猝然히 勝負가 나디 아니함으로
그러면 길에 가난 行人을 試驗하야 雌雄을 決斷하되, 웃디 하얏던디 그
의 두루막이를 먼져 벗기난 편이 익이기로 하댜 하고, 最初에 바람이
힘댜라난대로 긔ㅅ것 휘……ㄱ 휘……ㄱ 부러논즉, 티위가 瞥眼間에 酷
毒하야더서 行人이 깜쟉 놀나 불불 떨면서 늣게 입엇던 두루막이를 쏙
돌나 매엿소.

그 다음은 볏의 次例ㄴ 故로 볏이 얼는 구름 속으로서 얼골을 드러내
여 놋코 쓰……ㄱ 밝은 빗과 더운 긔운을 四方에 피여노니, 가리윗던
구름은 수時에 헤여디고 틔운 긔운은 탸탸 가시여 견대기 됴흘 만하게
됨애 行人도 됴와하다가 那終에는 더워더서 견델 수 업시 되여 웃디할
수 업시 두루막이를 버서 바리고 그리하여도 못 되매 急히 그늘 속으로
避하얏소

<배홀일>: 따뜻한 대뎝은 셔싸디 녹인다.

<가르팀>: 사랑이 사람을 感動하난 힘이 威壓보다 활신 굿센 法이오
나폴네온 갓흔 豪傑도 쎈트헬레나(나폴네온이 末年에 幽囚를 當하야 잇
던 서음)에서는 디난 일을 追懷하고서 '自己와 알넥산더, 시의사, 샤레
만(다 泰西 各地를 統一하던 人)갓흔 覇者의 大一統天下는 力服이란 基礎
우헤 세운 故로 다 滅亡하고 말엇스나, 홀노 사랑 우에 세운 天國은 길
히 盛하리라'고 歎息하얏다는 세음으로 사랑의 人心을 感化하난 것 만
콤 굿센 것은 업스리다.(P. I. 046; 제1년 제1권, 25~26면)

바람은 인간에게 추위를 더해주어 두루마기를 더욱 여미게 하였으나
볕은 인간에게 따뜻함을 주어 두루마기를 벗게 하였다. 결국 승자는 볕

이 된다. 우승열패의 원칙에 의하여 승자가 된 볕은 칭송을 받으며 '배울 일'에서 언급된다. "따뜻한 대접은 뼈까지 녹인다"라는 서술은 우화가 포함하는 의미를 요약하는 교훈이다. 승자가 된 볕은 사실 인간에 대한 '따뜻한 대접'을 뜻하였던 것이다. '가르침'에서는 이 교훈을 더욱 구체적으로 전개하였다. 패자의 무력을 통한 정복보다는 홀로라도 사랑 위에 세운 천국이 성하리라는 나폴레옹의 말을 빌려 사람을 감동시키는 사랑을 강조하였다.

인류 역사상 가장 중요한 인물 랭킹 1위와 2위는 각각 예수 그리스도와 나폴레옹으로 조사된 바 있다.[43] '가르침'에 인용된 나폴레옹의 말 중 '홀노' 천국을 세운 이는 예수 그리스도를 가리킨다. 『그리스도신문』에도 "라파륜이 살엇실 째에 ㅎ는 말이 예수씌셔는 나와 굿치 군ᄉ 업서도 이 셰샹을 이긔엿다 ㅎ더라"[44]라는 문구가 실린 적 있다. 나폴레옹의 말과 관련된 일차적인 자료를 찾기 어렵지만 이는 당시에 접할 수 있었던 담론이었음은 확인할 수 있다. 힘으로 천하를 정복한 패자(覇者)의 나라는 멸망하지만 홀로라도 사랑 위에 세워진 천국은 길이 성하리라는 나폴레옹의 말을 빌려 따뜻한 사랑을 통한 인심 감화를 강조하고 있다. 예수 그리스도를 언급하지 않은 이유는 잡지의 취지에 맞게 청소년의 교육과 계몽에 중심을 두고 종교적 성격을 강조하지 않기 위해서일 수 있다.

셋째, 의성어와 의태어의 빈번한 쓰임이다. 이는 창작적 요소가 가미

---

43) 위인들의 자료를 컴퓨터에 입력하여 data-centric analysis 방식과 구글의 웹 랭킹을 내오는 것과 비슷한 방식으로 위인의 지명도와 업적을 관련 여러 지수를 이용한 consensus 점수를 집계하여 리스트를 작성하였다.
Steven Skiena · Charles B. *Ward, Who's Bigger? –Where Historical Figures Really Rank*, Cambridge University Press, 2013.
44) 「라파륜 ᄉ젹」, 『그리스도신문』, 1901.5.30.

된 것으로 볼 수 있으며 전반 우화에 구연하는 것 같은 생동감과 더불어 친숙함을 더해주었다. 낯설지 않은 동물이나 인물이 등장하는 이솝우화는 구어체로 서술되어 형상적으로 전개되었다.

「孔雀과 鶴」은 아름다운 공작과 날 수 있는 학의 이야기이다.

> 3. 孔雀과 鶴
>
> 어늬 곳에서 孔雀이 鶴을 만나서 핑그를 돌면서 그 어엿분 깃과 아름다온 쇼리를 펴고 바루 보기 흉한 항용ㅅ새와 갓히 鶴을 나려다 보앗소 그럼애 鶴도 속으로 요노……ㅁ 하면서 쏨내며 이르기를,
>
> "果然 너의 깃과 쇼리가 보기에 고읍기는 하다마는 그러나 나는 구름 속까디 올나가되 너의 갓흔 孔雀 싸위는 다만 고을 쑨이디 닭 모냥으로 뒤쑹뒤쑹 쌍 우에 거러다녀 막해야 어린 兒孩의 놀림ㅅ거리 구경ㅅ거리 되난 것이 고닥이로구나!"
>
> 하면서 실컷 辱 보엿습니다.
>
> <배홀일>: 것 모냥은 거딋이 만타.
>
> <가르팀>: 이 이약의 쯧은 美服과 麗裝이 每樣 거딋이 만타 한 쯧이니, 이런 일은 우리가 恒常 볼 수 잇난 것이라. 넘어ㅅ딥 丑돌이는 하날 天, 짜 地도 몰나도 비단 것만 입고, 건넌딥 無釗는 속에는 쏭딥밧게 업서도 衣服은 紬緞만 입나니, 이를 보아도 알 일이라.
>
> 대뎌 고흔 衣服을 입난다고 決코 知識이 느난 것도 아니오, 品格이 오르난 것도 아니라. 다만 엿흔 女人의 稱讚을 밧고 어리석은 뎌댜 兒孩의 부러워함을 엇을 쑨이니 麤布 옷 입고 딥신 신흔 사람에 每樣 거룩한 사람이 만코, 紈袴 子弟 中에 輕薄한 사람이 만흔 것은 거의 傳例라. 그 속을 알기 前에는 것흐로만 그 사람됨을 論評티 못할 것이니, 그런 故로 孔子 갓흐신 聖人도 外貌로 사람을 보다가 오히려 달못함이 잇다 하디 안엇소?(P. I. 294; 제1년 제1권, 27~29면)

어여쁜 깃과 아름다운 꼬리를 가진 공작새는 학을 내려다본다. 이에 학은 자신은 깃과 꼬리가 공작새보다 못할지라도 구름 속까지 날 수 있

다고 하면서 공작새를 닭과 동일한 급으로 취급한다. 공작새의 아름다운 외모와 학의 수수한 백색의 외모는 선명한 대비를 이룬다. 뿐만 아니라 공작새의 닭처럼 뒤뚱거리는 모양과 학의 구름을 향한 날개 짓도 선명하게 대비된다.

'배울 일'에서는 겉모양에 거짓이 많다고 요약하였다. '가르침'에서는 겉치레만으로는 사람의 내면을 평할 수 없다고 하면서 차돌이와 무쇠의 예와 함께 동양의 성인인 공자의 실수도 언급하고 있다. 공자가 외모로 사람을 잘못 판단하였다는 것은 "용모만 보고 자우에게 실수를 범했고, 말솜씨만 보고 재여에게 실망했다(以容取人乎, 失之子羽. 以言取人乎, 失之宰予)"를 가리킨다. 외모가 볼품없던 담대재우(澹臺子羽)는 재주와 덕이 박할 것으로 생각하고 재여(宰予)는 언변에 능할 줄 알았지만 결과는 정반대였다. 이에 공자는 스스로 사람의 겉모습을 보고 판단한 잘못을 뉘우친다. 우화를 통하여 화자는 외모가 결코 능력과 정비례하지 않으며 겉모습에 속지 말 것을 경고하였다.

『붉은 져고리』45)는 1913년 1월 1일에 창간되어 1913년 6월 1일에 폐간되었다. 최초의 아동 신문으로 평가받고 있으며 매월 1일과 15일 2회에 걸쳐 발행되었다. 신문을 표방하였지만 사실 잡지의 성격에 더욱 가까워 잡지로 취급되는 것이 일반적이다. 총 11호까지 신문관(新文館)에서 발행되었으나 총독부에 의하여 폐간되었다. 최남선의 형 최창선이 발행인, 김여제가 편집자로 되어있지만 최남선에 의하여 주재되었다.

『붉은 져고리』 창간의 표면적인 목적과 취지는 단순하게 아동을 위

---

45) 이 책에서 분석한 텍스트는 『근대계몽기 조선의 이솝우화』에 수록된 텍스트를 따랐으며 필요할 경우 역락에서 출판한 영인본을 참조하였다.
허경진·표언복·유춘동, 『근대계몽기 조선의 이솝우화』, 보고사, 2009.
『붉은져고리』, 원종찬 편집, 『한국 아동문학 총서 1-붉은 져고리, 아이들 보이, 새별』, 역락, 2010.

한 계몽과 오락에 두었다. 그러나 사실은 일제에 의한 강제병합으로『소
년』이 폐간된 이후 검열을 피하기 위하여 더 어린 아동의 교육과 놀이
를 통하여 더 근본적이고 장기적인 안목으로 뜻을 이루기 위한 것으로
분석되기도 한다.[46]

『붉은 져고리』에 수록된 이솝우화는 다음과 같은 특징을 보인다.

첫째, 『소년』에서 한글 위주의 국한문혼용체를 사용하였다면, 『붉은
져고리』에서는 한글을 사용하였다. 종결어미는 하오체와 합쇼체를 병
행하여 사용하였다. 『소년』과 마찬가지로 서사 구조는 세 부분으로 나
뉘는데, 우화 본연의 텍스트 외에 '가르침'과 '풀이'가 추가되었다. '가
르침'은 하나의 문장으로 간략하게 제시되었지만 '풀이'는 상세하게 전
개되었다. 『소년』의 이솝우화와 중첩되는 우화가 2편이며 우화를 설명
하는 '풀이' 부분이 소략해졌다. 뿐만 아니라 『소년』에는 동서양의 성
인이나 전고가 언급되었다면, 『붉은 져고리』에 와서는 알기 쉬운 말로
해설되었으며 간략한 관용구만 간간이 사용되었다.

「남성이와 독수리」는 약속을 신중하게 지킬 것을 강조하였는데 전문
은 다음과 같다.

　　남성이와 독수리
　　남성이 한 마리가 늘 쌍바닥에만부터 잇는 것이 마음에 낫바서 엇더
케 흐든지 한번 공중에를 올나가서 여러 가지 긔긔묘묘한 구경을 흐리
라 흐고 누고든지 저를 다려다가 공중 구경을 식혀주면 그 삭스로 수
업는 보물을 싸하 둔 굴을 가르쳐 주마고 소문을 냇슴늬다.
　　그릿더니 독수리 한 마리가 이 말을 듯고 곳 그 남성이를 훔쳐 씨고
놉다란 공중으로 올나가서 여긔저긔 이것저것 구경 식힌 뒤에 보물 싸

46) 진선희, 「1910년대 아동 신문『붉은 져고리』연구 -수록 동요를 중심으로」, 『한국아
동문학연구』 22집, 한국아동문학회, 2012, 123~169면, 142~143면.

힌 굴로 다려다 달라 ᄒ얏습ᄂᆞ다.

그러나 애초에 터문이 업ᄂᆞ 말인 고로 남성이가 ᄃᆡ답ᄒᆞᆯ 말이 업서 눈만 ᄉᆞᆷ벅ᄉᆞᆷ벅 ᄒᆞ얏습ᄂᆞ다.

이 ᄭᅩᆯ을 보고 독수리가 크게 성내어 바위 우로 남성이를 나려쳐 산산조각에 난 것을 보다가 얼는 나려와 한 조각 아니 남기고 그 고기를 먹더라 ᄒᆞᆸᄂᆞ다.

(가ᄅᆞ침) ᄒᆞ지 못ᄒᆞᆯ 약됴 마시오.

(풀 이) 그대로 ᄒᆞ지 못ᄒᆞᆯ 약됴ᄂᆞ 두 겹 해가 잇습ᄂᆞ다. 약됴 바른 사람은 그 약됴를 밋고 무슨 경륜을 내어 그 일 쥰비를 ᄒᆞᄂᆞ 고로 그새 당ᄒᆞ야 그대로 ᄒᆞ지 아니ᄒᆞ면 큰 랑픽를 보겟습ᄂᆞ다. ᄯᅩ 약됴 어긘 사람은 밋븜이 업서짐으로 말ᄒᆞᆯ 것 업시 큰 해를 볼 것이외다. 그럼으로 내 남의 리익을 무거히 아ᄂᆞ 사람은 약됴ᄒᆞ기 전에 ᄌᆞ셰ᄒᆞ게 그 리롭고 해로움과 조코 언짠흠과 능ᄒᆞ고 능치 못ᄒᆞᆷ을 생각ᄒᆞ야 한번 약됴ᄒᆞᆫ 다음에ᄂᆞ ᄭᅩᆨ 그리ᄒᆞᆯ 만ᄒᆞᆫ 확실ᄒᆞᆫ 가망이 업스면 결단코 맷지 아니ᄒᆞᆸᄂᆞ다.(제1년 제4호)

위의 인용문은 모두 한글로 되었다. 뿐만 아니라 '꿈벅꿈벅'이라는 의태어를 사용함으로써 동물의 형상을 강조하였다. 남생이는 한국에도 있는 민물 거북이다. 남생이는 하늘 위에서 구경을 하려고 보물이 있는 동굴을 알려주는 대가로 독수리더러 구경을 시켜달라고 한다. 구경을 하고 나서 약속대로 동굴이 있는 위치를 알려주지 못하자 독수리는 남생이를 내리친다. 산산조각이 난 남생이는 결국 독수리에게 모조리 잡혀먹는다.

이러한 폭력적인 결말은 사실 아동의 인성 교육에 적합하지 않다. 약속을 지키지 않은 것은 남생이의 잘못이지만 참혹한 장면을 연상시키는 교육은 적절치 않다. 이는 이솝우화 본연의 내용을 그대로 따랐기 때문이다. 가르침으로는 하지 못 할 약속을 하지 말라고 제시하였다. 뿐만 아니라 '사람'이라는 어휘가 자주 사용되었는데 이는 아동이나 청소

년을 강조하는 어휘는 아니다. 다시 말하면 아동이나 청소년을 주요 독
자로 의식하였다고 보기 어렵다. 좀 더 확장된 범주의 대중을 상대로
한 이솝우화 해석이라고 볼 수 있다.

둘째, 주제 면에서 개인에 치우친 내용으로는 남에게 의지하지 말고
손수 할 것, 낙심하지 말 것, 힘이 있을 때 부지런히 실력을 키울 것을
강조하였다. 타인과의 관계와 연관된 내용으로는 약속을 소중히 여길
것, 잘못된 사귐을 조심할 것, 속을 모를 때는 무서워할 것, 좋은 일에
쓰지 않고 돈을 모으기만 하면 구차한 것, 긴요하지 않은 것은 베풀 것
을 다루었다. 뿐만 아니라 계교나 꾀를 부리지 말 것, 거짓이 아닌 진솔
한 모습으로 분수에 맞게 몸가짐을 행할 것을 강조하였다.

부지런히 실력을 키울 것을 강조한 「개미와 멧둑이」의 전문은 다음
과 같다.

개미와 멧둑이
어느 해 겨울에 여러 개미가 여름 동안 날나다 모은 먹이를 말녀 간
수홀 모양으로 저의 집 ㅅ방에 뫼처럼 싸하 노핫더니, 이째까지 노라리
흔 벌로 먹지도 못ㅎ고 주접이 잔득 든 멧둑이가 떨떨 썰면서 와서 조
고만치 젹션ㅎ야 주소사 ㅎ얏습늬다.
한 개미가 나와서 왼 여름 먹이도 작만ㅎ야 두지 아니ㅎ고 무엇을 ㅎ
얏느냐고 무르니, 멧둑이가,
"녜, 나는 겨을 일은 조곰도 생각ㅎ지 아니ㅎ고 날마다 국이나 먹고
노래나 부르고 춤이나 추면서 흥청거려 날을 보내엇습늬다."
ㅎ논지라. 개미가 우스면서,
"그러면 나도 모르겟소 여름 동안 국만 먹고 노래만 부르고 지냇스
면 이제 주려 죽어도 설을 것 잇소?"
ㅎ얏습늬다.
(가르침) 담 일 차림을 계을니 마오
(풀 이) 뒤 걱정이 업자면 먼저 차림이 잇서야 ㅎ며, 먼저 애씀이 업

스면 뒤에 편안홈을 엇지 못ᄒᄂ니, 그럼으로 늙어서 괴로옴을 면ᄒ려
ᄒ면 꼭 젊엇슬 째에 차림을 ᄒ야 두지 아니ᄒ면 아니됩니다. 손발로
일을 ᄒ든지, 머리로 일을 ᄒ든지 엇더케든지 일을 가다듬어 홈은 사람
의 맛당ᄒ 직분이외다. 긔운 잇슬 째를 헛도히 지내면 긔운 업ᄂ 째에
뉘우칠 날이 잇습니다.(제1년 제10호)

　개미는 여름 동안 부지런히 먹이를 장만하여 산처럼 쌓아둔다. 메뚜
기는 온 여름 노래 부르면서 춤을 추다가 먹이를 장만하지 못하고 겨울
이 되니 양식을 구하러 다닌다. '가르침'으로는 준비를 게을리 하지 말
것으로 되어 있다. '풀이'에서는 좀 더 설명적으로 전개하였다. 젊음을
헛되이 보내지 말고 어떻게든지 애써서 준비를 하여야 노후에 괴롭지
않다고 강조하였다. 개미와 메뚜기는 생물적인 특징이 다를 뿐이지 전
후순서나 시간적으로 관련이 있는 것은 아니다. 그러나 인용문의 해설
부분에서는 한 사람의 젊은 시절과 노후 시절로 해석되었다. 이는 청소
년 독자들을 염두에 두고 실력을 키워둘 것을 충고하였기 때문이다. 뿐
만 아니라 청소년들의 실력 양성은 나라와 관련시키지 않았다.
　셋째, 현지화가 이루어졌다. 제목도 한글로만 되어있으며, 의성어와
의태어의 사용은 구어체의 이솝우화를 보다 형상적으로 전개하였다. 이
에 근대적인 요소(「말과 ᄉ즈」의 '다른 나라에 가서 공부ᄒ고 온 의원')도 추가되
었다. 그리고 어린이를 대상으로 한 잡지 취지와는 맞지 않게 '풀이' 부
분에서 대상 독자층을 확장시켰다. 예를 들면 '어른 가운듸도 이런 사
람이 적지 아니ᄒ외다', '이 세샹 여러 층등에 흔이 잇ᄂ 엇더ᄒ 사람을
설명ᄒ 것이외다'라고 하면서 비판의 예봉을 성인에게로 돌렸다.
　「개와 여물통」은 자신도 먹지 못하는 것을 다른 사람도 먹지 못하게
하는 내용을 다루었는데 전문은 다음과 같다.

개와 여물통

개가 마른 집 잔쑥 담긴 여물통 우에 누어 잇ᄂᆡ 한 주린 소가 와서 그 집을 먹으려 ᄒᆞ얏습늬다. 이 개ᄂᆞᆫ 심사가 곱지 못ᄒᆞ야 겻헤도 오지 못ᄒᆞ게 ᄒᆞ고 닐어나 지지면서 덤비ᄂᆞᆫ지라. 소도 열이 나서,

"이 심사 곱지 못ᄒᆞᆫ 모진 놈아. 저도 먹지 못ᄒᆞᄂᆞᆫ 것을 남도 주지 안ᄂᆞᆫ 심사가 무슨 심사냐?"

ᄒᆞ고 달겨들엇습늬다.

(가ᄅᆞ침) 나도 살려니와 남도 살게 ᄒᆞ오

(풀 이) 아희들이 저에게ᄂᆞᆫ 그리 긴치 아니ᄒᆞᆫ 칙이나 놀이감 가튼 것을 동무에게 주기를 실혀ᄒᆞ야 심사 사납게 감초ᄂᆞᆫ 것 가튼 일이 흔이 잇거니와 어른 가운ᄃᆡ도 이런 사람이 적지 아니ᄒᆞ외다. 저에게 긴ᄒᆞ면 모르되 긴치 아니ᄒᆞᆫ 것은 간절히 엇고져 ᄒᆞᄂᆞᆫ 이에게 내어주ᄂᆞᆫ 것이 맛당ᄒᆞᆯ 듯ᄒᆞᆫ건마ᄂᆞᆫ 제 욕심 채움만 ᄒᆞᄂᆞᆫ 이ᄂᆞᆫ 그러치 아니ᄒᆞ니 싹ᄒᆞᆫ 일이외다.(제1년 제10호)

개는 마른 짚을 먹지도 않으면서 주린 소가 먹으려 하자 이를 제지한다. '가르침'으로는 자신이 살려면 다른 사람도 살게 하라고 제시되었다. '풀이'에서는 아이들에게 흔히 일어나며 어른들도 적지 않다고 하였다. 자신에게 요긴하지 않은 것은 이를 간절히 원하는 사람에게 주어도 무방하다고 하면서 욕심 많은 어른들을 딱하다고 하였다.

『아이들보이』[47]는 역시 최남선 주재로 간행된 잡지이다. 1913년 9월에 창간되어 1914년 10월 통권 13호를 마지막으로 종간되었다. 최남선의 형인 최창선 발행으로 되어있으며 신문관에서 간행되었다. 『아이들보이』는 어린이를 대상으로 한 한글 잡지이다. 어린이를 주요 독자로

---

47) 이 책에서 분석한 텍스트는 『근대계몽기 조선의 이솝우화』에 수록된 텍스트를 따랐으며 필요할 경우 역락에서 출판한 영인본을 참조하였다.
  허경진·표언복·유춘동, 『근대계몽기 조선의 이솝우화』, 보고사, 2009.
  『아이들보이』, 원종찬 편집, 앞의 책, 2010.

설정한 만큼 이솝우화 텍스트는 간략해졌다.

「가막이와 물항아리」는 목이 마른 까마귀가 지혜롭게 물을 마시는 이야기를 다루었는데 전문은 다음과 같다.

> 가막이와 물항아리
> 목이 말라서 죽게 된 가막이가 우연히 물항아리 잇는 것을 보고 매우 깃버서 나려왓더니, 물이 적어서 부리가 자라지 못ᄒ야 한참 애를 쓰고 나중에는 물항아리를 업질러 한 방울이라도 물을 먹으려 ᄒ얏스나 이도 힘이 자라지 못 ᄒ얏슴니다.
> 한참 만에 조흔 쇠가 나서 작고 잔돌을 물어다가 항아리 속에 너흐매 차차 물 운두가 놉하져 물을 달게 먹엇슴니다.
> 힘에 부치는 일도 슬긔가 잇스면 셩취ᄒ슴니다.(9호)

위의 인용문은 목이 말라서 죽게 된 까마귀가 잔돌을 물어 항아리에 넣음으로써 물을 마신 내용이다. 교훈으로는 힘에 부치는 일도 슬기가 있으면 성취한다고 되어 제시되었다.

『아이들보이』에 수록된 이솝우화는 『소년』과 『붉은 져고리』처럼 '해설'이나 '가르침' 혹은 '풀이'가 보충되지 않았다. 주제는 슬기로울 것과 욕심을 부리지 말 것을 강조하였다. 교훈은 생략되거나 간결한 한마디로 우화 말미에서 언급되었다. 한글로만 된 이솝우화는 극존칭 종결어미 '-습니다'로 전개되었다. 그리고 외래적인 요소는 찾아보기 힘들다.

2.2 윤치호의 사회 비판 및 실력 양성 호소

『우순소리』[48]는 윤치호(1865~1945)에 의하여 번안된 이솝우화 단행본

---

48) 이 책에서 분석한 텍스트는 『근대계몽기 조선의 이솝우화』에 수록된 텍스트를 따랐

이다. 윤치호는 일본, 중국과 미국을 유학하였으며 독립협회 회장, 대성학교(大成學校) 교장, 연세대학교의 전신인 연희전문학교의 교장을 맡았다. 한국 최초의 남감리회 신자이며 1910년 대한기독교청년회연맹(YMCA)을 조직하였다. 1911년 일제가 민족운동을 탄압하기 위하여 확대 조작한 데라우치 마사다케(寺內正毅) 총독 암살미수사건, 즉 이른바 '105인 사건'의 주모자로 기소되어 6년형을 선고 받았으나 2년 만에 출소하였으며 출소 후에는 점차 친일로 전향하였다.

『우순소리』의 공식적인 간행은 1908년 7월 30일 대한서림(大韓書林), 1910년 5월 10일 미국 하와이 신한국보사(新韓國報社)에서 진행되었다.[49] 1908년에 출판된 후, 이듬해인 1909년 출판법이 제정되면서 치안과 풍속을 해친다는 이유로 금서로 지정되었다. 그러나 1910년에는 미국 하와이에서 3편이 추가되어 출판되었다. 이솝우화와 더불어 저술된 윤치호의 논평은 집권 세력과 외세의 침략을 과감하게 비판하였다. 동물 이야기 위주로 저술되는 이솝우화의 특성상 이러한 비판에 풍자적인 효과를 더하였다.

허경진·임미정은 『우순소리』가 이솝우화의 단순한 번역이 아니라, 윤치호가 교육을 통한 민족 자강의 실현을 위한 도구로 이솝우화를 이용하여 서양 강국은 물론 지배계층을 풍자 및 비판하였다고 하였다.[50] 이효정은 정치문제를 언급하는 것이 불가능했던 시기에 윤치호가 강력한 정치적 저항 도구로 문학과 우화 장르를 선택하였다고 하였다.[51]

으며 필요할 경우 2010년에 출판된 『우순소리』 영인본을 참조하였다.
　　허경진·표언복·유춘동, 『근대계몽기 조선의 이솝우화』, 보고사, 2009.
　　허경진·정명기·유춘동·임미정·이효정, 『윤치호의 『우순소리』 연구』, 보고사, 2010.
49) 허경진·임미정, 앞의 논문, 36면 참조.
50) 허경진·임미정, 앞의 논문, 52~55면 참조.
51) 이효정, 앞의 논문, 174~176면 참조.

요컨대 윤치호의 윤색은 당면 시사를 풍자 및 비판하는 것으로 저항하였는데, 이는 민족 자강을 위한 시급한 교육 호소라는 시대적인 책임으로부터 비롯되었다. 그러나 윤치호의 『우순소리』가 집필되던 시기에는 민족이라는 담론이 공론화되지 않았다.[52] 다시 말하면 윤치호의 이솝우화에서는 나라의 위기 상황을 비판하고 호소하였으며, 백성이나 종가(宗家)가 사용되기는 하였지만 '민족'이라는 어휘에 대한 언급은 없었다.

그리고 외세의 침략 및 지배층에 대한 풍자적인 비판은 화자의 육성 그대로 진행되었다. 이솝우화 본연 텍스트 외에 마지막 부분에 화자의 평을 추가함으로써, 사실 우회적이 아닌 직설적인 비판이 이루어졌다. 특히 여러 나라를 유학한 윤치호의 개인적인 경력에도 불구하고 『우순소리』는 이질적인 요소가 선명하지 않으며 당면 시국을 의식한 현지화가 이루어졌다.

윤치호의 『우순소리』는 다음과 같은 특징을 보인다.

첫째, 한글로 되어있으며 한자어 어휘의 사용이 두드러진다. 우화 말미에 화자가 개입한 교훈은 한 마디로 요약되거나 생략되기도 하였다. 제목 역시 간략하게 명사형 위주로 지어졌다. 이솝이 직접 언급되기도 하였지만 청지기로 변형되기도 하였다. 신 관련 외래 어휘는 부처나 민간 신앙으로 대체되었다.

「수리의 지각(知覺)」은 대화 위주의 짧은 분량으로 전개되었는데 전문은 다음과 같다.

---

52) 한국에서는 1906년 이후부터 '민족'이라는 용어를 자주 사용하기 시작하였으며, 당시에는 '신국민'이 되어야 한다는 절박함 때문에 '국민'이 '민족'보다 더 많이 사용되었다. '신국민'이라는 기대가 이루어질 수 없게 되자, 1907년 하반기 이후부터 '민족'이라는 용어는 국권회복운동의 주체라는 개념으로 사용되었다.
박찬승, 「한국에서의 '민족' 개념의 형성」, 『개념과 소통』 1집, 한림대학교 한림과학원, 2008, 79~120면, 116면 참조.

수리의 지각(知覺)

젊은 수리가 병이 들어 죽게 된지라. 그 어미더러 청하되,

"어머니! 이제는 할 수 없으니, 명산대천(名山大川)과 절간에 기도나 좀 하시면 내 병이 나을런지요?"

어미 수리가 대답하되,

"어느 명산대천과 절간에 가서 너나 내가 도적질 아니한 데가 있으면 모르되, 그렇지 않으면 우리 기도를 누가 듣겠니?"

하더라.

임금을 속이고 백성을 학대하여 나라를 망하여 놓고, 불공(佛供)과 산천(山川) 기도로 나라 잘 되기를 비는 사람들은 이 수리의 지각(知覺)만 못하도다.

젊은 수리는 병이 들자 어머니더러 절간에 기도라도 하면 나아질까 하고 묻는다. 이에 어미 수리는 명산대천과 절간에 도적질 하지 않은 곳이 없으니 누군들 기도를 들어주겠냐고 하면서 반문한다. 요약된 우화 경개는 서사에 속도감을 더해주었다. 덧붙여진 교훈은 저자의 주관적인 생각이 그대로 드러나는 부분이며 비판적인 성격이 강하다. 위로는 임금을 속이고 아래로는 백성을 학대한 신하들을 대상으로 불공과 산천 기도로 나라가 잘 되기를 비는 행위를 비판하였다.

둘째, 개인에 집중된 교훈은 사람마다 각기 할 일이 있으며 직분을 버리고 남의 흉내만 내면 벌 받아 마땅함 등을 강조하였다. 타인과의 관계는 외면만 보고 친구를 사귀지 말고 못된 자, 의리 없는 자를 사귀지 말 것 등을 강조하였다. 무엇보다도 출판된 지 얼마 되지 않아 일제에 의하여 금서 조치를 받은 만큼 비판적 성격이 강하다. 특히 강자와 약자, 남의 보호 등 정치시사적인 내용을 강조하였다.

「보호국(保護國)」은 제목부터 당면 시사를 의식한 현지화가 이루어졌다.

보호국(保護國)

새매가 며칠을 비둘기장 근처로 돌아다녀도 비둘기가 하나도 나오지 않거늘, 새매가 웃는 얼굴로 장 앞에 와서 비둘기를 보고 꾀는 말이,

"나도 날개와 털이 있고 그대들도 날개와 털이 있으니 우리 조상은 필경 한 조상이요 우리는 같은 종류로 가위(可謂) 동포 형제라. 근일(近日) 본즉 삵이 이 근처로 돌아다니니 그놈의 흉계가 파측한지라. 그대들은 천성이 순량(順良)하여 잘못하면 남의 압제를 당하니, 나와 보호 약조를 정하면 내가 그대들을 보호하여 그대의 종가(宗家)도 존엄하게 하고 그대의 집도 보전하여 여러 금수(禽獸) 세계에 그대의 독립과 부강을 태산같이 굳게 할 터이니 어떠하뇨?"

하고 좋은 싸라기를 선사하거늘, 비둘기들이 기뻐하여 새매를 장 속에 맞아들여 보호대감을 삼았더니, 그 이튿날부터 새매가 비둘기의 독립과 안녕을 유지한다 하고 비둘기를 한 마리씩 잡아먹고 다 먹은 후에는 그 장까지 차지하더라.

제가 제 보호 못하고 남의 보호를 어찌 믿으리오

새매는 비둘기에게 자신을 동포 형제라고 칭하면서 보호 약조를 정하면 위험한 삶으로부터 보호해주겠다고 한다. 뿐만 아니라 금수 세계에서 독립과 부강을 굳건히 해줄 것이라고 하면서 싸라기를 선사한다. 이에 비둘기는 기뻐하면서 새매를 보호대감을 삼는다. 그러나 이튿날부터 비둘기의 독립과 안녕을 유지한다고 새매는 비둘기를 한 마리씩 잡아먹고 다 먹은 후에는 비둘기장까지 차지한다. 논평으로는 자신도 보호하지 못 하면서 남의 보호를 어찌 믿을 수 있겠는가고 반문한다.

윤치호의 「보호국」은 '독립', '부강' 등 시국을 의식한 어휘를 많이 사용하였다. 뿐만 아니라 위의 우화를 통하여 곧 식민지로 전락되어 남의 보호 혹은 죽음을 당해야 하는 위기의식을 반영하였다.

셋째, 서사는 전체적으로 간략하게 서술되었다. 문장은 묘사보다는 사건 서술에 집중하여 서사 속도가 빠르다. 신속하게 전개되는 서사는

비판적인 효과를 강조하면서도 구전적인 특성을 갖추기에 유리하였다. 「금알 낳는 거위」 역시 이솝우화 자체가 강조하는 교훈보다는 시사적인 의미를 부여하였다.

> 금알 낳는 거위
> 한 사람이 거위 한 마리를 두었더니 매일 황금알 한 개씩 낳는지라. 탐심(貪心)이 발동하여 거위 뱃속에 있는 금알을 한 번에 다 가질 욕심으로 거위를 잡아 배를 가르고 본즉, 아무 것도 없어 금알도 잃고 거위도 없애더라.
> 백성을 죽여 가며 재산을 한 번에 빼앗다가 필경 재물과 백성과 나라를 다 잃어버린 사람들도 적지 않다.

금알이 재물에 비유되었다면 거위는 백성으로 비유되었다. 이에 윤치호는 백성을 죽이면서 재산에 욕심내다가, 결국 백성과 나라를 모두 잃어버리는 사람이 적지 않다고 하면서 이들을 비판하였다.

『우순소리』의 가장 뚜렷한 특징은 당면 시사에 대한 비판적 성격이 강한 것이다. 특히 나라 존망에 대한 위기의식을 이솝우화와 결합시켜 풍자적인 비판이 진행될 수 있었다. 『우순소리』에서는 일제를 의식한 강자로서의 외부 세력에 대한 경계 및 이들의 강압적인 방식에 대한 비판이 이루어졌다. 뿐만 아니라 국권과 백성을 잃은 조선의 지배층 역시 주요한 비판 대상이 되었다.

2.3 단형 서사로서의 시대적 책임 형상화

근대 신문은 양이 방대한 관계로 『근대계몽기 단형 서사문학 자료전집』[53]만 연구대상으로 삼아 그 중에서 이솝우화를 선별하였다. 이 자료집은 근대 소설사의 맥락과 서사의 과도기적 흐름을 이해하기 위한 실증적인 자료라는 점에서 획기적인 의의를 가진다. '논설'과 '서사'가 분리되지 않았던 시기의 단형 서사문학은 표명된 장르에 제한 없이 논설 지향적인 창작 의도를 나타내었다.[54] 단형 서사문학으로서의 이솝우화는 대중 계몽과 민족 위기의식이라는 시대적 책임을 담았다.

단형 서사문학으로서의 이솝우화는 다음과 같은 특징을 보인다.

첫째, 크게 두 부분으로 나뉘는데 이솝우화를 전개하기 위한 배경 설명과 본문 텍스트로 구성되었다. 뿐만 아니라 대중 독자를 의식하여 이솝우화의 장형화가 이루어졌으며 편폭이 비교적 길다. 아래의 「헤르메스와 나무꾼」은 이질적인 배경이 삭제되었으며 간행물의 취지에 맞게 기독교 예화적인 양상을 보인다. 전문은 다음과 같다.

> 녯젹에 흔 사름이 잇는디 집안이 심히 가난ᄒ나 ᄆᆞ음이 졍직ᄒ야 늠의 거슬 츄호도 은익ᄒ는 바ㅣ 업서 산중에 드러가 나모 쟝ᄉ로 싱명을 삼더니 ᄒ로는 심심산곡에 혼자 드러가 독긔를 가지고 벌목ᄒ더니 ᄯᅳᆺ밧긔 독긔ㅅ자로가 쌔져 독긔를 일흔지라 아모리 ᄎᆞᆽ자도 죵젹이 업서 집으로 도라 오려 ᄒ는 ᄎᆞ에 어듸셔 부르는 소리 들니거늘 바라 보니 엄연흔 텬신이라 압헤로 나아가 졀ᄒᆞ되 텬신이 무러 왈 너ㅣ 무어슬 일헛ᄂᆞ냐
> 사름이 ᄃᆡ답ᄒ되 나모를 ᄒᆞ옵다가 독긔를 이일헛ᄂᆞ이다 텬신이 우셔 왈 네 독긔를 내가 집엇다 ᄒ며 황금으로 ᄆᆞᆫ든 독긔를 내여 주니 나모ㅅ군이 크게 놀나 ᄀᆞᆯᄋᆞ되 져의 독긔가 아니로소이다 ᄒ니 텬신이 ᄯᅩ 쳔은으로 ᄆᆞᆫ든 독긔를 내여 주며 이 것도 네 것이 아니냐 그 사름이 ᄯᅥ

---

53) 이 책에서 분석한 텍스트는 『근대계몽기 조선의 이솝우화』에 수록된 텍스트를 따랐다. 김영민·구장률·이유미, 『근대계몽기 단형 서사문학 자료전집 上·下』, 소명출판, 2003.

54) 김영민, 「근대계몽기 단형 서사문학 자료 연구—자료의 정리 작업 및 근대문학사적 특질 연구」, 김영민·구장률·이유미, 위의 책, 547~586면, 580면 참조.

옥 놀나 이 것도 저의 것이 아니로소이다 흔디 텬신이 그제야 참 쇠로
ᄆᆞᆫ든 독긔를 내여 주니 그 사름이 저의 독긔라 ᄒᆞ고 공슌히 밧으니 텬
신이 그 사름의 ᄆᆞ음이 올흠을 긔특히 넉여 황금 독긔와 텬은 독긔를
내여 주며 왈 가지고 가서 부모 형뎨를 봉양ᄒᆞ라 ᄒᆞᄂᆞᆫ지라 나모ᄉᆞ군이
ᄀᆞᆯ으ᄃᆡ ᄂᆞᆷ의 거슬 츄호라도 엇지 그져 가지오리잇가 ᄒᆞ며 만만 ᄉᆞ양ᄒᆞ
니 텬신이 ᄀᆞᆯ으ᄃᆡ 이 거시 나의 물건이 아니라 텬쥬의 명을 밧아 가져
온 거시니 가져 가라 ᄒᆞ며 굿이 권ᄒᆞ거늘 나모ᄉᆞ군이 마지 못ᄒᆞ야 밧
아다가 그 금독긔와 은독긔를 방매흔즉 삽시에 거부(巨富)가 된지라 이
째에 그 동리에 흔 친구가 잇ᄂᆞᆫᄃᆡ 그 사름이 부쟈 됨을 보고 괴이히 넉
여 연고를 뭇거늘 그 사름이 ᄃᆡ답ᄒᆞ기를 허허 지금 이리 된 거슨 다름
아니라 내가 그 젼에 홀 일 업서 나모 쟝ᄉᆞ를 ᄒᆞ더니 ᄒᆞ로는 아모 산곡
에 드러가 독긔를 일코 ᄎᆞᆺ더니 엇더흔 텬신이 하강ᄒᆞ야 여ᄎᆞ여ᄎᆞ ᄒᆞ여
이러케 되엿다 ᄒᆞ니 그 친구가 이 말을 듯고 즉시 저의 집에 드러가 의
관을 버서 ᄇᆞ리고 지게에 독긔를 ᄉᆞᆯ자 지고 그 산즁을 ᄎᆞ자 드러가 짐
즛 눈을 감고 독긔를 내여 더지고 ᄎᆞ즈ᄃᆡ 알고도 못 보는 톄ᄒᆞ니 어ᄃᆡ
셔 부르는 소리 들니거늘 반겨 ᄇᆞ라 보니 과연 엄연흔 텬신이라 나아
가 졀ᄒᆞ고 공슌히 흔디 텬신이 무러 왈 너ㅣ 무어슬 일헛ᄂᆞᆫ냐 이 사름
이 속ᄆᆞ음에 즐겨ᄒᆞ야 과연 독긔를 일헛ᄂᆞ이다 ᄒᆞ니 텬신이 황금 독긔
를 내여 주며 이것이 너의 것이냐 ᄒᆞ니 이 사름이 즉시 들녀 드러 독긔
를 두 손으로 붓들고 예ㅣ 제 것이올소이다 ᄒᆞ며 가지고 가려 ᄒᆞ거늘
텬신이 그 ᄆᆞ음이 엉큼흠을 뮙게 넉여 독긔를 쎅아사 그 사름의 니마
를 짜린즉 엇지 살기를 ᄇᆞ라리오 즉시 죽엇ᄉᆞ니 이런 일을 보면 사름
이 바르지 아닌 ᄆᆞ음으로 허욕을 낼 거시 아니니라(「ᄆᆞ음을 곳게 가질
일」, 『경향신문』, 1908.5.22. 쇼셜(小說))

이 우화에서는 '천신'이 등장한다. '천신'이 건네는 금도끼와 은도끼
를 성실한 나무꾼이 사양하자 "천주의 명"을 언급하면서 받으라고 한
다. '천신'의 등장은 『경향신문』이라는 천주교 성향의 간행물 성격과
밀접하게 연관된다. 특이한 양상으로는 인륜 관계 면에서 부모 형제에
대한 봉양이 강조되었다. 천신은 정직한 나무꾼에게 상으로 황금 도끼

와 천은 도끼를 주면서 부모 형제를 봉양하라고 한다. 이는 기존의 이솝우화와는 다른데 유학 중심의 전통적인 윤리관이 투영된 것이다. 단형 서사문학으로서의 이솝우화는 보다 상세하게 다루어졌으며 한국의 과도기적 상황과 간행물의 취지에 따라 각색되었다.

둘째, 외래 텍스트가 강조되지 않은 채로 이솝우화는 자연스럽게 다른 우화 혹은 동물 관련 전고와 결합되었다. 뿐만 아니라 두 편의 이솝우화가 하나의 단형 서사로 다루어지기도 하였다. 아래의 「셔양 사름 녯말에 글ᄋ디」(『뎨국신문』, 1901.3.12. 론셜)에서는 「P. I. 180 The Ass with a Burden of Salt(소금을 짊어진 당나귀)」와 「P. I. 258 The Sick Lion, the Wolf, and Fox(병든 사자, 늑대와 여우)」가 함께 하나의 단형 서사로 엮어졌는데 전문은 다음과 같다.

> 셔양 사름 녯말에 글ᄋ디 리치에 합당치 못ᄒᆞᆫ 일노 친구를 권면ᄒᆞᄂᆞ 이ᄂᆞ 당나구의 지혜라 ᄒᆞ고 놈을 참소ᄒᆞ다가 도로혀 앙화를 밧ᄂᆞᆫ 쟈ᄂᆞ 일희의 신셰라 ᄒᆞᄂᆞ니 이 두 가지 비유ᄂᆞ 비록 초동목슈의 샹말인 듯 하나 가쟝 유리ᄒᆞ기로 대강 긔록ᄒᆞ야 우리 신문을 보시ᄂᆞ 형뎨의 안목을 ᄒᆞᆫ 번 더 새롭게 ᄒᆞ노라
>
> 당나귀 지혜란 말은 녜젹에 엇더ᄒᆞᆫ 사름이 당나귀의게 소금을 싯고 가다가 내물을 맛ᄂᆞ니 물이 조곰 깁흐나 죡히 건너 갈 만 ᄒᆞ지라 소금 셤을 실은 치로 당나귀를 모라 건너가매 물이 깁허 소금셤이 잠기거늘 당나귀가 힘을 다ᄒᆞ야 물을 간신히 건너갓더니 쯧밧게 무겁던 짐이 졈 졈 가벼여지거늘 나귀가 ᄆᆞ음 속에 대단히 깃버ᄒᆞ야 그 리치를 곰곰 싱각ᄒᆞ여 본즉 등에 실은 짐이 물에 잠긴 연고라 의긔가 양양ᄒᆞ야 뷘 몸ᄀᆞᆺ치 가더니 평일에 됴화ᄒᆞᄂᆞ 친구 ᄒᆞ나흘 맛나매 그 일홈은 노새라 무거온 짐을 싯고 구슬쏨을 흘리며 오거ᄂᆞᆯ 나귀가 반가히 인ᄉᆞᆫ 후에 노새ᄃᆞ려 니ᄅᆞ디 그듸의 짐이 미우 무거온 모양이니 내 말ᄃᆡ로 여ᄎᆞ여 ᄎᆞᄒᆞ게 ᄃᆞ면 무겁던 짐이 반다시 가벼여지리라 ᄒᆞ디 노새가 그 친구의 말을 듯고 가다가 과연 그 내물을 맛나매 사름의 말을 드를 것 업시 바

로 물노 드러가 건너갈 싀 나귀보다 키가 커셔 짐이 물에 잠기지 안커
늘 노새가 계교를 내여 물 가온듸 잠깐 업드리니 짐이 몰슈히 물에 져
진지라 다시 니러 나갈싀 짐이 졈졈 더 묵어워 등쎄쎄가 부러지랴는
듯흔지라 나귀의 말을 밋다가 크게 랑패를 당ᄒᆞ고 니를 갈며 흔탄ᄒᆞ엿
다 ᄒᆞ엿시니 그 나귀에 짐은 소곰이 고로 물을 당ᄒᆞ매 녹아진 신듥으
로 짐이 가뷔여졋거니와 그 노새의 짐은 털인 고로 물을 먹으매 더욱
묵어옴이라 그 나귀가 근본 ᄆᆞ음은 친구를 도아주고쟈 ᄒᆞ엿지마는 물
건의 리치를 모로는 고로 도로혀 노새의게 해가 되게 ᄒᆞ엿시니 사름도
그와 ᄀᆞᆺ치 스리에 합당흠을 모로고 ᄌᆞ긔의 소견듸로만 친구를 권면ᄒᆞ
고 보면 그 말을 밋는 친구가 리익은 고ᄉᆞ하고 도로혀 해를 당ᄒᆞᆫ 법
이오 일희의 신셰라 흠은 사ᄌᆞ란 즘싱의 소래가 웅쟝ᄒᆞ며 모양이 령특
ᄒᆞ고 긔력이 졀륜ᄒᆞ야 일빅 즘싱 즁에 왕이 되는지라 ᄒᆞ로는 샤ᄌᆞ왕이
병드럿거늘 일희 식양 노로 샤슴 톡기 등 허다흔 즘싱들이 모도 구름
ᄀᆞᆺ치 모히여 사ᄌᆞ왕씌 문후ᄒᆞᆯ싀 오직 여호가 오지 아니 ᄒᆞ엿거늘 일희
가 츌반ᄒᆞ야 샤ᄌᆞ씌 엿ᄌᆞ오듸 이졔 산즁에 잇는 문무빅관들이 모도 대
왕씌 나아와 환후의 평복되시기를 ᄇᆞ릭며 날노 문안ᄒᆞ거늘 요마흔 여
호란 놈이 교만ᄒᆞ고 간샤ᄒᆞ야 대왕씌 흔번도 문후흠이 업ᄉᆞ오니 소위
가 만만가통흔지라 대왕은 급히 라쥴을 보내ᄉᆞ 여호를 잡아다가 무례
흔 악습을 정치ᄒᆞ소셔 무도흔 놈을 그져 두고 보시면 일후에 다른 즘
싱들이 ᄯᅩ흔 본바들가 ᄒᆞᄂᆞ니다 샤ᄌᆞ왕이 일희의 말을 듯고 크게 노여
ᄒᆞ야 좌우에 신하들노 급히 여호를 잡아오라 ᄒᆞ더니 맛춤 여호가 그
째에 문안 ᄎᆞ로 오다가 일희의 참쇼ᄒᆞᄂᆞᆫ 소문을 드른지라 공손히 나아
와 샤ᄌᆞ왕씌 문병ᄒᆞ니 샤ᄌᆞ가 노여ᄒᆞ여 굴ᄋᆞ듸 산즁에 잇는 일빅 즘싱
이 다 나의 관활흔 바인 고로 온갖 신하들이 일졔히 나아와 나의 병셰
를 뭇거늘 너는 평싱에 늙은이로 자쳐ᄒᆞ고 교만이 톡신ᄒᆞ야 이졔야 나
아오니 죄악이 심흔지라 맛당히 죽기를 면치 못ᄒᆞ리로다 여호가 되답
ᄒᆞ되 신이 대왕의 환후 계심을 듯고 즉시에 오고져 ᄒᆞ나 그져 뷘손으
로 오는 것보다 약을 구ᄒᆞ여 가지고 오는 거시 올숩기로 쳥산록슈에
두루 ᄃᆞ니며 약을 구ᄒᆞ다가 지금에야 왓ᄉᆞ오니 만만황송ᄒᆞᄂᆞ니다 샤ᄌᆞ
가 그 말을 듯고 도로여 깃버ᄒᆞ야 무릭듸 무슴 약이 됴흐뇨 여호가 엿
ᄌᆞ오듸 유명흔 의원의 말이 일희를 잡아 그 가족을 두릅시면 대왕의

병환이 즉추호리라 호더니다 샤즈가 병 낫기를 위호야 여호를 참소호
던 일희를 죽이라 호엿시니 이거슨 놈을 해코져 호는 쟈ㅣ 도로혀 제
몸에 앙화가 된다 홈이라 사름 즁에도 일희의 신세와 굿흔 쟈ㅣ 잇슬
진뎌(「셔양 사름 녯말에 굴ㅇ되」, 『뎨국신문』, 1901.3.12. 론셜)

위의 인용문은 서양 사람의 옛말이라고 하면서 서사를 전개하였다.
이치에 합당하지 않는 일로 친구를 권면하는 것은 당나귀의 지혜라 하
고, 남을 참소하려다 도리어 화를 당하는 것은 이리의 신세라고 한다고
하면서 이솝우화 두 편을 결합시켰다. 편폭은 길어졌으며 각각 따로 취
급되던 이솝우화는 서양 옛말인 '당나귀의 지혜와 이리의 신세'라는 서
사로 가공되어 재창작되었다. 당나귀나 이리와 같은 자도 있을 것이라
는 화자의 육성이 그대로 드러남에도 불구하고 이들에 대한 비유가 이
루어졌다.

「여우와 까마귀」는 친구들이 대담을 하는 과정에서 언급이 되었는데
전문은 다음과 같다.

　　일젼에 엇더혼 친구가 셔로 슈작호는 말솜을 드른즉 가장 이상호기
로 좌에 긔직호노라
　　혼 사름이 굴ㅇ되 우리 나라 사름은 평싱에 문견이 고루호야 아모 일
이던지 홀 수 업ㄴ니 녯 글에 니론 바 우물 밋헤 기골이라 흥샹 말호기
를 하늘이 적다호야 뎌 본 것만 올타 호데 혼 사름이 굴ㅇ되 우리 나라
빅셩은 새굿데 눈은 반들반들 호고 말은 직작직작 호야 짓거리기는 잘
도 호고 쎼를 지여 모히기도 잘호나 실샹은 쇠도 업고 겁도 만하 아모
일도 못호ㄴ니 녯 글에 닐너스되 연작(燕雀)이 당에 쳐호야 구구히 셔
로 즐거홀식 부엌 고래에 불꼿시 올나 집이 쟝춧 타것마는 연작은 화
가 몸에 밋츨 줄 모로고 낫빗슬 변호지 아니혼다 호엿스니 실샹 그와
굿데혼 사름이 굴ㅇ되 아모는 춤 가마귀 갓데 녯 말에 닐너스되 가마
귀가 어디셔 큰 고기 흔덩이를 엇어 입에 물고 놉흔 나무 우에 안젓거

늘 여호가 지나다가 그 고기를 보고 먹고쟈 ᄒᆞ야 가마귀드려 ᄒᆞᄂᆞ 말
이 우미ᄒᆞᆫ 이 셰샹이 다 말ᄒᆞ기를 가마귀ᄂᆞ 검다 ᄒᆞ더니 나 보기에난
희기가 눈빗ᄀᆞᄐᆞᆫ 가히 일빅 식즘싱의 왕이 되리로다 그러나 쟈른 목을
길게 ᄒᆞ여 큰 소릭로 ᄒᆞᆫ 번 울진디 내가 참 식 중에 왕인줄 밋겟노라
가마귀 그 말을 듯고 깃거ᄒᆞ야 큰 소래로 ᄒᆞᆫ 번 울시 고기가 ᄯᅡ에 써러
지거늘 여호가 집어먹고 도로혀 가마귀의 어리셕음을 웃더라 ᄒᆞ엿시니
ᄌᆞ긔 몸을 칭찬ᄒᆞᆷ은 대단히 묘와ᄒᆞ데 ᄒᆞᆫ 사름이 굴ᄋᆞ디 그디가 여호의
말을 ᄒᆞ니 참말이지 아모ᄂᆞ 여호 갓데 녯 말에 닐너스되 여호가 범을
보고 죽을신 무셔워ᄒᆞ야 간샤ᄒᆞᆫ 말노 범을 속이되 나ᄂᆞ 즘싱 중에 왕
이라 일빅 즘싱이 나를 보면 두려워 피ᄒᆞᄂᆞ니 그디가 나ᄂᆞ 해ᄒᆞ지 못
ᄒᆞ리라 만약 내 말을 밋지 아니커든 나와 흠ᄭᅴ 가쟈 ᄒᆞ니 범이 그 말을
의심ᄒᆞ야 여호와 흠ᄭᅴ 갈시 산 중에 모든 즘싱들이 과연 겁을 내여 도
망ᄒᆞ거늘 범이 제 몸을 겁ᄒᆞᄂᆞ 줄 모로고 여호 ᄭᅬ에 속더라 ᄒᆞ니 지금
은 참 여호가 호랑의 위엄을 빙ᄌᆞᄒᆞ나이가 만테 ᄒᆞᆫ 사름이 굴ᄋᆞ디 지
금 셰샹에ᄂᆞ 싹다고리가 만테 녯 말에 닐너스되 탁목됴(啄木鳥)가 고목
에 집을 짓고 날노 고목을 쏘터라 ᄒᆞ니 그 고목이 너머지지 아니ᄒᆞ여
야 졔 집도 온젼ᄒᆞ렷마ᄂᆞ 탁목됴ᄂᆞ 그런 리치를 모로고 써어가는 고목
나무를 날마다 쏘키만 ᄒᆞ니 실노 익셕ᄒᆞᆫ 일이데 ᄒᆞᆫ 사름이 굴ᄋᆞ디 지
금 사름들은 파리의 힝ᄉᆞ가 만테 파리라 ᄒᆞᄂᆞ 거시 무슨 음식이던지
물건이던지 냄식만 나면 곳 먹고져 ᄒᆞ야 모히ᄂᆞ니 무슨 일이던지 제
몸에 리가 될 듯ᄒᆞ면 포셔를 디랴 ᄒᆞ고 날마다 ᄃᆞ니데 ᄒᆞᆫ 사름이 굴ᄋᆞ
디 달관ᄒᆞᆫ 사름들은 물새와 ᄀᆞᆺ데 륙디에서 싱쟝ᄒᆞᆫ 즘싱들은 다만 산과
들에 잇ᄂᆞ 것만 보고 물에 잇ᄂᆞ 고기들은 다만 물 속에 잇ᄂᆞ 것만 알거
니와 물식라 ᄒᆞᄂᆞ 즘싱은 물에도 드러가고 들에도 ᄃᆞ니면셔 본 것도
만커니와 지죠도 신통ᄒᆞ데 두 사름이 말을 맛치지 못ᄒᆞ야 압길에 셕양
이 빗긴지라 흔탄ᄒᆞ여 굴ᄋᆞ디 기고리도 만히 잇고 탁목됴도 만컨마ᄂᆞ
물식ᄂᆞ 어디 잇노 분운ᄒᆞᆫ 이 셰샹에 승평일월 언졔 불ᄭᅩ 일쟝을 통곡
ᄒᆞ고 각각 도라 갓다더라(「일젼에 엇더ᄒᆞᆫ 친구가」, 『뎨국신문』, 1898.
12.24. 론셜)

「여우와 까마귀」는 자연스럽게 동양의 익숙한 동물 비유인 '우물 안

의 개구리', '호가호위'와 함께 한 편의 단형 서사로 다루어졌다. 위의 인용문은 동물들에 관한 여러 사람들의 이야기로 각색되었다. 뿐만 아니라 동물과 같은 사람도 있다고 언급함으로써 단순한 동물 이야기가 아니라 현실 속의 사람을 빗대어 말하고 있음을 강조하였다.

셋째, 국권침탈과 대중 계몽에 대한 시대적 책임을 표출하였다. 논설적 경향이 강한 단형 서사는 이솝우화가 결합되면서 비유 및 형상화가 이루어졌다. 페리 인덱스 번호를 매길 수 없어 연구대상으로 삼지는 않았지만 윤치호의 『우순소리』와 중복되는 우화도 보이며(「엇던 유지각흔 친구에 글을」, 『독립신문』, 1898.2.5.) 『우순소리』와 마찬가지로 "한말의 절박한 사회 상황을 반영하는 현실성을 띤 우화로 전이"[55]되어 외세의 침략 및 민족의 위기의식을 다루었다.

「토끼들과 개구리들」은 편폭이 길어졌으며 많은 동물들이 추가되었는데 전문은 다음과 같다.

개고리란 물건은 릉히 쒸기도 ᄒ고 릉히 울기도 잘ᄒ야 디룡이나 송샤리보다는 얼마큼 나흐나 실샹은 겁도 만코 문견도 고루ᄒ야 죠고마흔 비암의게 죽느니 그런 고로 셰상 사름의 문견이 고루ᄒ고 스스로 놉흔 톄ᄒ는 쟈를 우물 밋히 개고리라 ᄒ는지라 즘싱 즁에도 호표 시랑과 샤ᄌ와 ᄀᆺ치 녕악흔 것도 잇고 여호와 톳기와 도야지와 개고리 ᄀᆺ흔 것도 잇느니 오쥬 셰계에 부강흔 나라들과 빈약흔 나라들을 물건에 비유ᄒ면 또흔 크고 젹은 것과 붉고 어두움을 ᄎ뎨로 분셕홀지라 그러면 대한국은 엇더흔 나라이라 칭홀고 우리는 망녕되히 평론코져 아니 ᄒ나 대한 형편을 궁구ᄒ여 보건ᄃᆡ 샤ᄌ와 호표ᄀᆺ치 즘싱 즁에 어룬이 되리라 홀 슈 업도다

녯 말에 닐너스되 톳기들이 슈풀 쇽에 숨어 잇셔 ᄌ긔의 몸이 잔약홈을 항샹 한탄ᄒ고 분울ᄒ야 ᄒ는 말이 우리가 산즁에 살고져 ᄒ나 호

표와 시랑이 먹으랴 ᄒ고 들에 가 살고져 ᄒ되 산냥개와 사름들이 잡
으랴 ᄒ며 심지어 무지흔 독슈리ᄭ지 우리를 먹고져 ᄒ니 실노 흔심ᄒ
고 가련흔지라 구멍을 각처에 두고 이리 져리 피신ᄒ여 구구히 살냐
ᄒ니 츈풍에 깁히 든 잠은 산냥군의 총소리에 놀나 ᄭ여 간담이 셔늘
ᄒ고 슈풀숙에 자란 ᄌ식은 무졍흔 즘싱들이 ᄭ가 업시 잡아가니 고싱
ᄒ고 사ᄂ 것이 죽ᄂ 이믄 못흔지라 쵸개 ᄀᆺ흔 우리 몸이 흔번믄 죽어
지면 쳔만가지 근심이 도모지 업스리니 우리ᄂ 다 물에 ᄲᅡ져 죽쟈 ᄒ
고 톳기들이 ᄶᅦ를 지어 일데히 못물을 ᄎ자 갈 ᄉᆨ 흔 곳에 이르니 언덕
우희 도화ᄭ은 락화가 분분ᄒ야 동셔로 날나가고 거울ᄀᆺ흔 못물 빗츤
파도가 잔잔ᄒ야 일쳔 쳑이 깁헛ᄂ디 못가에 다다르니 허다흔 개고리
가 톳기 ᄶᅦ를 보고 ᄶᅡᆸ쟉 놀나 긔급 ᄒ며 방울 ᄀᆺ흔 량편 눈이 산 밧게
쇼샤나셔 이리 ᄯᅱ며 져리 ᄯᅱ여 도망ᄒ야 다라나니 토기 즁에 길라쟝이
하ᄂ을 울어러 크게 웃고 손벽치며 도라셔셔 뒤에 오ᄂ 톳기들을 위로
ᄒ여 ᄒᄂ 말이 여보시오 친구들아 우리가 평싱에 긔질이 약흠으로 여
러 즘싱들의게 업슈힘 밧ᄂ 것을 일싱에 한탄ᄒ더니 오날늘 이곳에 와
셔 본즉 우리를 무셔워ᄒ야 죽기로 도망ᄒᄂ 개고리도 잇ᄂ지라 우리
도 무인디경ᄀᆺ치 황힝홀 곳이 잇스니 엇지 즘싱 즁에 젹고 약ᄒ다 ᄒ
리오 젼진을 후진으로 믄드러 깃분 ᄆᆷ으로 도라갓다 ᄒ엿스니 일노
좃차 보건디 야만의 나라도 정치와 법률을 곳치며 빅셩을 ᄉᆞ랑홀진디
문명 기화에 진보가 될 것이오 기명흔 나라이라도 졍령이 ᄎᄎ 문란ᄒ
며 법강이 졈졈 어두오면 도로 야만국이 되리니 대한 졍부 졔공들은
이왕에 기명흔 것믄 ᄌ랑ᄒ지 말고 항샹 죠심ᄒ며 항샹 궁구ᄒ야 대한
졍치로 ᄒ여금 오쥬 즁에 문명흔 나라이 되게 ᄒ면 개고리 쫏ᄂ 톳기
가 되지 안코 일빅즘싱 즁에 어룬이 되ᄂ 호표와 샤ᄌᄀᆺ치 될 줄노 우
리ᄂ 밋노라(「개고리도 잇쇼」, 『독립신문』, 1899.6.12.)

 '우물 안의 개구리'라는 관용구로부터 시작된 서사는 여러 동물을 언
급하면서 이를 여러 나라에 비유한다. 뿐만 아니라 이 우화에는 화자의
목소리가 언급된 부분이 많으며 논설적인 경향이 강하다. 문명국으로
거듭날 것에 대한 야만과 문명 관련 담론을 결합시켰는데, '우물 안의

개구리'나 '개구리 쫓는 토끼'가 되지 말 것을 당부하였다. 다시 말하면 「토끼들과 개구리들」이라는 이솝우화는 한자문화권에서 익숙한 관용구인 '우물 안의 개구리'와 함께 자연스럽게 다루어졌다. 그리고 당시 한국의 상황을 호랑이나 표범, 사자와 같은 동물과 비유할 수는 없으나 문명개화를 통하여 비유가 가능해지도록 할 수 있다고 피력하였다.

3. 일제강점기의 체제 유도와 내재된 비판

1910년 대한제국은 일제의 불법적인 병탄으로 국권을 상실하였다. 1919년까지 일제는 무단통치를 실시하면서 헌병·경찰을 동원하여 민족 운동 세력을 폭력으로 진압하였다. 언론과 출판에 대한 통제는 이미 1907년 신문지법과 보안법 제정 이후부터 시작되었으며 한일병합과 더불어 더욱 강화되었다. 무단통치에 대한 저항과 국제 여론을 감안하여 일제는 1919년부터 이른바 문화통치를 실시하였는데, 표면적으로는 유화정책을 쓰면서 실제로는 민족 분열을 조장하였다. 그리고 사전 검열을 거친 언론만 허용하였다.

송헌석의 이솝우화집 『이소보의 공전격언』은 1910년 한일병합 직후에 출판되었다. 배위량의 이솝우화집 『이솝우언』은 1921년 민족 분열 통치 기간에 출판되었다. 두 단행본 모두 결코 단순한 오락용 서적으로 아동만을 대상으로 펴낸 저서가 아니었다. 일단 일제 식민지배 기간에 한글로 된 출판물을 간행하였다는 점에서 의의가 크다. 나라의 주역이자 미래였던 청년층을 주요 대상으로 출판된 이솝우화 단행본은 당면 시사를 의식한 양상이 뚜렷하게 반영되었다. 뿐만 아니라 일제의 통치

방식이 달라짐에 따라 이솝우화 텍스트는 변화하였다.

『신문계』는 일제의 식민 체제를 선전하는 용도로 간행되었는데 고정란을 정하여 이솝우화를 수록하였다. 『경향잡지』에도 이솝우화가 정기적으로 실렸다. 일제강점기의 잡지에 실린 이솝우화는 간행물의 성향에 따라 다르게 수록되었다. 이 소절에서는 일제강점기에 근대 매체에 수록된 이솝우화를 우화 본연의 비판적인 성격을 염두에 두면서 고찰하였다.

3.1 청년에 대한 권유 및 체제 순응 독려

『이소보의 공전격언』[56]은 1911년에 출판된 이솝우화 단행본이다. 저자인 송헌석(1880~1965)은 오성학원의 직원과 불교 교육 기관인 중앙학림의 국어교사를 하다가 1917년부터 1924년까지 조선총독부 서기를 지냈다. 구한말 서적 중개상이었던 송신용(宋申用)과 인척지간으로 알려져 있다. 전문번역가로도 알려져 있는 송헌석은 중국어, 일본어와 독일어에 능하였다. 저서로는 『초등자해일어문전(初等自解日語文典)』(1909), 『속성독일어자통(速成獨逸語自通)』(1918), 『자습완벽지나어집성(自習完璧支那語集成)』(1921), 『속수한어자통(速修漢語自通)』(1922), 『속수조선어자통(速修朝鮮語自通)』(1926) 등 언어학습서 외에도 『여말충현록(麗末忠賢錄)』(1928), 『미인(美人)의 일생(一生)』 등을 펴냈다.[57]

송헌석의 『이소보의 공전격언』에 수록된 이솝우화는 다음과 같은 특

---

56) 이 책에서 분석한 텍스트는 『근대계몽기 조선의 이솝우화』에 수록된 텍스트를 따랐으며 필요할 경우 동일한 책에 부록으로 수록된 영인본을 참조하였다.
   허경진·표언복·유춘동, 앞의 책.

57) 沈英淑, 「일본식민지시기 중국어회화교재 『改正增補漢語獨學全』, 『高等官話華語精選』 연구」, 숙명여자대학교 대학원 석사학위논문, 2009, 7면 참조.

징을 보인다.

첫째, 번호의 단위는 장으로 되어있다. 서사 구조는 크게 두 개 부분으로 나뉘며 우화 자체 텍스트와 해설 부분으로 구성되었다. 해설 부분은 일정한 분량으로 전개된 것이 아니라 긴 부분도 있고 간략하게 언급한 부분도 있다. 이질적인 배경 어휘는 사용되지 않는데, 배경 어휘로 흔히 "어떠한"을 사용하여 장소나 명사를 수식하였다. 간략한 서사는 이솝우화의 원형 텍스트를 거의 그대로 반영하였으며 의성어나 의태어, 고사성어, 속담을 간간이 사용하였다.

기독교 예화적인 양상을 보이기도 하였는데 「제28장 차부와 성신」('우리 사랑ᄒ시는 아바지시여!', '성신', '하나님은 스스로 부즈런ᄒ 스름을 구완ᄒ시고 착혼 스름을 복 쥬시나니')과 「제43장 사름의 제 고집」('텬사가 형상을 나타ᄂ여 나려와셔', '셰샹 사름들이 흐니 율법과 계명을 직희지 안코 제 고집ᄃ로 일을 ᄒ다가 마죠막에 싱명을 위틱롭게 ᄒ는 즈가 만으이 웃지 하나님이 사랑치 아니ᄒ신다고 원망홀가 부냐?')을 예로 들 수 있다.

「졈장이 제 신슈 모른다」는 졈쟁이가 자신의 집에 도적이 드는 것도 모르는 이야기를 다루었는데 전문은 다음과 같다.

> 제4장 졈장이 제 신슈 모르다
> 복슐쟝이 혼 분이 산통을 뒤흔들고 가로 상에 나아가셔 오고가는 행인에게 길흉화복을 뭇고 가라고 외이든 차에, 져편으로브터 한 사름이 밧비 달녀들드니,
> "여보, 복슐션싱! 노형 댁에 문이 다 부셔졋기에 드려다 본 즉 도적 드럿습되다. 쌜니 가셔 보시오"
> 복슐쟝이는 크게 놀나셔 텬안경이니 산통이니 홀 것 업시 그대로 다 내버리고 한다름에 쒸여 집으로 도라오니 문 압헤 이웃 사름들이 마니 모혀 도적을 방어ᄒ다가 복슐쟝이를 보고,
> "허! 션싱, 느졋구려. 그런데 션싱은 타인의 길흉화복은 그러케 잘 알

면셔 자긔의 신샹의 일은 그다지 깜깜ᄒᆞ냐?"

ᄒᆞ얏다 ᄒᆞ오

(해설) 셰샹에 잇다감 남의 일은 잘 말ᄒᆞ되 자긔의 일은 죠곰도 쌔닷
지 못ᄒᆞᄂᆞ 사름이 잇스니 맛당이 쥬의흠이 가ᄒᆞᆯ지어다.

전체 텍스트는 한글로 되었으며 제목은 원형 이솝우화와 대조하였을
때 부분 변형이 이루어졌다. 점쟁이나 복술자에 대한 비하라는 내용 역
시 이솝우화를 그대로 따랐다. 마지막 부분에는 '해설'을 추가하여 화
자가 강조하고 싶은 교훈을 제시하였다.

둘째, 주제 면에서 청년들에게 경솔하지 말 것을 권고하는 교훈이 주
목된다. 그리고 사람을 사귈 때 방심하지 말 것을 강조하였다. 뿐만 아
니라 위기에 대처하는 임기응변을 강조하였다. 그리고 근대적인 실용주
의와 더불어 일본의 황인종 연대론 및 부국강병과 식산흥업의 제국주
의 정책이 반영되었다. 그러나 이솝우화 자체의 비판적인 성격으로 인
하여 강자와 의뢰심을 가진 자에 대한 비판을 연상시키는 우화도 있다.

「어리석은 암탉」에는 '해설' 부분이 비교적 길게 다루어졌는데 전문
은 다음과 같다.

제30장 어리석은 암탉

암탉 ᄒᆞᆫ 마리가 독사의 알을 품고 슈십 일을 지ᄂᆞᆫᄃᆞ니 알이 모다 부
화ᄒᆞ야 여러 마리 독ᄉᆞ가 나오게 된지라. 이쎠에 제비 한 마리가 그 근
쳐로 지나다가 이것을 보고 일변 놀나고 일변 괴쓸이 여겨 암탉을 불
너 압헤 갓가이 ᄒᆞᆫ 후에 친졀ᄒᆞ게 권고ᄒᆞ기를,

"여보게 암ᄃᆞᆰ! 자네갓튼 미련둥이는 셰샹에 ᄯᅩ 업겟네. 그 흉악ᄒᆞᆫ 독
사의 알을 안고 까셔 무엇에 쓰려 ᄒᆞ나? 종당에 자네 알을 먹다가 마조
막에는 자네 싱명ᄭᅡ지 위틱ᄒᆞ리! 나도 자네와 갓치 새 명쇠의 말을 듯
는 고로 동류를 위ᄒᆞ야 권고ᄒᆞ네."

(해설) 천하 만물을 물논ᄒᆞ고 동류를 사랑ᄒᆞ고 이류를 빅쳑홈은 고금이 일반이라. 짐싱도 이러ᄒᆞ거든 하물며 싱존 경징 이 시ᄃᆡ에 동족 안인 사ᄅᆞᆷ이야 읏더ᄒᆞ리오? 현금 천하 대셰를 볼진ᄃᆡ 오인종 즁에 황빅 인종밧게는 긔셰를 부릴 ᄌᆞ가 업스니 우리들이 열심ᄒᆞ지 아니ᄒᆞ면 불갓치 셩ᄒᆞᆫ 빅인종을 읏지 항거ᄒᆞ리오? 여러 쳥년은 적은 판국만 혜아리지 말고 대세를 잘 살펴셔 우리 동양 아셰아쥬 즁에 잇든 황인종을 셔로 사랑ᄒᆞ기를 진력ᄒᆞᆯ지어다.

암탉이 독사의 알을 품는 행위를 제비가 동류로서 권고한다. 소용도 없을뿐더러 마지막에는 자신마저 위험해진다는 것이다. '해설' 부분에서는 사회진화론 관련 담론이 전개되었다. 동족이 아닌 자를 배척하는 것은 동물 세계에서는 물론 과거나 현재에도 흔히 있는 일반적인 일이며, 하물며 생존 경쟁 시대에는 더 심하다는 논리로 설명되었다. 그리고 일본의 황인종 연대론이 반영되었으며 백인종과 항거하기 위하여 서로 사랑하고 힘쓸 것을 호소하였다. 특히 '여러 청년'을 언급함으로써 작은 판국만 헤아리지 말고 대세를 잘 살피라고 하였다.

셋째, 우화 자체 텍스트는 '-다 하오', 'ᄒᆞ더라' 혹은 대화로 끝을 맺는다. 다시 말하면 구어체의 특징이 강하다. 특이한 우화로는 페리 인덱스의 늑대로부터 호랑이로 변형된 「호랑이의 실망」인데 전문은 다음과 같다.

제27장 호랑이의 실망
한 츄운 겨울날에 호랑이가 먹이를 구ᄒᆞ러 다니다가 산 밋에 잇는 촌집 울 뒤에 와셔 혹 ᄀᆡ나 ᄒᆞᆫ 마리 나오면 물고 가겟다고 기다리는 츠에 방 속에셔 어린 아히 소ᄅᆡ가 나드니 어린 아히의 어미가,
"악아, 악아, 우지 마라. 울면 호랑이가 와셔 물고 간다."
ᄒᆞ여도 죵시 우름을 긋치지 안는지라. 어미가 쏘 공동ᄒᆞ기를,

"이러케 울면 호랑이흔테 물어가라고 쥬겟다."

흐니, 호랑이는 이 소릭를 듯고 미우 깃거흐야 닉여쥬기를 기다리고 멧시간 동안을 떨고 안젓슴니다. 그리흐다가 어린 아히 우름을 긋치고 웃는지라. 그 어미가 다시 말흐기를,

"어! 챡흐다. 이졔는 우지 아니흐니 호랑이의게 안 쥬갯고, 만일 호랑이 오면 총 노와셔 죽여 버리갯다."

흐니, 호랑이가 멧 시간 기다리다가 이 말을 드르니 얼마콤 락담이 되어 발자최 소릭도 업시 굴로 도망흐여 다러낫슴니다.

호랑이의 계집이 졔 셔방이 하도 황망흐게 도라옴을 보고 뭇는 말이,

"오날은 어듸를 갓다 오셧기에 이마에 쌈이 다 낫소?"

호랑이 딕답흐되,

"허! 큰일 날 번흐엿소. 오날 촌에 나려갓다가 여인의 말을 고지 듯고 먹을 것이나 어들 쥴 알앗드니 불의에 총으로 노와 죽인단 말을 듯고 정신 업시 도망흐여 왓소"

(해설) 남의 말을 넘어 고지 드르면 실픽를 흐니 당흐느니 교졔홀 쩌에 잘 쥬의홀지어다.

이솝우화에는 늑대로 되어 있지만, 인용문에서는 호랑이로 되었다. 이솝우화에서는 흔하지 않으나 한국 설화에서 호랑이는 자주 다루어졌다. 호랑이는 아이를 달래는 엄마의 말을 곧이듣다가 결국 놀라 집으로 오는 이야기로 각색되었다. '해설' 부분에서는 남의 이야기를 너무 믿지 말 것을 제시하였다. 이는 위의 인용문과 연계시켜 볼 때 모순이 된다. 청년들에게 대세를 생각하여 성급하게 행동하지 말 것을 권고하는 입장에서, 다른 사람의 말을 믿지 말라는 우화가 동시에 다루어졌기 때문이다. 이는 이솝우화 본연의 다양한 주제와 비판적인 성격으로 인한 것이다.

3.2 대중잡지의 체제 선전 및 경계 심리의 확산

『신문계』[58)]는 일본인 다케우치 로쿠노스케(竹內錄之助)에 의하여 발행된 대중적인 한글 잡지이다. 1910년 한일병합 이후인 1913년 4월 5일자부터 1917년 3월까지 발행되었으며 통권 48호를 마감으로 종간되었다. "발간 횟수와 지속성이란 측면에서만 본다면 『신문계』는 1910년대의 최대 잡지였다."[59)] 발행인은 일본인이었지만 실제 필자는 최찬식(崔瓚植, 1881~1951), 백대진(白大鎭, 1892~1967) 등 개화 지식인들이었다.

『신문계』는 일제의 무단통치기에 식민지 정책의 보완으로 간행되었으며 주요 독자를 미래 사회의 주역인 학생층으로 설정하였다.[60)] 이솝우화는 『신문계』의 「우의담」란에 수록되었다. 그리고 이솝우화를 수록하기에 앞서 다음과 같은 소개를 덧붙였다.

> 이는 곳 伽噺<내디 말노, '오동이 바나시'> 中에 흔아이니 그 體裁는 순젼흔 高等 教科書갓치 意味가 깁고 머러셔 知得키 難홈도 아니오, 또 淺近흔 新小說갓치 言辭가 虛흐고 雜되야 放蕩키 易홈도 아니오, 다만 昭昭흔 天理의 明明흔 報應이 잇슴을 證明흐야 善흔 者에는 福이 잇고 惡흔 者에는 禍가 잇는 것을 九分의 實事로 八分의 寓意가 될만치 흐야 工夫흐는 學生은 百人의 良朋보다 낫고 浮浪흔 靑年은 十個의 猛杖보다 됴코 呻吟흐는 病者는 一劑의 補藥보다 利흐야 可謂 金屑玉莖의 奇異흔 新出品이라 흘지니, 原來 伽噺은 猶太人 이솝부氏의 著作이 世界의 名高흔

---

58) 이 책에서 분석한 텍스트는 『근대계몽기 조선의 이솝우화』에 수록된 텍스트를 따랐으며 필요할 경우 청운에서 출판한 영인본을 참조하였다.
   허경진·표언복·유춘동, 앞의 책.
   『신문계』, 청운, 2004.
59) 한기형, 「무단통치기 문화정책의 성격 –잡지 『신문계』를 통한 사례 분석」, 『민족문학사연구』 9집, 민족문학사학회, 1996, 225~256면, 226면.
60) 한기형, 위의 논문, 226~227면 참조.

더니, 內地 文學家 嚴谷小波氏가 譯述ᄒ야 一般의 所得이 多多ᄒ지라. 本
記者도 共同의 有益ᄒ 일을 ᄒ랴ᄂ 目的으로 前人의 術備을 撮影ᄒᄆ니
다.61)

이솝우화에 대하여 편저자는 고등 교과서처럼 이해하기 어렵지도 않
고 또 신소설처럼 얄팍하지도 않다고 한다. 알기 쉬우면서도 실없지 않
은 이야기로 하늘의 이치인 인과보응을 증명한다고 하면서 효용성을
언급하였다. 공부하는 학생, 부랑한 청년, 신음하는 병자에 유익하다는
것은 이야기의 교육적 가치와 오락적 기능을 강조하고 있다. 뿐만 아니
라 세계적으로 명성이 높은 이솝의 저작은 이와야 사자나미(嚴谷小波,
1899~1931)에 의하여 역술되었다고 하였다. 이에 기자도 유익한 일을 하
기 위함이라고 하면서 이솝우화를 수록하게 된 동기를 설명하였다.

일본의 아동문학자인 이와야 사자나미62)는 일본 최초의 본격적인 소
년잡지인 『소년세계(少年世界)』(1895.1.1.~1933.1.1.)의 주간으로 있었다. 한국
최초의 근대잡지인 『소년』을 창간한 최남선과 한국 아동문학의 창시자
인 소파 방정환(小波 方定煥, 1899~1931) 모두 사자나미의 영향을 받았다. 사
자나미의 아동관은 부국강병과 제국주의에 입각한 강하고 씩씩하고 적
극적이며 낙관적이면서도 정직하고 정의에 넘치는 충신 애국의 어린이
를 양성하기 위한 것이었다.

『신문계』에 수록된 이솝우화는 다음과 같은 특징을 보인다.

첫째, 전체 서사는 크게 두 부분으로 나뉜다. 첫 부분은 교훈을 강조
하는 부분이며, 마지막 부분은 우화 본연 텍스트이다. 교훈을 우화 앞머

---

61) 「우의담(寓意談)」, 『新文界』 1권 3호, 1913.6.5.
62) 이와야 사자나미 관련 전기적 사항은 오오다케 키요미의 연구를 참조 및 인용하였다.
오오다케 키요미, 「이와야 사자나미(嚴谷小波)와 근대 한국」, 『한국아동문학연구』 15
호, 한국아동문학학회, 2008, 149~167면.

리에 강조한 이유는 무엇보다도 이솝우화의 교육적인 효과를 위해서이다. 제목 역시 교훈이나 주제를 짧게 요약하여 강조하였으며 원제목은 소괄호에 넣어 표기하였다. 뿐만 아니라 우화는 여러 사람을 높여 이르는 "여러분-"이라는 이인칭 대명사로 청중을 환기시키는 형태로 시작한다. 그리고 마지막 부분은 보거나 듣거나 경험한 사실을 전달하는 알림을 나타내는 "-ㅂ디다"라는 종결어미로 끝맺는다. 이러한 구전적인 성격은 스토리의 확산과 수용 효과를 가속화시키는 장점이 있다.

「經驗의 功能(猫와 鼠)」에서는 쥐를 유인하기 위하여 고양이가 죽은 척하는 이야기를 다루었는데 전문은 다음과 같다.

> 經驗의 功能(猫와 鼠)
> 여러분- 實地에 自己를 爲ᄒᆞᄂᆞᆫ 智識은 여러 가지의 經驗이 업스면 될 수 업소 經驗이 업ᄂᆞᆫ 사ᄅᆞᆷ은 生覺이 淺窄ᄒᆞᆫ 故로 무슨 일이던지 ᄒᆞ지 못ᄒᆞ오
> 언은 ᄯᅦ에 고양이 ᄒᆞᆫ아이 自己 近處 집에 쥐가 잇다ᄂᆞᆫ 所聞을 듯고 이것은 요ᄉᆞᆨ에 훌륭ᄒᆞᆫ 말이라고 곳 가셔 손에 잡힐 걸노 알고 意外의 待接이라고 혜바닥을 차고 깃버셔 잇슴니다.
> 그리ᄒᆞᆫ 즉 쥐도 이 일이 잇슴으로 非常이 用心ᄒᆞ야 다 議論ᄒᆞ고 깁흔 窟에 숨고 도모지 外面에 나오지 아니ᄒᆞᆷ니다.
> 이럿케 된 즉 고양이ᄂᆞᆫ 얼마즘 爪牙의 날님이 잇더ᄅᆞ도 쓸 되가 업ᄂᆞᆫ지라. 흔참 生覺ᄒᆞ고 잇더니 됴흔 硏究를 힛다고ᄂᆞᆫ ᄒᆞ지 안코 爲先 션반 발에다가 뒤다리를 걸고 느러트려 꼭 죽은 貌樣을 ᄒᆞ고 잇셔셔 쥐를 誘引홀 意思라.
> 그런데 온 것이 쥐 中에도 特別히 狡猾ᄒᆞᆫ 놈이라. ᄎᆞᆽᄎᆞᆽ 고양이 겻헤 와셔 모질게 보면셔,
> "아, 아, 猫樣- 너의 其皮에 大槪 집흘 너허 놋터릭도 우리는 그 겻흐로 가지 아니홀 터이니, 그럿케 괴롭게 흉을 쓰고 잇지 마라."
> ᄒᆞ고 無數히 嘲弄을 힛다 ᄒᆞ옵듸다.(제1권 제8호, 1913.11.5.)

고양이의 꾀는 쥐에게 발각되며, 결국 고양이는 목적을 달성하지 못하고 조롱을 당한다. 위의 인용문에서의 화자는 이 우화를 통하여 경험을 토대로 한 지식의 습득을 강조하였다. 경험이 없으면 생각이 얕고 좁기 때문에 무슨 일이든지 하지 못한다고 제시하였다.

둘째, 주제 면에서 개인적인 차원의 교훈이 많은데 자신이 직접 할 것, 허송세월하지 말고 노동의 가치를 알 것, 건방진 뽐냄과 자만을 삼갈 것, 겉치레만 중시하면 재앙을 부르거나 웃음거리가 되는 내용을 다루었다. 그리고 개인의 성공이 강조되었는데 목적을 하나만 정하여 매진할 것, 경험은 지식을 넓혀줌, 인내심을 가지고 목적을 달성할 데 관한 교훈을 언급하였다.

다른 사람과의 관계에서는 약속을 지킬 것, 함부로 남을 괴롭히지 말 것, 친구를 사귈 때 정직할 것을 강조하였다. 그리고 경각심을 높일 것을 강조한 것이 주목되는데 언제든지 닥칠 재난을 대비하여 항상 마음의 준비를 하면서 예방하고 완고한 자는 충고를 들을 것, 힘에 부치는 경쟁은 꼭 실패함, 자선을 베풀기 전에 조사를 할 것, 자신과 같은 불행을 겪게 하는 자를 경계할 것을 다루었다. 뿐만 아니라 세상에서 가장 행복한 것은 가정의 단결임을 강조하는 내용도 언급하였다.

「家庭의 樂(鷹과 軍鷄)」에서는 매가 사람에게 잡힌 신세가 되어 싸움닭들과 함께 갇힌 이야기를 다루었는데 전문은 다음과 같다.

　家庭의 樂(鷹과 軍鷄)
　여러분- 이 세상에셔 가장 幸福이라 홀 것은 무엇이냐 ᄒ면 一家族이 團欒ᄒ야 歲月을 보ᄂᆞᄂᆞᆫ 것이오, ᄯᅩ 此와 反對로 家庭에셔 이렁뎌렁ᄒ면 엇지 ᄒ얏던지 滋味도 업고 愉快치도 아니ᄒ야 어느 ᄯᅥ던지 슯흔 바람이 부ᄂᆞᆫ 貌樣쑨이오
　어느 ᄯᅥ 매 흔 머리가 사ᄅᆞᆷ에게 잡혀ᄂᆞᆫᄃᆡ, 그 날기죽지의 깃을 ᄲᅦ고

軍鷄(軍鷄는 싸홈만 專門으로 ᄒᆞ는 닭이오)와 혼 곳에 두고 먹엿슴니다.
암만 억센 민라도 발셔 이럿케 되야셔 홀 수가 업는 故로 잠잠코 얌전
ᄒᆞ게 잇슨닛까, 軍鷄는 이것을 바색으로 알고 恒常 괴롭게 굴뿐 아니라
食物도 난호와 주지 안슴니다.
  그럿치마는 잘 生覺ᄒᆞ야 보면 이 매도 너머 크게 不幸혼 것은 아니지
마는 좀 쥬의ᄒᆞ야 보고 잇슨 즉 軍鷄의 中間에셔는 每日 싸홈만 ᄒᆞ야
긋칠 동안 업는 故로 매도 크게 斷念ᄒᆞ고 그 後에는 매우 無事이 지닌
貌樣이올시다.(제2권 제4호, 1914.4.5.)

매가 싸움닭들과 함께 갇혀 괴롭힘을 당하다가 적응하는 내용의 우
화를 통하여 화자는 가정의 즐거움을 강조하였다. 날개가 찢겨진 매가
결국 싸움닭들과 무사히 지낸 이유는 싸움닭들끼리 계속 싸운 이유도
있었지만 무엇보다도 단념하였기 때문이다. 날지 못하게 된 새가 닭장
에 갇힌 채 단념한다는 이솝우화 서사와 가정의 화목하게 세월을 보내
는 것이 세상에서 가장 큰 행복이라는 해설 부분은 모순적이다. 매는
하늘을 날 수 있는 새라는 생물체로서의 본성을 잃었기 때문이다.

셋째, 한글 위주의 국한문 혼용체를 사용하였지만 일본어 어휘(독수리
상, 여호상, 神社 등)도 사용되었다. 의성어와 의태어, 고유어 부사 등 수식
어의 사용은 생동감과 친근감을 더해주었다. 서사 길이는 원형 텍스트
보다 훨씬 길어졌으며 이는 세부적인 묘사와 장면이 추가되었기 때문
이다. 이에 근대적인 요소(수수료, 연설 등)도 추가되었다.

「復讐(鷲와 狐)」는 자신의 새끼를 탐내던 독수리에게 똑같이 보복하는
여우의 이야기를 다루었는데 전문은 다음과 같다.

　　復讐(鷲와 狐)
　　여러분- 녜젼 니아기에 一寸의 버러지라도 五分의 魂이라는 것이 잇
서셔 적은 것에는 적은 意氣가 잇고, 큰 것에는 큰 意氣가 잇는 故로 얼

마즘 平生에 殘劣ㅎ야 意氣가 업ᄂᆞᆫ 것 ᄀᆞ치 보이더라도 그를 蔑視ㅎ야 함부로 厄索ㅎ게 ㅎ면 그ᄂᆞᆫ 怒ㅎ여 엇덧케 復讐를 ᄒᆞᄂᆞᆫ지 알 수 업소 그런 故로 남을 괴롭게 ㅎ고 남을 刻薄ㅎ게 ㅎ고 그리ㅎ여도 關係치 안타고 生覺ㅎ면 意外의 災難이 싱겨 나ᄂᆞ니 自己가 全安홈을 바를 터이면 남을 괴롭지 안토록 ㅎ지 아니ㅎ면 될 수가 업습니다.

독수리(鷲)라 ㅎᄂᆞᆫ 식ᄂᆞᆫ 식 中에도 第一 억센 것이오. 그리셔 독수리가 自己의 식기를 무엇이던지 엇어 먹이고 십허셔 여긔뎌긔 보고 도라다니다가 여호 식기 ᄒᆞᆫ 마리가 건너 편 언덕 陽地 쌱에셔 念慮 업시 놀고 잇ᄂᆞᆫ지라. 독수리ᄂᆞᆫ 이것을 보고,

"아ᅳ 可食홀 物件을 보앗다. 뎌 여호ᄂᆞᆫ 고기도 련ㅎ고 쎄도 단ᄼᆞ치 아니홀 터이니, 꼭 ᄋᆞ희의 됴와홀 것이지."

ㅎ고 瞥眼間 그리로 날나가셔 여호 식기를 훔키랴고 ᄒᆞᆫ 즉 어미 여호가 이것을 보고 눈물을 흘니면셔 손을 ᄉᆞᆷㅎ고,

"독수리상ᅳ 어린 것이니 請컨듸 목숨을 살여주시오 ᄋᆞ희를 ᄉᆞ랑ㅎ심은 당신도 다름이 업겟지오."

ㅎ고 依賴를 ㅎ엿습니다.

독수리ᄂᆞᆫ 여호롤 두려워 아니홀 것도 업지마ᄂᆞᆫ 多幸히 自己의 집은 놉흔 나무가지 우에 잇스닛가 여호를 걱정홀 것은 업ᄂᆞᆫ 줄로 生覺ㅎᄂᆞᆫ 故로 여호의 ㅎᄂᆞᆫ 말은 귀젼으로도 듯지 안코,

"直今 무엇이라고 ㅎ노? 不得ᄼᆞᄼᆞ 말ㅎ면 너도 함씌 훔켜 가지."

ㅎ고 큰 말을 ㅎ며 畢竟 여호 식기를 훔켜 갓습니다. 어미 여호ᄂᆞᆫ 독수리의 ㅎᄂᆞᆫ 일을 怨恨ㅎ야 엇덧케 ㅎ던지 이것을 復讐를 아니ㅎ면 아니 되겟다고 여러 方面으로 硏究ㅎᆫ 結果로 近處 村人의 집에 가셔 만다러 둔 홰가 잇ᄂᆞᆫ 것을 보고 多幸ᄒᆞᆫ 일이라 生覺ㅎ고 닙에 물고 急히 독수리 집 잇ᄂᆞᆫ 나무 아릐로 가셔 불을 붓쳐셔 밋고 미운 독수리 집을 살ᄂᆞ랴고 홈니다. 이것을 본 독수리ᄂᆞᆫ 엇덧케 驚㤼ㅎ야 直今 自己의 집을 불 지으면 可憐ᄒᆞᆫ 식기가 다 죽어 바릴 터이라. 얼골을 變色을 ㅎ고 여호에 向ㅎ야,

"여보, ᄼᆞᄼᆞ, 여호상ᅳ 잇쩌싯지 ᄒᆞᆫ 일은 내가 잘못ㅎ엿스니 生命을 容恕ㅎ여 주시오. 자ᅳ 어엽분 당신 ᄋᆞ들은 傷ᄒᆞᆫ듸 업시 도로 보냄니다."

ㅎ고 뎨 아모리 독수리지마ᄂᆞᆫ 눈물을 쑥ᄼᆞ 흘니면셔 모쳐럼 훔켜온

여호 식기를 그틱로 보닛다 흡듸다.(제1권 제9호, 1913.12.5.)

독수리는 자신의 새끼를 위하여 여우의 새끼들을 채간다. 이에 여우
는 간절하게 빌어도 소용이 없자 똑같은 방식으로 복수한다. 즉 독수리
의 새끼들도 위험에 처하게 만든다. 이에 독수리는 결국 여우의 새끼들
을 그대로 보내준다. 이 우화를 통하여 제시하려는 교훈은 작은 벌레라
도 혼이 있으니 함부로 멸시하지 말고, 자신의 안전을 바란다면 남을
괴롭히지 말 것이었다. 사실 이러한 내용의 우화는 『신문계』의 간행 취
지와는 맞지 않는 것이었다. 다시 말하면 일제강점기라는 상황에서, 위
의 인용문은 이솝우화 본연의 비판적인 성격과 다양한 주제와 더불어
강자의 횡포에 대한 비판을 상기시킬 수 있다.

3.3 종교 교리의 표면화와 사회 비판의 내면화

『경향잡지』[63)]는 1906년에 조선 천주교 주관으로 창간되어 오늘날까
지도 발행되고 있는 한국에서 제일 오래된 잡지이다. 1916년에는 「우슴
거리」란에, 1917년에는 「비유쇼셜」란에 각각 이솝우화가 수록되었다. 『경
향잡지』는 일제에 의하여 종교의 범위로만 제한을 받아왔다. 따라서 기
존의 『경향신문』 대신 월 2회의 『경향잡지』로 대체되었으며 내용도 대
중적 계몽이나 시사 관련 내용은 실을 수 없어 독자도 한정되었다.

『경향잡지』에 수록된 이솝우화는 다음과 같은 특징을 보인다.

첫째, 크게 두 부분으로 나뉘는데 우화 자체 텍스트 외에 마지막 부

---

63) 이 책에서 분석한 텍스트는 『근대계몽기 조선의 이솝우화』에 수록된 텍스트를 따랐
으며 필요할 경우 태학사에서 출판한 영인본을 참조하였다.
    허경진·표언복·유춘동, 앞의 책.
    『京鄕雜誌10·11』, 韓國天主敎中央協議會 編輯部 編, 太學社, 1984.

분에서는 교훈 및 해설이 상세하게 전개되었다. 한글로 되어있지만 한자로 된 고사성어와 시구(만사무석(萬死無惜), 별유천지 비인간(別有天地, 非人間) 등)가 사용되었다. 그리고 한국의 속담(남잡이가 나잡이, 연못골 나막신을 신긴다 등), 실제 지역 명칭(황해남도의 연안군 남대지, 경상북도의 함창군 공검지 등), 신분(생원)이 언급되었다.

「ᄉᄌ」에서는 사자가 중병을 앓을 때 여우를 해하려다가 오히려 화를 당한 시랑을 다루었는데 전문은 다음과 같다.

> ᄉᄌ는 모든 즘싱의 왕인ᄃᆡ, ᄒᆞᆫ번은 즁병들어 알으매 모든 즘싱들이 와셔 문병ᄒᆞ고 여호는 아직 문병치 못 ᄒᆞᆺ더라. 심슐 구즌 싀랑이는 여호와 무슨 혐의가 잇든지 ᄉᄌ의게 아쳠ᄒᆞ여 닐ᄋᆞᄃᆡ,
>
> "대왕의 병세 위즁ᄒᆞ시매 모든 신하 ㅣ 다 와셔 문병ᄒᆞ되 유독 여호는 와셔 문병치 아니ᄒᆞ오니 그 죄는 만ᄉ무셕이로소이다."
>
> 교오ᄒᆞᆫ ᄉᄌ는 이 말을 듯고 분ᄒᆞ여 여호를 죽이고져 ᄒᆞ더라. 그리ᄒᆞᆯ 즈음에 마참 여호가 문 밧게셔 이 말을 다 듯고 밧비 ᄉᄌ의게 나아가 문병ᄒᆞᆫᄃᆡ, ᄉᄌ ㅣ 대노ᄒᆞ여 왈,
>
> "이 죽일 놈아. 나 ㅣ 가 즁병 들어 죽게 되엿ᄂᆞᆫᄃᆡ, 너 ㅣ 이졔야 와셔 문병ᄒᆞᄂᆞ냐?"
>
> 여호 ㅣ 알외ᄃᆡ,
>
> "신은 대왕의 옥톄미녕(玉體未寧) ᄒᆞ시다ᄂᆞᆫ 쇼식을 듯고 즉시 와셔 문병홀 것이오나 그러나 문병만 홈이 대왕ᄭᅴ 무엇이 유익ᄒᆞ리잇가? 모든 즘싱들이 다 와셔 문병 ᄒᆞᆺ스니 대왕ᄭᅴ 번거롭기나 ᄒᆞᆺ지 대왕 병즁에 무엇이 유조ᄒᆞ더닛가? 신은 대왕의 병후를 듯고 쥬야에 남산 북산 태산 쥰령에로 도니며 모든 의학박ᄉ의게 병론을 ᄒᆞ여 이제야 신긔ᄒᆞᆫ 약방문을 엇어가지고 왓ᄂᆞ이다."
>
> ᄉᄌ가 신긔ᄒᆞᆫ 약방문이란 말을 듯고 진노를 멈츄며 우셔 닐ᄋᆞᄃᆡ,
>
> "짐은 경의 츙셩을 아지 못ᄒᆞ고 다만 병즁에 심ᄉ 불편홈을 이긔지 못ᄒᆞ여 감증의 말을 망발 ᄒᆞᆺ스나 경은 노여워 말고 밧비 신긔ᄒᆞᆫ 약방문을 시험ᄒᆞ여 짐으로 ᄒᆞ여곰 밧비 쾌복케 ᄒᆞ소."

여호 ㅣ 알외딕,

"신이 구ᄒᆞ야 온 약방문은 어렵지 아니흔 것이오니, 곳 싀랑을 즉시 잡아 그 싱가족으로 대왕의 머리를 푹 덥흐시고 쌈을 조곰 내시면 대왕의 병환은 곳 집어낸 듯이 나흐시리이다."

ᄉᆞ즈가 즉시 분부ᄒᆞ딕,

"싀랑을 구ᄒᆞ려 멀니 갈 것 업시 앗가 와셔 문병ᄒᆞ던 싀랑을 곳 잡아 오라."

ᄒᆞ니 이는 여호를 참소ᄒᆞ던 싀랑이라. ᄉᆞ즈가 이에 그 싀랑을 잡아 싱가족으로 제 머리를 덥고 쏨을 내더라.

이는 지어낸 쇼셜이로되 가히 됴흔 비유를 취홀 만ᄒᆞ니, ᄉᆞ즈와 ᄀᆞ치 교오ᄒᆞ지 말고, 여호와 ᄀᆞ치 간교ᄒᆞ지 말고, 싀랑과 ᄀᆞ치 심슐을 부려 ᄂᆞᆷ을 음해ᄒᆞ지 말지라. 싀랑은 ᄂᆞᆷ을 해ᄒᆞ려 ᄒᆞ다가 제가 죽엇스니 속담에 닐ᄋᆞᆫ바 ᄂᆞᆷ잡이가 나잡이가 되엿도다.

시랑이 자신을 모함하려 한다는 것을 안 여우는 자신이 밤낮으로 남산, 북산, 태산 등 준령으로 다니며 의학박사에게서 처방을 받았다고 사자에게 아뢴다. 여우가 사자를 설득하는 부분은 한국의 지역 명칭을 고려한 개작이 이루어졌으며, 의학박사라는 어휘는 여우의 처방에 설득력을 더해주었다. 이에 사자는 여우의 말대로 시랑을 죽여 그 가죽을 덮는다. 화자는 사자처럼 교오하지 말고 여우처럼 간교하지 말며 시랑처럼 심술을 부려 남을 음해하지 말 것을 강조하였다. '남잡이가 나잡이'라는 속담을 사용하여 교훈적 의미를 풍부하게 만들었다.

둘째, 주제는 개인의 수신적인 면을 강조하는 내용으로 교오하거나 간교하지 말고 남을 음해하지 말 것, 분수에 맞지 않게 허욕을 부리거나 찬미를 탐하지 말 것. 겉치레만 꾸미지 말고 지혜를 키울 것을 강조하였다. 종교적인 내용으로는 훈계를 거스르고 교오하면 영육이 해를 입는 것, 신앙이 견고할수록 흔들리면 영혼이 크게 상한다는 것을 다루었다.

　강자의 횡포도 다루었는데 이에 대한 태도와 방법은 일제 식민지 시대라는 점을 감안할 때 주목할 만하다. 이솝우화를 통하여 심술이 많아 남을 해하는 짓을 할지라도 바른 이치는 이기지 못한다고 하였는가 하면, 강한 자임에도 미쁨 없고 괴악한 자와 약속하지 말고 도와주지도 말 것을 주장하였다.

　「쇠랑과 황식」에서는 심사가 괴악한 쇠랑을 구해준 황새의 이야기를 다루었는데 전문은 다음과 같다.

　　쇠랑과 황식

　　쇠랑이란 놈은 본듸 심수가 괴악ᄒ야 로략질도 잘ᄒ고 걸터듬ᄒ여 먹기가 일수라. 흔 번은 무엇을 도적ᄒ여 먹다가 길즉흔 쎠가 그 목구녕에 가루질녀 쏨쌱흘 수 업고 말도 흘 수 업는 디경에 우연히 지나가는 황식를 맛나 손즛과 형용으로써 닐ᄋ듸, 만일 제 목구녕에 걸닌 쎠를 쎅내여주면 후흔 샹급을 주기로 단단 샹약ᄒ는지라. 지혜 업는 황식는 후흔 갑슬 ᄇ라고 길즉흔 제 주둥이로써 슈슐을 베퍼 쇠랑의 목구녕에서 그 쎠를 쎅내여 준 후에 계약대로 진찰료와 슈슐비를 내라 흔즉 불량흔 쇠랑은 밧은 은공은 싱각치 아니ᄒ고 도로혀 호령ᄒ여 닐ᄋ듸,

　　"이 렴치업는 놈아! 무슨 말을 ᄒᄂ냐? 너의 주둥이와 대가리가 내 입안혜 잇슬 째에 나ㅣ 만일 너를 잡아먹고져 ᄒ야 흔 번 쏵 물엇더면 너의 대가리가 지금 눔아 잇슬 터이냐? 그런즉 네 대가리 보존흔 것만 다힝히 넉여 밧비 물너가라."

　　ᄒ매 황식가 긔가 막혀 만일 셰력이 잇슬 양이면 긔어히 시비곡직을 겨루어 보겟지마는 강약이 부동으로 됴흔 일 ᄒ고 치샤도 밧지 못ᄒ고 눌아가니라.

　　이는 밋븜 업는 쟈와 심수 괴악한 쟈로 더브러 무슨 약됴도 ᄒ지 말고 도와주지도 말나ᄒ는 비유로다.(제10권 제9호 통권 358호, 1916.9. 30.)

시랑의 괴악함은 우화 시작 부분에서부터 언급되었다. 시랑의 목구멍에 걸린 **뼈**를 **빼주는** 대가로 후한 값을 지불할 것을 약속하고 황새가 구해준다. 위의 인용문에서는 '계약'이라는 어휘를 사용하였다. 동물 사이의 약속이 계약이라는 전문적인 용어로 대체됨으로써 인간 생활과의 연관성이 강조되었다. 황새가 **뼈**를 **빼주자** 시랑은 잡아먹지 않은 것만으로도 다행으로 여기라고 하며 일방적으로 계약을 이행하지 않는다. 황새는 시비곡직을 따지지 못하고 날아갈 수밖에 없었는데 그 이유는 힘의 강약이 다르기 때문이다. 전체 서사에서 시랑의 불량함과 괴악함이 반복적으로 강조되었으며, 이에 화자는 이러한 자와 아무 약조도 하지 말고 도와주지도 말라는 비유로 제시하였다.

셋째, 종교 관련 어휘(호수천신, 주보성인, 영육, 천당, 신덕 등)가 사용되었으며 서양 음식(나병)도 소개되었다. 회상하면서 전달하는 느낌을 나타내는 종결 어미 '-더라'가 자주 사용되었는데 이러한 구전 형태는 생동감을 강조하였다. 의학박사, 진찰료, 수술비 등 근대적인 어휘가 사용되었다.

한국의 실제 지역 명칭은 「오리와 남성이」에서 등장하였는데 전문은 다음과 같다.

> 오리와 남성이
> 각설. 오리 훈 쌍과 남성이 훈 머리가 연안군 남대디(南大池)라 ᄒᆞᄂᆞᆫ 못에서 수십 년 동안 리웃ᄒᆞ여 살 ᄉᆞ, 정의가 ᄆᆡ우 유별ᄒᆞ더라. 훈 ᄒᆡᄂᆞᆫ 칠 년 대한의 왕감을이 들엇든지 그 못의 물이 다 갈진ᄒᆞ여지매 불가불 다른 못에로 이ᄉᆞ를 ᄒᆞ게 되엿ᄂᆞᆫᄃᆡ, 오리는 ᄂᆞᆯ개가 잇ᄂᆞᆫ 고로 이ᄉᆞ 가기가 비난지ᄉᆞ이나 남성이는 둔훈 동물이라, 이ᄉᆞ 갈 싱의를 못ᄒᆞ더라.
> ᄒᆞ로는 오리가 함창군 공검디(恭檢池)라 ᄒᆞᄂᆞᆫ 못에 가셔 이ᄉᆞ 훌 곳을 슬펴보니, 물은 푸르고 모ᄅᆡ는 ᄆᆞᆰ으며 못 쥬위에 슈목이 셩림ᄒᆞ여 엽부

의 위험과 어부의 조당이 도모지 업서 실노 별유턴디 비인간이라. 이에
도라와셔 몃힐 후는 반이ᄒ여 쩌날 터인디, 남셩이가 한심 쉬고 눈물을
흘니며 오리를 향ᄒ여 닐ᄋ디,

"여보시오, 오리 션싱. 나ㅣ가 이믜 수십 년 동안 리웃ᄒ여 살 쌔에,
당신네 은혜를 만히 밧아 쇽담에 닐ᄋᆫ바, 리웃ᄉ촌이 될 쌘더러 졍의로
론지ᄒ면 골육지친이나 다름 업더니, 이제 불힝히 한지를 당ᄒ여 션싱
은 놀개가 잇ᄂᆫ 고로 임의로 이ᄉ를 가시거니와 나는 이 못에셔 말나
죽겟스니 나를 좀 구졔ᄒ여 주시오."

오리 디답ᄒ되,

"글세, 우리가 너를 구졔홀 ᄆᆞ음이 업ᄂᆫ 것은 아니로되 도모지 구졔
홀 법이 업고나."

남셩이 더욱 이걸 근쳥ᄒ니 오리가 닐ᄋ디,

"그러면 우리가 특별ᄒᆫ 격외의 계칙을 내여 너를 다리고 갈 터이니,
뎡녕코 우리가 식이ᄂᆫ 대로만 ᄒ여라."

남셩이 빅비 샤례ᄒ며 닐ᄋ디,

"그 닐을 말슴 이오닛가? 훈수대로만 ᄒ리이다."

오리가 흔 세네 쌤 되ᄂᆫ 막디 ᄒ나흘 가지고 와셔 남셩이드려 왈,

"너ㅣ 이 막디의 즁간을 잔쪽 물어라. 우리 둘흔 각각 그 막디의 량
편 머리를 물고 날아갈 터이니. 너ㅣ 도모지 말도 말고 웃지도 말아라.
만일 말을 ᄒ려고 입을 버럿다가는 너의 죽을 일은 말 아니ᄒ여도 알
겟고나."

남셩이 답왈,

"그러코 말고요. 지당ᄒᆫ 말슴이올시다."

이에 남셩이는 막디의 즁간을 쏵 물고 오리 둘은 량편 긋흘 물고 훌
젹 놀아 반공에 소사 이ᄉ를 쩌나더라.

슌식 ᄉ이에 몃 빅 리를 가다가 흔 대촌을 지나ᄂᆫ디, 동리 사롬들이
마당에 수다히 모혀 셧다가 공즁을 쳐다보니 남셩이가 놀아가ᄂᆫ지라.

"아이고, 뎌것 보아라. 남셩이가 놀안가ᄂᆫ고나. 그 남셩이 참 긔이ᄒ
다."

남셩이는 오리의 신신 부탁ᄒ던 말을 니져브리고 다만 ᄆᆞ음에 즐겁
고 교오홈을 츰지 못ᄒ여, 허허 웃다가 수빅 길 되ᄂᆫ 공즁에로 조차 험

악흔 바위 엉덜이에 털셕 떨어젓스니 그 쇄골 박살됨은 말ᄒ지 아니ᄒ
여도 가히 알니로다.

　이도 쏘흔 지어낸 쇼셜이로되 됴흔 비유를 삼을 만ᄒ니, 오리는 호슈
텬신과 쥬보성인의 모상이오, 남셩이는 우리 사름의 모상이라. 우리 호
슈텬신과 쥬보셩인은 쥬야 시각에 ᄒᆼ샹 우리를 보호ᄒ시며 인도ᄒ시
니, 우리가 만일 ᄒᆼ샹 호슈텬신과 쥬보셩인의 ᄀᆞ르치시ᄂ 대로만 슌명
ᄒ면 령혼 육신이 다 텬당ᄭᅵ지 슌슌히 늘아갈 것이오, 만일 그 훈계를
거ᄉ리고 교오ᄒ면 령육에 막즁흔 해를 밧ᄂ니라.(제10권 제4호 통권
348호, 1916.4.30.)

　우화 마지막 부분의 '지어낸 소설'이라는 논평처럼 이 서사는 확장
및 재창작되었다. 한국의 실제 지역 명칭이 이야기 배경으로 등장하며
이에 환경묘사도 전개되었다. 뿐만 아니라 이웃사촌, 골육지친 등 어휘
의 사용은 이솝우화를 단순한 이야기 거리에서 문학적 텍스트로 승화
시켰다. 오리 두 마리가 남생이를 데리고 날아가는 것은『붉은 져고리』
의 독수리가 데리고 구경시켜주는 것과 차이가 있지만 역시 이솝우화
의 다른 판본에도 수록된 이야기이다. 교훈으로는 비유를 설명하면서
호수천신과 주보성인의 가르침을 따르면 천당으로 갈 수 있지만, 훈계
를 거스르고 교오하면 영혼과 육체에 해를 입을 것임을 강조하였다.

　배위량은 윌리엄 M. 베어드(William M. Baird, 1862~1931)의 한국식 이름이
다. 숭실대학교의 설립자이자 초대 학장이며 미국 북장로회 선교사로
1891년에 한국에 왔다. 1897년 평양에서 숭실학당을 개설하였으며 1906
년 대한제국으로부터 인가를 받고 감리교 선교부가 대학 운영에 참여
하면서 합성숭실대학(Union Christian College)으로 교명을 변경하였다. 한국
최초의 근대 대학이며 1930년 일제의 신사참배 강요를 거부하면서 학
교가 폐교 위기에 처하였으며, 결국 1938년 3월 자진 폐교하였다. 광복

과 함께 학교의 재건이 추진되었으며 1955년에 숭실대학이 재건되었다. 『이솝우언』[64]에는 서문과 더불어 이솝에 대한 소개가 수록되었다.

> 이솝우언 서
> 이 이솝우언은 근되의 져작이 아니오, 고시되브터 젼ᄒ야 ᄂ려오는 것인되, 헬나 빅셩들 즁에셔 난 쇽젼이니 이쳔여 년간을 이런 유익ᄒᆫ 리언(理言)으로 ᄋ희들과 쳥년들을 ᄀᄅ칠ᄉᆡ 즘ᄉᆡᆼ들이 셔로 니야기ᄒᆞᄂᆞᆫ 모양으로 여러 가지 슬긔 잇는 리치를 말ᄒᆞ엿ᄉ며, 쏘흔 기간에 여러 문학쟈들이 이 리치를 가지고 문쟝을 더욱 아름답게 슈식ᄒ야 보는 사름들노 닑고 보기에 더욱 ᄌᆞ미잇게 ᄒᆞ엿ᄂᆞ니라.
> 이 칙이 젼ᄒ야 ᄂ려온 지가 오랜 고로 원문은 업서졋스나 그 원문의 ᄯ슬 가지고 번역ᄒᆞᆫ 톄격은 여러 모양이니, 엇던 ᄶᆡ에는 시톄(詩體)로 번역도 ᄒ고 길게도 번역ᄒ고 싸르게도 번역ᄒ야 다 우언의 원문과 ᄀᆞᆺ치 되ᄂᆞ니라.
> 이 칙을 여러 나라 말노 번역ᄒᆞ엿ᄂᆞ되, 이제 죠션 국문으로 번역홀ᄉᆡ 여러 칙 즁에 뎨일 됴흔 본을 퇴ᄒᆞ야 번역ᄒᆞᆫ 고로 이 칙 즁에 요긴ᄒᆫ 뎨목은 다 번역이 된지라. 이 칙은 우언ᄲᆞᆫ이나 그러나 됴흔 리치를 ᄀᆞ ᄅᆞ칠 ᄶᆡ에 요긴히 참고ᄒᆞ기를 근졀히 ᄇᆞ라노라.
> 평양부 신양리 빅위양 ᄌᆞ셔

위의 인용문에서는 이솝우화로 2,000여 년간 아이와 청년들을 가르쳤다고 하였다. 이로써 이솝우화의 역사성과 효용성을 강조하면서 주요 독자는 청소년이 위주임을 언급하였다. 그리고 문학자들의 수식을 거친 이솝우화는 재미를 더하였다고 강조하였다. 뿐만 아니라 원문은 유실되었으나 운문 혹은 산문 형태로 원문의 내용이 전해진다고 하면서 여러 언어로 번역되었다고 하였다. 또한 조선 국문으로 번역하여 간행하는

---

64) 이 책에서 분석한 텍스트는 『근대계몽기 조선의 이솝우화』에 수록된 텍스트를 따랐으며 필요할 경우 동일한 책에 부록으로 수록된 영인본을 참조하였다.
    허경진·표언복·유춘동, 앞의 책.

목적은 좋은 이치를 가르칠 때에 요긴하게 참고하기를 바라는 데 있었다.

따라서 매 편의 단위는 과목으로 되어있으며 교과서와 같은 참고용 저서로 사용되었을 수 있다. 서문에서 밝힌 바대로 『이솝우언』은 번역 작품인 만큼 이솝의 이름 외에 신들의 이름도 외래어 그대로 사용되었다.

배위량의 『이솝우언』은 3·1 운동 이후에 간행되었다. 1919년 한국 에서는 미국 월슨(Woodrow Wilson, 1856~1924)의 민족 자결주의 영향을 받아 일제의 무단통치에 항거하는 운동이 대규모적으로 일어났다. 이에 독립 이 선전되고 대한민국 임시정부가 탄생되었다. 이러한 시기에 간행된 『이 솝우언』은 정치사회적인 비판이 그 전시기보다 표면화되었다.

배위량이 서술한 이솝의 행적에 대한 소개는 타운센드 판본을 참조 하였다.

〈표 20〉 *Aesop's Fables*와 『이솝우언』의 소개 비교

번호	George Fyler Townsend (1814-1900)의 *Aeso's Fables*(1887)	배위량의 『이솝우언』(1921)
1	THE LIFE and History of Aesop is involved, like that of Homer, the most famous of Greek poets, in much obscurity.	이솝의 력ᄉᆞᆫ 헬나의 유명ᄒᆞᆫ 시인(詩人) 호멀과 ᄀᆞᆺ치 분명ᄒᆞᆫ 유젼(遺傳)이 업ᄂᆞᆫᄃᆡ,
2	He is, by an almost universal consent, allowed to have been born about the year 620 B.C., and to have been by birth a slave. He was owned by two masters in succession, both inhabitants of Samos, Xanthus and Jadmon,	일반의 싱각ᄒᆞᄂᆞᆫ 바 이솝이 쥬젼 륙빅 이십 년에 출싱ᄒᆞ엿스며, ᄯᅩᄒᆞᆫ 죵으로 출싱이 되어 두 샹젼을 셤겻스니, 일홈 은 엑스안더스와 얏몬이라.
3	In his desire alike to instruct and to be instructed, he travelled through many countries, and among others came to Sardis,	ᄃᆡᄂᆞᆫ ᄀᆞᄅᆞ치기도 ᄒᆞ고 ᄯᅩ ᄀᆞᄅᆞ침을 밧 기 위ᄒᆞ야 여러 나라로 려힝ᄒᆞᄂᆞᆫ 즁에 ᄆᆞᆺ침ᄂᆡ 살듸스셩에 니르럿스니,
4	He met at the court of Croesus with Solon, Thales, and other sages,	크리어스의 죠뎡에셔 이솝이 소론과 타레스와 ᄯᅩ 다른 쳘인(哲人)들을 샹죵 ᄒᆞ엿고,

| 5 | On the invitation of Croesus he fixed his residence at Sardis, and was employed by that monarch in various difficult and delicate affairs of State. | 크리스어스 왕의 쳥홈을 밧아 쥬소를 살듸셩에 뎡ᄒ고 나라의 여러 가지 재판ᄒ기 어려온 일을 ᄒ게 ᄒ엿ᄂ니라. |
| 6 | Neither did the great fabulist lack posthumous honors; for a statue was erected to his memory at Athens, the work of Lysippus, one of the most famous of Greek sculptors.…… These few facts are all that can be relied on with any degree of certainty, in reference to the birth, life, and death of Aesop. | 그러나 이 유명ᄒ 리언쟈(理言者)의 일홈은 썩지 아니ᄒ엿ᄂ니, 대개 헬나에 유명ᄒ 됴각ᄉ(彫刻師) 중에 ᄒ나인 리습퍼스가 샥인 그의 긔념(紀念) 됴각이 아뎬스에 잇섯ᄉ니, 이솝의 츌싱과 힝젹과 ᄉ망에 샹관된 력ᄉ가 이 몃 가지밧긔 업ᄂ니라. |

배위량의 이솝우화에 대한 소개는 타운센드 판본을 거의 그대로 번역한 것이다. 타운센드의 소개에 따르면 이솝은 결코 단순한 이야기꾼이 아니었다. 불확실하지만 구체적인 사실은 역사적인 신빙성과 설득력을 보태었다. 출신 신분과는 상반되는 박학다식함이 강조되었고, 이는 철학자들과의 비교를 통하여 여러 나라 임금으로부터 인정을 받는다. 뿐만 아니라 지혜로 자유를 얻음으로써 관민의 합치에 노력한 이솝의 행적은 그의 비극적 죽음을 보다 높은 차원으로 승화시켰다. 다시 말하면 이솝의 소개는 개인의 성취를 사회적인 기여와 연관시켰으며 그 교육적인 가치를 강조하였다.

그러나 구체적인 우화 번역에서는 현지화가 이루어졌다. 예를 들면 제일 처음 수록된 「여우와 사자」에서 타운센드 판본이 강조하는 교훈은 "익숙함은 편견을 누그러뜨린다(Acquaintance softens prejudices)"이다. 그러나 배위량의 『이솝우언』은 용감하게 두려움에 맞서면 위험이 없을 것이라는 교훈을 강조하였다. 다시 말하면 배위량의 『이솝우언』은 일본의 식민 통치를 의식한 현지화가 이루어졌다.

『이솝우언』에 수록된 이솝우화는 다음과 같은 특징을 보인다.

첫째, 본문은 한글로 되어있으며 한자어나 외래어는 소괄호 안에 한자나 뜻을 표기하였다. 화자가 교훈을 덧붙이지 않은 채, 우화 자체 텍스트로 된 것이 많으며 교훈은 주로 등장인물 혹은 동물의 대화로 강조되거나 생략된 것이 대부분이다.

「물과 물 튼 사름」은 한 병사가 전쟁 때에만 말을 정성들여 돌보고 전쟁이 끝나면 나귀처럼 부려먹은 이야기를 다루었는데 전문은 다음과 같다.

> 四十五과 물과 물 튼 사름
> 흔 긔병ᄉ관(騎兵士官)이 ᄌ긔의 군마(軍馬)를 데일 괴롭게 ᄒ엿더라. 젼징홀 동안에ᄂ 물을 동모와 밋돕ᄂ 쟈처럼 녁이고 미일 솔질ᄒ고 쏘 쏠과 귀이리를 먹이더니, 젼징이 긋친 째에ᄂ 곡식과 ᄆ른 쏠 주기를 긋치고 겨와 길가에서 엇을 수 잇ᄂ대로 아모 풀이나 먹이고 쳔역도 식히고 쏘흔 그 힘에 넘치ᄂ 무거운 짐을 억지로 싯게 ᄒ더니, 셰월이 지내여 싸홈이 다시 션언되매, ᄉ관은 군마용의 마구(軍馬用 馬具)를 내여 군마의게 단장ᄒ고 그 후에 ᄌ긔ᄂ 무거운 갑쥬를 몸에 닙고 물의 올나 젼쟝에 나아가려 ᄒ더니, 말이 그 무거운 짐을 감당치 못ᄒ야 즉시 걱구러졋더라.
> 물이 쥬인ᄃ려 말ᄒ기를,
> "그ᄃᄂ 거러서 젼쟝에 나가시오 대개 쥬인은 나를 변ᄒ야 물노 녁이지 안코 당라귀로 녁이ᄂ도다."
> ᄒ더라.
> 친구의 도아주기를 요구치 아니홀 째에 친구를 경홀이 녁이ᄂ 쟈ᄂ 그 친구의 힘을 다시 요구ᄒᄂ 째에 친구가 진력ᄒ여 주기를 ᄇ라지 못홀지니라.

위의 인용문은 한글로 되었으나 간혹 한자를 병기하여 표기하였다.

교훈은 간략하게 제시되었다. 병사는 군마를 당나귀처럼 부려먹은 대가
로 전장으로 나가야 할 때에 말을 탈 수 없게 되었다. 이 우화를 통하여
화자는 도움이 필요 없을 때 친구를 경솔하게 여기는 자는 정작 필요할
때 친구가 힘써줄 것을 바라지 말라고 교훈으로 제시하였다.

둘째, 주제 면에서 화자가 직접 개입한 교훈 부분을 위주로 보면 다
음과 같다. 개인을 다룬 주제는 헛된 욕심을 부리지 말고 간사하거나
악한 짓을 하지 말며, 꾸준하고 안정하게 실리를 취하면서 가치 있는
인간이 될 것을 강조하였다. 타인과의 관계를 다룬 주제는 다른 사람의
외면이나 아첨을 믿지 말되 인자함을 삼가며 친구를 경솔하게 대하지
말고 어느 편도 아닌 자는 신용할 수 없다는 것을 강조하였다. 나라와
관련지을 수 있는 주제는 두려움을 이겨낼 것, 상의만 할 것이 아니라
실행을 할 것, 자유를 잃고 보호를 받는 것은 밑지는 것임, 강자의 보호
를 받으려다가 더욱 심한 위험에 빠짐, 친절한 권면이 억제보다 나음,
약한 자도 강한 자처럼 할 일이 있음을 강조하였다.

배위량의 『이솝우언』은 종교적인 색채도 강하지 않은 바, 그 이유는
학교라는 보다 공적인 장소와 대중적인 영향력을 염두에 둔 것일 수 있
다. 신앙과 관련시킨 주제는 표면적으로 현저하게 드러나지 않았다. 주
목할 만한 부분은 '하늘은 스스로 돕는 자를 도움[天助自助者]'이라는 속
담을 인용하여 교훈으로 제시한 우화가 있다.

이외에도 작중 인물 혹은 동물의 대화로 교훈을 제시한 우화와 교훈
을 생략한 우화가 있다. 그리고 편폭이 비교적 긴 부분은 창작적 요소
가 보태졌다. 주로 대화묘사와 환경묘사가 보충 및 전개되었다.

자유를 잃고 보호를 받는 말의 이야기를 다룬 「몰과 슈ᄉᆞ슴」의 전문
은 다음과 같다.

百四十 몰과 슈스슴
엇던 째에 흔 몰이 목장 전부를 추지ᄒ엿더니 슈스슴이 온 후에는 목
장을 넓아 샹ᄒ거늘, 몰이 사름의게 저를 도아 스슴을 내여 쫏기를 구
ᄒ니 사름이 디답ᄒ기를,
"만일 날노 ᄒ여곰 네 입에 ᄌ갈을 멱이고 나를 틱우고 무긔를 차즈
러 가게 ᄒ면 허락ᄒ리라."
ᄒ니 몰이 허락ᄒ거늘 사름이 즉시 올나틱고 안즌지라. 오직 몰은 그
째브터 스슴의게 보슈치 못홀 뿐더러 사름의게 종이 되엿더라.
ᄌ유를 주고 보슈홈을 사ᄂ 것은 비싼 갑시니라.(P. I. 269)

말은 사슴을 몰아내기 위하여 사람의 제안을 받아들인다. 그러나 말
은 사람의 종이 되어버렸다. 화자는 짧은 평을 제시하였는데 자유를 주
고 보호를 사는 것은 바람직 않음을 강조하였다. 보호보다는 자유를 선
택하여야 한다는 화자의 평은 일제강점기의 상황과 조응하면서 내면화
된 비판을 상기할 수 있다.

셋째, 우화는 자주 관형사 "한"으로 시작되었다. "어떤"이라는 뜻으
로 대상을 뚜렷이 가리키지 않아 특정된 공간을 배경으로 하지 않았다.
다시 말하면 현지를 배경으로 하지는 않았지만 그렇다고 외래적인 배
경도 굳이 언급하지는 않았다. 그러나 신의 이름은 외래어 그대로 음역
되었다. 주피터 역시 그대로 언급되었으며 이는 「쥬비더와 약된」를 통
하여 확인할 수 있다.

「염소 삭기와 일희」는 이리가 범접할 수 없는 위치에 놓인 염소 새끼
가 이리에게 악한 말과 잡된 말을 하는 이야기를 다루었는데 전문은 다
음과 같다.

百五과 염소 삭기와 일희
흔 염소 삭기가 놉흔 바회에 올나가셔 평안홀 줄노 싱각ᄒ고 싸에 잇

ᄂᆞᆫ 일희의게 되ᄒᆞ야 악ᄒᆞᆫ 말과 잡된 말을 ᄒᆞ엿더니 일희가 말ᄒᆞ기를,
　"미련ᄒᆞᆫ 적은 놈아! 네가 능히 나를 후욕ᄒᆞᄂᆞ냐? 이와 ᄀᆞᆺ치 악ᄒᆞᆫ 말
을 ᄒᆞᄂᆞᆫ 것은 네가 ᄒᆞᄂᆞᆫ 것이 아니오, 오직 네가 셧ᄂᆞᆫ 평안ᄒᆞᆫ 곳에서
나오는 것이로다. 만일 네가 나의 겻혜 ᄂᆞ려와 잇스면 지금과 다른 ᄆᆞ
음을 가지리라."

　염소 새끼가 이리에게 악한 말과 잡된 말을 할 수 있는 이유는 공간
적으로 처한 우세에서 비롯되었다. 즉 염소 새끼가 위치한 "평안한 곳"
때문에 이리는 속수무책으로 염소 새끼의 욕을 들어야만 하였다. 이리
는 염소가 자신의 곁에 내려오면 다른 마음일 것이라고 한다. 양육강식
은 절대적인 것이 아니라 위치나 상황이라는 가변적인 요소의 영향을
받는다. 이러한 내용 역시 이솝우화에서 다루어졌으며 일제강점기에 출
판된 청년들을 대상으로 한 이솝우화집에 수록되었다.

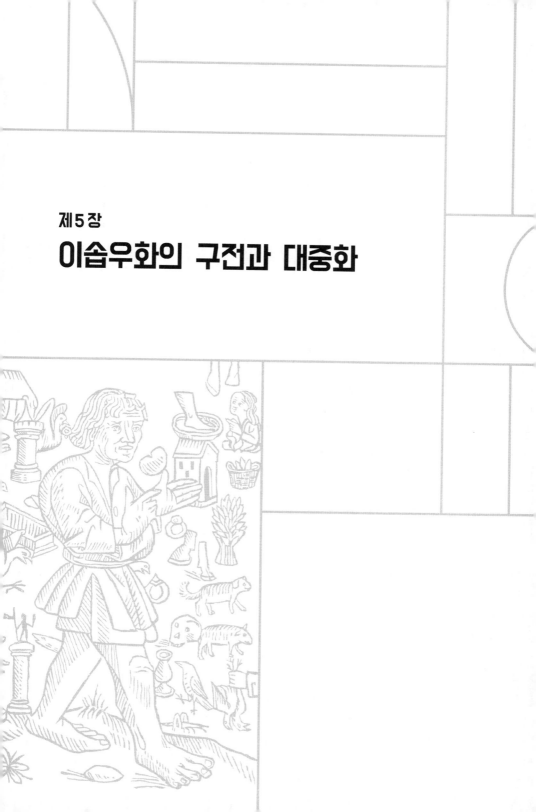

제5장
이솝우화의 구전과 대중화

이솝우화의
구전과 대중화

이솝우화는 제한된 지면의 형식을 벗어나 구전되기 쉬운 특성을 가지고 있다. 이솝우화의 구연성은 그 생명력을 보장하였으며 세계적인 범위에서 널리 확산되도록 하였다. 뿐만 아니라 이솝우화는 오랫동안 연령, 성별, 민족, 국경, 언어, 종교, 신분, 지식수준을 막론하고 광범위한 독자들을 유지해왔다. 따라서 한국구비문학대계에도 녹아들어갔을 수 있다는 추정이 가능해지며, 이에 이솝우화와의 연관성을 검토하였다.

한국구비문학대계는 한국학중앙연구원이 1980년대부터 현재까지 한국 전역을 대상으로 자료를 조사 및 수집하고 그 디지털화와 증보 사업도 아울러 추진하고 있는 방대한 자료집이다. 한국구비문학대계는 한국민족문화대백과사전과 함께 한국학중앙연구원을 대표하는 주요성과이며 한국의 역사와 문화를 생생하게 증언할 수 있는 귀중한 문화유산 자료이다.[1] 물론 이 책의 작업은 언제까지나 이솝우화의 범위를 인도나

---

1) 김병선・임치균・이건식・김태환・강문종・유진아, 「2016년 한국학중앙연구원 구비문학 정책연구과제 결과보고서-한국구비문학대계의 보급과 지식정보의 확산을 위한

이집트의 이야기와 구별시킨다는 점을 전제로 한다.

구체적인 작업은 이 책에서 분석 자료 대상으로 삼은 근대 매체에 수록된 이솝우화 중 제일 많이 수록된 이솝우화 8편을 우선 선택하였다. 그리고 이 이솝우화들에 등장하는 주요 동물, 인물이나 물건을 한국구비문학대계 데이터베이스에서 검색하여 유사한 이야기를 확정하였다. 유사 정도는 등장 대상이 비슷하고 모티브가 일치한 것을 기준으로 하였다. 구전된 이솝우화는 근대 매체에 수록된 양상과 더불어 와타나베 온이 번안한 이솝우화, 천병희가 옮긴 이솝우화와 비교 분석하여 그 현지화 양상을 검토하였다.

이 시기의 저자나 편집자에 의하여 많이 다루어진 이솝우화는 아래의 표와 같다. 8편의 제목에는 모두 친숙한 동물이 포함되었으며 외래어가 사용되지 않았다. 13번 매체인 『이솝우언』에는 「고양이에 관한 쥐들의 회의」가 같은 모티브의 다른 양상으로 두 번 실렸으므로 2회로 표기하였다.

〈표 21〉 근대 매체에 수록된 이솝우화

번호	수록 매체	373	133	188	613	074	087	124	226	173
		The Cicada and the Ant (매미와 개미)	The Dog with the Meat and his Shadow (고깃덩이를 문 개와 그의 그림자)	Ass in Lion's Skin (사자 가죽을 쓴 나귀)	The Mice take Counsel about the Cat (고양이에 관한 쥐들의 회의)	The Stag at the Fountain (분수대의 사슴)	The Goose that laid the Golden Eggs (금알 낳는 거위)	Fox and Crow (여우와 까마귀)	The Tortoise and the Hare (거북과 토끼)	Hermes and the Woodcutter (헤르메스와 나무꾼)

1	신정심상소학	−	○	−	−	○	−	○	−	−
2	독립신문	−	−	−	−	−	○	−	−	−
3	초등소학	○	○	○	−	−	○	−	○	○
4	대한유학생회학보	○	○	○	○	−	−	−	−	−
5	소년	−	−	−	−	−	−	−	−	−
6	붉은져고리	○	−	○	−	−	−	−	−	−
7	아이들보이	−	−	−	−	−	−	−	−	−
8	신문계	−	−	○	−	−	−	−	○	−
9	경향신문	○	−	−	○	−	−	−	−	○
10	제국신문	−	−	−	−	−	−	○	−	−
11	경향잡지	−	○	−	−	○	−	○	−	−
12	우순소리	○	○	○	○	○	○	−	○	−
13	이소보의공전격언	○	−	−	○	○	○	○	○	−
14	이솝우언	○	○	○	○ ○	○	○	○	○	○
−	합계	7	6	6	6	5	5	5	5	3

<표 21>의 「매미와 개미」(검색어 '매미', '개미', '귀뚜라미', '메뚜기', '여치'), 「사자 가죽을 쓴 나귀」(검색어 '사자 가죽', '사자', '나귀', '당나귀', '호랑이'), 「고양이에 관한 쥐들의 회의」(검색어 '고양이', '쥐'), 「분수대의 사슴」(검색어 '분

수대', '호숫가', '사슴', '노루'), 「금알 낳는 거위(금알, 거위, 오리)」는 구비문학 대계에서 대응하는 이야기를 찾지 못하여 논의 대상에서 제외시켰다. 빈도수에 따른 기준 외에는 제목에 외래 어휘가 있는 이솝우화로 「헤르메스와 나무꾼」을 추가하였다.

1. 간소화된 서사 및 친숙한 교훈으로의 전승

구비문학으로 수록된 이솝우화는 전체적으로 서사가 간소화되었다. 서술 부분은 사건 경개 진술 위주로 축소되었으며 대화 부분이 현저하게 많아졌다. 서사는 간략해졌으나 기본 내용은 여전히 그대로 전승되었다. 제목 역시 간략하게 전승되었으며 「여우와 가마귀」, 「토끼와 거북이」, 「금도끼와 은도끼」 등 A와 B라는 형태의 병렬식으로 지어졌다. 특이한 양상으로는 「욕심 많은 개」와 「정직한 나무꾼」이다. 구비문학으로서의 「고깃덩이를 문 개와 그의 그림자」는 「욕심 많은 개」로 제목이 변경되었다. 「금도끼와 은도끼」는 「정직한 나무꾼」으로도 수록되었다. 인간의 성품과 연관된 수식어가 추가되었는데 이는 교훈적 의미를 강조하였기 때문이다.

뿐만 아니라 교훈과 쾌락의 문학적 기능 역시 그대로 보존하고 있었다. 구전 자료에는 방청객들의 호응과 웃음소리가 그대로 채록되었다. 이솝우화는 방청객들의 호응을 받았음은 물론 조사자들이 구연 상황을 유도하는 데에도 사용되었다. 그만큼 조사자와 구연자는 물론 방청객들에게도 친숙한 서사였기 때문이다.

1.1 서사의 생략 및 기본 내용의 유지

구비문학으로 수록된 이솝우화는 근대 매체에 실린 이솝우화보다 짧다. 서사는 최소한의 기본 내용 이외의 부분은 생략되었으나 기본적인 모티브는 그대로 전승되었다. 아래의 「고깃덩이를 문 개와 그의 그림자」는 우화 자체가 원래부터 아주 짧은 이야기이다. 표 22에서 Ⓐ는 구비문학대계에 수록된 이솝우화이다. Ⓑ는 와타나베 온 판본이고 Ⓒ는 천병희 번역본이다. 그리고 각각 Ⓓ1『신정심상소학』, Ⓓ2『초등소학』, Ⓓ3『대한유학생회학보』, Ⓓ4『경향잡지』, Ⓓ5『우순소리』, Ⓓ6『이솝우언』에 수록되었다. 즉 이 우화는 근대 입문교육에 사용되었을 뿐만 아니라 국권 침탈 당시의 유학생 잡지, 종교 경향의 잡지, 일제에 대한 저항 의식을 보여준 윤치호의 이솝우화집, 일제에 대한 비판이 보다 표면화되던 시기에 청년들을 대상으로 한 배위량의 이솝우화집에 수록되었다.

〈표 22〉 구비문학으로서의 「고깃덩이를 문 개와 그의 그림자」 및 근대 매체 수록 양상

판본	제목	교훈
Ⓐ	욕심 많은 개	욕심이 많으면 내 것도 잃음
Ⓑ	제18화 개와 고깃덩어리 이야기	허황된 부를 가지려다가 진짜 보물을 잃음
Ⓒ	185. 고깃덩이를 물고 가는 개	욕심꾸러기에게 알맞음
Ⓓ1	第二十課 貪心잇는 개라	욕심만 내다가 물었던 고기도 먹지 못 함
Ⓓ2	第八 개의 그림자	욕심만 내다가 자신이 가진 것까지 잃음
Ⓓ3	貪犬의 影	내 것이 아닌 것을 탐하다가 오히려 자신의 것을 잃음
Ⓓ4	욕심 만흔 개	욕심 많은 사람을 경계하고 자신의 것에 흡족하고 남의 것을 탐내지 말며 분수에 지나게 허욕을 부리면 자신의 것까지 잃어버림
Ⓓ5	6. 허욕(虛慾) 많은 개	입에 한 덩이가 물속의 두 덩이보다 나음
Ⓓ6	二十九과 개와 그 그림즈	허황한 그림자를 잡으려다가 실물을 잃어버림

<표 22>를 보면 「고깃덩이를 문 개와 그의 그림자」의 줄거리는 큰 차이가 나지 않는다. 다만 텍스트가 강조하는 교훈의 중심이 욕심인가 그림자인가에 대한 차이가 약간 보인다. Ⓐ와 ⑪, ⑫는 욕심을 내면 자신의 것도 잃는다는 비슷한 교훈을 강조하였다. Ⓐ가 ⑪, ⑫의 영향을 받았다고 볼 수 있는데, 그 이유는 Ⓐ의 구연자가 근대 교과서인『신정심상소학』('그러므로 이 개는 貪心만 닉다가 저 물엇든 고기도 못 먹엇소이다.')과『초등소학』('此는, 橋上의 犬이, 彼를 因ᄒ야, 水中의 對處에, 影子가, 빗최인 것을 모르고, 貪心만, 내다가, 彼의 가진 것끼지, 일흠이러라.')을 접했을 수 있기 때문이다.

Ⓑ와 ⑭에서는 허황된 이미지의 허상에 유혹되지 말 것이 강조되었다. 배위량의『이솝우언』('이는 그림ㅈ를 잡고져 ᄒ다가 실물(實物)을 일허ᄇ렷ᄂ니라.')과 와타나베 온 판본('속담에 그림자를 잡는 바람에 가진 것을 잃는다는 말이 있다. 모든 세상 사람들은 허황된 부(富)를 따르다가 소중한 진짜 보물을 잃는다. 어리석은 일이 아니냐.')은 욕심에 대한 경계보다는 허황한 것을 잡으려다 실물을 잃지 말 것을 강조하였다. ⑭는 교훈이 비교적 길며 욕심 많은 사람을 경계할 것을 덧붙였다. 이는『경향잡지』('이 쇼셜은 욕심 만흔 사름을 경계흠이라. 누구든지 ㅈ긔게 잇는 것을 흡죡흔 줄노 넉이고 공연히 눔의 것을 탐치 말지니, 만일 분수에 지나게 허욕을 내다가는 제 것ᄭ지 일허 ᄇ림이 례스이로다.')의 타일러서 상세하게 가르치는 설교적인 경향을 반영하였다. 이에 ⑬는 비교적 특이한 양상을 보이는데 비록 수효가 적을지라도 실리가 낫다고 하였다. 윤치호의『우순소리』('입에 고기 한 덩이가 물속에 있는 고기 두 덩이보다 낫다.')는 욕심을 경계할 것을 강조하지 않았다. 소유하는 것이 허황한 것보다 낫다고 한 이유는 국권을 상실한 상황에서 욕심에 대한 경계보다는 실력 양성이 간절하였기 때문이다.

교훈을 보면 구비문학으로서의 「고깃덩이를 문 개와 그의 그림자」는 근대 교과서에 실린 텍스트와 제일 유사하다. 그러나 제목은 근대 교과서와 다르게 수록되었다. ⑭ 즉 『경향잡지』의 제목과 같으며 순 한국어로 되었다. ㉛의 탐심, ㉝의 탐견, ㉟의 허욕보다는 비교적 이해하기 쉬운 어휘로 전승되었다. 뿐만 아니라 고깃덩이, 그림자 등 어휘도 제목에 붙여지지 않았다. 다시 말하면 '욕심'이라는 어휘를 강조함으로써 인성교육을 의식한 교훈적 의미를 극대화시켰다.

1.2 문학으로서의 교훈과 쾌락적 기능 담당

쾌락적 기능과 교훈적 기능은 이솝우화 본연의 문학으로서의 기능이기도 하다. 「고깃덩이를 문 개와 그의 그림자」는 즐거운 교훈을 담았으며 허황한 것을 쫓지 말고 욕심을 부리지 말 것에 초점이 맞추어진 채로 전승되었다. 앞의 <표 22>에서 구비문학으로서의 「고깃덩이를 문 개와 그의 그림자」는 Ⓐ 「욕심 많은 개」로 채록되었으며 전문은 다음과 같다.

> 옛날에 욕심 많은 개가 고깃덩어리를 큰 놈 물고 다리를 건너갔어. 건너 감서 그라고 본께 물 속에 비치는 것이 딴 개가 고기를 큰 놈 물고 있거든? 그렇게 보인께 그놈 뺏을라다 지 고기까지 놓쳐버렸어.
> 그놈 그 개가 물고 있는 고기를 뺏을라다 지 입에치까지, 지 물고 간 놈까지 뺏겨부렀당께.
> #청중 : 그것이 저였지, 저.
> 저였는디. 모르고 그놈 인자 보고.
> 욕심이 많으면 내 것 있는 것도 못 먹는다는 뜻이여.(김옥심, 「욕심 많은 개」, 2016, 전남 목포)

위의 인용문에서는 청중의 참여가 돋보인다. 뿐만 아니라 "저였는디"라는 말과 함께 청중의 웃음소리도 채록되었다. 구연자는 서사 전개와 더불어 교훈을 명확하게 밝히고 있다. "옛날에"라는 오래된 과거의 시간으로 이야기를 시작함으로써 신화적인 요소가 강조되었다. 욕심이 많으면 자신의 것도 먹지 못한다는 교훈은 서사 전개 부분의 빼앗으려다 빼앗겼다는 부분과 조응된다. 동사의 빈번한 쓰임은 서사를 신속하게 전개하였으며 서술 속도를 가속화시켰다. 뿐만 아니라 욕심 많은 개가 본 물 속의 개는 사실 자신이었다는 부분은 청중에 의하여 언급됨으로써 호응을 획득하고 웃음을 유발하였다. 구연자의 말이 끝나기도 전에 청중의 참여가 이루어졌으며 이는 친근한 서사와 교훈에서 비롯된 것이다.

1.3 대표적 구비문학으로서의 구연 상황 유도

「거북과 토끼」는 한국구비문학대계에서 흔히 언급되는데, 조사자가 구연 상황을 조성하는데 일조하기도 하였다. 예를 들면 허말순(2012, 경남 고성)의 「사랑 담은 베틀노래」에서 조사자는 "옛날 노래 아니고 민요, 노래 말구요. 뭐 저기 옛날 이야기나 토끼와 거북이가 걸어가다 뜀뛰기 내기를 했다거나, 호랑이 나타나서 호랑이 못 나타나게 저 산에다 바위를 큰 걸 누가 옮겨놔서 호랑이가 없어졌다거나"라고 하면서 구술자로 하여금 이야기를 하게끔 유도하였다.

구비문학으로 수록된 「거북과 토끼」는 다양한 이야기로 변형되었다. 구비문학대계와 근대 매체에 수록된 양상은 아래의 <표 23>과 같다. 표 23에서의 Ⓐ1, Ⓐ2, Ⓐ3, Ⓐ4, Ⓐ5는 구비문학대계에 수록된 이솝우화이다. Ⓑ는 와타나베 온 판본이고 Ⓒ는 천병희 번역본이다. 그리고 각각 Ⓓ1 『초등소학』, Ⓓ2 『신문계』, Ⓓ3 『우순소리』, Ⓓ4 『이소보의 공전격언』, Ⓓ5

『이솝우언』에 수록되었다. 즉 이 우화는 근대 입문 교육용 교과서, 일제
의 체제 선전 잡지, 일제에 대한 저항 의식을 보여준 윤치호의 이솝우
화집, 일제강점기 청년들을 대상으로 체제 순응을 독려하던 송헌석의
이솝우화집, 일제에 대한 비판이 보다 표면화되던 시기 청년들을 대상
으로 한 배위량의 이솝우화집에 수록되었다.

〈표 23〉 구비문학으로서의「거북과 토끼」및 근대 매체 수록 양상

판본	제목	등장 동물	내기 내용	최후 승자
Ⓐ1	토끼와 거북이	토끼, 거북이	산꼭대기까지 올라가 만세 부르기와 숫자 세기	거북이
Ⓐ2	토끼와 거북이	토끼, 두꺼비	인절미를 담은 그릇을 높은 산으로부터 굴리기 및 엎어주기	두꺼비
Ⓐ3	토끼 타령	토끼, 거북	산까지 경주	거북
Ⓐ4	모기와 두꺼비의 시합	모기, 두꺼비	서울 남대문 곁까지 가기	두꺼비
Ⓐ5	토끼와 거북이의 경주	토끼, 거북	경주하여 태극기 꽂기	거북
Ⓑ	제27화 토끼와 거북 이야기	토끼, 거북	약속 장소까지 경주	거북
Ⓒ	352. 거북과 토끼	토끼, 거북	경주	거북
Ⓓ1	第十一 토끼와 거북	토끼, 거북	산에 올라가기	거북
Ⓓ2	一步式 前進ᄒᆞ시오(兎와 龜)	토끼, 거북	약속한 곳까지 경주	거북
Ⓓ3	50. 토끼와 자라	토끼, 자라	표를 세운 데까지 경주	자라
Ⓓ4	제19장 거북과 톳기의 경쥬	토끼, 거북	목적지까지의 경주	거북
Ⓓ5	七十과 톳기와 거북	토끼, 거북	십오 리를 달음질 및 십 원 내기	거북

<표 23>에서처럼「거북과 토끼」는 대표적인 구비문학으로서 구연

분위기를 유도할 만큼 구비문학대계에 다양하게 수록되었다. 근대 매체에 수록된 양상과 비교할 때 구비문학으로 전승된 이야기는 대체적으로 얕잡아보던 상대에게 지는 것을 중심으로 전승되었다. 이는 근대 매체에 수록된 양상과는 다르게 이야기가 보편화된 양상을 보여주었다.

⑪에서는 이 이야기에 교육구국이라는 이념을 주입하였다. 민간교과서로서의 『초등소학』은 아동에게 공부를 하지 않으면 뒤쳐질 것('우리가, 재조만 밋고, 공부를, 아니ㅎ면, 둔ㅎ 사람에게, 지ᄂᆞ이다.')이라고 강조하였다. ⑫에서는 목적을 달성하기 위해서는 성급하게 서두를 것이 아니라 인내하면서 한 걸음씩 나아가야 한다(머 急히 進ㅎ랴고 ㅎ면 中路에서 氣運이 푸러지고, 또 밋쓰러지기도 ㅎᄂᆞ 것이오, 然故로 一步式 進ㅎᄂᆞ 데ᄂᆞ 忍耐力이 억세지 아니ㅎ면 那終에ᄂᆞ 니김을 엇지 못ㅎ오.)는 교훈을 결합시켰다. 일제의 식민지 체제 선전을 유도했던 잡지라고 할 수 있는 『신문계』의 「거북과 토끼」는 서두르지 말고 인내할 것을 강조하였다. ⑬에서는 교훈이 언급되지 않았으며, ⑭와 ⑮에서는 각각 교만을 부리지 말고 방심하지 말 것(ᄉᆞ름이 교만을 너무 부리면 이 톳기 모양이 되ᄂᆞ니, 믹ᄉᆞ를 방심 말고 열심으로 힘써 ㅎ지 아니ㅎ면 아니 될지니라.)과 꾸준하고 안정한 자가 결국 승리한다(셩품이 믹우 급ㅎ 사람은 확실ㅎ디 지나치며, 꾸준ㅎ고 안뎡ㅎ 쟈ᄂᆞ 경쥬에 승리ㅎᄂᆞ니라.)는 교훈을 제시하였다.

요컨대 「거북과 토끼」는 근대 매체에서 승리를 이루어야 한다는 목적을 지닌 공리적인 텍스트로부터 구비문학으로 전승되는 과정에서 유쾌한 서사 중심의 이야기로 변모되었다. 뿐만 아니라 토끼가 모기로 대체되는가 하면 지역적인 특색이 추가되었으며 내기의 내용이 바뀌기도 하였다. 거북이가 경주에서 이긴다는 모티브는 대부분 그대로 전승되었으나, 내기의 내용에는 한국적인 요소가 많이 추가되었다. 구비문학에서는 만세 부르기, 인절미, 서울 남대문, 태극기 등이 경합 내용 및 배경으로 언급되었다.

2. 외래적 요소와의 융합 및 문화적 적응

구비문학으로 수록된 이솝우화에서는 토속적인 요소가 가미되었다. 이는 한국 고유의 어휘나 방언으로 된 서술 부분에서도 찾을 수 있다. 그리고 서사의 전개 배경, 한국의 전통적인 음식이나 특징적인 물건에서도 찾아볼 수 있다.

구전된 이솝우화는 대화 비중이 현저하게 많아졌다. 뿐만 아니라 이솝우화는 타령으로 전승되는 양상도 보였다. 산문체의 이솝우화는 서사시적 운율로 변형되어 전통 음악인 타령으로 전승되었다.

2.1 서사 전개 배경의 지역적 특색 강화

구비문학으로서의 「거북과 토끼」는 인절미를 담은 그릇을 굴리는 내기('인절미를 혀가지고서나 모집(떡 따위를 담을 수 있도록 대나무로 엮어만든 그릇)이다 담어가지고서 이렇게 덮어가지고 저 높은 산이서 둥글리머는 둥글어가는데로 누그던지 더 많이 줏어먹자고 저 퇴끼허고 두께비허고 내기를 힜다고')도 하였다. 앞의 <표 23>에서 구비문학으로서의 「거북과 토끼」 중 ⒁ 「모기와 두꺼비의 시합」은 서울 남대문까지 가는 것을 내기로 하며 전문은 다음과 같다.

> 머구(모기)하고 [웃음] 뚜꺼비하고 그래 인자 내기를 맸거등(맺았거든.) [조사자: 누구예?] 머구, 머구야, 머구. [조사자: 아, 머구, 머기. 예.]

"그래 우리 서울 남대문잩에 그래 니캉 나캉 머이 갈 내기를 하자."
이래 카거등. 머구가 가만히 생각해 보이 '아이구, 내가 뭐 날라 가도
되고, 뚜꺼비 저거 기가 내 따라 오도 몬한다.' 이래 싶우거등. 그래 인
자 이 뚜꺼비는 비가 오나 눈이 오나 엉금엉금 가고, 머구는 뭐 바람이
함 불어도 몬 가제, 비가 와도 몬 가제. 그래 인자 뚜꺼비가 머이 가가
지고 옛적에 짚신 떨어진 거 하나 떡 깔고 앉았으이까네, 한 그래 있으
이까네 머구가 오거등. 웅— 카미 오디이마는오더니만),
"아이고, 뚜꺼비 버어 왔나?"
이카거등.
"나는 버어 어는 때 와가지고 새 신 이거 깔고 앉았는테 신이 썩었
다. 니는 인지꺼지 뭐하고 인자 오노?"
그래 마 뚜끼비가 이기더란다. [조사자: 뚜끼비가 이깄어예?] 두끼비
가 이깄지. 머이 갔으이 안 이깄나?(이억천, 「모기와 두꺼비의 시합」,
1984, 경남 울주)

위의 인용문에서 토끼는 모기로 변형되었다. 모기는 날 수 있다는 점
에서 토끼보다 우월하다고 할 수는 있으나, 날씨 변화의 영향을 받는다
는 면에서 결코 토끼보다 빠르다고 할 수 없다. 그리고 모기 역시 흔히
볼 수 있는 친숙한 동물이다. 두꺼비와의 경주는 변함없으나 목적지는
서울 남대문으로 설정되었다. 뿐만 아니라 두꺼비는 낡은 짚신을 깔고
앉아 새 것이 낡아지도록 모기가 늦었다고 한다. 짚신 역시 한국의 전
통적인 이야기에서 흔히 찾아볼 수 있는 요소이다.
짚신, 모기, 서울 남대문 외에도 한국적인 특징을 찾아볼 수 있었다.
<표 23>에서 구비문학으로서의 「거북과 토끼」 중 ⑤ 「토끼와 거북이
의 경주」에는 태극기가 등장하며 전문은 다음과 같다.

뭐 토끼는 그거 있잖아요, 거북 거북이랑 경주를 했는데, 토끼가 깡
충깡충 잘 뛰니깐 지 재주만 믿구, 경주를 했는데, 거북이가 느림보 거

북이가 못 따라오잖아요 그러니까 산모퉁이에 가서 잤어요, 지 거북이
를 얕주고(얕잡아보고). 기끔(실컷) 자다 보니까 토끼가 엉금엉금, 저 거
북이가 느림보 거북이라두 쉬지 않구 해갖구 먼저 가서 해갖구 먼저
가서 태극기 꽂구 승리핸 거 아녜요.(박영화, 「토끼와 거북이의 경주」,
2011, 경기 이천)

위의 인용문은 토끼와 거북이의 경주라는 기본 모티브를 간략하게
서술하였다. 그러나 승리의 표징은 목적지에 태극기를 꽂는 것으로 설
정되었다. 따라서 자연스럽게 한국적인 이야기로 변형된 양상을 나타냈다.

2.2 운율적 변화 및 대화 비중의 증가

「거북과 토끼」는 경주 모티브와 토끼의 대화 부분 그대로 타령으로
전승되었다. 음악적인 변용을 거친 이솝우화의 전체 서사는 최소한으로
축약되었다. <표 23>에서 구비문학으로서의 「거북과 토끼」 중 ⓐ 「토
끼 타령」의 전문은 다음과 같다.

> 토끼화상을//기를(그릴)적
> 토끼화상을//기른다
> 화공을//불러라
> 화공을//불렀소
> 일월서산에//봉황대
> 봉기리던//환쟁이
> 낭국천자는//이댁
> 이를기리던//환쟁이
> 동정류리//처왕연적//금소축
> 오징어//불러서
> 먹//갈여

양궁합쳐//건북불러
백루설악//환쟁이
이리저리//기린다
천하명산//정대간에
경계보던//눈기리고
앵무공작//이지산에
소리듣던//귀기리고
방장봉대//운무중에
내(냄새)잘맡던//코기리고
난초지초//생화단초
꽃따묵던//입기리고
대한엄동//설풍에
방풍하던//펄(털)기리고
만화방천(萬草)//활원(넓은 들)중에
펄펄뛰는//발기리고
두귀는//쫑긋
두눈은//둥찔
허리는//짤뚝
꽁지는//뭉실
앞발은//짤렀고(짧고)
뒷발은//길어
내려온다//내려온다
깡쫑깡쫑//깡쫑거리고//뛰어오네
여보여보//거북님
이내말을//들어보소
나하고//여기에서
갱주(경주)한번//해여보세
여기서//떠나가믄//저산까지로
누구가//먼저강가(가는가)
내기//해보세
거북이는//꾀도없어서

기엄기엄//기어간디
토끼란놈//꾀가많해
은강(隱光)에서//잠자다가
거북한테//져그구나
거북한테//졌다요(김명례, 「토끼 타령」, 1983, 전남 고흥)

위의 인용문은 토끼 그림을 그리는 내용으로 되어 있다. 2음절이 한 음보를 이루는 것이 위주이며 제일 많은 음절수는 5음절로 되어 있는데 리듬은 대부분 규칙적으로 반복된다. 음절수가 가변적이면서 음보수가 고정되어 있는 것은 한국 시가의 전통성이다.[2] 운율을 가진 전통적인 타령으로 변화된 이솝우화에는 의성어와 의태어도 추가되어 보다 형상적으로 토끼를 다루었다. 오징어 먹물로 눈, 귀, 코, 입, 털, 발을 그리고 나니 토끼는 정적인 이미지에서 동적인 이미지로 바뀌었다. 뛰어 다니는 토끼는 거북이와 내기를 하는데 꾀가 많음에도 불구하고 그늘에서 잠을 잤기 때문에 내기에서 진다.

구비문학으로서의 「여우와 까마귀」에는 대화 비중이 현저하게 많아졌다. 우선 근대 매체에 수록된 양상을 보면 아래의 표와 같다. <표 24>에서의 Ⓐ는 구비문학대계에 수록된 이솝우화이다. Ⓑ는 와타나베 온 판본이고 Ⓒ는 천병희 번역본이다. 그리고 각각 Ⓓ1 『신정심상소학』, Ⓓ2 『경향잡지』, Ⓓ3 『제국신문』, Ⓓ4 『이소보의 공전격언』, Ⓓ5 『이솝우언』에 수록되었다. 즉 이 우화는 근대 입문 교육용 교과서, 한말의 종교 잡지와 민족주의 성격이 강한 저널, 일제강점기 청년들을 대상으로 체제 순응을 독려하던 송헌석의 이솝우화집, 일제에 대한 비판이 보다 표면화되던 시기 청년들을 대상으로 한 배위량의 이솝우화집에 수록되었다.

---

2) 金俊五, 『詩論』, 三知院, 2012, 143면 참조.

〈표 24〉 구비문학으로서의 「여우와 까마귀」 및 근대 매체 수록 양상

판본	제목	까마귀가 물었던 음식	까마귀와 여우의 강조 부분
Ⓐ	여우와 가마귀	병아리 한 마리	꾀가 많은 여우 강조
Ⓑ	제129화 여우와 까마귀 이야기	치즈 한 조각	까마귀의 대가 강조
Ⓒ	165. 까마귀와 여우	훔친 고깃점	까마귀의 판단력 부족 강조
Ⓓ1	第二十九課 가마귀와 여호의 이익기라	생선 한 마리	까마귀의 속힘을 강조
Ⓓ2	가마귀와 여호	나병이라는 서양 음식	까마귀가 칭찬에 약하여 해를 받았음을 강조
Ⓓ3	일젼에 엇더흔 친구가	큰 고기 한 덩이	까마귀의 어리석음 강조
Ⓓ4	제15장 가마귀의 스사로 홀님	고기 한 덩이	까마귀의 칭찬에 약하여 피해를 입음을 강조
Ⓓ5	八十六과 여호와 가마귀	유병 한 조각	까마귀의 아첨에 넘어간 댓가를 강조

근대 매체에 수록된 「여우와 까마귀」는 대체적으로 칭찬하거나 아첨 하는 말을 조심할 것을 강조하였다. <표 24>에서 Ⓑ 와타나베 온 판 본('까마귀님! 당신의 날개는 정말 아름답지 않습니까. 게다가 눈이 빛나는 것하며, 목 깃도 좋고 가슴의 형상도 아주 독수리를 닮았습니다. 정말 당신의 발톱한테는 어떤 짐 승이라도 견딜 수 없겠죠? 그러나 당신과 같은 부족함이 없는 새가 마침 목소리가 좋 지 않다고 들었다만, 정말 그럴지도 모르겠네요.')과 Ⓒ 천병희 번역본('까마귀야, 네가 판단력까지 갖추었다면 새들의 왕이 되기에 손색이 없었을 텐데!')에서는 여우 의 대화 묘사로 각각 한 부분만 언급되었다.

Ⓓ1『신정심상소학』에서는 여우의 대화 부분이 아주 소략하게 언급되 었다.('當身 소리는. 춤. 아름다온지라. 아무커나. 흔 번. 소리를 들닙시스고 흐니.') Ⓓ2 『경향잡지』('가마귀 싱원님! 당신 닙으신 의복은 엇지 그리 찬란흐오닛가? 봉황과 공작이라도 밋치지 못 흐겟느이다. 풍치와 의복이 뎌럿돗이 훌륭흐실진대 목성도 필경 긔묘흐시겟지. 싱원님의 노릭 흔 마듸만 드러 보앗스면 죽어도 흔이 업겟느니다.'), Ⓓ3

『제국신문』('우미훈 이 세상이 다 말호기를 가마귀는 검다 호더니 나 보기에난 희기가 눈빗곳흔 가히 일빅 식즘싱의 왕이 되리로다 그러나 쟈른 목을 길게 호여 큰 소리로 흔 번 울진디 내가 춤 식 즁에 왕인줄 밋겟노라'), ⒁『이소보의 공전격언』('여보, 여보, 가마귀님! 당신은 몸도 어엿부고 빗갈도 썩 검어서 텬하에 비홀 디가 읍지마는 다만 앗가운 것은 목소리가 조곰 탁흔 것이오, 아무조록 소리를 좀 크게 청아호게 질너 보시오. 소리만 조곰 곳치시면 새 즁에는 웃듬이 되오리라.'), ⒂『이솝우언』('나의 스랑호는 귀부인이여! 그디는 엇지 아름다온 쟈인지오, 나는 그디의 가쇽이 아름답고 묘흔 것을 가진 줄은 지금시지 아지 못호엿느이다. 엇지 아름다온 눈이며, 염々흔 늘기며, 아름다온 용즈(容姿)와 그디의 음성이 듯기에 스랑스러옴이 그디 용모의 아름다옴과 궃슴닛가? 만일 그러호면 그디는 새류의 녀왕이 될 즈격이 넉넉호니 그럼으로 나를 위호야 흔 번 노래를 부르지 아니호려느잇가?') 등에서 여우가 까마귀에게 아첨하는 대화 부분은 희극적인 과장으로 표현되었다. 이와는 다르게 구비문학으로 전승된 「여우와 까마귀」는 현실과 다르게 과장된 부분을 지양하고 사실성을 유지하되 흥미 위주의 대화묘사를 곁들였다.

앞의 <표 24>에서 구비문학으로서의 「여우와 까마귀」인 Ⓐ 「여우와 가마귀」의 전문은 다음과 같다.

예수(여우)란 넘이(놈이), 꾀 많은 거는 예수 겉다고, 그 예수가 참 꾀가 많애. 까마구란 넘이 세상에 까마구 몸으로 생기나가 온 데, 날아댕게도 까마구 좋다 크는 사람이, 사람도 우환 있는 집이 가가 울면, "저 놈 안 됐다고, 흉하다고", 막 뚜디레 패 쫓아뿌고 길사로 정해뿌면, 정혼(定婚)을 했는동, 해산을 했뿐동, 마 까마구가 저 마당아 와가 울든동 하면, 마 "재수 없다"고 훌체뿌고, 만구에 그 우는 소리 들으면 실버 그고(싫어하고) 다 그런데.

그 까마구가 지 그런 줄 알고, 한 분은(번은) 댕기보이, 이놈 까마구란 넘이 어데 가가주고, 그 먹을 거로 산 생물로 어디 가가 삐가리(병아리)로 한마리 굵단은 걸 잡아와가 에 올라 앉아가 뜯어 묵을라고 앉아. 이 놈 예수는 기 댕기는 눔인 따문에 거 에 올라가면, 그 놈 다린 데로

가뿔 끼고, 저 눔 밥묵는 거로 **뺏**아 묵어이 될 텐데. 묵을 연구가 안 나는 기라.

그래 그 놈 그래구 **뺏**아 묵을 연구로 내가 치받아 보고,

"까마구 선생님, 까마구 선생님."

그래 불으이, 대그바리(대가리) 꺼득꺼득 대답하지.

"까마구 선생님이 모양은 그래 꺼무스름하게, 그래 머 해도, 아주 울음 소리는, 내 듣기에는 얼매나 그거 듣기 좋은동. 그기 참 그래요."

지(자기) 울음 소리 만구에 아무도 사람도 좋아 안 그고, 아무 데 가도 환영을 못 받는데. 이 예수란 눔이 처받아 보고 까마구 선생님 울음 소리가 그래 좋다고 찬성을 하이, 아이 이 눔 지 맘에 흔감시러버, 가당찮이 흔감시러버. '이거 내 참 울음 소리 좋다 크이까네, 저 예수 거거 하나 밖에 첨 봤다.'

"까마구 선생님. 나는 볼일도 있고 하이, 될 수 있는대로 까마구 선생님 우는 소리로 한 분 듣고 저부이(싶으니), 한 분 내 귀에 한 분 듣두룩 해주먼, 어떨렁기요."

아 그럼, 선생님 저 소리 들을라고 그카이, 좋다 싶우 거덩. "에 그거 까짓 내 애끼잖고 한 분 해 주지러." 입에 물고 있던 거로 얖구리(옆구리)끼등가, 발 새에 낑구든동 앤 하고, 물고,

"까욱!"

캐뿌이, 고마 그 넘 턱 널찐다. 나무 밑에 널찌이, 이 놈 예수가여 까마구 물고 있는 밥으로 그래 **뺏**아 묵어. 꾀가 많지 예수가여. [웃음] 그 넘 연구가 앤간하지. "까옥" 크이, 입을 벌이가 "까옥" 크그덩. 마 그거 물었는 거로 널짜뿌고, 예수한테 내**뺴**뿌드라고 [이창석: 어느 거는 꾀 많은 예수라고](이석춘, 「여우와 가마귀」, 1979, 경북 월성)

위의 인용문에서 여우는 꾀가 많은 동물로, 까마귀는 흉한 징조를 상징하는 동물로 정형화되어 나타났다. 꾀가 많은 여우와 흉한 까마귀라는 부분은 반복적으로 구연되었다. 그리고 "사람들"이라는 용어를 사용함으로써 공동체에 의한 집단 무의식의 경향을 드러냈다. 구비문학으로서의 「여우와 까마귀」는 꾀가 많은 여우에 의하여 흉조를 예시하는 까

마귀가 당하는 서사로 전승되었다. 사람들로부터 예쁨을 받지 못하는 까마귀가 결국 여우에게 당하는 것을 통하여 공감대를 강조하고 웃음을 유발하였다.

구비문학으로서의 「여우와 까마귀」에는 대화 묘사가 많아졌다. 특히 배경 설명 과정에서 여우와 까마귀에 대한 사람들의 대화 묘사도 언급되었다. 뿐만 아니라 여우의 대화 부분도 세 부분으로 나누어 전개되었다. 그러나 여우의 대화 부분에는 까마귀가 검다는 사실에 과대 포장을 하지 않았다. 뿐만 아니라 까마귀의 소리를 듣기 위한 대화만 묘사되었다. 다시 말하면 서사 전개에 필요한 핵심 부분만 전승되었다.

그리고 여우와 까마귀에 대한 사람들의 인상뿐만 아니라 까마귀가 물고 있는 병아리에 대한 서사도 보충되었다. 병아리는 근대 매체에서 언급되지 않았던 부분이다. 근대 매체에 수록된 「여우와 까마귀」에서 외래적인 요소는 까마귀가 물고 있었던 음식에서 나타났다. ⑧에서는 치즈 한 조각, ⑫에서는 나병이라는 서양 음식에 대한 설명이 덧붙여지고 있는데 각각 와타나베 온 판본과 『경향잡지』이다.

2.3 이질적 문화 기호의 현지화

구비문학으로 전승된 이솝우화는 전통적인 이야기로 변모되었다. 익숙하지 않은 문화 기호 역시 현지에 맞게 변형되었다. 대표적인 예로 「헤르메스와 나무꾼」을 들 수 있다. 근대 매체에 수록된 양상은 아래의 표와 같다. <표 25>에서의 ⓐ1, ⓐ2, ⓐ3, ⓐ4는 구비문학대계에 수록된 이솝우화이다. ⑧는 와타나베 온 판본이고 ⓒ는 천병희 번역본이다. 그리고 각각 ⓓ1 『초등소학』, ⓓ2 『신문계』, ⓓ3 『우순소리』, ⓓ4 『이소보의 공전격언』, ⑮『이솝우언』에 수록되었다. 즉 이 우화는 근대 입문 교육용 교과서, 일제의 체제 선전 잡지, 일제에 대한 저항 의식을 보여준 윤치호의 이솝우화집, 일제강점기 청년들을 대상으로 체제 순응을 독려하던 송헌석의 이솝우화집, 일제에 대한 비판이 보다 표면화되던 시기 청년들을 대상으로 한 배위량의 이솝우화집에 수록되었다.

<표 25> 구비문학으로서의 「헤르메스와 나무꾼」 및 근대 매체 수록 양상

판본	제목	도끼를 찾아주는 자	따라하는 사람의 등장
Ⓐ1	정직한 나뭇군	노인	없음
Ⓐ2	금도끼 은도끼	산신령	없음
Ⓐ3	금도끼와 은도끼	하얀 산신령 할아버지	동네 심술 맞은 사람
Ⓐ4	금도끼와 은도끼를 다 얻은 마음씨 착한 나무꾼	산신령	없음
Ⓑ	제66화 헤르메스와 나무꾼 이야기 (원작 표기: 水星明神と樵夫の話)	헤르메스(水星明神)	욕심 많은 마을 사람
Ⓒ	253. 나무꾼과 헤르메스	헤르메스	친구 중 한 명
Ⓓ1	第二十八 斧	국왕	없음
Ⓓ2	ㅁ음을 곳게 가질 일	천신	친구
Ⓓ3	百十五과 슈셩(水星)과 초부(樵夫)	수셩(水星)	친구

Ⓑ와 Ⓓ3은 헤르메스가 천상운행속도가 제일 빠른 수성(Mercury)으로 대체되었다. 그 이유는 헤르메스가 수성으로 되어있는 판본을 토대로 번역한 것으로 추정된다. 헤르메스가 수성으로도 불리는 이유는 행동이 민첩하여 신들 사이의 사자로 활약하였기 때문이다. 다시 말하면 배위량의『이솝우

언』과 와타나베 온 번안본에는 같은 번역 어휘가 사용되었다.

Ⓐ①은 노인이 도끼를 찾아주지만 Ⓐ②, Ⓐ③, Ⓐ④는 산신령이 도끼를 찾아준다. 산신령은 자연만물에 정령(精靈)이 있다는 원시신앙에서 비롯된 것인데 산에 신령이 있고 제사를 지내는 일은 예로부터 있어 왔다. 따라서 구비문학으로 현지화되는 과정에서는 친숙한 노인과 산신령으로 변형되었던 것이다.

Ⓓ①은 국왕이 찾아준다. 비현실적인 요소는 중세의 최고 신분으로 변형되어 현실감을 강조하였다. 즉『초등소학』에서는 중세적인 요소가 보이지만 근대적인 특징도 보인다. 나무꾼이 국왕이 건네는 도끼를 거절하는 이유를 학교 교육을 받았기 때문이라고 하면서 근대로의 과도기적 양상을 보여주었다. Ⓓ②는 천신이 찾아주는데 그 이유는 종교 성향의 저널인『경향신문』에 수록되었기 때문이다.

나무꾼이 금도끼와 은도끼를 모두 얻자 이를 부러워하며 따라하는 사람이 등장하는 서사는 Ⓐ①, Ⓐ②, Ⓐ④, Ⓓ①에서 생략되었다. 페리 인덱스에 수록된 판본과 천병희 번역판에서는 모두 이 서사가 포함되어있다. 다시 말하면 친구가 나무꾼을 따라하는 서사는 의도적으로 생략되었다. 특히 Ⓓ①『초등소학』에서 생략되었는데 이는 친구를 따라하는 서사가 아동 교육에 적합하지 않아서 삭제된 것으로 보인다. 따라서 Ⓐ①, Ⓐ②, Ⓐ④의 구비 전승 과정에서도 친구가 따라하는 서사는 굳이 언급되지 않았다고 볼 수 있다.

구비문학 서사의 전개 배경은 간략하게 함축되었다. 나무꾼과 도끼를 찾아주는 자의 대화 비중은 구비문학 전체 텍스트에서 차지하는 부분이 크다. 이는 생동한 장면을 구연하는데 일조하였다. 앞의 <표 25>에서 구비문학으로서의 「헤르메스와 나무꾼」인 Ⓐ② 「금도끼 은도끼」의 전문은 다음과 같다.

　　대개 이제 옛날에 나무 하니까, 나무를 하러 갔는데, 그 왜 산에 연못이 있었는지.

　　산에 여, 연못같은 게, 이 뭐 구렁이 있는 수렁이 있는데, 그 옆에 큰 나무가 올라 있어요

　　그래서 올라가서, 나무를,

　　도끼를 갖다 푹 짛다가 이 도끼가 쑥 빠졌지않어.

　　그래 물루 텀벙 들어갔네.

　　그래 할 수 없이 그냥 울구선, 이렇게 드러 울구 있으니깐,

　　"왜 우느냐." 그래.

　　그래, 산신령이 와서,

　　수염을 이러니 하면서, "너 왜 우느냐." 그랬더니,

　　"아유, 말두 말라구, 지금 나무 해다가 이게, 도끼가 이게 물에 빠졌는데, 이걸 우트게 했으면 좋겠느냐구."

　　"가만 있어라."

　　그 양반이 목을, 목을 해가지구 들어 갔어.

　　하여간 조금 있더니, 금이, 금이 번쩍번쩍한 도끼를 내고,

　　"이거 니 것이냐?"

　　그랬을 적에, 아이구 뭐 거기 뭐 아무도 없구 내 것이라면 내 것이지 뭘 그래.

　　"아이구 아니에유. 그건 아니라구."

　　"그래?"

　　그래더니 또 들어 갔어.

　　들어가서 은도끼를 가져 왔어요.

　　"그래 이것이 네 도끼냐?"

　　"아유, 그것두 아니에유,"

　　막 울면서 그러니까, 하이구, 참.

　　그래서 또 들어가서 가져온 게, 진짜, 거 그거 빠진 거, 이제 저, 쇠, 저 쇠도끼를 갖다가 주니까,

　　"이거 네 꺼냐?"

그래니까,

"아유, 이거 내꺼라구. 그래 고맙습니다." 해구선, 절을 하구 그랬거든.

그래서 그것을 생각할 적에,

우리가 참, 지나친 욕심을 부려서, 어, 자기 꺼 아닌 것두 자기 꺼라구 해서 욕심을 내는데,

이 사람은 아 쇠도낄 잊어 버리구, 금도낄 찾아 주는데 글쎄, 주는데두 그거 내꺼 아니라구 했으니까 얼마나 착한 사람이여.

그래서 권선징악이라구, 선을 권하구, 악을 인제 멀리하는 그런, 그 교훈 뜻에서, 이제 그게 전해지구 내려왔어.

그래서 금도끼냐, 쇠, 은도끼냐, 그게 나온거지 그게.(민창유, 「금도끼 은도끼」, 2010, 강원 원주)

동서양에서의 도끼는 권력을 상징한다.[3] 헤르메스는 여러 영역의 신인데 신의 의지를 전달하는 신의 전령이나, 도둑과 상업의 신으로 간주된다.[4] 도끼를 물에 빠뜨린 나무꾼에게 헤르메스는 금도끼와 은도끼를 건넨다. 훔쳐온 것을 준다고 이해할 수도 있지만, 이 우화에서는 신의 의지를 전달한다는 것이 비교적 적절하다. 이에 나무꾼은 금도끼와 은도끼를 모두 거절하고 자신의 도끼만 가지려 한다. 사실 이 우화는 유혹을 감당해낼 만한 정직함을 강조한 것 외에도 감당할 수 없는 권력에 대한 경계심을 연상시키는 우화이다. 그러나 헤르메스라는 신은 삭제되었으며 정직함을 강조하는 우화로 전승되었다. 마지막 부분에서는 권선징악이 언급되었으며 전통적인 주제를 지향하였다.

---

3) "서양에서 도끼는 권력을 의미한다. 고대 로마 공화정이 도끼와 나무다발을 한데 묶은 상징물로 집정관의 권위를 표현한 이래 쭉 이어진 전통이다. 권표(權標)라고 번역되는 이 물건을 로마인들은 파스케스(Fasces)라 불렀다. 후일 전 세계를 파탄에 빠뜨리는 파시즘(Fascism)이라는 단어도 여기서 나왔다. 동양도 매한가지다. 도끼를 뜻하는 부(斧)자는 아버지(父)가 고기를 근(斤) 단위로 잘라 분배하는 모양새다."
김동훈, 『별별명언』, 민음사, 2017, 312면.
4) 피에르 그리말 지음, 최애리 책임 번역, 앞의 책, 679~680면.

제6장

이솝우화의 역할과 의의

이솝우화의
역할과 의의

　이상으로 이솝우화가 한국에 전래된 양상과 더불어 내면화 및 현지화 된 과정을 고찰하였다. 이에 앞서 우선 이솝우화의 기원과 판본 변화 및 교육과 설득용 텍스트로서의 역할을 정리하였다. 이솝우화는 동서양의 요소를 아우르면서 오랫동안 문서 혹은 구두 형태로 전해져 내려온 인류 공동체의 대표적인 지혜이다. 문학으로서의 이솝우화는 교훈과 쾌락적 기능을 구비하였다. 친숙한 동물 혹은 식물의 인격화를 통한 형상화는 아동을 포함한 대중 독자 혹은 청자들에게 친근하게 다가갈 수 있었다. 뿐만 아니라 간략한 서사 경개에 내포된 교훈적 의미는 논리적인 전개를 뒷받침하기 때문에 설득을 위한 예증으로도 사용되었다. 그리하여 오래 전부터 서양 학자들의 연설 및 아동 교육에 활용될 수 있었다.

　이솝우화의 수용 관련 연구는 현존하는 가시적인 문서 자료를 기준으로 하였다. 다시 말하면 언제까지나 일본과 중국은 물론 한국에서도 행해진 적이 있는 쇄국 및 금교(禁敎)정책으로 인한 서양 서적의 유실을 전제로 한다. 동아시아에서의 이솝우화 수용은 근대 서양의 영향력이 확산되던 시기에 본격적으로 진행되었다. 일본과 중국의 이솝우화 수용 관련 문서는 모두 예수회에 의하여 간행되었다. 이는 당시 동아시아에서의 예수회의 선교 전략 즉 적응주의에서 비롯된 것이다. 특히 서양 선교사들은 중국의 유명한 사대부들과 심층적인 문화 교류를 하면서 대담 형식으로 저서를 집필하였다. 이 과정에서 이솝이 소개되고 관련 일화가 수록되었으며, 이솝우화도 인용되었다.

그리하여 이솝우화 원형을 설정하고, 이를 서학 저서에 수록된 이솝우화와 비교 분석하였다. 마테오 리치의 『천주실의』에 실린 「두 마리 개」와 『기인십편』의 「배가 부어오른 여우」·「학과 공작」·「늙은 사자와 여우」·「수전노」·「멧돼지, 말과 사냥꾼」, 그리고 판 토하의 『칠극』에 수록된 「탐욕스러운 자와 시샘이 많은 자」·「위와 발」·「여우와 까마귀」·「나무들과 올리브나무」·「병든 사자, 늑대와 여우」·「토끼들과 개구리들」에 대한 분석을 통하여 서양 선교사들의 논지 전개를 위하여 예증으로 활용된 이솝우화를 고찰하였다.

서양 선교사들의 저서는 간행된 지 얼마 지나지 않아 개인적인 경로를 통하여 혹은 조정의 차원에서 당시 조선에 직접 유입되었다. 조선 문인들은 한문 해독에 전혀 문제가 없었다. 그러나 유학 중심의 사회 질서와는 다른 서학의 내용에 중시했을 뿐, 이솝우화에 대하여 서양 문학으로 특별히 주목하지는 않았다. 우화를 이용한 논증은 한자문화권에서도 아주 친숙한 수법이었기 때문이다. 서학 저서에 수록된 이솝우화는 청빈과 절제의 삶 및 타인에 대한 관용을 권유하면서 종교적 내세관을 제시하는 예증으로 활용되었다.

일본과 서양에 의한 문호개방과 더불어 이솝우화는 근대 매체를 통하여 확산되었다. 이솝우화의 확산 루트는 서양식 근대 입문 교육의 이식, 대중 계몽과 실력 양성 및 국권 회복을 위한 지식인들의 저술, 종교계 잡지와 저널의 출판 및 문서 선교로 구체화될 수 있다. 우선 근대 입문 교육에 사용된 교과서인『신정심상소학』과『초등소학』에 수록된 이솝우화는 신식 교육용 텍스트로서 보편적인 개인 수신에 대한 교육을 지향하였다. 두 교과서에 대한 비교를 통하여, 민간에서 편찬된 교과서인『초등소학』에 수록된 이솝우화가 나라의 위기의식을 고취하면서 자립을 강조하였음을 알 수 있었다.

　최남선이 편집인으로 참여한『대한유학생회학보』는 비록 중국어 백화문 위주로 수록되었지만, 한국 유학생들이 취사 및 선택하였다는 점에서 을사늑약 이후 시국에 대한 비분의 감정이 반영되었다. 뿐만 아니라 최남선에 의하여『소년』·『붉은 져고리』·『아이들보이』에 수록된 이솝우화는 청소년 위주의 대중을 상대로 계몽하기 위한 것도 있었지만 윤리 도덕의 차원을 벗어나 시국과 연결되었다. 그러다 일제 침략의 가속화와 더불어 시대 의식은 내면화 되었으며 점차 어린이를 위한 오락 위주의 서사로 변화되었다. 윤치호의『우순소리』에 수록된 이솝우화는 자연스러운 현지화가 이루어졌다. 특히 마지막 부분에는 저자의 육성이 보태져 외세의 침략과 지배 세력에 대한 풍자적인 비판을 심화시켰다.

　근대 신문에 수록된 단형 서사문학으로서의 이솝우화는 현지화와 형상화가 이루어졌다. 대중 계몽과 나라 위기에 대한 시대적 책임감은 문학적으로 다듬어지기 시작하였다. 편폭은 길어졌으며 동양의 전고와 더불어 자연스럽게 현지 이야기로 다루어졌다. 뿐만 아니라 하나의 단형 서사에 두 편의 이솝우화가 결합되어 재창작되었으며 문학적인 비유로 형상화되기도 하였다.

　일제강점기에도 이솝우화는 근대 매체를 통하여 출판되었다. 매체의 성향이 다름에 따라 이솝우화 역시 다양하게 수록되었다. 일본인 다케우치 로쿠노스케(竹內錄之助)에 의하여 발행된 『신문계』는 일제의 식민지 체제에 순응하도록 유도하였다. 그리고 일제병합 후에 출판된 송헌석의 『이소보의 공전격언』은 실용주의를 강조함과 더불어 청년들에게 성급하게 행동하지 말 것을 권유하였다. 그러나 이솝우화 본연의 비판적인 성격 때문에 텍스트의 내용이 간행물의 성향 혹은 화자가 강조한 논설 부분과 모순되기도 하였다. 다시 말하면 일제강점기라는 특수한 상황을 고려하였을 때, 강자에 대한 비판이나 약자의 역전 등을 주제로 한 이솝우화는 외세 침략에 대한 비판을 상기시키는 역할을 하였다.

　이솝우화는 일제강점기에 종교적 범위의 내용으로만 제한 받았던 조선 천주교 주관의 『경향잡지』에도 수록되었다. 설교를 위한 서사로도 활용되었으나 한국적인 배경으로 전개되어 현지화가 이루어졌다. 그리고 속담이나 관용구의 첨가 및 비유로서의 교훈 제시는 문학적인 차원으로 승화시켰다. 개신교 성향이 강할 것이라고 예상했던 배위량의 『이솝우언』은 종교적 색채가 강하지 않았다. 그 이유는 교육자로서 학생이라는 보다 다양한 독자층을 염두에 두고 이솝우화를 교육 텍스트로 활용하기 위했던 것으로 추정된다. 『이솝우언』 역시 보호보다는 자유를 택할 것, 용감하게 맞설 것 등 당면 시사를 의식하는 내용을 강조하였다.

　마지막으로 이 책에서 대상으로 삼은 근대 매체에 수록된 이솝우화 중 제일 많이 수록된 이솝우화 8편에 외래적 요소가 강하여 대표적이라고 판단한 1편을 추가하여, 구비문학으로서의 전승 양상을 고찰하였다. 한국구비문학대계 사이트에서 검색하여 유사한 이야기를 확정하였으며, 등장 대상이 비슷하고 모티브가 대체적으로 일치한 것을 기준으로 선별하였다. 9편을 검색한 결과 4편의 이솝우화와 대응하는 구비문학 자료를 찾았다. 구비문학으로서의 이솝우화는 근대 매체에 수록된 양상과 더불어 와타나베 온이 번안한 이솝우화, 천병희가 옮긴 이솝우화와 비교 분석하여 그 현지화 양상을 검토하였다. 요컨대 「고깃덩이를 문 개와 그의 그림자」, 「여우와 까마귀」, 「거북과 토끼」, 그리고 근대 매체에 빈번하게 수록되지 않은 이솝우화로는 「헤르메스와 나무꾼」의 텍스트 변화 양상을 통시적으로 고찰하였다. 구비문학으로서의 이솝우화는 서사가 간소화되었으며 익숙한 교훈으로 전승되고 있었다. 여전히 교훈과 쾌락이라는 문학적 기능을 담당하고 있었으며 대표적인 구비문학으로서 구연 상황을 유도하기도 하였다. 그리고 한국적인 특색이 강화되었으며 이질적 문화 기호는 현지 상황에 따라 변화되었다. 뿐만 아니라 구전적인 특성으로 인하여 대화 비중이 증가하였으며 전통 음악인 타령으로 변형되기도 하였다.

근대 한국 이솝우화에 대한 분석을 통하여 묘사의 상세한 전개, 지문보다는 대화 비중의 우세, 지문에 추가된 배경묘사, 중세기와 근대적 어휘 및 사상의 혼용 등 소설의 과도기적 특징을 찾아볼 수 있었다. 뿐만 아니라 근대 한국의 굴곡적인 역사와 더불어 이솝우화 텍스트 역시 유연하게 변모되었다. 이는 이솝우화가 인간의 가장 기본적인 선을 주장한 것 외에도, 부당함에 대한 비판을 우회적으로 진행할 수 있었기 때문이다.

한국 근대 이솝우화의 문학사적 의의는 시기, 매체, 독자별로 다음과 같이 정리할 수 있다. 첫째, 개항 이전의 이솝우화는 한문으로 이입(移入)되었으며 서양 문학으로서 특별한 주목을 받지는 못하였다. 서학 저서에 수록된 이솝우화는 개인적 수양과 사회 윤리 지침을 강조하면서 유학 중심의 사회질서 이외의 세계관을 전개하는 예증으로 활용되었다. 개항 이후에는 근대식 교육 및 아동 교육 입문용 텍스트, 대중 계몽과 교육구국이라는 시대적 책임을 담았다. 일제의 간섭이 가중화될수록 이솝우화를 이용한 외세 비판 및 국권 회복에 대한 호소가 표면화되었다. 일제강점기 이후에는 비판이 내면화되는 양상을 보였다. 이솝우화는 일제의 식민지 체제 선전을 유도하는 잡지에 실리기도 하였으나 자체의 비판적인 성격과 다양한 주제로 인하여 내면화된 비판을 상기시킬 수 있었다.

둘째, 매체별로 보면 서학으로 수록된 이솝우화는 의인화가 이루어졌지만 대체적으로 객관적인 서술 방식으로 수록되어 논지 전개를 위한 비유적인 논거로 활용되었다. 『대한유학생회학보』를 위시로 한 근대 저널에 수록된 이솝우화는 국권침탈의 상황에 대한 비판적인 성격이 강하였다. 뿐만 아니라 대중 독자를 향한 호소도 특징적이다. 특히 일제의 침략이 가중화됨에 따라 비판은 내면화되었다. 이에 비하면 단행본에 수록된 이솝우화는 주로 청년을 대상으로 하였으며 편저자의 사상 경향을 체현하였다.

셋째, 독자별로 보면 이솝우화는 서양 문학이라는 뚜렷한 의식이 없이 서학에 수록되어 조선 시대 문인 계층 위주로 유입되었다. 그러나 서학에 대한 수용이 신앙 운동으로 발전하면서 보다 다양한 사람들도 접했을 수 있었을 것임을 유추해볼 수 있다. 개항 이후에는 청소년 및 일반 대중으로 확대되었는데, 그 이유는 교육과 출판의 영역에서 활발하게 전개된 대중 계몽과 교육 구국 활동 때문이다. 교육과 출판의 영역에서는 일본과 서양의 영향 및 종교의 영향이 컸으며 신자로서의 독자 혹은 청자들도 간과할 수 없다.

물론 이 책의 내용은 새로운 자료의 발견에 따라 언제든지 수정되어야 할 부분이 적지 않다. 그럼에도 불구하고 중국과 일본의 이솝우화 수용 양상과 결부하면서 한국에서의 이솝우화 수용 양상을 점검하였다는 점에서 의의를 가진다. 근대 이솝우화 텍스트의 확산과 굴절 양상에 대한 고찰을 통하여, 서양의 가장 대표적인 민중의 지혜가 전파되는 경로와 함께 수용되는 양상을 통시적 및 공시적으로 확인할 수 있었다. 특히 이 책의 기초 작업으로 우선 선별 기준을 정하여 이솝우화를 정리하였다. 즉 페리 인덱스(Perry Index)를 기준으로 이솝우화를 선별하여 분류하였다. 근대 우화의 문학으로서의 교훈과 쾌락적 기능에 대한 재조명과 한국에서 현지화된 이솝우화에 대한 고찰은 구비문학과 비교문학 나아가 동서양 문화교류의 새로운 지평을 펼쳐나갈 수 있는 계기가 될 것으로 본다.

이 작업은 한국 근대 이솝우화를 페리 인덱스, 한국구비문학대계와 대응시키는 과정에서 많은 양의 텍스트를 개인적으로 제한된 지면 형태에 정리하다 보니 정밀하게 다루지는 못하였다. 특히 페리 인덱스가 영문으로 되어 있어 번역하여 이해하는 과정에서도 오차가 있을 수 있다. 뿐만 아니라 이솝우화 분석 과정에서는 보다 체계적인 틀과 다양한 문화사적인 이해가 보충되어야 할 것인데 이는 차후의 과제로 삼아 연구를 진행하기로 한다.

참고문헌

1. 資料

〈기본 자료〉

金尼閣 口授・張廑 筆傳, 『況義』, 1625.

마테오 리치 저・송영배・임금자・장정란・정인재・조 광・최소자 역, 『천주실의(天主實義) -연구와 번역』, 서울대학교출판부, 1999.

마테오 리치 저・송영배 역, 『교우론(交友論), 스물다섯 마디 잠언(二十五言), 기인십편(畸人十篇) -연구와 번역』, 서울대학교출판부, 2000.

謝懋明, 「跋況義後」, 金尼閣口授・張廑筆傳, 『況義』, 1625.

유몽인 지음, 신익철・이형대・조융희・노영미 옮김, 『어우야담』, 돌베개, 2006.

李睟光 著・南晩星 譯, 『芝峯類說(上)』, 乙酉文化社, 1994.

蒼蒼生, 「이솝스 寓語抄譯」, 『대한유학생회학보』 1호, 1907.3.3., 63~64면.

최남선, 「이솝의 이약(第一次)」, 『少年』, 1908.11.01.

崔南善 編, 『少年』, 亦樂, 2001.

판 토하 지음・박유리 옮김, 『칠극』, 일조각, 1998.

Robert Thom・MUN MOOY SEEN-SHANG/蒙昧先生, 『意拾喩言(ESOP'S FABLES)』, CANTON PRESS OFFICE, 1840.

『京鄕雜誌10・11』, 韓國天主敎中央協議會 編輯部 編, 太學社, 1984.

『大韓留學生會學報』, 韓國學文獻硏究所 編(1978), 『韓國開化期學術誌 19』, 亞細亞文化社, 1907.

「라파룬 스젹」, 『그리스도신문』, 1901.5.30.

『신문계』, 청운, 2004.

『新訂尋常小學』, 學部 編纂, 韓國學文獻硏究所 編(1977), 『韓國開化期敎科書叢書 1』, 亞細亞文化社, 1896.

「우의담(寓意談)」, 『新文界』 1권 3호, 1913.6.5.

「第壹朞 記念辭」, 『少年』 12호, 1909.11.01., 6면.

『初等小學』, 大韓國民敎育會 編纂, 韓國學文獻硏究所 編(1977), 『韓國開化期敎科書叢書 4』, 亞細亞文化社, 1906.

『初等小學 3・4』, 大韓國民教育會 編纂, 학예문화사, 2003.

〈자료집〉

김영민・구장률・이유미, 『근대계몽기 단형 서사문학 자료전집 上・下』, 소명출판, 2003.
원종찬 편집, 『한국 아동문학 총서 1 -붉은 저고리, 아이들 보이, 새별』, 역락, 2010.
이솝 원저・와타나베 온 번안・편무진 편역, 『통속 이솝우화』, 박이정, 2008.
이솝 지음・천병희 옮김, 『이솝우화』, 숲, 2013.
趙東一・姜秦玉・李福揆・金大坰・朴舜任 分類, 『韓國口碑文學大系 別冊附錄(Ⅰ)〈韓國說話類型分類集〉』, 韓國精神文化硏究院, 1989.
허경진・정명기・유춘동・임미정・이효정, 『윤치호의 『우순소리』 연구』, 보고사, 2010.
허경진・표언복・유춘동, 『근대계몽기 조선의 이솝우화』, 보고사, 2009.

2. 論著

강진호, 「한・일 근대 국어 교과서와 '서사'의 수용 -『신정심상소학』(1896)을 중심으로」, 『일본학』 39집, 동국대학교 일본학연구소, 2014, 1~38면.
_____, 「근대 국어 교과서와 민간 독본의 탄생 -『初等小學』(1906)을 중심으로」, 『현대문학이론연구』 60집, 현대문학이론학회, 2015, 29~58면.
_____, 「근대계몽기의 '독본'과 서사 양식 -紀事, 話, 이야기, 이솝우화를 중심으로」, 『동악어문학』 67집, 동악어문학회, 2016, 9~45면.
권영민, 『풍자 우화 그리고 계몽담론』, 서울대학교출판부, 2008.
금영진, 「동아시아에서의 이솝풍 이야기의 전파와 변용」, 『일본학연구』 37집, 단국대학교 일본연구소, 2012, 353~372면.
금장태・강돈구, 「기독교의 전래와 서양철학의 수용」, 『철학사상』 4권, 서울대학교 철학사상연구소, 1994, 197~239면.
箕輪吉次, 「서구 문학이 일본 문학에 미친 영향 -이솝 우화를 중심으로」, 『비교문학연구』 1집, 경희대학교 부설 비교문화연구소, 1994, 29~48면.
김근수, 『한국잡지사연구』, 한국학연구소, 1999.
김동훈, 『별별명언』, 민음사, 2017.
김병선, 「세상을 읽기 위해 문학작품을 읽으라」, 『목회와 신학』 317호, 두란노, 2015, 94~95면.
김병선・임치균・이건식・김태환・강문종・유진아, 「2016년 한국학중앙연구원 구비문학 정책연구과제 결과보고서-한국구비문학대계의 보급과 지식정보의 확산을 위한 연구」, 2017.

金秉喆, 『韓國近代飜譯文學史硏究』, 乙酉文化社, 1975.

김상근, 「예수회의 초기 일본 선교정책 비교 -프란씨스꼬 데 까브랄과 알레산드로 발리냐뇨를 중심으로」, 『한국기독교와 역사』 25집, 한국기독교역사연구소, 2006, 123~159면.

김선희, 『마테오 리치와 주희, 그리고 정약용 -『천주실의』와 동아시아 유학의 지평』, 심산출판사, 2012.

김소정, 「번역문학과 문화변용 -이솝우화(Aesop's Fables)의 중문(中文) 버전에 대한 통시적 고찰」, 『中國語文學』 56집, 영남중국어문학회, 2010, 463~486면.

김영민, 『한국 근대소설사』, 솔출판사, 1997.

_____, 「근대계몽기 단형 서사문학 자료 연구 -자료의 정리 작업 및 근대문학사적 특질 연구」, 김영민·구장률·이유미, 『근대계몽기 단형 서사문학 자료전집 上·下』, 소명출판, 2003, 547~586면.

金俊五, 『詩論』, 三知院, 2012.

김태준, 「이솝우화의 수용과 개화기 교과서」, 『韓國學報』 7집, 일지사, 1981, 107~135면.

김혜경, 『예수회의 적응주의 선교 -역사와 의미』, 서강대학교 출판부, 2012.

_____, 「왜란 시기 예수회 선교사들의 일본과 조선 인식」, 『敎會史硏究』 49집, 한국교회사연구소, 2016, 7~53면.

남미영, 「한국 문학에 끼친 이솝우화의 영향 연구(Ⅰ)」, 『새국어교육』 45권 1호, 한국국어교육학회, 1989, 228~251면.

朴秀美, 「開化期 新聞小說 硏究」, 성균관대학교 대학원 박사학위논문, 2005.

박슬기, 「편집자 최남선과 『소년』이라는 매체 -심급」, 『사이(SAI)』 20호, 국제한국문학문화학회, 87~112면.

박옥수, 「이솝 우화의 번역에서 문체의 번역 방식과 대상 독자와의 관련성」, 『동아인문학』 35집, 동아인문학회, 2016, 291~318면.

박진영, 『책의 탄생과 이야기의 운명』, 소명출판, 2013.

박찬승, 「한국에서의 '민족' 개념의 형성」, 『개념과 소통』 1집, 한림대학교 한림과학원, 2008, 79~120면.

朴惠淑, 「서양 동화의 流入과 1920년대 한국 동화의 成立」, 『語文硏究』 23권 1호, 한국어문교육연구회, 2005, 173~192면.

白淳在, 「『大韓留學生會學報』 解題」, 『大韓留學生會學報』, 韓國學文獻硏究所 編, 『韓國開化期學術誌 19』, 亞細亞文化社, 1978, ⅴ~ⅸ면.

서경임, 「국어과 교과서의 이솝우화 수용양상 -개화기부터 4차 교육과정까지」, 성신여자대학교 교육대학원 석사학위논문, 2013.

신상필, 「파리외방전교회가 남긴 동서양 문명교류의 흔적 Grammaire Coréenne(1881)

소재 단형고전서사의 존재양상과 그 의미」, 『고소설연구』 37권, 한국고소설학
회, 2014, 349~380면.

신익철 편저, 『연행사와 북경 천주당』, 도서출판 보고사, 2013.

申惠暻, 「大韓帝國期 國民教育會 研究」, 『梨花史學研究』 20・21합집, 梨花女子大學校
史學研究所, 1993, 147~187면.

沈英淑, 「일본식민지시기 중국어회화교재 『改正增補漢語獨學全』, 『高等官話華語精選』
연구」, 숙명여자대학교 대학원 석사학위논문, 2009.

嚴大鎔, 「新訂尋常小學과 初等小學의 比較研究」, 인하대학교 교육대학원 석사학위논문,
1981.

오순방, 『19세기 동아시아의 번역과 기독교 문서선교 -서양 개신교선교사의 번역활동
과 中文基督教小說의 창작과 번역을 중심으로』, 숭실대학교 출판국, 2015.

오오다케 키요미, 「이와야 사자나미(嚴谷小波)와 근대 한국」, 『한국아동문학연구』 15
호, 한국아동문학학회, 2008, 149~167면.

오현숙, 「아동독자와 아동서사의 형성 -『신정심상소학』(1896)을 중심으로」, 『스토리
앤이미지텔링』 10집, 건국대학교 스토리앤이미지텔링연구소, 2015, 141~173면.

유춘동, 「근대계몽기 조선의 『이솝우화』」, 『淵民學志』 13집, 연민학회, 2010, 211~
232면.

이광래, 『한국의 서양 사상 수용사』, 열린책들, 2003.

李商燮, 『文學批評用語事典』, 民音社, 1976.

이지성, 「루터의 저작에 나타난 이솝우화 연구」, 『기독교사회윤리』 36집, 한국기독교
사회윤리학회, 2016, 179~212면.

이효정, 「윤치호의 『우순소리』 소개」, 『국어국문학』 153호, 국어국문학회, 2009, 163
~198면.

장영미, 「좋은 재목(材木) 만들기와 자주독립 그리고 국권회복 -민간 편찬 『초등소학』
(1906)을 중심으로」, 『한국문예비평연구』 50집, 한국현대문예비평학회, 2016,
279~310면.

장지연, 「동서 문화 교류의 한 접점으로서의 우화 연구 -중세 유럽 라틴어 우화 전통을
중심으로」, 『지중해지역연구』 10권 2호, 부산외국어대학교 지중해연구소, 2008,
133~153면.

정의, 「근대 일본의 서구숭배와 국수주의 -메이지(明治)유신부터 청일전쟁까지를 중심
으로」, 『일본사상』 27집, 한국일본사상사학회, 2014, 277~301면.

정혜원, 「근대 초기 이솝우화가 갖는 의의」, 『한국아동문학연구』 21집, 한국아동문학
학회, 2011, 205~233면.

조광, 「조선후기 서학서(西學書)의 수용과 보급」, 『민족문화연구』 44권, 고려대학교 민
족문화연구원, 2006, 199~235면.

조동일, 『한국문학통사 4』, 제4판, 지식산업사, 2005.

조현범, 「조선 후기 유학자들의 서학 인식: 종교/과학 구분론에 대한 재검토」, 『한국사상사학』 50권, 한국사상사학회, 2015, 96~144면.

진선희, 「1910년대 아동 신문『붉은 져고리』연구 -수록 동요를 중심으로」, 『한국아동문학연구』 22집, 한국아동문학학회, 2012, 123~169면, 142~143면.

崔京姬, 「開化期 國語敎科書의 童話敎材 考察」, 『비평문학』 7집, 한국비평문학회, 1993, 316~349면.

최선아, 「尹致昊의『우순소리』저본 연구」, 영남대학교 대학원 석사학위논문, 2017.

최영전, 『성서의 식물』, 아카데미서적, 1996.

편무진, 「해제」, 이솝 원저 · 와타나베 온 번안 · 편무진 편역, 『통속 이솝우화』, 박이정, 2008, 15~35면.

하종희, 「한국 천주교 관련 고문헌의 출간 및 출판문화사적 연구」, 숙명여자대학교 교육대학원 석사학위논문, 1997.

한기형, 「무단통치기 문화정책의 성격 -잡지『신문계』를 통한 사례 분석」, 『민족문학사연구』 9집, 민족문학사학회, 1996, 225~256면.

함돈균, 「근대계몽기 우화 형식 단형서사 연구 -미학적 한계와 양식 소멸의 문학사적 의미에 대하여」, 『국제어문』 34집, 국제어문학회, 2005, 121~147면.

허경진 · 임미정, 「윤치호『우순소리(笑話)』의 성격과 의의」, 『語文學』 105집, 한국어문학회, 2009, 79~109면.

3. 譯書 및 外書

〈한국어〉

군나르 시르베크 · 닐스 길리에 지음, 윤형식 옮김, 『서양철학사 1』, 이학사, 2016.

마테오 리치 지음, 신진호 · 전미경 옮김, 『마테오 리치의 중국견문록』, 도서출판 문사철, 2011.

방 티겜 지음, 김종원 옮김, 『비교문학』, 예림기획, 1999.

예수회 교육사도직 국제위원회 지음 · 박 홍 옮김, 『예수회 교육의 특성과 이냐시오 교육학의 실천 방안』, 서강대학교 출판부, 1991.

이솝 지음, 로버트 템플 · 올리비아 템플 편집, 신현철 · 최인자 옮김, 『이솝 우화 전집 -원제: AESOP -The Complete Fables』, 문학세계사, 2009.

아리스토텔레스 지음 · 이종오 옮김, 『아리스토텔레스의 수사학』, 한국외국어대학교출판부, 2015.

장 자크 루소 著, 吳澄子 譯, 『에밀 (上)』, 博英社, 1976.

존 오말리 지음·윤성희 번역, 『초창기 예수회원들』, 이냐시오영성연구소, 2014.

첸푸칭 지음·윤주필 옮김, 『세계의 우언과 알레고리』, 지식산업사, 2010.

피에르 그리말 지음, 최애리 책임 번역, 『그리스 로마 신화 사전』, 열린책들, 2004.

헤로도토스 지음·천병희 옮김, 『역사』, 숲, 2002.

히라카와 스케히로(平川祐弘) 지음, 노영희 옮김, 『마테오 리치 -동서문명교류의 인문학 서사시』, 도서출판 동아시아, 2002.

M.H. Abrams 著·崔翔圭 譯, 『文學用語事典』, 大邦出版社, 1985.

Terry Eagleton 지음, 김명환·정남영·장남수 옮김, 『문학이론입문』, 創作과批評社, 1989.

〈일본어〉

京都大學 國語學國文學研究室 編, 『文祿二年耶蘇會板 伊曾保物語』, 京都大學國文學會, 1963.

內田慶市, 「イソップ東漸 -中國語イソップ翻譯史」, 『漢譯イソップ集』, 遊文舍, 2014, pp.3~44.

〈중국어〉

包麗麗, 「"似非而是"還是"似是而非" -≪天主實義≫与≪畸人十篇≫的一个比較」, 『甘肅社會科學』 第6期, 甘肅省社會科學院, 2006, pp.93~95.

鮑延毅, 「≪意拾喩言≫二題」, 『棗庄師專學報』 第3期, 1995, pp.63~64.

常森, 「中國寓言研究反思及傳統寓言視野」, 『文學遺産』 第1期, 中國社會科學院文學研究所, 2011, pp.141~151.

陳蒲淸, 『世界寓言通論』, 湖南教育出版社, 1990.

方豪, 『中國天主教史人物傳 上』, 中華書局, 1988.

高飛, 「1888年前伊索寓言漢譯研究 -以≪況義≫、≪物感≫、≪意拾喩言≫、≪海國妙喩≫爲主」, 숭실대학교 대학원 박사학위논문, 2017.

高飛·吳淳邦, 「19世紀傳教士報刊刊載中譯伊索寓言的流傳與影響」, 『中國小說論叢』 41집, 한국중국소설학회, 2013, 151~178면.

戈宝權, 「談利瑪竇著作中翻譯介紹的伊索寓言」, 『中國比較文學』 第1期, 上海外國語大學中國比較文學學會, 1984, pp.222~235.

戈宝權, 『中外文學因緣 - -戈宝權比較文學論文集』, 華東師范大學出版社, 2013.

郭延礼, 『中國近代翻譯文學槪論』, 湖北教育出版社, 1997.

何新,「伊索幷非希腊人 : 關于伊索寓言文本眞相的考証」,『希腊僞史續考』, 中國言實出版社, 2015, pp.41~45.

李奭學,『得意忘言 : 翻譯、文學与文化評論』, 生活・讀書・新知三聯書店, 2007.

王煥生,「前言」, 伊索 著・王煥生 譯,『伊索寓言』, 人民文學出版社, 2015, pp.1~8.

王立明,「≪伊索寓言≫在中國的傳播途徑与方式」,『沈陽師范大學學報(社會科學版)』 第6期, 2003, pp.49~51.

吳淳邦・高飛,「19世紀 Aesop's Fables 中譯本的譯介與傳播研究 -≪伊索寓言≫ 羅伯聃 中譯本在東亞的傳播」,『中國語文論譯叢刊』30집, 중국어문논역학회, 2012, 185~211면.

叶農・羅詩雅,「与巨人同行者 -西班牙籍耶穌會士龐迪我及其中文著作」,『世界宗教研究』第6期, 暨南大學中國文化史籍研究所, 2015, pp.131~142.

余迎,「伊索寓言傳入中國的時間應提前」,『史學月刊』 第10期, 河南大學・河南省歷史學會, 2008, pp.130~132.

趙利峰,「1840年澳門版≪意拾喻言≫成書與出版問題叢考」,『澳門理工學報 人文社會科學版』 第4期, 2013.

鄭錦怀,「利瑪竇与≪伊索寓言≫中譯: 史實考辨与文本分析」,『國際漢學』 第3期, 北京外國語大學, 2015, pp.67~76.

中國百年教科書整理与研究課題組 潘姝,「教科書中最早的伊索動物語言」,『出版人』 第4期, 2014, pp.62~65.

〈영어〉

Allan P. Farrell, S.J., *The Jesuit Ratio Studiorum of 1599*, Conference of Major Superiors of Jesuits, 1970.

Annabel Patterson, *Fables of Power: Aesopian Writing and Political History*, Duke University Press, 1991.

Ben Edwin Perry, *Babrius and Phaedrus*, Harvard University Press, 1965.

Gen'ichi Hiragi,「INTRODUCTION」, 京都大學 國語學國文學研究室 編,『文祿二年耶蘇會板 伊曾保物語』, 京都大學國文學會, 1963, pp.3~5.

George Fyler Townsend, *Three Hundred Aesop's Fables*, London George Routledge and Sons, 1867.

Laura Gibbs, "INTRODUCTION", *Aesop's Fables*, Oxford University Press, 2008.

M. H. Abrams, *The Mirror and the Lamp*, Oxford University Press, 1953.

Robert Temple, "Introduction", Olivia Temple・Robert Temple ed., *The Complete Fables AESOP*, Penguin Classics, 1998.

Sam Pickering, "Introduction", Jack Zopes ed., *Aesop's Fables*, Penguin Group, 2004.

Steven Skiena · Charles B. Ward, *Who's Bigger? —Where Historical Figures Really Rank*, Cambridge University Press, 2013.

4. 웹자료

이솝우화 컬렉션 (https://fablesofaesop.com, 2018.01.26.)

페리 인덱스 (http://fablesofaesop.com/perry-index, 2018.01.26.)

한국구비문학대계 (gubi.aks.ac.kr, 2018.01.26.)

최 나崔 娜

  중국 중앙민족대학교(中央民族大學) 조선언어문학학부를 졸업하고 한국학중앙연구원 한국학대학원
에서 문학석사와 문학박사 학위를 받았다. 현재 중국 동화이공대학교(東華理工大學) 외국어대학에서
조교수로 재직하고 있다. 논문으로는 「근대 계몽기의 동물 서사 양상 연구: 안국선의 『금수회의록』
과 양계초의 「동물담」을 중심으로」, 「윤치호 『우순소리』의 영어판 저본 연구」가 있다.

한국 근대 이솝우화 연구
韓国近代伊索寓言研究

초판 1쇄 인쇄 2021년 11월 16일
초판 1쇄 발행 2021년 11월 26일

지 은 이 　최　나(崔 娜)
펴 낸 이 　이대현
펴 낸 곳 　도서출판 역락

책임편집 　임애정
편　　 집 　이태곤 권분옥 문선희 강윤경
디 자 인 　안혜진 최선주 이경진
마 케 팅 　박태훈 안현진

펴 낸 곳 　도서출판 역락 / 서울시 서초구 동광로46길 6-6 문창빌딩 2층(우-06589)
전　　 화 　02-3409-2058 FAX 02-3409-2059
이 메 일 　youkrack@hanmail.net
홈페이지 　www.youkrackbooks.com
등　　 록 　1999년 4월 19일 제303-2002-000014호

I S B N 979-11-6742-208-8 93810

字數 245,000字

*정가는 뒤표지에 있습니다.